MARC LEVY
Kinder der Hoffnung

Buch

Toulouse während des Zweiten Weltkriegs: Frankreich ist besiegt und von deutschen Truppen besetzt. Angst und Misstrauen beherrschen die Bevölkerung, die Résistance arbeitet mit allen Mitteln gegen die deutschen Besatzer, darunter auch Raymond und sein Bruder Claude. Als einer ihrer Freunde im Kampf schwer verletzt wird und im Sterben liegt, gibt Raymond ihm ein Versprechen: »Eines Tages musst du unsere Geschichte erzählen, sie darf nicht einfach so verschwinden wie ich.«
Jahre später, in Zeiten des Friedens, löst Raymond sein Versprechen ein...

Autor

Marc Levy wurde 1961 in Frankreich geboren. Nach seinem Studium in Paris lebte er in San Francisco. Mit siebenunddreißig Jahren schrieb er für seinen Sohn seinen ersten Roman, *Solange du da bist*, der von Steven Spielberg verfilmt und auf Anhieb ein Welterfolg wurde. Seitdem wird Marc Levy in zweiundvierzig Sprachen übersetzt, und jeder Roman ist ein internationaler Bestseller. Marc Levy lebt zurzeit mit seiner Familie in New York.

Von Marc Levy bei Blanvalet bereits erschienen:
Solange du da bist (37733)
Am ersten Tag (37658)
Die erste Nacht (37659)
Wer Schatten küsst (0430)

MARC LEVY

Kinder
der Hoffnung

ROMAN

Aus dem Französischen
von Eliane Hagedorn
und Bettina Runge

blanvalet

Die französische Originalausgabe erschien 2007
unter dem Titel »Les enfants de la liberté«
bei Editions Robert Laffont, S.A., Paris

Sollte diese Publikation Links auf Webseiten Dritter enthalten,
so übernehmen wir für deren Inhalte keine Haftung,
da wir uns diese nicht zu eigen machen, sondern lediglich auf
deren Stand zum Zeitpunkt der Erstveröffentlichung verweisen.

Verlagsgruppe Random House FSC® N001967

1. Auflage
Deutsche Taschenbuchneuausgabe Oktober 2018
bei Blanvalet in der Verlagsgruppe Random House GmbH,
Neumarkter Str. 28, 81673 München.
Copyright © der Originalausgabe 2007
by Editions Robert Laffont, S.A. Paris,
Susanna Lea Associates, Paris.
Copyright © der deutschsprachigen Ausgabe 2018
by Verlagsgruppe Random House GmbH
Umschlaggestaltung: bürosüd, München
Umschlagmotiv: The New York Historical Society/
Archive Photos/Getty Images
KW · Herstellung: sam
Satz: Uhl+Massopust, Aalen
Druck und Einband: GGP Media GmbH, Pößneck
Printed in Germany
ISBN: 978-3-7341-0549-4

www.blanvalet.de

Ich liebe dieses Verb »widerstehen«.
Dem widerstehen, was uns einengt,
den Vorurteilen, den voreiligen Schlüssen,
der Lust zu urteilen,
all dem widerstehen, was schlecht ist in uns
und nur darauf wartet, zum Ausdruck zu kommen,
dem Bedürfnis aufzugeben, bedauert zu werden,
zum Schaden anderer von sich zu sprechen,
den Moden widerstehen, dem krankhaften Ehrgeiz,
der allgemein herrschenden Verwirrung.
Widerstehen und … lächeln.

Emma DANCOURT

Für meinen Vater,
für seinen Bruder Claude,
für alle Kinder der Hoffnung.

Für meinen Sohn
und für Dich, meine große Liebe.

Ich werde dich morgen lieben, denn heute kenne ich dich noch nicht. Ich bin die Treppe des alten Hauses, in dem ich wohnte, hinuntergegangen – ein wenig eilig, das muss ich gestehen. Im Erdgeschoss rochen meine Finger nach dem Bienenwachs, das die Concierge jeden Montag bis zum zweiten Stock und jeden Donnerstag bis zur letzten Etage auf den Handlauf des Geländers auftrug. Trotz des Sonnenlichts, das die Fassaden mit einem goldenen Schimmer überzog, war der Gehweg vom morgendlichen Regen noch wie marmoriert. Wenn man bedenkt, dass ich in diesem Moment noch nichts von dir wusste, von dir, die du mir eines Tages sicher das schönste Geschenk machen wirst, mit dem das Leben den Menschen beglücken kann.

Ich betrat das kleine Café an der Rue Saint-Paul, ich hatte Zeit. Zu dritt standen wir an der Theke und gehörten an diesem Frühlingsmorgen sicherlich zu den wenigen, die so viel Zeit hatten. Und dann, die Hände im Rücken verschränkt, kam mein Vater in seinem Gabardinemantel herein, stützte die Ellbogen auf den Tresen, so als hätte er mich nicht gesehen – eine für ihn typische taktvolle Haltung. Er bestellte einen Espresso, und ich konnte das Lächeln sehen, das er mehr schlecht als recht vor mir verbarg. Mit einem leichten Klopfen auf die Zinkplatte gab er mir zu verstehen, dass die Luft rein war, dass ich mich endlich nähern konnte. Als ich seinen Ärmel streifte, spürte ich seine Kraft und das Gewicht der Traurigkeit, die auf seinen Schultern lastete. Er fragte mich, ob ich immer noch »sicher« sei. Ich war mir über gar nichts sicher, aber ich nickte. Daraufhin schob er sehr diskret seine Tasse zu mir her. Unter dem Teller lag ein Fünfzig-Franc-Schein. Ich wollte ablehnen, doch er stieß leise zwischen den Zähnen hervor, wer Krieg führen wolle, dürfe keinen leeren Magen haben. Ich steckte den Schein ein, und sein Blick sagte mir, dass ich jetzt gehen solle. Ich rückte meine Schiebermütze zurecht, trat auf die Straße und entfernte mich.

Als ich am Fenster des Cafés vorüberging, sah ich meinen Vater an. Da bedeutete er mir mit einem letzten Lächeln, dass mein Kragen schief saß.

In seinen Augen lag etwas Dringliches, das ich erst viele Jahre später begriff. Und noch heute brauche ich die meinen nur zu schließen und an ihn zu denken, um diesen letzten Ausdruck deutlich vor mir sehen zu können. Ich weiß, dass mein Vater traurig über mein Fortgehen war, ich glaube auch, dass er ahnte, dass wir uns nicht wiedersehen würden. Nicht den eigenen Tod hatte er sich vorgestellt, sondern meinen.

Ich denke an diesen Moment im Café des Tourneurs zurück. Es musste einen Vater viel Kraft gekostet haben, in Gedanken seinen Sohn zu begraben, während er direkt neben ihm einen Zichorienkaffee trinkt, dabei zu schweigen und nicht zu sagen: »Du gehst jetzt auf der Stelle nach Hause und machst deine Schulaufgaben.«

Ein Jahr zuvor hatte meine Mutter unsere gelben Sterne auf dem Kommissariat abgeholt. Das war für uns das Zeichen zum Exodus, und wir brachen nach Toulouse auf. Mein Vater war Schneider, und niemals würde er dieses verdammte Ding auf ein Stück Stoff nähen.

An diesem 21. März 1943 – ich bin achtzehn Jahre alt – steige ich in eine Straßenbahn. Ich fahre zu einer Station, die auf keinem Plan verzeichnet ist: Ich werde mich einer Widerstandsgruppe anschließen.

Vor zehn Minuten hieß ich Raymond, doch an der Endhaltestelle der Linie 12, heiße ich Jeannot. Jeannot, mehr nicht. Zu dieser noch friedlichen Stunde des Tages haben viele meiner Leute keine Ahnung von dem, was ihnen widerfahren wird. Papa und Maman wissen nicht, dass man ihnen bald eine Nummer auf den Arm tätowieren wird, Maman ahnt nicht, dass man sie auf einem Bahnsteig von diesem Mann trennen wird, den sie fast mehr liebt als uns.

Und ich weiß nicht, dass ich in zehn Jahren am Denkmal von Auschwitz in einem etwa fünf Meter hohen Berg von Brillen das Gestell wiedererkennen werde, das mein Vater, als ich ihn zum letzten Mal im Café des Tourneurs gesehen hatte, in die Brusttasche seiner Jacke steckte. Mein kleiner Bruder Claude weiß nicht, dass ich ihn bald holen werde und dass, wenn er nicht Ja gesagt hätte und wir diese Jahre nicht gemeinsam durchgemacht hätten, keiner von uns überlebt hätte. Meine sieben Freunde – Jacques, Boris, Rosine, Ernest, François, Marius, Enzo – wissen nicht, dass sie sterben und dabei »Vive la France« rufen werden, fast alle mit einem ausländischen Akzent.

Ich weiß, dass meine Gedanken wirr sind, dass die Worte in meinem Kopf durcheinanderwirbeln, doch von diesem Montagmittag an wird mein Herz zwei Jahre lang in einem Rhythmus schlagen, den ihm die Angst vorgibt; zwei Jahre lang hatte ich Angst, und manchmal wache ich noch immer nachts mit diesem verdammten Gefühl auf. Doch jetzt schläfst du neben mir, meine Liebste, auch wenn ich das damals noch nicht wusste. Hier also ein Stück der Geschichte von Charles, Claude, Alonso, Catherine, Sophie, Rosine, Marc, Émile, Robert, meinen spanischen, italienischen, polnischen, ungarischen, rumänischen Freunden – den Kindern der Hoffnung.

ERSTER TEIL

Kapitel 1

Du musst den Kontext verstehen, in dem wir lebten – der Kontext ist wichtig, zum Beispiel für einen Satz. Aus seinem Kontext herausgenommen, verändert sich oft der Sinn, und im Lauf der kommenden Jahre sollten viele Sätze aus ihrem Kontext gerissen werden, um parteiisch urteilen und leichter verurteilen zu können. Das ist eine Gewohnheit, die sich nicht so leicht ablegen lässt.

Während der ersten Septembertage hatten Hitlers Armeen Polen überfallen, Frankreich hatte Deutschland den Krieg erklärt, und niemand hier oder dort bezweifelte, dass unsere Truppen den Feind an den Grenzen zurückdrängen würden. Belgien war von den deutschen Panzerdivisionen überrollt worden, und innerhalb weniger Wochen starben Hunderttausende unserer Soldaten auf den Schlachtfeldern im Norden und an der Somme.

Marschall Pétain wurde zum Staatschef ernannt, woraufhin ein junger General, der sich nicht mit der Niederlage abfinden wollte, von London aus zum Widerstand aufrief. Pétain aber unterzeichnete lieber eine Verzichtserklärung, die all unsere Hoffnungen zunichtemachte. Wir hatten den Krieg so schnell verloren.

Indem er sich dem nationalsozialistischen Deutschland beugte, trieb Marschall Pétain Frankreich in eine der düstersten Perioden seiner Geschichte. Die Republik wurde zugunsten des sogenannten »État français« abgeschafft. Die Karte des Landes wurde durch eine horizontal verlaufende Linie in zwei Zonen unterteilt, in die nördliche, besetzte Zone und in die südliche, sogenannte freie Zone. Doch die Freiheit hier war relativ. Jeden Tag wurden neue Dekrete erlassen, mit denen die Rechte von zwei Millionen Ausländern – von Männern, Frauen, Kindern –, die in Frankreich lebten, immer mehr beschnitten wurden: das Recht, ihren Beruf auszuüben, die Schule zu besuchen, sich frei zu bewegen, und sehr bald auch das Recht, einfach nur zu existieren.

Dabei hatte die Nation vergessen, wie dringend sie diese Ausländer aus Polen, Rumänien und Ungarn, die Flüchtlinge aus Spanien und Italien damals gebraucht hatte. Man hatte ein ausgeblutetes Land, in dem eineinhalb Millionen Soldaten auf den Schlachtfeldern des Ersten Weltkriegs gefallen waren, gut zwanzig Jahre zuvor wieder bevölkern müssen. Fast all meine Freunde waren Ausländer, und jeder hatte jahrelang unter dem Machtmissbrauch und den Repressalien in seiner Heimat zu leiden gehabt. Die deutschen Demokraten wussten, wer Hitler war, die spanischen Kämpfer im Bürgerkrieg kannten Francos Diktatur, die italienischen den Faschismus Mussolinis. Sie waren die ersten Zeugen all des Hasses gewesen, all der Intoleranz, dieser Pandemie, die Europa mit Tod und Elend verpestet hatte. Alle wussten bereits, dass die Niederlage nur ein Vorgeschmack war und das Schlimmste noch bevorstand. Aber wer mag schon den Überbringern schlechter Nachrichten zuhören? Jetzt brauchte Frankreich diese Immigranten nicht mehr. Deshalb wurden sie, die aus dem Osten und Süden gekommen waren, verhaftet und in Lager gesteckt.

Marschall Pétain hatte nicht nur aufgegeben, er sollte auch mit den europäischen Diktatoren paktieren. Und in unserem Land, das um diesen Greis herum vor sich hin zu dämmern begann, drängten sich bereits Minister, Präfekten, Richter, Gendarmen, Polizisten, Milizionäre, einer eifriger als der andere, um ihr schmutziges Gewerbe auszuüben.

Kapitel 2

Alles fing an wie ein Kinderspiel, vor drei Jahren, am 10. November 1940. Der triste Maréchal de France, umgeben von lorbeerbekränzten Präfekten, begann in Toulouse seine »Tour de France« durch die *freie Zone* eines Landes, das nach seiner Niederlage in Ketten lag.

Ein befremdliches Paradoxon, diese hilflosen Massen, entzückt beim Anblick des erhobenen Marschallstabs, Zepter eines Armeechefs a. D., der als Vertreter einer neuen Ordnung wieder an die Macht gekommen war. Die neue Ordnung Pétains aber würde die des Elends, der Segregation, der Denunziationen, Ausschlüsse, Morde und der Barbarei sein.

Unter denen, die bald unsere Brigade bilden sollten, kannten manche die Lager, in denen die französische Regierung all jene untergebracht hatte, die den Makel hatten, Ausländer, Juden oder Kommunisten zu sein. Und in diesen Lagern im Südwesten, ganz gleich ob in Gurs, Argelès, Noé oder Rivesaltes, war das Leben entsetzlich. Und, glaube mir, diejenigen, die Freunde oder Angehörigen dort wussten, empfanden den Aufstieg des Marschalls als Angriff gegen den winzigen Rest an Freiheit, der uns geblieben war.

Und da die Bevölkerung sich anschickte, ihm, diesem

Marschall, zuzujubeln, mussten wir Sturm läuten, die Menschen aus dieser gefährlichen Angst reißen, die sie lähmte und dazu brachte, sich geschlagen zu geben und alles hinzunehmen, zu schweigen und die eigene Feigheit dadurch zu entschuldigen, dass der Nachbar es genauso macht, und wenn der Nachbar es genauso macht, dann musste es eben so gemacht werden.

Für Caussat, einen der besten Freunde meines kleinen Bruders, wie für Bertrand, Clouet oder Delacourt kommt es gar nicht infrage, sich geschlagen zu geben oder zu schweigen, und die triste Parade, die in den Straßen von Toulouse stattfinden soll, wird das Terrain für ein Meisterstück sein.

Heute geht es darum, dass Worte der Wahrheit, des Mutes und der Würde auf den Zug niederprasseln. Der Text klingt zwar unbeholfen, aber trotzdem beklagt er, was zu beklagen ist. Und was tut es da schon zur Sache, wie er letztlich formuliert ist? Bleibt noch zu überlegen, auf welche Weise die Flugblätter am besten verteilt werden können, ohne dass wir sofort von den Ordnungskräften festgenommen werden.

Doch die Freunde sind gut vorbereitet. Ein paar Stunden vor dem Umzug überqueren sie die Place Esquirol, die Arme schwer beladen mit Paketen. Die Polizei hat bereits Stellung bezogen, doch wer kümmert sich schon um diese so unschuldig wirkenden Jungen? Sie sind bereits am richtigen Ort, einem Gebäude Ecke Rue de Metz, angekommen. Alle vier schlüpfen durch die Eingangstür ins Treppenhaus, steigen hinauf zum Dachboden und hoffen, dort auf keine Wachposten zu stoßen. Doch die Luft ist rein, und die Stadt breitet sich zu ihren Füßen aus.

Caussat baut den Mechanismus zusammen, den seine Freunde und er gebastelt haben. Am Rand des Daches liegt ein kleines Brett auf einem Holzklotz, bereit, sich zu neigen wie eine Wippe. Auf die eine Seite legen sie den Stapel mit Flugblättern, die sie auf einer Schreibmaschine getippt haben, auf die andere einen mit Wasser gefüllten Kanister. Unten in den Behälter bohren sie ein kleines Loch, und das Wasser tropft in die Regenrinne, während sie schon wieder die Treppe hinunter auf die Straße laufen.

Der Wagen des Marschalls nähert sich, Caussat hebt den Kopf und lächelt. Die offene Limousine rollt langsam heran. Der Behälter auf dem Dach ist fast leer, er wiegt kaum noch etwas; da kippt das Brett, und die Blätter wirbeln hoch. Dieser 10. November 1940 ist der erste Herbsttag für den verräterischen Marschall. Sieh den Himmel an, die Blätter tanzen herab, und – Krönung des Ganzen für diese Straßenjungen, die allen Mut zusammengenommen haben – mehrere landen auf dem Mützenschirm von Marschall Pétain. Die Menschen bücken sich und heben die Flugblätter auf. Die Verwirrung ist perfekt, die Polizei läuft kreuz und quer herum, und diejenigen, die glauben, diese Jungs würden wie alle anderen dem Aufmarsch applaudieren, ahnen nicht, dass sie im Grunde ihren ersten Sieg feiern.

Sie zerstreuen sich, und jeder entfernt sich vom Ort des Geschehens. Als er an diesem Abend nach Hause kommt, kann Caussat nicht ahnen, dass er drei Tage später denunziert und verhaftet sein und zwei Jahre in den Kerkern der

Zentrale in Nîmes verbringen wird. Delacourt weiß nicht, dass er in wenigen Monaten von der französischen Polizei in einer Kirche von Agen, in die er sich geflüchtet hat, zu Tode geprügelt wird. Clouet ahnt nicht, dass er in einem Jahr in Lyon erschossen wird. Und was Bertrand betrifft, so wird niemand das Fleckchen Erde finden, in dem er ruht. Als Caussat mit von Tuberkulose zerfressener Lunge das Gefängnis verlässt, schließt er sich dem Widerstand an. Nach seiner erneuten Verhaftung wird er deportiert. Er ist zweiundzwanzig Jahre alt, als er in Buchenwald stirbt.

Du siehst, für die Freunde hat alles wie ein Kinderspiel angefangen, ein Spiel von Kindern, die nicht die Zeit hatten, erwachsen zu werden.

Von ihnen muss ich dir erzählen, von Marcel Langer, Jan Gerhard, Jacques Insel, Charles Michalak, José Linarez Diaz, Stefan Barsony und von all jenen, die sich in den folgenden Monaten ihnen zugesellen werden. Sie nämlich sind die ersten Kinder der Hoffnung, diejenigen, die die 35. Brigade gegründet haben. Warum? Um Widerstand zu leisten! Es ist ihre Geschichte, um die es geht, nicht die meine, und verzeih mir, wenn mein Gedächtnis bisweilen versagt, wenn ich verwirrt bin oder die Namen verwechsle.

Was zählen die Namen, hat mein Kumpel Urman eines Tages gesagt, wir waren nur wenige, und im Grunde waren wir nur einer. Wir lebten in Angst, im Untergrund, wir wussten nicht, was der nächste Tag bringen würde, und es ist immer schwierig, die Erinnerung heute auf einen einzelnen dieser Tage zu konzentrieren.

Kapitel 3

Der Krieg war nie wie im Film, das kannst du mir glauben. Keiner meiner Kameraden hatte etwas von einem Robert Mitchum, und wenn Odette auch nur ansatzweise Beine wie Lauren Bacall gehabt hätte, dann hätte ich sicher versucht, sie zu küssen, statt vor dem Kino wie ein Idiot zu zögern. Zumal sie am nächsten Tag an der Ecke Rue des Acacias von zwei Nazis erschossen wurde. Seither habe ich etwas gegen Akazien.

Am schwierigsten war es, zum Widerstand zu kommen, so unvorstellbar das auch erscheinen mag.

Seit Caussat und seine Kameraden verschwunden waren, bliesen mein kleiner Bruder und ich Trübsal. Zwischen den antisemitischen Anspielungen des Geschichte- und Erdkundelehrers und den sarkastischen Äußerungen der Schüler des Philosophiekurses, mit denen wir uns im Gymnasium prügelten, war das Leben nicht lustig. Ich verbrachte meine Abende vor dem Radioapparat, um die englischen Nachrichten auf BBC zu hören. Nach den großen Ferien fanden wir auf unseren Bänken kleine Heftchen mit dem Titel »Combat« vor. Ich hatte den Jungen gesehen, der sich heimlich aus der Klasse stahl; es war ein elsässischer Flüchtling mit Namen Bergholtz. Ich bin ihm nachgerannt bis auf den Schulhof, um ihm zu sagen, dass ich es machen wolle wie er – Flugblätter verteilen für die Résistance, den französischen Widerstand. Er lachte zwar nur, aber trotzdem wurde ich sein Helfer. An den folgenden Tagen erwartete ich ihn nach Schulschluss auf dem Gehweg. Sobald ich ihn um die Ecke biegen sah, ging ich los, und er beschleunigte den Schritt, um mich einzuholen. Gemeinsam steckten wir gaullistische Flugblätter in die Briefkästen, manchmal warfen wir sie auch von der Straßenbahnplattform, bevor wir absprangen und das Weite suchten.

Eines Abends erschien Bergholtz nicht am Ausgang des Gymnasiums, am folgenden Tag auch nicht…

Von nun an nahm ich nach Schulschluss zusammen mit meinem Bruder Claude den Zug, der nach Moissac fuhr. Heimlich begaben wir uns zum »Manoir«, einem geräumigen Herrenhaus, in dem etwa dreißig Kinder von deportierten Eltern lebten. Pfadfinderinnen hatten sie aufgelesen und kümmerten sich um sie. Claude und ich gruben den Gemüsegarten um, und manchmal gaben wir den Jüngsten Nachhilfe in Rechnen und Französisch. An jedem dort verbrachten Tag flehte ich Josette, die Leiterin, an, mir einen Tipp zu geben, wie ich mich der Résistance anschließen könnte. Und jedes Mal sah sie mich an, verdrehte die Augen und tat so, als wüsste sie nicht, wovon ich sprach.

Eines Tages aber nahm mich Josette mit in ihr Büro.

»Ich glaube, ich hab da was für dich. Geh heute Nachmittag um zwei zur Rue Bayard, Nummer fünfundzwanzig. Ein Passant wird dich nach der Uhrzeit fragen. Du antwortest ihm, deine Uhr sei stehen geblieben. Wenn er dann erwidert: ›Sie sind nicht zufällig Jeannot?‹, dann ist es der Richtige.«

Und genauso hat es sich abgespielt…

Ich habe meinen kleinen Bruder mitgenommen, und vor der Nummer 25 der Rue Bayard in Toulouse sind wir Jacques begegnet.

Er trat in einem grauen Mantel mit Filzhut und einer Pfeife im Mundwinkel auf die Straße und warf seine Zeitung in den Papierkorb, der an einem Laternenpfahl befestigt war; ich nahm sie nicht heraus, weil dies nicht vereinbart war. Die Weisung lautete vielmehr zu warten, bis er mich nach der Uhrzeit fragte. Er blieb auf unserer Höhe stehen, musterte uns eindringlich, und als ich ihm antwortete, dass meine Uhr stehen geblieben sei, sagte er, er hieße Jacques und wollte wissen, wer von uns beiden Jeannot sei. Ich trat daraufhin einen Schritt auf ihn zu, weil ich ja Jeannot war.

Jacques rekrutierte die Partisanen selbst. Er vertraute niemandem, zu Recht. Ich weiß, es ist nicht sehr nett, das zu sagen, doch man muss es im Kontext sehen.

In diesem Augenblick wusste ich nicht, dass in wenigen Tagen ein Widerstandskämpfer namens Marcel Langer zum Tode verurteilt werden würde, weil ein Vertreter der Staatsanwaltschaft seinen Kopf gefordert und bekommen hatte.

Und niemand in Frankreich – egal, ob in der freien oder

in der besetzten Zone – konnte ahnen, dass kein Gerichtshof es erneut wagen würde, den Kopf eines verhafteten Partisanen zu fordern, nachdem einer der unseren diesen Generalstaatsanwalt an einem Sonntag auf dem Weg zur Messe erschossen hatte.

Ich wusste auch nicht, dass ich einen Schweinehund umbringen würde, ein hohes Tier der Miliz – Denunziant und Mörder vieler junger Widerstandskämpfer. Besagter Milizionär hat nie erfahren, dass sein Leben an einem seidenen Faden hing. Ich hatte solche Angst davor abzudrücken, dass ich mir fast in die Hose gemacht und meine Waffe hätte fallen lassen. Und hätte dieser Dreckskerl nicht um Erbarmen gefleht, er, der mit niemandem Erbarmen gehabt hatte, so wäre ich nicht wütend genug gewesen, um ihn mit fünf Kugeln in den Bauch niederzustrecken.

Wir haben getötet. Ich habe Jahre gebraucht, um es auszusprechen. Das Gesicht desjenigen, auf den man zielt, vergisst man nie. Doch wir haben niemals einen Unschuldigen, nicht mal einen Dummkopf, erschossen. Ich weiß es, auch meine Kinder werden es wissen, und das allein zählt.

Jacques mustert mich, versucht, mich einzuschätzen, beschnuppert mich fast wie ein Tier, er verlässt sich auf seinen Instinkt. Dann baut er sich vor mir auf, und was er schließlich sagt, wird mein Leben auf den Kopf stellen.

»Was genau willst du?«

»Ich will nach London.«

»Dann kann ich leider nichts für dich tun. London ist weit, und ich habe keine Verbindung dorthin.«

Ich bin schon darauf gefasst, dass er sich abwendet und geht, doch Jacques bleibt vor mir stehen. Sein Blick ist weiterhin auf mich gerichtet, und ich wage einen zweiten Versuch.

»Können Sie mich mit den *Maquisards,* den Partisanen, bekannt machen? Ich möchte an ihrer Seite kämpfen.«

»Auch das ist nicht möglich«, erwidert Jacques und zündet erneut seine Pfeife an.

»Warum?«

»Weil du sagst, du willst kämpfen. Man kämpft nicht im *Maquis.* Bestenfalls überbringt man Päckchen oder Nachrichten, doch der Widerstand ist noch passiv. Wenn du kämpfen willst, dann mit uns.«

»Uns?«

»Bist du bereit, auf den Straßen zu kämpfen?«

»Was ich will, ist, einen Nazi töten, bevor ich selbst sterbe. Ich will einen Revolver.«

Das sage ich mit stolzer Miene. Jacques lacht auf. Ich verstehe nicht, was daran lustig sein soll, ich finde das eher dramatisch! Und genau das bringt Jacques zum Lachen.

»Du hast zu viele Bücher gelesen, man wird dir beibringen müssen, deinen Kopf zu benutzen.«

Seine herablassende Bemerkung kränkt mich ein wenig, doch das darf ich mir unter keinen Umständen anmerken lassen. Seit Monaten versuche ich, Kontakt zum Widerstand zu bekommen, und jetzt laufe ich Gefahr, alles zu verderben.

Ich suche nach den richtigen Worten, die ich aber nicht finde, nach einer Bemerkung, die beweist, dass ich einer bin, auf den man sich verlassen kann. Jacques ahnt, was in mir vorgeht, er lächelt, und plötzlich nehme ich in seinen Augen einen Anflug von Zärtlichkeit wahr.

»Wir kämpfen nicht, um zu sterben, sondern um zu leben, verstehst du?«

Dieser Satz scheint so dahingesagt, doch er trifft mich wie ein Schlag in die Magengrube. Das sind die ersten Worte der Hoffnung, die ich seit Kriegsbeginn höre, seit jenem Tag, da ich ohne Rechte, ohne Status, ohne Identität in diesem Land lebe, das gestern noch das meine war. Mein Vater fehlt mir, meine restliche Familie auch. Was ist geschehen? Alles ringsumher hat sich aufgelöst, man hat mir mein Leben gestohlen, nur deshalb, weil ich Jude bin, was für viele schon Grund genug ist, meinen Tod zu wünschen.

Hinter mir wartet mein kleiner Bruder. Er spürt, dass etwas sehr Wichtiges im Gange ist, und so hüstelt er, um daran zu erinnern, dass er auch noch da ist. Jacques legt mir eine Hand auf die Schulter.

»Komm, lass uns nicht hierbleiben. Eines der ersten Dinge, die du lernen musst, ist, nie lange an einem Ort zu verweilen, sonst verrät man sich. Ein Bursche, der in Zeiten wie diesen auf der Straße herumsteht, macht sich immer verdächtig.«

Und so laufen wir, Claude im Schlepptau, durch eine finstere Gasse.

»Ich habe vielleicht Arbeit für euch. Heute Abend schlaft ihr in der Rue du Ruisseau, Nummer fünfzehn bei Madame Dublanc. Ihr sagt ihr, dass ihr beide Studenten seid. Sicher fragt sie euch, was Jérôme widerfahren ist.

Antwortet, dass ihr seinen Platz einnehmt, dass er zu seiner Familie im Norden aufgebrochen ist.«

Ich stelle mir eine Geheimtür vor mit Zugang zu einem Dach oder vielleicht sogar zu einem beheizten Zimmer. Und da ich meine Rolle sehr ernst nehme, frage ich, wer dieser Jérôme ist, um Bescheid zu wissen, für den Fall, dass diese Madame Dublanc mehr über ihre neuen Mieter erfahren will. Jacques bringt mich sogleich auf den Boden sehr unsanfter Tatsachen zurück.

»Er ist vorgestern gestorben, nur zwei Straßen von hier entfernt. Und wenn die Antwort auf meine Frage: ›Willst du direkten Kontakt zum Krieg bekommen?‹ noch immer Ja lautet, dann können wir sagen, dass du ihn ersetzt. Heute Abend wird jemand an deine Tür klopfen. Er wird dir mitteilen, dass Jacques ihn schickt.«

Bei seinem Akzent ist mir klar, dass »Jacques« nicht sein wirklicher Vorname ist, doch ich weiß auch, wer sich dem Widerstand anschließt, dessen Vorleben und Name existieren nicht mehr. Jacques steckt mir einen Umschlag zu.

»Solange du die Miete bezahlst, stellt Madame Dublanc keine Fragen. Lasst euch fotografieren, im Bahnhof steht ein Automat. Und jetzt verschwindet. Wir haben noch Gelegenheit, uns zu sprechen.«

Jacques setzt seinen Weg fort, und seine hochgewachsene Gestalt verschwindet im Sprühregen.

»Gehen wir?«, fragt Claude.

Ich bin mit meinem Bruder in ein Café gegangen, und wir haben nur etwas Warmes zu trinken bestellt. Von einem Tisch am Fenster aus sah ich die Straßenbahn vorbeifahren.

»Bist du sicher?«, fragte mich Claude und hob die dampfende Tasse zum Mund.

»Und du?«

»Ich bin nur sicher, dass ich sterben werde; alles andere weiß ich nicht.«

»Wenn wir uns dem Widerstand anschließen, dann, um zu leben, und nicht, um zu sterben. Verstehst du?«

»Woher hast du denn das?«

»Das hat Jacques vorhin zu mir gesagt.«

»Na, wenn Jacques es sagt…«

Daraufhin verfielen wir in ein langes Schweigen. Zwei Milizionäre traten ein und nahmen Platz, freilich ohne uns Beachtung zu schenken. Ich befürchtete schon, Claude könne eine Dummheit machen, doch er zuckte nur mit den Schultern. Sein Magen knurrte.

»Ich habe Hunger«, sagte er schließlich. »Ich halte diesen ewigen Hunger nicht mehr aus.«

Ich war beschämt, einen Jungen von siebzehn Jahren vor mir zu haben, der sich nicht satt essen konnte, beschämt wegen meiner eigenen Ohnmacht. Doch heute Abend würden wir uns vielleicht endlich dem Widerstand anschließen, und dann, da war ich ganz sicher, würde sich alles ändern. Eines Tages kehrt der Frühling zurück, hat Jacques einmal gesagt, und dann werde ich mit meinem kleinen Bruder in eine Konditorei gehen und ihm alles Gebäck der Welt kaufen, das er verschlingen wird, bis er nicht mehr kann, und dieser Frühlingstag wird der schönste meines Lebens sein.

Wir verließen das Lokal und machten uns nach einem kurzen Halt in der Bahnhofshalle auf den Weg zu der Adresse, die Jacques uns genannt hatte.

Madame Dublanc stellte keine Fragen. Sie meinte nur, Jérôme würde wohl keinen gesteigerten Wert auf seine Sachen legen, wenn er einfach so verschwände. Ich händigte ihr das Geld aus, und sie übergab mir den Schlüssel zu einem Zimmer im Erdgeschoss mit Blick auf die Straße.

»Es ist nur für eine Person!«, fügte sie hinzu.

Ich erklärte, Claude sei mein kleiner Bruder, der mich für einige Tage besuche. Ich denke, Madame Dublanc ahnte, dass wir keine Studenten waren, doch solange wir bezahlten, ging sie das Leben ihrer Mieter nichts an. Das Zimmer war nicht sehr einladend: ein altes Bett, ein Wasserkrug und eine Schüssel. Die Notdurft wurde in einem Schuppen am Ende des Gartens verrichtet.

Den Rest des Nachmittags warteten wir. Bei Einbruch der Dunkelheit klopfte es an der Tür. Nicht auf die Art, bei der man zusammenschreckte, nicht dieses entschlossene Hämmern der Miliz, wenn sie einen verhafteten, nur ein zweifaches Pochen an den Türstock. Claude öffnete. Émile trat ein, und ich wusste sofort, wir würden Freunde.

Émile war nicht sehr groß, und er konnte es nicht leiden, wenn jemand sagte, er sei klein. Seit einem Jahr lebte er jetzt schon im Untergrund, und alles an seiner Haltung zeigte, wie sehr er bereits dort verwurzelt war. Émile war ruhig und hatte ein sonderbares Lächeln, so als wäre für ihn nichts mehr von Bedeutung.

Mit zehn Jahren ist er aus Polen geflohen, weil man seine Familie dort verfolgte. Mit knapp fünfzehn, als er Hitlers Armeen durch Paris marschieren sah, wurde Émile klar, dass diejenigen, die ihn bereits in seinem Heimatland hatten umbringen wollen, bis hierher gekommen waren, um ihre schmutzige Arbeit zu vollenden. Seine Kinderaugen waren ihm geöffnet worden, ohne dass er sie jemals ganz wieder hatte schließen können. Vielleicht hatte er deshalb dieses sonderbare Lächeln; nein, Émile war nicht klein, er war nicht sehr groß, aber kräftig.

Es war seine Concierge, die Émile das Leben gerettet hat. Man muss sagen, dass es in diesem tristen Frankreich ein paar fantastische Zimmerwirtinnen gab, die Menschen mit anderen Augen sahen, und nicht akzeptierten, dass man anständige Leute umbrachte, nur weil sie eine andere Religion hatten. Frauen, die nicht vergessen hatten, dass Kinder – Ausländer oder nicht – heilig sind.

Émiles Vater hatte von der Präfektur den Brief erhalten, in dem er aufgefordert wurde, die gelben Sterne abzuholen, die, gut sichtbar, wie es hieß, in Brusthöhe an die Mäntel genäht werden mussten. Damals lebten Émile und seine Familie in Paris, in der Rue Sainte-Marthe, im zehnten Arrondissement. Émiles Vater war ins Kommissariat in der Avenue Vellefaux gegangen; er hatte vier Kinder, deshalb hatte man ihm vier Sterne gegeben, dazu einen für ihn selbst und einen für seine Frau. Émiles Vater hatte für die Sterne bezahlt und war mit gesenktem Kopf nach Hause zurückgekehrt, wie ein gebrandmarktes Tier. Kaum trug Émile seinen Stern, fingen die Razzien an. Wie sehr er sich auch auflehnte und seinen Vater anflehte, dieses üble Ding abreißen zu dürfen, es nützte alles nichts. Émiles Vater war ein Mann, der immer rechtschaffen gelebt hatte, und er hatte Vertrauen in dieses Land, das ihn aufgenommen hatte; hier konnte man ehrlichen Menschen nichts Schlimmes antun.

Émile hatte eine winzige Kammer unter den Dächern von Paris gefunden. Eines Tages, als er gerade die Treppe herunterkam, war ihm die Concierge nachgerannt.

»Geh schnell zurück, sie verhaften alle Juden in der Straße, überall sind Polizisten. Sie sind verrückt geworden. Émile, beeil dich, versteck dich oben.«

Sie sagte, er solle die Tür abschließen und niemandem antworten, sie würde ihm etwas zu essen bringen. Einige Tage später verließ Émile das Haus ohne Stern. Er kehrte in die Rue Sainte-Marthe zurück, doch in der Wohnung seiner Eltern war niemand mehr; weder sein Vater noch seine Mutter, weder seine beiden kleinen Schwestern noch sein Bruder, den er so inständig gebeten hatte, bei ihm zu bleiben und nicht mehr in die Wohnung in der Rue Sainte-Marthe zu gehen.

Émile hatte niemanden mehr, all seine Freunde waren verhaftet worden. Zwei von ihnen hatten an einer Demonstration an der Porte Saint-Martin teilgenommen und durch die Rue de Lancry fliehen können, als deutsche Soldaten auf Motorrädern mit Maschinenpistolen in die Menge schossen. Trotzdem waren sie später eingefangen und vor einer Mauer exekutiert worden. Ein bekannter Widerstandskämpfer mit Namen Fabien hatte am folgenden Tag Vergeltung geübt und auf dem Bahnsteig der Metrostation Barbès einen feindlichen Offizier erschlagen, doch dadurch waren Émiles Freunde auch nicht wieder lebendig geworden.

Nein, Émile hatte niemanden mehr, außer André, einem letzten Kameraden, mit dem er einen Buchhaltungskurs besucht hatte. Also hatte er ihn aufgesucht, um ihn um Unterstützung zu bitten. Andrés Mutter hatte ihm die Tür geöffnet. Und als Émile ihr erzählte, dass seine Familie verschleppt worden und er jetzt ganz allein sei, hatte sie ihm Andrés Geburtsurkunde gegeben und ihm geraten, so schnell wie möglich Paris zu verlassen. »Vielleicht erhalten Sie damit sogar einen Personalausweis.« Andrés Familienname war Berté, er war kein Jude, das Papier war ein Passierschein von unschätzbarem Wert.

Doch zunächst wartete Émile auf dem Bahnsteig der Gare d' Austerlitz auf den Zug nach Toulouse. Dort hatte er einen Onkel. Er stieg ein und versteckte sich unter einer Sitzbank, ohne sich zu rühren. Die Fahrgäste in dem Abteil ahnten nicht, dass ein Junge, der um sein Leben bangte, hinter ihren Füßen kauerte.

Der Zug setzte sich in Bewegung, und Émile verharrte stundenlang reglos unter dem Sitz. Als die Grenze zur freien Zone passiert war, kam er unter der Bank hervorgekrochen. Die Reisenden machten große Augen, als sie ihn auftauchen sahen. Er gestand, dass er keine Papiere habe. Ein Mann sagte daraufhin, er solle sich sofort wieder verstecken, er würde die Strecke gut kennen, die Gendarmen kämen gleich zu einer zweiten Kontrollrunde. Er würde Bescheid geben, wann er herauskommen könne.

Siehst du, in diesem tristen Frankreich gab es nicht nur fantastische Concierges und Vermieterinnen, sondern auch großherzige Mütter und verständnisvolle Mitreisende, anonyme Menschen, die auf ihre Art Widerstand leisteten, anonyme Menschen, die sich weigerten, so zu handeln wie der Nachbar, die Regeln ignorierten, die sie für unwürdig erachteten.

*

In dieses Zimmer, das mir Madame Dublanc seit einigen Stunden vermietet hat, tritt also Émile mit seiner ganzen Geschichte, seiner ganzen Vergangenheit. Und auch wenn ich die Geschichte von Émile noch nicht kenne, spüre ich doch an seinem Blick, dass wir uns gut verstehen werden.

»Du bist also der Neue?«, fragt er.

»Wir sind das«, erwidert mein kleiner Bruder, der es satthat, dass jeder so tut, als wäre er nicht da.

»Habt ihr Fotos?«, will Émile wissen.

Er zieht zwei Personalausweise aus der Tasche, Lebensmittelkarten und einen Stempel. Als die Papiere fertig sind, steht er auf, dreht den Stuhl um und setzt sich rittlings darauf.

»Sprechen wir über deine erste Mission. Nun, da ihr zwei seid, sagen wir: über eure erste Mission.«

Mein Bruder hat glänzende Augen, und ich weiß nicht, ob es vom Hunger kommt, der seinen Magen ständig peinigt, oder von der Aussicht, endlich handeln zu dürfen. Auf jeden Fall sehe ich, dass seine Augen glänzen.

»Ihr müsst Fahrräder stehlen«, sagt Émile.

Mit finsterer Miene wendet sich Claude ab.

»Soll das der Widerstand sein? Fahrräder klauen? Hab ich diese ganze Reise gemacht, damit man mir aufträgt, ein Dieb zu werden?«

»Glaubst du etwa, du wirst deine Aktionen mit dem Auto erledigen? Der beste Freund des Widerstandskämpfers ist das Fahrrad. Denk zwei Minuten nach, wenn es nicht zu viel verlangt ist. Niemand beachtet einen Mann auf einem Fahrrad; du bist nur einer, der von der Fabrik heimkommt oder hinfährt, je nach Uhrzeit. Ein Radfahrer geht in der Menge unter, er ist mobil, er schlängelt sich überall durch. Du erledigst deinen Auftrag, machst dich mit dem Rad aus dem Staub, und bis die Leute auch nur im Ansatz verstehen, was passiert ist, bist du schon am anderen Ende der Stadt. Wenn du also wichtige Missionen erledigen willst, dann klau dir erst mal ein Fahrrad.«

Die Lektion sitzt. Jetzt müssen wir nur noch wissen, wo man am besten Räder klaut. Émile kommt meiner Frage zuvor. Er hat sich schon umgesehen und nennt uns einen Hauseingang, wo drei Fahrräder stehen, die nie angekettet sind. Wir müssen sofort handeln; wenn alles gut geht, sollen wir ihn am frühen Abend bei einem Freund treffen, dessen Adresse ich auswendig lernen muss. Das Haus befindet sich einige Kilometer entfernt in einem Vorort von Toulouse, ein kleiner stillgelegter Bahnhof im Loubers-Viertel. »Beeilt euch«, beharrt Émile, »ihr müsst vor Beginn der Sperrstunde dort sein.« Es ist Frühling, es wird erst in ein paar Stunden dunkel, und das Haus mit den Fahrrädern ist nicht weit entfernt. Émile geht, und mein kleiner Bruder macht ein langes Gesicht.

Schließlich gelingt es mir, Claude zu überzeugen, dass Émile nicht unrecht hat und dass es sicher eine Prüfung sein soll. Mein kleiner Bruder schimpft zwar, ist schließlich aber doch bereit, mir zu folgen.

Wir haben diese erste Aufgabe wunderbar gemeistert. Claude stand auf der Straße Schmiere, für Fahrraddiebstahl riskierte man immerhin zwei Jahre Gefängnis. Der Eingang war verlassen, und, wie Émile gesagt hatte, dort standen drei nicht angekettete Fahrräder.

Émile hatte mir empfohlen, die beiden ersten zu nehmen, doch das dritte, das direkt an der Wand, war ein Rennrad mit einem leuchtend roten Rahmen und einem Lenker mit Ledergriffen. Ich stellte das vordere Fahrrad zur Seite, das mit ohrenbetäubendem Lärm umfiel. Ich sah mich schon gezwungen, die Concierge zu knebeln, doch, Glück gehabt, sie war nicht da, und niemand störte mein Vorhaben. Das Fahrrad, das mir gefiel, war nicht leicht zu ergattern. Wenn man Angst hat, sind die Hände weniger geschickt. Die Pedale waren ineinander verhakt, und ich konnte sie nicht voneinander lösen. Mit endlosen Mühen und darauf konzentriert, mein Atmen zu kontrollieren, kam ich zum Ziel. Mein kleiner Bruder steckte die Nase zur Tür herein; ihm wurde die Wartezeit draußen zu lang.

»Was treibst du so lange, verdammt noch mal?«

»Komm, nimm dein Rad, statt zu meckern.«

»Und warum kriege ich nicht das rote?«

»Weil es zu groß für dich ist!«

Claude schimpfte weiter, und ich musste ihn darauf hinweisen, dass wir einen Auftrag zu erfüllen hätten und dass deshalb nicht der rechte Moment sei zu streiten. Er zuckte nur mit den Schultern und schwang sich auf seinen Sattel. Eine Viertelstunde später strampelten wir an den stillgelegten Gleisen vorbei, die zu dem kleinen Bahnhof von Loubers führten.

Émile öffnete uns die Tür.

»Sieh dir diese Fahrräder an, Émile!«

Émile schnitt eine komische Grimasse, als wäre er nicht gerade begeistert, uns zu sehen, dann ließ er uns eintreten. Jan, ein langer Kerl, betrachtete uns lächelnd. Auch Jacques war im Raum. Er beglückwünschte uns beide, und als er das rote Fahrrad entdeckte, das ich gewählt hatte, brach er in Lachen aus.

»Charles wird daran herumbasteln müssen, damit die Räder nicht wiederzuerkennen sind«, fügte er hinzu und lachte noch lauter.

Ich verstand nicht, was daran lustig sein sollte, Émile auch nicht, so wie er dreinblickte.

Ein Mann im Unterhemd kam die Treppe herunter. Er war der Bewohner dieses kleinen stillgelegten Bahnhofs, und ich traf zum ersten Mal auf den Handwerker der Brigade. Er war derjenige, der die Räder auseinander- und wieder zusammenbaute, der Bomben bastelte, um Lokomotiven in die Luft zu sprengen, der erklärte, wie man von einer Eisenbahnplattform aus Sabotageakte an Flugzeugen verüben konnte, die in den Werkhallen der Umgebung produziert wurden, oder wie man die Kabel an den Tragflächen deutscher Bomber durchschnitt, damit Hitlers Maschinen nicht so schnell starten konnten. Ich muss dir von Charles erzählen, diesem Freund, der während des

35

Spanischen Bürgerkriegs alle Vorderzähne verloren und so viele Länder durchquert hatte, dass er die Sprachen vermischte und einen eigenen Dialekt erfunden hatte, sodass ihn am Ende niemand mehr richtig verstand. Ich muss dir von ihm erzählen, denn ohne ihn hätten wir niemals das zustande bringen können, was wir in den nächsten Monaten ausgeführt haben.

Wir alle, die wir uns an diesem Abend im Erdgeschoss eines stillgelegten Bahnhofs versammelt haben, sind zwischen siebzehn und zwanzig Jahre alt und wollen bald Krieg führen. Und trotz seines Lachanfalls vorhin, als er mein rotes Fahrrad sah, scheint Jacques besorgt. Ich sollte bald verstehen, warum.

Es klopft an der Tür, und diesmal tritt Catherine ein. Sie ist bildhübsch, und bei dem Blick, den sie mit Jan wechselt, könnte ich schwören, dass sie zusammen sind, doch das ist unmöglich. Regel Nummer eins: keine Liebesgeschichten in der Résistance, erklärt uns Jan später beim Essen zum Thema »Verhalten des Widerstandskämpfers«. Das ist viel zu riskant, denn im Fall einer Verhaftung läuft man Gefahr zu reden, um die geliebte Person zu retten. »Grundvoraussetzung für einen Widerstandskämpfer ist es, sich nicht zu binden«, sagt Jan. Und doch bindet er sich an jeden von uns, das ahne ich. Mein kleiner Bruder hört überhaupt nicht zu, er verschlingt das Omelett von Charles; mehrmals sage ich mir, wenn er nicht aufhört, wird er am Ende auch noch die Gabel essen. Ich sehe, wie er nach der Pfanne schielt. Charles sieht es auch, er lächelt, erhebt sich und gibt ihm noch mehr zu essen.

Es stimmt, Charles' Omelett ist köstlich, und das umso mehr, als unsere Mägen schon so lange leer sind.

Hinter dem Bahnhof hat Charles einen Gemüsegarten angelegt, er hat drei Hühner und sogar Kaninchen. Charles ist Gärtner, das ist jedenfalls sein Tarnberuf, und die Leute aus der Umgebung mögen ihn, obwohl er einen schrecklichen Akzent hat. Er schenkt ihnen Salat. Außerdem ist sein Gemüsegarten ein Farbfleck in diesem tristen Viertel. Deshalb mögen die Leute ihn, diesen improvisierenden Meister der Farbgebung, auch wenn er einen schrecklichen Akzent hat.

Jan spricht mit gesetzter Stimme. Er ist kaum älter als ich, wirkt aber schon wie ein reifer Mann, und seine ruhige Art flößt Respekt ein. Wir lauschen ihm fasziniert, ihn umgibt so etwas wie eine Aura. Jans Worte sind erschütternd, als er uns von den Missionen Marcel Langers und der ersten Mitglieder der Brigade erzählt. Bereits ein Jahr operieren Marcel, Jan, Charles und José Linarez in der Region von Toulouse. Zwölf Monate, im Laufe derer sie Granaten mitten in ein Bankett mit nationalsozialistischen Offizieren geworfen, einen Lastkahn voll Benzin in Brand gesetzt und eine Werkstatt mit deutschen Lastwagen angezündet haben. So viele Aktionen, die an einem einzigen Abend gar nicht alle aufgezählt werden können. Jans Worte sind erschütternd, und doch geht von ihm eine Art Zärtlichkeit aus, die uns allen hier fehlt, uns, den verlassenen Kindern.

Jan ist verstummt. Catherine kommt mit Neuigkeiten von Marcel, dem Brigadechef, aus der Stadt zurück. Er ist festgenommen und ins Gefängnis Saint-Michel gebracht worden.

Die Umstände der Verhaftung waren lächerlich. Er fuhr nach Saint-Agne, um von einem jungen Mädchen der Brigade einen Koffer in Empfang zu nehmen. Der enthielt Sprengstoff, Dynamitstäbe von fünfundzwanzig Millimeter Durchmesser. Sympathisierende spanische Minenarbeiter, die in den Steinbrüchen von Paulilles arbeiteten, hatten diese Sechzig-Gramm-Stäbe heimlich abgezweigt.

José Linarez hatte die Übergabe organisiert und es strikt abgelehnt, dass Marcel in den kleinen Zug stieg, der zwischen den Pyrenäen-Städten hin und her pendelte. Das junge Mädchen und ein spanischer Freund waren allein nach Luchon gefahren, um das Paket abzuholen. Die Übergabe sollte in Saint-Agne stattfinden. Die Haltestelle von Saint-Agne war eher ein beschrankter Bahnübergang als ein Bahnhof im eigentlichen Sinn. Diese ländliche Gegend war dünn besiedelt; Marcel wartete hinter der Sperre. Zwei Gendarmen machten ihre Runde auf der Suche nach Reisenden, die eventuell Lebensmittel für den regionalen Schwarzmarkt bei sich hatten. Als das junge Mädchen ausstieg, traf ihr Blick auf den eines der Gendarmen. Da sie sich beobachtet fühlte, wich sie einen Schritt zurück und weckte somit das Interesse des Mannes. Marcel war auf der Stelle klar, dass sie kontrolliert werden würde, und er ging ihr deshalb entgegen. Er machte ihr ein Zeichen, sich der Sperre zu nähern, nahm ihr den Koffer ab und befahl ihr zu verschwinden. Dem Gendarm war nichts von der Szene entgangen, und er stürzte auf Marcel zu. Auf die Frage, was der Koffer enthielt, erwiderte Marcel, er hätte keinen

Schlüssel. Als der Gendarm ihn aufforderte, ihm zu folgen, sagte Marcel, es sei ein Gepäckstück für die Résistance. Er hoffte dabei wohl, auf Wohlwollen zu stoßen.

Der Beamte glaubte ihm nicht, und so wurde er zum Hauptkommissariat geführt. Im Bericht wurde festgehalten, dass ein Terrorist im Besitz von sechzig Dynamitstäben am Bahnhof von Saint-Agne verhaftet worden sei.

Die Angelegenheit war von einiger Brisanz. Ein Kommissar mit Namen Caussié übernahm den Fall, und Marcel wurde tagelang geschlagen. Er gab jedoch nichts preis, nicht einmal eine Adresse. Gewissenhaft, wie er war, begab sich Caussié nach Lyon, um sich mit seinen Vorgesetzten zu besprechen. Die französische Polizei und die Gestapo konnten endlich einen exemplarischen Fall vorweisen: ein Ausländer im Besitz von Sprengstoff, obendrein Jude und Kommunist. Sozusagen ein perfekter Terrorist und willkommenes Beispiel, dessen sie sich bedienen würden, um der Bevölkerung jede Lust am Widerstand auszutreiben.

Nach der Anklageerhebung war Marcel der *Section spéciale*, dem Sondergericht von Toulouse, überantwortet worden. Der Generalstaatsanwalt Lespinasse, ein Mann der extremen Rechten, Kommunistenhasser und Anhänger des Vichy-Regimes war der ideale Staatsanwalt, und die Regierung des Marschalls konnte auf seine Loyalität zählen. Er würde das Gesetz gnadenlos, ohne mildernde Umstände, ohne Rücksicht auf den Kontext anwenden. Kaum in seinem Amt bestätigt, schwor Lespinasse voller Stolz, vor Gericht die Todesstrafe durchzusetzen.

In der Zwischenzeit hatte das junge Mädchen, das der Verhaftung knapp entgangen war, die Brigade informiert. Die Genossen nahmen sogleich Kontakt mit Maître Arnal auf, dem Präsidenten der Anwaltskammer, einem der besten Anwälte. Für ihn war Deutschland der Feind, und somit war der Moment gekommen, Stellung zugunsten dieser Menschen zu beziehen, die grundlos verfolgt wurden. Die Brigade hatte Marcel verloren, doch sie hatte stattdessen einen Mann gewonnen, der Einfluss und Respekt in der Stadt genoss. Als Catherine über sein Honorar sprechen wollte, weigerte sich Arnal, überhaupt eines anzunehmen.

Den Partisanen bleibt der Morgen des 11. Juni 1943 in schrecklicher Erinnerung. Jeder führt sein Leben, und bald werden die Schicksale sich kreuzen. Marcel ist in seiner Zelle und sieht durch das vergitterte Fenster den Morgen grauen. Heute wird das Gericht das Urteil über ihn sprechen. Er weiß, man wird ihn zum Tode verurteilen, er hat keine Hoffnung mehr. In einer Wohnung, nicht weit entfernt, ordnet der alte Anwalt, der ihn verteidigt, seine Notizen. Seine Haushälterin betritt sein Arbeitszimmer und fragt, ob sie ihm ein Frühstück bereiten solle. Doch Maître Arnal hat keinen Hunger an diesem Morgen des 11. Juni 1943. Die ganze Nacht über hat er gehört, wie der Staatsanwalt den Kopf seines Mandanten fordert. Die ganze Nacht hat er sich in seinem Bett hin und her gewälzt und nach schlagkräftigen Argumenten gesucht, nach treffenden Worten, die das Plädoyer seines Gegners, des Generalstaatsanwalts, entkräften würden.

Und während Maître Arnal seine Unterlagen immer

wieder durchgeht, betritt der gefürchtete Lespinasse das Esszimmer seines stattlichen Hauses.

In seiner Zelle trinkt Marcel das warme Getränk, das der Aufseher ihm bringt. Soeben hat ihm ein Amtsdiener die Vorladung vor das Sondergericht im Justizpalast von Toulouse ausgehändigt. Marcel schaut durch das vergitterte Fenster, der Himmel ist etwas heller als zuvor. Er denkt an seine kleine Tochter, seine Frau irgendwo in Spanien, jenseits der Pyrenäen.

Die Frau von Lespinasse erhebt sich und küsst ihren Mann auf die Wange, sie macht sich auf den Weg zu einer Wohltätigkeitsveranstaltung. Der Generalstaatsanwalt streift seinen Gehrock über, betrachtet sich im Spiegel, stolz auf sein elegantes Äußeres und sicher zu gewinnen. Ein schwarzer Citroën wartet vor seinem Haus und fährt ihn zum Justizpalast.

Am anderen Ende der Stadt wählt ein Gendarm aus dem Wandschrank sein schönstes Oberhemd – weiß mit gestärktem Kragen. Er war es, der den Beschuldigten festgenommen hat, weshalb er jetzt zum Prozess vorgeladen ist. Während er seine Krawatte bindet, hat der junge Gendarm Cabannac feuchte Hände. Was da abläuft, ist nicht in Ordnung, hat einen üblen Beigeschmack, das weiß Cabannac. Und übrigens – wäre er noch einmal in derselben Lage, so würde er diesen Burschen mit dem schwarzen Koffer laufen lassen. Die Feinde, das sind die *Boches*, die Deutschen, nicht Jungs wie er. Aber er denkt an den französischen Staat und seinen Verwaltungsapparat. Er ist nur ein einfaches Rädchen, und er darf nicht aus der Reihe tanzen. Er, der Gendarm Cabannac, kennt die Maschinerie sehr gut, sein Vater hat ihn alles gelehrt, auch die Moral, die damit einhergeht. Am Wochenende repariert er gern sein Motorrad im Schuppen seines Vaters. Er weiß, wenn nur ein Teilchen klemmt, ist die ganze Mechanik blockiert. Und so zieht Cabannac mit feuchten Händen seinen Krawattenknoten am gestärkten Kragen seines schönen weißen Hemds zurecht und macht sich auf den Weg zur Straßenbahnhaltestelle.

Am anderen Ende der Stadt überholt ein schwarzer Citroën den Zugwagen einer Straßenbahn. Auf der hinteren Bank des Wagens überfliegt ein alter Mann noch einmal seine Notizen. Maître Arnal hebt kurz den Kopf und vertieft sich dann wieder in seine Lektüre.

Es wird eine schwierige Partie, doch noch ist nichts verloren. Undenkbar, dass ein französisches Gericht einen Patrioten zum Tode verurteilt. Marcel Langer ist ein mutiger Mann, einer von denen, die handeln, weil sie tapfer sind. Das spürte er, als er ihn das erste Mal in seiner Zelle besucht hatte. Sein Gesicht war völlig entstellt; auf seinen Wangenknochen ahnte man die Fausthiebe, die darauf niedergegangen waren, seine aufgeplatzten Lippen waren blau und geschwollen. Er fragte sich, wie Marcel wohl ausgesehen haben mochte, bevor sein Gesicht von den brutalen Schlägen entstellt worden war. Verdammt, sie kämpfen für unsere Freiheit, grübelt Arnal, das sieht doch ein Blinder. Und wenn es das Gericht anders einschätzt, so wird er ihnen die Augen öffnen. Man kann ihn ja zum Beispiel zu einer Gefängnisstrafe verurteilen, um ein Exempel zu statuieren, aber der Tod, nein. Ein solches Urteil wäre der französischen Rechtsprechung unwürdig. Als die Straßenbahn mit einem metallischen Quietschen vor dem Justizpalast anhält, hat Maître Arnal wieder genug Mut gefasst, um ein erfolgreiches Plädoyer halten zu können. Er wird diesen Prozess gewinnen, er wird die Klinge mit seinem Gegner, dem Generalstaatsanwalt Lespinasse, kreuzen und den Kopf dieses jungen Mannes retten. Marcel Langer, wiederholt er leise, während er die Stufen zum Eingang hinaufgeht.

*

Der Prozess findet unter Ausschluss der Öffentlichkeit statt. Marcel sitzt auf der Angeklagtenbank, Lespinasse erhebt sich und würdigt ihn keines Blickes. Was interessiert ihn schon der Mann, den er verurteilen will! Auf keinen Fall möchte er ihn näher kennenlernen. Vor ihm auf dem Pult liegen nur wenige Notizen. Zunächst lobt er den Scharfsinn der Gendarmerie, die einen gefährlichen Terroristen unschädlich zu machen wusste, dann gemahnt er das Hohe Gericht an seine Pflicht, welche darin besteht, das Gesetz auszulegen und anzuwenden. Mit dem Finger auf den Angeklagten deutend, ohne ihn jedoch anzusehen, beginnt der Generalstaatsanwalt mit seiner Anklage. Er zählt eine lange Liste von Attentaten auf, denen Deutsche zum Opfer gefallen seien, er erinnert auch daran, dass Frankreich einen ehrenhaften Waffenstillstand unterzeichnet habe und dass der Angeklagte, der nicht einmal Franzose sei, kein Recht habe, die Autorität des Staates infrage zu stellen. Ihm mildernde Umstände zu gewähren, hieße, das Wort des Marschalls zu verhöhnen. »Wenn der Marschall den Waffenstillstand unterzeichnet hat, dann zum Wohle der Nation«, fährt Lespinasse mit Vehemenz fort. »Und ein ausländischer Terrorist ist schon gar nicht dazu berechtigt, das Gegenteil zu behaupten.«

Um etwas Humor in seinen Vortrag einzuflechten, erinnert er schließlich daran, dass Marcel Langer keine Knallfrösche für den 14. Juli, den Nationalfeiertag, dabeihatte, sondern Sprengkörper, mit denen deutsche Einrichtungen zerstört und die Bürger aufgeschreckt werden sollten. Marcel lächelt. Wie weit liegen sie doch zurück, die Feuerwerke des 14. Juli!

Für den Fall, dass die Verteidigung patriotische Argumente vorbringen wolle, um Langer mildernde Umstände zu gewähren, erinnert Lespinasse noch einmal daran, dass der Beklagte staatenlos sei und es vorgezogen habe, seine Frau und seine kleine Tochter in Spanien zurückzulassen, wo er, obwohl Pole und somit nicht in den Konflikt involviert, in den Kampf gezogen sei. Frankreich habe ihn in seiner Nachsicht aufgenommen, allerdings nicht, damit er Unordnung und Chaos in unser Land trage. »Wie kann ein Mann ohne *patrie*, ohne Vaterland, vorgeben, ›patriotisch‹ gehandelt zu haben?« Und Lespinasse kichert über seine gelungene Formulierung. Aus Angst, das Gericht könne an Gedächtnisschwund leiden, erinnert er an die Anklageschrift, zählt die Paragrafen auf, die solche Handlungen unter Todesstrafe stellen, beglückwünscht sich zu der Härte dieser geltenden Gesetze. Dann hält er inne, wendet sich demjenigen zu, den er anklagt, und entschließt sich endlich, ihn anzusehen. »Sie sind Ausländer, Kommunist und Widerstandskämpfer, drei Gründe, von denen jeder einzelne ausreicht, Ihre Verurteilung zu verlangen.« Dann dreht er sich den Richtern zu und fordert mit ruhiger Stimme die Todesstrafe für Marcel Langer.

Maître Arnal ist aschfahl geworden. Er erhebt sich in dem Augenblick, als Lespinasse sich selbstzufrieden setzt. Der betagte Anwalt hat die Augen halb geschlossen, das Kinn gesenkt, die Hände vor dem Mund gefaltet. Im Gerichtssaal ist es ganz still; der Schreiber wagt nicht einmal, den Federhalter abzulegen. Selbst die Gendarmen halten den Atem an, warten, dass er zu sprechen beginnt. Doch im Augenblick vermag Arnal nichts zu sagen, Übelkeit überkommt ihn.

Er ist also der Letzte hier, der versteht, dass die Regeln gefälscht sind, die Entscheidung bereits getroffen ist. In seiner Zelle hatte Langer ihm das wohl gesagt, er wusste im Voraus, wie das Urteil ausfallen würde. Der alte Anwalt aber glaubte noch an die Gerechtigkeit und hatte ihm immer wieder versichert, dass er sich irre, dass er ihn verteidigen würde, wie es sich gehöre, und dass er recht bekommen würde. In seinem Rücken spürt Arnal die Gegenwart von Marcel, er glaubt, ihn murmeln zu hören: »Sehen Sie, ich hatte recht, doch ich bin Ihnen keineswegs böse. Sie konnten sowieso nichts tun.«

Arnal hebt die Arme, seine Ärmel scheinen in der Luft zu schweben, er holt tief Luft und stürzt sich in einen letzten Gegenangriff. Wie kann man die Gendarmerie loben, wenn im Gesicht des Angeklagten die Male der erlittenen Gewalt zu sehen sind? Wie kann man es wagen, über den

14. Juli in diesem Frankreich zu scherzen, das nicht mehr das Recht hat, ihn zu feiern? Und was weiß der Generalstaatsanwalt wirklich über die Ausländer, die er anklagt?

Er selbst hat Langer im Besuchszimmer kennengelernt, hat erfahren, wie sehr jene vaterlandslosen Gesellen, wie Lespinasse sie nannte, dieses Land, das sie aufgenommen hat, lieben; so sehr, dass sie wie Langer ihr Leben opfern, um es zu verteidigen. Der Angeklagte ist nicht so, wie Lespinasse ihn beschrieben hat. Er ist ein ernsthafter und ehrlicher Mann, ein Vater, der seine Frau und seine Tochter liebt. Er ist nicht nach Spanien gegangen, weil er dort Unruhe stiften wollte, sondern weil er die Menschheit und die Freiheit über alles liebt. War Frankreich nicht gestern noch das Land der Menschenrechte? Marcel Langer zum Tode zu verurteilen, hieße, die Hoffnung auf eine bessere Welt zu begraben.

Arnals Ausführungen dauern über eine Stunde, bis er völlig erschöpft ist. Doch seine Stimme findet kein Echo vor diesem Gericht, das längst entschieden hat. Welch ein trauriger Tag, dieser 11. Juni 1943! Das Urteil ist gefällt, Marcel ist zum Tod durch die Guillotine verurteilt.

Als Catherine die Nachricht in Arnals Büro erfährt, presst sie die Lippen zusammen, steckt den Schlag ein. Der Anwalt schwört, das letzte Wort sei nicht gesprochen, er werde in Vichy ein Gnadengesuch einreichen.

*

An diesem Abend ist die Runde um den Tisch in dem stillgelegten Bahnhof, der Charles als Unterkunft und als Werkstatt dient, größer geworden. Seit Marcels Festnahme hat Jan das Kommando über die Brigade übernommen. Catherine sitzt neben ihm. An dem Blick, den sie wechseln, habe ich diesmal sicher erkannt, dass sie sich lieben. Trotzdem sieht Catherine traurig aus, ihre Lippen wagen kaum, die Worte auszusprechen, die sie uns sagen muss. Sie ist es, die uns ankündigt, dass Marcel von einem französischen Generalstaatsanwalt zum Tode verurteilt wurde. Ich kenne Marcel nicht, doch wie allen rund um den Tisch wird auch mir das Herz schwer, und meinem kleinen Bruder verschlägt es den Appetit.

Jan läuft hin und her. Alle schweigen, warten, dass er zu reden beginnt.

»Wenn sie's wirklich tun, müssen wir Lespinasse umbringen, um ihnen Angst einzujagen. Sonst schicken diese Dreckskerle alle Partisanen, die ihnen in die Hände fallen, in den Tod.«

»Während Arnal sein Gnadengesuch einreicht, können wir die Aktion vorbereiten«, fährt Jacques fort.

»Braucht aber mucho tiempo dafur«, murmelt Charles in seiner sonderbaren Sprache.

»Und was machen wir in der Zwischenzeit?«, mischt sich Catherine ein, die als Einzige verstanden hat, was er sagen will.

Jan läuft weiter hin und her.

»Wir müssen auf der Stelle handeln. Da sie Marcel verurteilt haben, lasst uns einen von ihnen verurteilen. Morgen exekutieren wir einen deutschen Offizier auf offener Straße und verteilen Flugblätter, mit denen wir unsere Aktion erklären.«

Ich habe ganz gewiss keine Erfahrung mit politischen Aktionen, doch mir geht eine Idee im Kopf herum, und ich wage es, das Wort zu ergreifen.

»Wenn wir denen richtig Angst machen wollen, wäre es wirkungsvoller, wenn wir erst die Flugblätter verteilen und dann den Offizier erschießen.«

»Damit sie alle auf der Hut sind. Hast du noch mehr solche tollen Ideen?«, knurrt Émile, der momentan wirklich etwas gegen mich zu haben scheint.

»So schlecht ist meine Idee nun auch nicht. Die Aktionen müssen im Zeitabstand von wenigen Minuten und in der richtigen Reihenfolge stattfinden. Lasst mich erklären. Wenn wir zuerst den *Boche* erschießen und dann die Flugblätter verteilen, gelten wir als Feiglinge. In den Augen der Bevölkerung wurde Marcel zuerst verurteilt und dann hingerichtet.

Ich bezweifle, dass *La Dépêche* auf die willkürliche Exekution eines heroischen Partisanen überhaupt eingehen wird. Es wird heißen, ein Terrorist sei durch ein Gericht verurteilt worden. Also lasst uns mit den Regeln spielen. Die Stadt soll für, nicht gegen uns sein.«

Émile will mich unterbrechen, doch Jan macht ihm ein Zeichen, mich weiterreden zu lassen. Meine Argumentation ist logisch, jetzt muss ich nur noch die richtigen Worte finden, um meinen Kameraden zu erklären, was ich mir vorstelle.

»Lasst uns schon morgen früh eine Meldung drucken,

in der angekündigt wird, dass die Résistance als Vergeltungsmaßnahme für die Verurteilung von Marcel Langer
einen deutschen Offizier verurteilt hat. Lasst uns auch an-
kündigen, dass das Todesurteil noch am Nachmittag vollstreckt wird. Ich kümmere mich um den Offizier, und ihr
verteilt währenddessen die Flugblätter. Die Leute nehmen auf der Stelle Notiz davon, während sich die Nachricht von der Aktion selbst viel langsamer in der Stadt verbreitet. Die Zeitungen berichten erst in der Ausgabe des
nächsten Tages darüber. Die richtige Reihenfolge der Er-
eignisse wird – dem Anschein nach – eingehalten.«

Jan befragt reihum alle Mitglieder am Tisch und richtet schließlich den Blick auf mich. Ich weiß, dass er meine
Argumentation gutheißt, bis auf ein Detail vielleicht: Er
hat kurz geblinzelt, als ich ankündigte, dass ich selbst den
Deutschen erschießen würde.

Für den Fall, dass er zu lange zögert, habe ich ein un-
widerlegbares Argument: Schließlich stammt die Idee von
mir, und außerdem habe ich mein Fahrrad gestohlen und
gehöre ordnungsgemäß zur Brigade.

Jan sieht Émile an, Alonso, Robert, dann Catherine,
die mit einem Nicken zustimmt. Charles ist nichts von der
Szene entgangen. Er steht auf, geht zum Schrank unter
der Treppe und kommt mit einem Schuhkarton zurück.
Er reicht mir einen Trommelrevolver.

»Esta noche is besser, Brudero, und du schlafen hier.«

Jan kommt auf mich zu. »Du bist der Schütze, und
du, der Spanier«, sagt er, auf Alonso deutend, »du bist
der Späher, und du, der Jüngste, du hältst das Fahrrad in
Fluchtrichtung bereit.«

Voilà! Das sagt sich so leicht, klingt ganz harmlos. Jan und Catherine sind draußen im Dunkeln verschwunden, und ich habe jetzt einen Revolver mit sechs Kugeln in der Hand, und mein kleiner Bruder will sehen, wie so was funktioniert. Alonso kommt zu mir und fragt mich, woher Jan wusste, dass er Spanier ist, da er doch den ganzen Abend kein Wort gesagt hat. »Und woher wusste er, dass ich der Schütze sein würde?«, erwidere ich schulterzuckend. Ich antworte nicht auf seine Frage, doch das Schweigen meines Kameraden zeugt davon, dass meine Frage die seine übertroffen hat.

In dieser Nacht schlafen wir zum ersten Mal in Charles' Esszimmer. Ich liege völlig erschöpft da, ein schweres Gewicht auf der Brust: zunächst der Kopf meines Bruders, der, seit wir von unseren Eltern getrennt sind, sich angewöhnt hat, fest an mich geschmiegt einzuschlafen, und, schlimmer noch, der Trommelrevolver in meiner linken Jackentasche. Obwohl keine Kugeln darin sind, habe ich Angst, dass er im Schlaf den Kopf meines Bruders durchlöchert.

Sobald alle wirklich schliefen, stand ich auf und schlich auf Zehenspitzen in den Garten hinter dem Haus. Charles hatte einen Hund, der ebenso freundlich wie dumm war.

Ich dachte an ihn, weil ich in dieser Nacht einfach seine kalte Schnauze brauchte. Ich setzte mich auf einen Stuhl unter der Wäscheleine, betrachtete den Himmel und zog den Revolver aus meiner Tasche. Der Hund schnüffelte an dem Lauf, während ich ihm den Kopf streichelte und sagte, dass er der Einzige sei, der jemals am Lauf meines

Revolvers schnüffeln könne. Das sagte ich, weil ich in diesem Moment das starke Bedürfnis hatte, mich gelassen zu geben.

Eines Nachmittags, nach dem Diebstahl von zwei Fahrrädern, hatte ich mich der Résistance angeschlossen, doch erst als ich das kindliche Schnarchen meines Bruders gehört hatte, war mir dies klar geworden. Jeannot, Brigade Marcel Langer. In den kommenden Monaten würde ich Züge und Strommasten in die Luft sprengen, Sabotageakte an Flugzeugmotoren und -tragflächen verüben.

Ich gehörte zu einer Gruppe von Genossen, der einzigen, der es gelungen war, deutsche Bomber abzuschießen... vom Fahrrad aus.

Kapitel 4

Boris hat uns geweckt. Der Morgen beginnt eben erst zu grauen, Krämpfe peinigen meinen Magen, doch ich darf nicht darauf hören, denn wir bekommen kein Frühstück. Außerdem habe ich eine Mission zu erfüllen. Und vielleicht ist es ja letztlich mehr die Angst, die mir zu schaffen macht, als der Hunger. Boris nimmt am Tisch Platz, Charles ist bereits bei der Arbeit; das rote Fahrrad verwandelt sich vor meinen Augen, der Lenker hat schon keine Ledergriffe mehr, sondern zwei verschiedene, einen aus rotem, einen aus blauem Gummi. Dann ist mein Rad eben nicht mehr elegant, ich füge mich der Vernunft, wichtig ist nur, dass die geklauten Fahrräder nicht mehr zu erkennen sind. Während Charles die Gangschaltung überprüft, macht mir Boris ein Zeichen, ihm zu folgen.

»Die Pläne wurden geändert«, sagt er, »Jan will nicht, dass ihr drei aufbrecht. Ihr seid noch Anfänger, und falls es Probleme gibt, soll ein Erfahrener zur Verstärkung dabei sein.«

Ich weiß nicht, ob das nun bedeutet, dass mir die Brigade noch nicht richtig vertraut. Also sage ich nichts und lasse Boris reden.

»Dein Bruder bleibt hier. Ich begleite dich und sichere deine Flucht. Jetzt hör mir gut zu, die ganze Sache soll folgendermaßen ablaufen. Um einen Gegner zu eliminieren, gibt es Regeln, die haargenau einzuhalten sind. Hörst du mir überhaupt zu?«

Ich nicke. Boris hat wohl bemerkt, dass meine Gedanken für einen Augenblick abgeschweift sind. Ich muss an meinen Bruder denken. Mein Gott, wird er ein langes Gesicht machen, wenn er erfährt, dass er ausgeschlossen ist. Und ich kann ihm nicht einmal gestehen, wie erleichtert ich bin zu wissen, dass sein Leben, zumindest an diesem Morgen, nicht in Gefahr ist.

Doppelt beruhigt mich, dass Boris im dritten Jahr Medizin studiert. Sollte ich also bei der Aktion verletzt werden, kann er mich retten, obwohl das natürlich völlig idiotisch ist, denn das größte Risiko besteht ja nicht darin, verletzt, sondern vielmehr verhaftet oder ganz einfach getötet zu werden, was in den meisten Fällen auf dasselbe hinausläuft.

Wie auch immer, Boris hat nicht unrecht: Ich bin, während er spricht, mit den Gedanken woanders. Aber zu meiner Entlastung muss ich sagen, dass ich schon immer eine Neigung zu Tagträumen hatte, bereits meine Lehrer meinten, ich hätte ein zerstreutes Naturell. Das war vor der Zeit, da mein Schuldirektor mich nach Hause schickte, als ich zur Abiturprüfung antreten wollte. Weil mit meinem Namen, wie er meinte, an Abitur nicht zu denken sei.

Gut, ich konzentriere mich wieder auf die bevorstehende Aktion. Sonst kassiere ich bestenfalls Schelte von Boris, der sich so bemüht zu erklären, wie die Dinge sich abzuspielen haben, schlimmstenfalls werde ich wegen mangelnder Aufmerksamkeit von der Mission ferngehalten.

»Hörst du zu?«, fragt er.

»Ja, ja, natürlich!«

»Sobald wir unsere Zielperson ausgemacht haben, vergewisserst du dich, dass dein Revolver entsichert ist. Einigen von uns ist es schon passiert, dass sie glaubten, ihre Waffe hätte Ladehemmung, dabei hatten sie nur vergessen, die Sicherung zu lösen.«

Ich finde das wirklich idiotisch, doch wenn man Angst, so richtig Angst hat, ist man weniger geschickt als sonst, das kannst du mir glauben. Wichtig ist, Boris nicht zu unterbrechen und mich auf das zu konzentrieren, was er sagt.

»Es muss ein Offizier sein, wir töten keine einfachen Soldaten. Hast du verstanden? Wir beschatten ihn aus gebührendem Abstand. Ich kümmere mich um das Umfeld. Du näherst dich dem Kerl, du leerst deine Trommel, das heißt, nicht ganz, du zählst die Schüsse, um eine Kugel zu behalten. Das ist sehr wichtig für die Flucht, vielleicht brauchst du sie noch, wer weiß? Bei der Flucht gebe ich dir Deckung. Du trittst nur kräftig in die Pedale. Wenn sich dir jemand in den Weg stellen will, greife ich ein, um dich zu schützen. Was auch passiert, du drehst dich nicht um! Du fährst, so schnell du kannst. Verstanden?«

Ich versuche, Ja zu sagen, doch mein Mund ist so trocken, dass mir die Zunge am Gaumen klebt. Boris schließt daraus, dass ich einverstanden bin, und fährt fort.

»Wenn du weit genug entfernt bist, verlangsamst du das Tempo und radelst wie jeder andere auch. Nur länger. Wenn jemand dir folgt, darfst du auf keinen Fall riskieren, ihn zu deiner Adresse zu führen. Fahr am Fluss entlang, halt mehrmals an, um zu prüfen, ob du jemanden erkennst, dem du unterwegs schon einmal begegnet bist. Glaub nicht, dass es ein Zufall sein könnte, so was gibt es in unserem Leben nicht. Erst wenn du dir ganz sicher bist, und wirklich erst dann, kannst du den Heimweg antreten.«

Ich habe jede Lust auf Ablenkung verloren und weiß meine Lektion in- und auswendig bis auf einen Punkt; ich habe nicht die geringste Ahnung, wie man auf einen Menschen schießt.

Charles kommt mit meinem Rad, das gravierende Veränderungen erfahren hat, aus der Werkstatt zurück. Das Wichtigste, sagt er, sei die Tretkurbel und die Kette. Boris macht mir ein Zeichen zum Aufbruch. Claude schläft noch, und ich frage mich, ob ich ihn wecken soll. Falls mir etwas zustößt, ist er vielleicht schon wieder eingeschnappt, weil ich mich nicht mal von ihm verabschiedet habe, bevor ich gestorben bin. Doch ich lasse ihn lieber schlafen. Wenn er aufwacht, wird er einen Bärenhunger und nichts zu beißen haben. Jede Stunde Schlaf ist eine gewonnene Stunde, den Klauen des Hungers entrissen. Ich frage, warum Émile nicht mitkommt. »Lass schon!«, murmelt Boris. Gestern ist Émiles Rad gestohlen worden. Der Idiot hat es nicht angekettet im Eingang seines Hauses stehen lassen. Das ist umso bedauerlicher, als es ein besonders schickes Modell mit Ledergriffen war, genau wie das, das ich geklaut habe! Während wir unsere Mission ausführen, muss er sich ein anderes organisieren. Émile sei deshalb ganz schön sauer, fügt Boris hinzu!

*

Die Mission spielt sich genau so ab, wie Boris es beschrieben hat. Das heißt, fast. Der deutsche Offizier, den wir ausgemacht haben, steigt die zehn Stufen hinab, die auf einen kleinen Platz mit einer *vespasienne* führen. Das ist der Name der grünen Pissoirs, die man überall in der Stadt findet. Wir nennen sie auch »Tassen« wegen ihrer Form. Doch da sie von einem römischen Kaiser, der auf den Namen Vespasian hörte, erfunden worden sind, haben wir ihnen seinen Namen gegeben. Vermutlich hätte ich mein Abitur geschafft, wenn ich nicht den Makel gehabt hätte, mich als Jude zu den Prüfungen im Juni 1941 zu präsentieren.

Boris macht mir ein Zeichen, der Ort ist ideal. Der kleine Platz liegt unterhalb der Straße, und weit und breit ist sonst niemand zu sehen. Ich folge dem ahnungslosen Deutschen. Für ihn bin ich ein Niemand, mit dem er, obwohl wir sonst nichts gemeinsam haben – er in seiner tadellosen grünen Uniform, ich eher schlecht gekleidet –, doch ein und dasselbe Bedürfnis teilen. Da die *vespasienne* mit zwei Abteilungen ausgestattet ist, kann er nichts dagegen einzuwenden haben, dass ich dieselbe Treppe hinabsteige wie er.

Ich finde mich also in einem Pissoir wieder, zusammen mit einem deutschen Offizier, auf den ich alle Kugeln in meinem Revolver – bis auf eine, wie Boris präzisiert hat – abschießen soll. Ich habe die Waffe gerade entsichert, als mir ein echtes Problem durch den Kopf geht. Kann man zum Widerstand gehören und sich ehrenwert verhalten und dabei einen Kerl niederschießen, der den Hosenstall geöffnet hat und gerade eine so wenig noble Körperhaltung einnimmt?

Boris, der oben an der Treppe mit den beiden Fahrrädern wartet, um meine Flucht zu sichern, kann ich unmöglich nach seiner Meinung fragen. Ich bin allein und muss die Entscheidung selbst treffen.

Ich schieße nicht, es ist unvorstellbar. Ich kann mich nicht mit der Idee abfinden, dass der erste Gegner, den ich niederstrecke, im Augenblick meiner heroischen Tat gerade pinkelt. Könnte ich mit Boris sprechen, würde er mich wohl daran erinnern, dass selbiger Gegner einer Armee angehört, die sich gewiss keine Fragen stellt, wenn sie auf das Genick von Kindern zielt, wenn sie Jungs an unseren Straßenecken mit Maschinengewehren erschießt und noch weniger, wenn sie in den Vernichtungslagern das Leben zahlloser Menschen auslöscht. Und Boris hätte auch nicht unrecht, doch ich träume nun mal davon, Pilot in einer Staffel der Royal Air Force zu sein, weshalb meine Ehre auch ohne Flugzeug gerettet wäre. Ich warte also, dass sich mein Offizier wieder in einem adäquaten Zustand befindet, um erschossen werden zu können. Ich lasse mich von seinem kleinen Lächeln beim Verlassen des Ortes nicht ablenken, und er schenkt mir keine Beachtung, als ich ihm erneut zur Treppe folge. Das Pissoir befindet sich am Ende einer Sackgasse, es gibt also, will man umkehren, nur einen einzigen Weg.

Da er keinen Schuss hört, muss Boris sich fragen, was ich die ganze Zeit mache. Doch mein Offizier steigt die Stufen vor mir hoch, und ich kann ihm doch nicht in den Rücken schießen. Das einzige Mittel, ihn zu bewegen, dass er sich umdreht, ist, ihn zu rufen, was gar nicht leicht ist, wenn man bedenkt, dass sich mein Deutsch auf die beiden Worte *ja* und *nein* beschränkt. Sei's drum, in wenigen Sekunden erreicht er die Straße, dann ist es zu spät. All diese Risiken umsonst eingegangen zu sein, wäre zu dumm. Ich hole tief Luft und rufe, so laut ich kann: »*Ja*.« Der Offizier muss verstanden haben, dass er gemeint ist, denn er dreht sich sofort um. Ich nutze die Gelegenheit, um ihm fünf Kugeln in die Brust zu jagen, das heißt, von vorn. Was folgt, entspricht ziemlich genau den von Boris gegebenen Anweisungen. Ich klemme den Revolver unter meinen Hosengürtel, verbrenne mich dabei am Lauf, durch den eben noch mit einer mir unvorstellbaren Geschwindigkeit fünf Kugeln katapultiert worden sind.

Am Ende der Treppe angelangt, schnappe ich mein Fahrrad, verliere dabei aber die Pistole, die unter meinem Gürtel weggerutscht ist. Ich will mich bücken, um meine Waffe aufzuheben, doch Boris holt mich in die Realität zurück, indem er brüllt: »Verschwinde auf der Stelle!« Ich strampele, was das Zeug hält, schlängle mich zwischen den Passanten hindurch, die schon auf den Ort des Geschehens zulaufen.

Unterwegs muss ich ständig an die verlorene Pistole denken. Waffen sind knapp in der Brigade. Anders als der *Maquis* kommen wir nicht in den Genuss der Fallschirmabwürfe von London. Was ungerecht ist, weil die *Maquisards* mit den ihnen geschickten Kisten kaum mehr anfangen, als sie in Verstecken zu deponieren in Hinblick auf eine Invasion der Alliierten, die ganz offensichtlich auf sich warten lässt. Wir dagegen können uns Waffen nur beschaffen, indem wir sie dem Gegner entwenden, das heißt bei extrem gefährlichen Missionen. Mir aber fehlte nicht nur die Geistesgegenwart, die Mauser, die der Offizier am Gürtel trug, an mich zu nehmen, ich habe auch noch meinen eigenen Revolver verloren. Ich konzentriere mich wohl vor allem darauf, weil ich verdrängen will, dass ich soeben einen Mann getötet habe – auch wenn alles nach Boris' Plan abgelaufen ist.

*

Es klopft an der Tür. Den Blick an die Decke geheftet, bleibt Claude auf dem Sofa liegen. Obwohl es ganz still im Raum ist, tut er so, als hätte er nichts gehört, als würde er einer Musik lauschen, woraus ich schließe, dass er wieder einmal schmollt.

Zur Sicherheit tritt Boris ans Fenster und hebt ganz leicht den Vorhang an, um einen Blick nach draußen zu werfen. Auf der Straße ist es ruhig. Ich öffne und lasse Robert herein. Manchmal nennen wir ihn auch *Trompe-la-Mort,* »der dem Tod Entronnene«, ein Spitzname, der nichts Negatives hat. Im Gegenteil, er will ausdrücken, dass Lorenzi verschiedene Qualitäten in sich vereint. Zunächst einmal seine unvergleichliche Zielsicherheit. Ich würde mich nicht gerne in seiner Schusslinie befinden, seine Trefferrate grenzt an hundert Prozent. Er hat von Jan die Erlaubnis bekommen, seinen Revolver stets bei sich zu tragen, während wir nach Beendigung der Aktion unser Material wegen allgemeinen Waffenmangels wieder abgeben müssen. So sonderbar das erscheinen mag, jeder hat seinen Wochenplan, in dem genau festgehalten ist, ob er einen Baukran am Canal du Midi in die Luft jagen, einen

Militärlastwagen anzünden, einen Zug entgleisen lassen oder einen Garnisonsposten angreifen soll – die Liste ist lang. Das von Jan vorgegebene Tempo nimmt mit jedem Monat zu, und die Tage, an denen nichts geplant ist, werden immer seltener, sodass wir schließlich immer erschöpfter sind.

Man sagt im Allgemeinen, dass Männer, die schnell abdrücken, leicht erregbar und hitzköpfig sind. Ganz anders Robert, er ist ruhig und gesetzt. Er wird von den anderen bewundert und hat stets ein freundliches, tröstendes Wort für jeden, was in Zeiten wie diesen eine Ausnahme ist. Zudem ist Robert jemand, der in dem Ruf steht, seine Leute von den Missionen zurückzubringen, und so ist es immer beruhigend, ihn im Hintergrund zu wissen.

Ich bin ihm eines Tages im L'Assiette aux Vesces, einem kleinen Restaurant an der Place Jeanne-d'Arc begegnet, wo man uns Wicken auftischte, die vage an Linsen erinnerten, aber normalerweise als Tierfutter dienten; wir begnügten uns mit der Ähnlichkeit. Es ist schon verrückt, was die Fantasie zustande bringt, wenn man Hunger hat.

Robert saß Sophie gegenüber, und an der Art, wie sie sich ansahen, hätte ich schwören können, dass auch sie sich liebten. Doch ich musste mich wohl getäuscht haben, da Jan ja gesagt hatte, dass man sich unter Widerständlern nicht lieben dürfe, weil es zu gefährlich für die Sicherheit sei. Wenn ich daran denke, wie viele von uns sich am Vortag ihrer Exekution wohl die Einhaltung dieser Regel vorgeworfen haben, bekomme ich Bauchschmerzen.

Heute Abend sitzt Robert auf Claudes Bettkante, doch der rührt sich nicht. Eines Tages werde ich mit meinem kleinen Bruder über seinen starrsinnigen Charakter reden müssen. Robert geht darüber hinweg und streckt mir die Hand entgegen, um mir zum Erfolg der Mission zu gratulieren. Zwischen widersprüchlichen Gefühlen hin- und hergerissen und wegen meines »zerstreuten Naturells«, wie meine Lehrer es nannten, versinke ich in Gedanken und hülle mich in Schweigen.

Und während Robert mir gegenübersitzt, denke ich, dass ich drei Träume hatte, als ich mich dem Widerstand anschloss: General de Gaulle in London aufsuchen, mich in der Royal Air Force engagieren lassen und einen Feind töten, bevor ich sterbe.

Nachdem mir klar geworden ist, dass die beiden ersten Träume wohl unerfüllt bleiben werden, müsste mich die Tatsache, dass ich wenigstens den dritten verwirklicht habe, eigentlich in Freude versetzen, zumal ich noch lebe, wo die Aktion doch schon zwei Stunden zurückliegt. Aber das Gegenteil ist der Fall. Mir vorzustellen, wie mein deutscher Offizier, der zu Untersuchungszwecken noch immer in derselben Haltung am Boden liegt, wie ich ihn zurückgelassen habe, die Arme auf der Treppe ausgestreckt, den Blick auf ein Pissoir gerichtet, verschafft mir absolut keine Befriedigung.

Boris hüstelt, Robert hält mir nicht die Hand entgegen, damit ich sie drücke – obwohl ich sicher bin, dass er nichts dagegen hätte, da er ein warmherziges Naturell hat –, vielmehr will er seine Waffe zurückhaben. Denn der Revolver, den ich verloren habe, gehört ihm!

Zu diesem Zeitpunkt weiß ich nicht, dass Jan ihn, Robert, zur Sicherheit mitgeschickt hat, weil er die Risiken kennt, die mit meiner Unerfahrenheit beim Schießen und der nachfolgenden Flucht einhergehen. Wie gesagt, Robert bringt seine Männer immer zurück. Was mich berührt, ist, dass er Charles am Vorabend seine Waffe anvertraut hat, damit er sie mir übergeben konnte, während ich ihm beim Essen kaum Aufmerksamkeit geschenkt habe, weil ich viel zu sehr mit meinem Omelett beschäftigt war. Und Robert, verantwortlich für meine und Boris' Deckung, war so großzügig, damit ich über einen Revolver verfüge, der, anders als automatische Waffen, niemals Ladehemmungen hat.

Doch Robert hat wohl das Ende der Aktion nicht beobachtet, auch nicht, wie sein brennend heißer Revolver aus meinem Gürtel gerutscht und auf dem Pflaster gelandet ist, kurz bevor Boris mir befahl, schleunigst die Flucht zu ergreifen.

Während Roberts Blick immer beharrlicher wird, steht Boris auf und öffnet die Schublade des einzigen Möbels in dem Raum. Er zieht aus dem rustikalen Schrank die begehrte Pistole hervor und übergibt sie ohne den geringsten Kommentar seinem Besitzer.

Robert nimmt sie an sich, und ich sehe aufmerksam zu, wie man eine Waffe sachgerecht unter die Gürtelschnalle schiebt, um zu verhindern, dass man sich am Schenkelinneren verbrennt und die Konsequenzen zu tragen hat.

*

Jan ist zufrieden mit unserer Aktion, man akzeptiert uns fortan in der Brigade. Eine neue Mission erwartet uns.

Ein *Maquisard* hat ein Glas mit Jan getrunken. Im Laufe des Gesprächs hat er absichtlich eine indiskrete Bemerkung fallen lassen und dabei einen Bauernhof erwähnt, in dem Waffen von einem Fallschirmabwurf der Engländer versteckt sein sollen. Waffen, die für die Invasion der Alliierten gelagert werden und die uns täglich fehlen, ein Gedanke, der uns geradezu verrückt macht! Deshalb – pardon, liebe Kollegen aus dem *Maquis* – hat Jan beschlossen, sich bei euch zu bedienen. Um überflüssige Schwierigkeiten oder eventuelle Pannen zu verhindern, sollen wir unbewaffnet aufbrechen. Ich will nicht behaupten, dass es keine Rivalitäten zwischen den gaullistischen Bewegungen und unserer Brigade gibt, doch auf keinen Fall darf ein »Cousin« von der Résistance verletzt werden, auch wenn die Familienbande noch so locker sind. Die Instruktionen lauten also: Keine Gewalt anwenden! Bei der geringsten Schwierigkeit hauen wir ab und fertig.

Die Mission muss reibungslos ablaufen. Übrigens, sollte Jans Plan funktionieren, werden die Gaullisten, das möchte ich schwören, den Fall nicht nach London melden, um nicht als Idioten dazustehen und in Zukunft vielleicht auf diese Waffenquelle verzichten zu müssen.

Während Robert die Vorgehensweise erklärt, tut mein kleiner Bruder so, als ginge ihn das nichts an, ich aber sehe, dass ihm kein Wort von dem Gespräch entgeht. Wir müssen zu diesem Bauernhof einige Kilometer im Westen der Stadt fahren, den Leuten vor Ort erklären, dass wir von einem gewissen Louis geschickt werden. Das Waffendepot sei aufgeflogen, die Deutschen würden bald da sein. Wir würden helfen, das Versteck auszuräumen, deshalb sollte uns der Bauer die Kisten mit den gelagerten Granaten und Maschinengewehren aushändigen. Sobald diese auf den Anhängern an unseren Fahrrädern verstaut seien, würden wir verschwinden, und die Sache wäre geregelt.

»Wir brauchen sechs Personen für diese Aktion«, sagt Robert.

Ich weiß, dass ich mich, was Claude betrifft, nicht getäuscht habe, denn er richtet sich auf, als sei er in diesem Augenblick ganz zufällig aus seiner Siesta erwacht.

»Willst du mitmachen?«, fragt Robert.

»Mit meiner Erfahrung beim Fahrraddiebstahl bin ich sicher auch geeignet, Waffen zu klauen. Ich muss inzwischen schon eine Räubervisage haben, wenn man bei dieser Art von Mission immer auf mich zurückgreift.«

»Ganz im Gegenteil, du siehst wie ein braver und ehrlicher Junge aus. Und eben weil du keinen Verdacht erweckst, bist du besonders geeignet.«

Ich weiß nicht, ob Claude das als Kompliment sieht oder ob er ganz einfach glücklich ist, dass Robert ihn direkt anspricht und ihm die Beachtung schenkt, die ihm so zu fehlen scheint, jedenfalls entspannen sich seine Züge sichtlich. Ich glaube sogar, ein Lächeln über sein Gesicht huschen zu sehen. Es ist schon verrückt, wie sehr ein wenig Anerkennung Balsam für unsere Seele sein kann. Sich anonym zu fühlen bei Menschen, mit denen man Kontakt hat, ist sehr viel schmerzhafter, als man glauben möchte. Es ist so, als sei man unsichtbar.

Das ist sicher auch ein Grund, warum wir im Untergrund so leiden und warum wir in der Brigade eine Art Familie finden, eine Gesellschaft, in der wir alle eine Existenz haben. Das gilt für viele von uns.

Claude sagt: »Ich bin mit von der Partie.« Mit Robert, Boris und mir fehlen jetzt also nur noch zwei. Alonso und Émile schließen sich uns an.

Die sechs Teilnehmer an der Mission sollen sich zunächst nach Loubers begeben, wo ein kleiner Anhänger an ihrem Fahrrad befestigt wird. Charles hat darum angeordnet, dass wir nacheinander kommen. Nicht weil seine Werkstatt so klein ist, sondern um zu verhindern, dass ein ganzer Konvoi bei den Nachbarn Verdacht erregt. Verabredet sind wir um sechs am Dorfausgang.

Kapitel 5

Claude sprach als Erster bei dem Bauern vor. Er folgte haargenau den Instruktionen, die Jan durch seinen Kontaktmann vom *Maquis* erhalten hatte.

»Louis schickt uns. Er hat mir aufgetragen zu sagen, dass heute Nacht *Ebbe ist*.«

»Schlecht für den Fischfang«, erwiderte der Mann.

Ohne jeden Widerspruch führt Claude fort: »Die Gestapo ist unterwegs, das Versteck muss ausgeräumt werden.«

»Mein Gott, das ist ja schrecklich!«, rief der Bauer aus. Er betrachtete unsere Räder und fügte hinzu: »Aber wo ist euer Lastwagen?«

Claude verstand die Frage nicht, ich auch nicht, um ehrlich zu sein, und ich glaubte, den Genossen hinter mir erging es nicht anders. Doch schlagfertig wie er war, entgegnete Claude: »Der kommt gleich, doch wir sollen schon mal mit der Organisation des Transfers beginnen.«

Der Bauer führte uns in die Scheune. Und dort, hinter meterhoch aufgetürmten Heuballen, entdeckten wir die »Höhle von Alibaba«, wie wir diese Mission nachträglich taufen sollten. Am Boden aufgereihte Kisten, gefüllt mit Granaten, Mörsern, Sten-Maschinenpistolen, ganze Säcke mit Patronen, dazu Sprengschnüre, Dynamit, Maschinengewehre und vieles mehr.

In diesem Augenblick wurden mir zwei Dinge von gleicher Wichtigkeit klar. Erstens, dass ich meine politische Einschätzung hinsichtlich der Vorbereitung der Alliierteninvasion revidieren musste. Mein Standpunkt hatte sich verändert, vor allem seit ich ahnte, dass dieses Depot nur eines von vielen war, die hier angelegt wurden. Zweitens: dass wir im Begriff waren, Waffen zu klauen, die dem *Maquis* eines Tages fehlen würden.

Ich hütete mich natürlich, diese Betrachtungen Robert, dem Leiter unserer Mission, mitzuteilen. Nicht aus Angst, von meinem Vorgesetzten verurteilt zu werden, vielmehr weil ich mich nach genauerer Überlegung mit meinem Gewissen arrangierte: Mit unseren sechs Fahrradanhängern würden wir dem *Maquis* keine größeren Verluste zufügen.

Um zu erklären, was ich beim Anblick dieser Waffen empfand, nun, da ich wusste, welchen Wert Waffen in unserer Brigade hatten, und gleichzeitig den Sinn der wohlwollenden Frage des Bauern nach dem Lastwagen begriff, muss ich auf ein Bild zurückgreifen: Man stelle sich meinen kleinen Bruder vor, der sich den Magen verdorben hätte und plötzlich, wie durch ein Wunder, vor einem Tisch mit knusprigen goldbraunen Pommes frites stehen würde.

Robert machte der allgemeinen Verwirrung ein Ende, indem er befahl, bis zur Ankunft besagten Lastwagens schon mal unsere Anhänger zu beladen. Und genau in diesem Augenblick stellte der Bauer eine zweite Frage, die uns alle verblüffte: »Was machen wir mit den Russen?«

»Welche Russen?«, wollte Robert wissen.

»Hat Ihnen Louis nichts gesagt?«

»Das kommt drauf an«, griff Claude ein, der ganz deutlich an Selbstsicherheit gewann.

»Wir verstecken zwei russische Gefangene, die aus einem Lager am Atlantik geflüchtet sind. Wir müssen etwas unternehmen. Wir dürfen nicht das Risiko eingehen, dass die Gestapomänner sie finden, denn die erschießen sie auf der Stelle.«

Zwei verwirrende Dinge ergaben sich aus dem, was der Bauer uns da erzählte. Einmal, dass wir ungewollt diesen zwei armen Burschen, die schon genug gelitten haben mussten, einen weiteren Albtraum bescherten. Wichtiger aber noch, dass dieser Bauer nicht einen Augenblick lang an sein eigenes Leben gedacht hatte. Und so nahm ich in meine Liste der fantastischen Leute während dieser wenig ruhmreichen Zeit auch gewisse Bauern auf.

Robert schlug vor, dass sich die Russen über Nacht im Unterholz verstecken sollten. Der Bauer fragte, ob einer von uns in der Lage sei, ihnen das zu erklären. Sein russischer Sprachschatz habe sich, seitdem er die beiden armen Teufel bei sich aufgenommen habe, nicht eben erweitert. Nachdem er uns genau gemustert hatte, beschloss er jedoch, sich lieber selbst darum zu kümmern. »Das ist sicherer«, fügte er hinzu. Und während er sie in ihrem Versteck aufsuchte, luden wir unsere Anhänger bis zum Rand voll. Émile nahm sogar zwei Pakete Munition mit, die wir später gar nicht würden gebrauchen können, weil wir keinen Revolver mit dem entsprechenden Kaliber hatten. Das aber würde uns Charles bei unserer Rückkehr erklären.

Nicht ohne ein gewisses Schuldgefühl ließen wir unseren

Bauern zusammen mit seinen beiden russischen Flüchtlingen zurück und strampelten, was das Zeug hielt, los, die schweren Anhänger im Schlepptau.

Als wir die ersten Vororte erreichten, fuhr Alonso versehentlich durch eines der vielen prekären Schlaglöcher, sodass einer der Säcke vom Anhänger rutschte. Verwundert über die Ladung, die sich über die Chaussee ergoss, blieben die Passanten stehen. Zwei Arbeiter eilten herbei und halfen Alonso beim Einsammeln der Munition, ohne Fragen zu stellen.

Charles machte eine Bestandsaufnahme unserer Beute, ordnete sie sorgfältig und räumte alles weg. Dann erschien er im Esszimmer, schenkte uns sein umwerfendes zahnloses Lächeln und kündigte mit seinem eigenwilligen Akzent an: »Das sihr bueno trabajo. Damit wir machen au moins ciento missiones.« Was wir folgendermaßen übersetzten: »Das ist sehr gute Arbeit. Das reicht uns für mindestens hundert Aktionen.«

Kapitel 6

Bei unseren täglichen Aktionen verging der Juni wie im Flug. Die durch unsere Sprengkörper entwurzelten Kräne waren in die Kanäle gesunken, ohne dass man sie je wieder hätte aufrichten können, Züge auf wichtigen Verkehrslinien waren entgleist, Straßen, auf denen die deutschen Konvois fuhren, waren durch umgestürzte Strommasten blockiert. Mitte des Monats gelang es Jacques und Robert, drei Bomben in der Feldgendarmerie zu legen und damit erheblichen Sachschaden anzurichten.

Der Präfekt der Region hatte erneut einen erbärmlichen Appell an die Bevölkerung gerichtet und alle Bürger aufgefordert, jeden zu denunzieren, der einer terroristischen Organisation angehören könnte. In seinem Kommuniqué geißelte der Polizeichef all jene, die sich auf den sogenannten Widerstand beriefen – diese Unruhestifter, die der öffentlichen Ordnung und dem Wohlbefinden der Franzosen schadeten. Die besagten Unruhestifter, das waren wir, und es interessierte uns nicht im Geringsten, was der Präfekt dachte.

Heute habe ich zusammen mit Émile Granaten bei Charles abgeholt mit dem Auftrag, sie ins Innere einer Telefonzentrale der Wehrmacht zu werfen.

Wir laufen durch die Straße, und Émile zeigt mir die Fensterscheiben, die wir anvisieren sollen. Auf sein Signal hin schleudern wir unsere Projektile hindurch. Ich sehe, wie sie sich in einer fast perfekten Flugbahn dem Ziel nähern. Die Zeit scheint stehen zu bleiben. Dann das Klirren von zersplitterndem Glas, fast glaube ich sogar, die Granaten über das Parkett rollen und die Schritte der Deutschen zu hören, die zur nächstbesten Tür rennen. Bei dieser Art von Aufträgen ist man besser zu zweit; alleine zweifelt man am Gelingen.

Vorerst dürften die deutschen Telefonverbindungen noch eine Weile unterbrochen bleiben. Doch heute kann ich mich an alldem nicht wirklich erfreuen, denn mein kleiner Bruder muss umziehen.

Claude ist jetzt voll in die Gruppe integriert. Jan hat befunden, dass unser Zusammenleben zu gefährlich sei und nicht den Sicherheitsregeln entspreche. Jeder muss alleine leben, damit er im Fall einer Festnahme keinen Mitbewohner verraten kann. Wie mir mein kleiner Bruder schon jetzt fehlt! Ich muss fortan abends beim Schlafengehen ständig an ihn denken. Wenn er an einer Aktion teilnimmt, werde ich nicht mehr informiert. Auf meinem Bett ausgestreckt, die Hände im Nacken verschränkt, suche ich Schlaf, ohne ihn jemals wirklich zu finden. Einsamkeit und Hunger sind keine angenehmen Begleiter. Das Knurren meines Magens unterbricht bisweilen die Stille, die mich umgibt. Um auf andere Gedanken zu kommen, fixiere ich die nackte Glühbirne an der Zimmerdecke, und schon bald wird sie zu einem Blitzen auf der Cockpitscheibe meines englischen Jagdbombers. Ich steuere einen Spitfire der Royal Air Force. Ich überfliege den Ärmelkanal und muss die Maschine nur auf die Seite neigen, um am Ende der Tragflächen die Schaumkronen der Wellen zu sehen, die sich wie ich auf England zubewegen. Nur wenige Meter entfernt, das Flugzeug meines Bruders. Ich werfe einen Blick auf seinen Motor, um mich zu vergewissern, dass kein Rauch aufsteigt und sein Rückflug nicht gefährdet ist. Doch schon zeichnet sich vor uns die Küste mit ihren weißen Felsen ab. Ich spüre den Wind, der in die Maschine dringt und um meine Beine pfeift. Sobald wir gelandet sind, erfreuen wir uns an einem stärkenden Mahl im Offizierskasino … Ein Konvoi deutscher Lastwagen fährt an meinen Fenstern vorbei, und das Geräusch der Motoren bringt mich in mein Zimmer und meine Einsamkeit zurück.

Als er sich in der Nacht entfernt, finde ich trotz des bestialischen Hungers, der mich in seinen Fängen hält, schließlich den Mut, die Glühbirne an meiner Zimmerdecke auszuschalten. Und im Halbdunkel sage ich mir, dass ich nicht aufgegeben habe. Ich werde sicher sterben, aber ich habe nicht aufgegeben, ohnehin habe ich geglaubt, sehr viel früher zu sterben, und bin noch immer am Leben … Also, wer weiß? Vielleicht hat Jacques letzten Endes doch recht, und eines Tages kehrt der Frühling zurück.

*

Am frühen Morgen sucht mich Boris auf, uns erwartet eine weitere Mission. Und während wir zum stillgelegten Bahnhof von Loubers radeln, trifft Maître Arnal in Vichy ein, um für Langer einzutreten. Der Direktor für Gnadengesuche empfängt ihn. Seine Macht ist beträchtlich, und das weiß er. Er hört dem Anwalt nur mit halbem Ohr zu, denn er ist mit seinen Gedanken woanders: Das Wochenende rückt näher, und er fragt sich, ob seine Geliebte ihn nach einem erlesenen Essen, zu dem er sie in einem Restaurant der Stadt einladen will, zwischen ihren warmen Schenkeln aufnehmen wird. Der Direktor für Gnadengesuche überfliegt rasch die Akte, deren Inhalt Arnal ihn bittet zur Kenntnis zu nehmen. Die Fakten stehen da, schwarz auf weiß, und sie sind schwerwiegend. Das Urteil ist nicht hart, sagt er, es ist gerecht. Man kann den Richtern nichts vorwerfen, sie haben ihre Pflicht getan und nach dem Gesetz geurteilt. Er hat sich seine Meinung gebildet, doch Arnal insistiert, und, weil es sich um eine so brisante Angelegenheit handelt, erklärt der Direktor sich bereit, die Kommission für Gnadengesuche einzuberufen.

Später, als er vor deren Mitgliedern spricht, achtet er genau auf die Aussprache des Namens Langer, um hervorzuheben, dass es sich um einen Ausländer handelt. Und während der betagte Anwalt Arnal Vichy verlässt, lehnt die Kommission das Gnadengesuch mit großer Mehrheit ab. Und als der betagte Anwalt in den Zug steigt, um den Rückweg nach Toulouse anzutreten, nimmt das Protokoll seinen Verwaltungsweg; es landet beim *Garde des Sceaux*, dem Justizminister, der es sogleich zum Büro von Marschall Pétain weiterleitet. Der Marschall unterschreibt, das Schicksal von Langer ist nun endgültig besiegelt. Er wird guillotiniert.

*

Heute, am 15. Juli, haben wir auf der Place des Carmes das Büro des Führers der Gruppe »Kollaboration« angegriffen. Übermorgen wird sich Boris einen gewissen Rouget vornehmen, einen besonders eifrigen Kollaborateur und notorischen Spitzel der Gestapo.

*

Als er den Justizpalast verlässt, um Mittag essen zu gehen, ist Generalstaatsanwalt Lespinasse bei bester Laune. Das unterschriebene Protokoll ist heute Morgen an seinem Ziel angelangt. Die Ablehnung des Gnadengesuchs für Marcel Langer liegt, gezeichnet vom Marschall, auf seinem Schreibtisch. Dazu der Begleitbrief mit dem Exekutionsbefehl. Lespinasse hat den Morgen damit zugebracht, dieses kleine Blatt Papier eingehend zu betrachten. Dieses rechteckige Schriftstück ist für ihn wie eine Auszeichnung, ein Preis für hervorragende Leistungen, verliehen von den höchsten Persönlichkeiten des Staates. Es ist nicht die erste, die Lespinasse ergattert. Schon in der Grundschule konnte er seinem Vater jedes Jahr ein »Sehr gut« präsentieren, das er seinem enormen Fleiß und dem Wohlwollen seiner Lehrer zu verdanken hatte. Wohlwollen, das wurde Marcel Langer vom Gericht nicht entgegengebracht... Lespinasse seufzt und hebt die kleine Porzellanfigur an, die vor der ledernen Unterlage auf seinem Schreibtisch thront. Er glättet das Blatt und stellt sie darauf. Es soll ihn nicht ablenken – er muss noch den Vortrag für die nächste Besprechung vorbereiten, doch seine Gedanken schweifen zu seinem Terminkalender. Er öffnet ihn, blättert darin, ein Tag, zwei Tage, drei, vier, hier ist es. Er zögert, die Worte »Exekution Langer« über »Abendessen Armande« zu schreiben, die Seite ist schon voll mit Terminen. Und so begnügt er sich damit, ein Kreuz zu zeichnen. Er klappt den Terminkalender zu und widmet sich wieder der Redaktion seines Textes. Ein paar Zeilen, und schon beugt er sich über dieses Dokument, das unter dem Sockel der Nippfigur hervorlugt. Er schlägt den Terminkalender wieder auf und notiert vor dem Kreuz die Ziffer 5. Das ist die Uhrzeit, zu der er vor der Tür des Gefängnisses Saint-Michel erscheinen soll. Lespinasse steckt den Kalender schließlich in seine Tasche, schiebt den vergoldeten Brieföffner auf dem Schreibtisch zurück, sodass er genau parallel zu seinem Kugelschreiber liegt. Es ist Mittag, und der Generalstaatsanwalt verspürt jetzt ein wenig Hunger. Lespinasse erhebt sich, streicht seine Hose glatt und tritt auf den Flur des Justizpalastes.

Auf der anderen Seite der Stadt legt Maître Arnal das gleiche Blatt Papier, das er heute Morgen erhalten hat, auf seinen Schreibtisch. Seine Haushälterin betritt das Arbeitszimmer. Arnal blickt sie an, bringt aber keinen Laut hervor.

»Weinen Sie, Maître?«, murmelt die Frau.

Arnal beugt sich über den Papierkorb, um sich zu erbrechen. Sein ganzer Körper wird von Krämpfen geschüttelt. Die alte Martha zögert, sie weiß nicht, was tun. Dann gewinnt ihr gesunder Menschenverstand die Oberhand, sie hat drei Kinder und zwei Enkelkinder und hat schon so manchen sich erbrechen gesehen. Sie kommt näher und legt die Hand auf die Stirn des betagten Anwalts. Und jedes Mal, wenn er sich über den Papierkorb beugt, begleitet sie seine Bewegung. Sie reicht ihm ein weißes Baumwolltaschentuch, und während er sich den Mund abwischt, heftet sie den Blick auf das Blatt Papier. Und diesmal sind es die Augen der alten Martha, die sich mit Tränen füllen.

*

Heute Abend sind wir im Haus von Charles versammelt. Wir, das heißt, Jan, Catherine, Boris, Émile, Claude, Alonso, Stefan, Jacques, Robert und ich, sitzen im Kreis auf dem Boden. Ein Brief wandert von Hand zu Hand, jeder sucht nach Worten und findet keine. Was soll man einem Freund schreiben, der sterben wird? »Wir werden dich nicht vergessen«, murmelt Catherine. Das denkt jeder hier. Wenn unser Kampf dazu beiträgt, die Freiheit wiederzugewinnen, wenn nur ein Einziger von uns überlebt, so wird er dich nicht vergessen, Marcel, und wird eines Tages deine Geschichte erzählen. Jan hört uns zu, er greift zur Feder und notiert die Sätze, die wir soeben ausgesprochen haben, auf Jiddisch. So können die Wärter, die ihn zum Schafott führen, nichts davon verstehen. Jan faltet den Brief, Catherine nimmt ihn entgegen und lässt ihn in ihren Ausschnitt verschwinden. Morgen will sie ihn dem Rabbi übergeben.

Es ist allerdings nicht sicher, dass unser Brief überhaupt in die Hände des Verurteilten gelangt. Marcel glaubt nicht an Gott, und er wird die Gegenwart des Anstaltsgeistlichen wie die des Rabbiners wahrscheinlich ablehnen. Doch wer weiß? Vielleicht haben wir ein bisschen Glück in all diesem Elend. Möge es dafür sorgen, dass du diese wenigen Zeilen liest, damit du weißt, dass du, sollten wir eines Tages wieder frei sein, einen ganz erheblichen Beitrag dazu geleistet hast.

Kapitel 7

Es ist fünf Uhr an diesem traurigen Morgen des 23. Juli 1943. Im Büro des Gefängnisses Saint-Michel trinkt Lespinasse einen Schluck mit den Richtern, dem Direktor und den beiden Henkern. Ein Kaffee für die Männer in Schwarz, ein Glas trockenen Weißwein für diejenigen, die im Schweiße ihres Angesichts die Guillotine aufgestellt haben. Lespinasse sieht wiederholt auf die Uhr. Er wartet ungeduldig darauf, dass der Zeiger seine Runde auf dem Zifferblatt beendet hat. »Es ist Zeit«, sagt er schließlich, »geben Sie Arnal Bescheid.« Der alte Anwalt hat sich nicht zu ihnen gesellen wollen und wartet alleine im Hof. Also wird er geholt und stößt jetzt auf den schweigenden Zug. Er macht dem Wärter ein Zeichen und schreitet voraus.

Der Weckruf ist noch nicht ertönt, doch alle Gefangenen sind schon auf den Beinen. Sie wissen immer ganz genau, wann einer der ihren exekutiert wird. Ein Gemurmel erhebt sich; die Stimmen der Spanier vermischen sich mit denen der Franzosen, der Italiener, der Ungarn, Polen, Tschechen und Rumänen. Das Murmeln schwillt an, entwickelt sich zu einem Lied, wird immer lauter. Alle Akzente vermengen sich und singen dieselben Worte. Es ist die »Marseillaise«, die im Gemäuer des Gefängnisses Saint-Michel erschallt.

Arnal betritt die Zelle; Marcel wacht auf, sieht den rosafarbenen Himmel durch das Gitterfenster und versteht. Arnal schließt ihn in die Arme. Über seine Schulter hinweg betrachtet Marcel wieder den Himmel und lächelt. Er flüstert dem betagten Anwalt zu: »Ich habe das Leben so geliebt.«

Jetzt tritt der Friseur ein; der Nacken des Verurteilten muss vorschriftsmäßig geschoren werden. Die Schere klappert, die Strähnen fallen auf den Lehmboden. Die Gruppe setzt sich in Bewegung, und auf dem Flur hat das Lied der Partisanen die »Marseillaise« abgelöst. Marcel bleibt am oberen Treppenabsatz stehen, dreht sich um, hebt langsam die Faust und schreit: »Adieu, Genossen!« Das ganze Gefängnis verstummt für einen kurzen Augenblick. »Adieu, Genosse, und vive la France!«, rufen die Gefangenen dann wie aus einem Munde. Und wieder ertönt die »Marseillaise«, doch Marcels Gestalt ist bereits verschwunden.

Seite an Seite schreiten Arnal, im Umhang, und Marcel, im weißen Hemd, dem Unvermeidlichen entgegen. Von hinten betrachtet, ist nicht so recht zu erkennen, wer hier wen stützt. Der Oberaufseher zieht ein Päckchen Gauloises aus der Tasche. Marcel nimmt die ihm angebotene Zigarette, ein Streichholz knistert, und die Flamme erleuchtet die untere Hälfte seines Gesichts. Ein paar Rauchwolken entweichen seinem Mund, und weiter geht es. Vor der Tür zum Hof fragt ihn der Gefängnisdirektor, ob er ein Glas Rum haben möchte. Marcel heftet den Blick auf Lespinasse, schüttelt den Kopf und erklärt: »Geben Sie's lieber dem da, der hat es nötiger als ich.«

Die Zigarette rollt über den Boden, Marcel gibt zu erkennen, dass er bereit ist.

Der Rabbiner tritt auf ihn zu, doch Marcel deutet mit einem freundlichen Lächeln an, dass er seiner nicht bedarf.

»Danke, Rabbi, aber ich brauche Sie nicht. Ich glaube an nichts, nur an eine bessere Zukunft, die sich die Menschen vielleicht eines Tages selbst schaffen. Für sich und für ihre Kinder.«

Der Rabbiner weiß genau, dass Marcel seine Hilfe nicht will, doch er hat einen Auftrag zu erfüllen, und die Zeit drängt. Ohne länger zu warten, stößt der Gottesmann Lespinasse beiseite und reicht Marcel das Buch, das er in Händen hält. Auf Jiddisch murmelt er: »Es ist eine Nachricht für Sie darin.«

Marcel zögert, nimmt das Buch aber dann doch entgegen. Er blättert darin, findet das von Jan in hebräischer Schrift beschriebene Blatt. Marcel liest die Zeilen, von rechts nach links. Er schließt die Augen und gibt dem Rabbiner das Buch zurück.

»Sagen Sie ihnen danke und vor allem, dass ich auf ihren Sieg vertraue.«

Es ist Viertel nach fünf, die Tür öffnet sich auf einen der kleinen dunklen Höfe des Gefängnisses Saint-Michel. Auf der rechten Seite erhebt sich die Guillotine. Aus barmherziger Sorge ist sie auf einer der Hofseiten aufgestellt worden, damit der Verurteilte sie erst im letzten Moment erblickt.

Hoch oben auf den Türmen drängen sich die deutschen Wachposten und sehen dem Schauspiel, das sich zu ihren Füßen abspielt, belustigt zu. »Sind schon komische Leute, diese Franzosen, eigentlich sind wir doch die Feinde, oder?«, meint einer von ihnen kopfschüttelnd. Sein Landsmann zuckt nur mit den Schultern und beugt sich vor, um besser sehen zu können.

Marcel steigt die Stufen zu dem Gerüst empor und dreht sich ein letztes Mal zu Lespinasse um: »Mein Blut wird über Sie kommen«, sagt er lächelnd und fügt hinzu: »Ich sterbe für Frankreich und für eine bessere Menschheit.«

Ohne sich helfen zu lassen, legt er sich auf die Kippvorrichtung, und das Fallbeil saust herunter. Arnal hält den Atem an. Er starrt zum Himmel hinauf, der von zarten Wolken wie aus Seide durchwirkt ist. Die Pflastersteine zu seinen Füßen färben sich rot. Und während Marcels sterbliche Reste in einen Sarg gelegt werden, machen sich die Henker schon daran, ihre »Maschine«, wie sie die Guillotine nennen, zu säubern und Sägemehl auf den Boden zu streuen.

Arnal begleitet seinen Freund bis zu seiner letzten Ruhestätte. Er steigt vorn zum Kutscher auf den Leichenwagen, die Gefängnistore öffnen sich, und das Gespann setzt sich in Bewegung. An der nächsten Straßenecke wartet Catherine, doch Arnal nimmt sie gar nicht wahr.

In einen Hauseingang gedrängt sehen Catherine und Marianne dem Leichenzug nach. Das Klappern der Pferdehufe verhallt in der Ferne. Ein Wärter heftet den Exekutionsbescheid an das Tor. Es gibt nichts mehr zu tun. Aschfahl vor Entsetzen verlassen die beiden jungen Frauen ihr

Versteck und laufen zu Fuß die Straße hinauf. Marianne hält ein zerknülltes Taschentuch vor den Mund gepresst, ein armseliges Mittel gegen die Übelkeit und den Schmerz. Es ist noch nicht sieben, als die beiden uns im Haus von Charles aufsuchen. Jacques sagt kein Wort, er ballt die Hände zu Fäusten. Boris zeichnet mit der Fingerspitze einen Kreis auf die Tischplatte, Claude sitzt an die Wand gelehnt da und sieht mich an.

»Wir müssen noch heute einen Gegner umbringen«, sagt Jan.

»Ohne jegliche Vorbereitung?«, fragt Catherine.

»Ich bin auch dafür«, meint Boris.

*

Abends um acht ist es im Sommer noch taghell. Die Leute flanieren durch die Stadt und genießen die milde Luft. Die Caféterrassen sind überfüllt, Liebespaare küssen sich an den Straßenecken. Inmitten dieser Menge scheint Boris ein junger harmloser Mann wie alle anderen. Und doch umschließt seine Hand in der Tasche den Kolben seines Revolvers. Seit einer Stunde schon sucht er seine Beute, nicht irgendeine, er will einen Offizier, um Langer zu rächen, einen ranghohen, einen hochdekorierten. Doch bislang ist er nur zwei angeheiterten deutschen Marinesoldaten begegnet – ein zu kleines Kaliber, um den Tod zu verdienen, findet er. Boris überquert den Square Lafayette, geht die Rue d'Alsace hinauf bis zur Place Esquirol. In der Ferne hört er die Blechinstrumente eines Orchesters, von deren Klängen er sich jetzt leiten lässt.

Im Musikpavillon spielt eine deutsche Militärkapelle. Boris nimmt auf einem der Stühle Platz. Er schließt die Augen und versucht, den wilden Rhythmus seines Herzens zu bändigen. Es kommt gar nicht infrage, unverrichteter Dinge zurückzukehren und die Freunde zu enttäuschen. Zugegebenermaßen ist diese Art von Rache nicht wirklich das, was Marcel verdient hat, aber sein Entschluss ist gefasst. Er schlägt die Augen wieder auf, die Vorsehung hat es gut mit ihm gemeint, ein adretter deutscher Offizier hat sich in der ersten Sitzreihe niedergelassen. Boris schielt nach der Mütze, mit der sich der Offizier Luft zufächelt. An seiner Uniformjacke entdeckt er das kleine rotschwarze Band, das Zeichen für seinen Russlandeinsatz. Dieser Offizier dürfte für den Tod manch eines Soldaten verantwortlich sein, wenn er sich hier in Toulouse erholen und einen milden Sommerabend wie diesen im Südwesten von Frankreich genießen darf.

Das Konzert ist zu Ende, der Offizier erhebt sich, Boris folgt ihm. Wenige Schritte von dort entfernt, mitten auf der Straße, fallen fünf Schüsse, bläuliche Flammen treten aus dem Lauf der Waffe unseres Freundes. Die Menge stürzt herbei, Boris entfernt sich.

In einer Straße von Toulouse rinnt das Blut eines deutschen Offiziers in die Gosse. Wenige Kilometer weiter, unter der Erde eines Toulouser Friedhofs, ist das Blut von Marcel Langer schon getrocknet.

*

La Dépêche de Toulouse berichtet auf der Titelseite von Boris' Aktion; in derselben Ausgabe ist von Marcels Exekution die Rede. Die Bevölkerung von Toulouse hat schnell den Bezug zwischen den beiden Vorfällen hergestellt. Die Betroffenen lernen, dass das Blut eines Partisanen nicht ungestraft fließt, die anderen wissen, dass es ganz in ihrer Nähe Widerstandskämpfer gibt.

Der Präfekt der Region veröffentlicht eilig ein Kommuniqué, um die Besatzungsmacht seines Wohlwollens zu versichern. »Sobald ich von dem Attentat erfahren habe«, erklärt er, »habe ich gegenüber dem Chef des Generalstabs und dem Leiter der deutschen Sicherheitspolizei im Namen der Bevölkerung meine Empörung zum Ausdruck gebracht.« Und auch der Regionalintendant der Polizei hat der Kollaborateursprosa seinen Beitrag hinzugefügt: »Die französischen Behörden haben eine hohe Prämie für sachdienliche Hinweise zur Identifizierung des Attentäters ausgesetzt, der am Abend des 23. Juli in Toulouse in der Rue Bayard heimtückisch einen deutschen Militärangehörigen mit einer Handfeuerwaffe getötet hat.« Ende des Zitats! Hier sei erwähnt, dass Polizeiintendant Barthenet erst vor Kurzem die heiß ersehnte Beförderung erlangt hat, nachdem er sich bei den Behörden von Vichy den Ruf eines ebenso effizienten wie unnachgiebigen Beamten erworben hatte. Der Chronist der *La Dépêche* hat ihm nach der Ankündigung seiner Nominierung auf der Titelseite seine besten Willkommensgrüße übermittelt. Wir heißen ihn »auf unsere Art« willkommen. Und um ihn noch herzlicher zu empfangen, verteilen wir Flugblätter in der ganzen Stadt. In wenigen Zeilen verkünden wir, einen deutschen Offizier erschossen zu haben, um den Mord an Marcel Langer zu rächen.

Wir erwarten von niemandem einen Befehl. Der Rabbiner hat Catherine erzählt, was Marcel, kurz bevor er auf dem Schafott starb, zu Lespinasse gesagt hat. »Mein Blut wird über Sie kommen.« Die Botschaft hat uns tief getroffen – wie ein von unserem Freund hinterlassenes Testament, und wir haben alle seinen letzten Willen verstanden. Wir werden den Generalstaatsanwalt hinrichten. Das Unternehmen wird eine lange und ausgiebige Vorbereitung erfordern. Man erledigt einen Staatsanwalt nicht einfach so auf offener Straße. Der Gesetzeshüter genießt mit Sicherheit Personenschutz, bewegt sich nur mit seinem Chauffeur durch die Stadt, und wir dürfen bei unseren Aktionen unter keinen Umständen die Bevölkerung gefährden. Im Gegensatz zu all denen, die ganz offen mit den Nazis kollaborieren, die denunzieren, verhaften, foltern, deportieren, verurteilen, exekutieren, die ungehindert, unter dem Deckmäntelchen der Pflichterfüllung, ihren Rassenhass ausleben, bleiben unsere Hände sauber, auch wenn wir bereit sind, sie schmutzig zu machen.

*

Auf Jans Wunsch hat Catherine vor einigen Wochen eine »Observierungszelle« eingerichtet. Darunter ist zu verstehen, dass sie mit einigen ihrer Freundinnen – Damira, Marianne, Sophie, Rosine, Osna, all diejenigen, die wir nicht lieben dürfen, die wir aber trotzdem lieben – Informationen zur Vorbereitung unserer Aktionen zusammenträgt und uns zukommen lässt.

Die jungen Frauen lernen zu beschatten, heimlich zu fotografieren, Fahrstrecken und Zeitpläne auszukundschaften und Nachbarn auszufragen. Dank ihrer wissen wir alles oder fast alles über unsere Zielpersonen. Nein, wir erwarten von niemandem Befehle. Ganz oben auf unserer Liste steht jetzt Generalstaatsanwalt Lespinasse.

Kapitel 8

Jacques hatte mich gebeten, Damira in der Stadt aufzusu-
chen, um ihr einen Auftrag zu übermitteln. Das Treffen
sollte in dem kleinen Restaurant stattfinden, in dem sich
die Freunde allzu oft zusammengefunden hatten, bis uns
Jan – wie immer aus Sicherheitsgründen – verboten hatte,
es zu betreten.

Welch ein Schock, als ich sie zum ersten Mal sah. Ich
hatte rotes Haar, eine helle Haut, so mit Sommersprossen übersät, dass man mich häufig fragte, ob ich die Sonne
durch ein Sieb betrachtet hätte. Noch dazu trug ich eine
Brille. Damira war Italienerin und – wichtiger als alles andere in meinen kurzsichtigen Augen – ebenfalls rothaarig.
Ich zog den Schluss, dass uns diese Tatsache unweigerlich
verbinden müsse. Gut, aber ich hatte mich schon in meiner Einschätzung der Waffenlager der gaullistischen *Maquisards* getäuscht, und so war ich mir, was Damira betraf,
über gar nichts sicher.

Vor unseren Tellern mit dem falschen Linsengericht äh-
nelten wir wohl zwei jungen Verliebten, nur dass Damira
überhaupt nicht in mich verliebt war, während es mich
schon richtig erwischt hatte. Ich starrte sie an, als würde
ich nach achtzehn Jahren in der Haut eines Rotschopfs
zum ersten Mal meinesgleichen begegnen, nur eben vom

anderen Geschlecht – eine äußerst angenehme Andersartigkeit übrigens.

»Warum siehst du mich so an?«, fragte Damira.

»Nur so!«

»Werden wir überwacht?«

»Nein, nicht im Geringsten!«

»Bist du sicher? Weil, so wie du mich mit den Blicken verschlingst, dachte ich schon, du wolltest mich auf eine Gefahr hinweisen.«

»Damira, ich schwöre dir, wir sind in Sicherheit!«

»Und warum hast du dann Schweißperlen auf der Stirn?«

»Weil es hier bullenheiß ist.«

»Das finde ich aber überhaupt nicht.«

»Weil du Italienerin bist und ich aus Paris komme. Deshalb bist du sicher mehr dran gewöhnt als ich.«

»Sollen wir ein bisschen spazieren gehen?«

Hätte mir Damira vorgeschlagen, im Kanal zu baden, ich hätte es sofort getan. Sie hatte den Satz noch nicht beendet, da stand ich schon auf, um ihren Stuhl zurückzuziehen und ihr aufzuhelfen.

»Na, das ist ja ein galanter Herr«, sagte sie lächelnd.

Meine Körpertemperatur stieg noch ein wenig an, und zum ersten Mal seit Kriegsbeginn sah ich gesund aus, so rosig waren meine Wangen.

Wir liefen Seite an Seite am Kanal entlang, wo ich mir vorstellte, mit meiner umwerfenden rothaarigen Italienerin bei verliebten Wasserspielen herumzutollen. Völlig lächerlich, da es absolut unromantisch ist, zwischen zwei Kränen und drei Lastkähnen zu baden, die mit Kohlenwasserstoff beladen sind. Doch in diesem Moment hätte mich nichts auf der Welt vom Träumen abhalten können. Und während wir die Place Esquirol überquerten, landete ich meinen Spitfire – dessen Motor mich bei einem Looping im Stich gelassen hatte – auf der Wiese vor einem entzückenden kleinen Cottage, das Damira und ich in England bewohnten, seitdem sie mit unserem zweiten Kind schwanger war – das mit Sicherheit genauso rote Haare haben würde wie unsere erste Tochter. Und – Gipfel des Glücks – ich kam gerade zur rechten Zeit für den Five o'Clock Tea. Damira lief mir entgegen und verbarg in den Taschen ihrer rot und grün karierten Schürze die noch warmen Butterplätzchen, die sie gerade frisch aus dem Ofen geholt hatte. Gut, dann würde ich den Motor meiner Maschine eben erst etwas später reparieren. Damiras Gebäck war köstlich, sie musste sich unglaubliche Mühe gegeben haben, um es ganz allein für mich zu backen. Dies eine Mal konnte ich meine Pflichten des Offiziers der Royal Air Force vergessen, um ihr meinen Dank zu bezeigen. Während wir auf der Bank vor unserem Haus saßen, legte Damira mir den Kopf auf die Schulter und seufzte, erfüllt von diesem Augenblick simplen Glücks.

»Jeannot, ich glaube, du bist eingeschlafen.«

Ich zuckte zusammen und fragte: »Wieso?«

»Dein Kopf liegt auf meiner Schulter!«

Puterrot richtete ich mich wieder auf. Spitfire, Cottage, Tee und Butterplätzchen hatten sich in Luft aufgelöst, geblieben waren nur der dunkle Widerschein des Kanals und die Bank, auf der wir Platz genommen hatten.

Bei dem verzweifelten Versuch, einen Anschein von

Haltung zu bewahren, hüstelte ich, ohne zu wagen, meine Banknachbarin anzusehen, und stellte ihr trotzdem ein paar Fragen, um sie besser kennenzulernen.

»Wie bist du eigentlich zur Brigade gekommen?«

»Solltest du mir nicht einen Auftrag übermitteln?«, gab Damira zurück.

»Ja, ja, aber wir haben doch Zeit, oder?«

»Du vielleicht, ich aber nicht.«

»Antworte mir, und danach sprechen wir von der Arbeit, Ehrenwort.«

Damira zögerte kurz, dann lächelte sie und war bereit, mir zu berichten. Sie wusste sicher, dass ich ein bisschen in sie verschossen war, Mädchen wissen so was immer, oft sogar, bevor wir es selbst wissen. Es war nichts Taktloses dabei, schließlich wusste sie, wie sehr die Einsamkeit auf uns allen lastete, vielleicht sogar auf ihr selbst, deshalb war sie bereit, mir Freude zu machen und etwas von sich zu erzählen. Es war schon Abend, aber längst noch nicht dunkel, und bis zur Sperrstunde war noch Zeit. Zwei Jugendliche auf einer Bank an einem Kanal während der deutschen Besatzung – was hätte schlecht daran sein sollen, den Augenblick zu nutzen?

»Ich habe nie geglaubt, dass der Krieg bis zu uns kommen würde«, sagte Damira. »Doch eines Abends war er plötzlich auf der Straße vor dem Haus: Ein Mann kam des Weges, gekleidet wie mein Vater, wie ein Arbeiter. Papa ist ihm entgegengelaufen, und sie haben eine Weile geredet. Dann ist der Mann wieder gegangen. Papa ist zurückgekehrt und hat sich in der Küche mit Mama unterhalten. Ich konnte sehen, dass sie zu weinen begann, und hörte sie sagen: ›Ist es nicht schon so schwer genug?‹ Das hat sie gesagt, weil ihr Bruder in Italien von den Schwarzhemden gefoltert worden war. So heißen bei uns Mussolinis Faschisten, ähnlich wie hier die Milizsoldaten.«

Ich hatte aus den bereits erwähnten Gründen meine Reifeprüfung nicht ablegen können, doch ich wusste sehr genau, wer die Schwarzhemden waren. Trotzdem ging ich nicht das Risiko ein, Damira zu unterbrechen.

»Ich habe begriffen, warum dieser Mann mit meinem Vater im Garten sprach. Und mein Vater mit seinem ausgeprägten Ehrgefühl hat nur darauf gewartet. Ich wusste, dass er zugestimmt hatte, für sich und auch für meine Brüder. Mama weinte, weil wir an dem Kampf teilnehmen würden. Ich war stolz und glücklich, doch man schickte mich in mein Zimmer. Bei uns haben die Mädchen nicht die gleichen Rechte wie die Jungen. Bei uns gibt es Papa, meine Brüder und erst dann, und wirklich erst dann, Mama und mich. Und du kannst mir glauben, Jungs, die kenne ich von A bis Z, schließlich habe ich vier davon zu Hause.«

Als Damira mir das erzählte, dachte ich an mein Verhalten, seit wir uns in dem kleinen Restaurant getroffen hatten, und ich sagte mir, die Wahrscheinlichkeit, dass sie meine Verliebtheit nicht bemerkt hatte, sei gleich null. Ich konnte sie einfach nicht unterbrechen, war außerstande, auch nur das geringste Wort herauszubringen. Und so fuhr Damira fort: »Ich habe den Charakter meines Vaters, nicht den meiner Mutter. Übrigens gefällt es meinem Vater, dass ich ihm ähnlich bin, das weiß ich genau. Ich bin wie er ... rebellisch. Ich kann Ungerechtigkeit nicht akzeptieren. Mama hat mir immer beibringen wollen zu schweigen, Papa hat mich, ganz im Gegenteil, immer gedrängt, den Mund aufzumachen, mich nicht unterkriegen zu lassen, allerdings meist, wenn meine Brüder nicht da waren, wegen der Ordnung innerhalb der Familie.«

Ganz in der Nähe von uns machte ein Lastkahn die Leinen los. Damira verstummte, als hätten die Schiffer uns hören können. Das war idiotisch wegen des Winds, der durch die Kräne pfiff, doch ich ließ sie wieder zu Atem kommen. Wir warteten, bis der Lastkahn die Schleuse erreicht hatte, dann fragte Damira: »Kennst du Rosine?«

Rosine, Italienerin, brünett mit blauen Augen, leicht singender Akzent, sinnliche Stimme, hochgewachsen, unbeschreiblich langes Haar.

Vorsichtshalber antwortete ich ganz schüchtern: »Ja, ich glaube, wir sind uns ein- oder zweimal begegnet.«

»Sie hat mir nie von dir erzählt.«

Das wunderte mich überhaupt nicht, und ich zuckte nur mit den Schultern. Genau das tat man für gewöhnlich, wenn man mit etwas Zwangsläufigem konfrontiert war.

»Warum sprichst du von Rosine?«

»Weil ich ihr den Kontakt zur Brigade zu verdanken habe«, erwiderte Damira. »Eines Abends fand bei uns im Haus eine Versammlung statt, und sie war dabei. Als ich zu ihr sagte, es sei Zeit, zu Bett zu gehen, gab sie zurück, dass sie nicht zum Schlafen hier sei, sondern um der Versammlung beizuwohnen. Habe ich dir schon gesagt, dass ich keine Ungerechtigkeit ertragen kann?«

»Ja, ja, das war vor knapp fünf Minuten, ich erinnere mich genau!«

»Gut, und da ist mir der Kragen geplatzt. Ich habe gefragt, warum ich nicht auch an der Versammlung teilnehmen dürfe, und Papa hat geantwortet, ich sei noch zu jung. Nun war aber Rosine genauso alt wie ich. Da habe ich beschlossen, mein Schicksal in die Hand zu nehmen, und habe meinem Vater zum letzten Mal gehorcht. Als Rosine später in mein Zimmer kam, schlief ich noch nicht. Ich hatte auf sie gewartet. Wir haben uns die ganze Nacht unterhalten. Ich habe ihr gestanden, dass ich sein wollte wie sie, wie meine Brüder, und sie angefleht, mich dem Chef der Brigade vorzustellen. Sie ist in Lachen ausgebrochen und hat mir erklärt, der befinde sich unter meinem Dach, er würde gerade im Wohnzimmer schlafen. Er sei der Freund meines Vaters, der eines Tages im Garten erschienen war, an jenem Tag, als meine Mutter so geweint hat.«

Damira legte eine Pause ein, wie um sich zu vergewissern, dass ich ihr folgte. Das war nun völlig überflüssig, denn in diesem Augenblick wäre ich ihr überallhin gefolgt, wenn sie mich darum gebeten hätte, und wahrscheinlich auch, wenn nicht.

»Am nächsten Tag, während Papa und Mama anderweitig beschäftigt waren, bin ich zum Brigadechef gegangen. Er hat mir zugehört und gesagt, sie könnten jeden gebrauchen. Anfangs könne man mir nicht allzu schwierige Aufgaben zuteilen, und später würde man sehen. So, jetzt weißt du alles. Verrätst du mir jetzt, wie mein Auftrag lautet?«

»Und dein Vater, was hat der gesagt?«

»Er hat zuerst nichts gemerkt, fing aber nach einer

Weile an, Verdacht zu schöpfen. Ich glaube, er hat mit dem Brigadechef gesprochen, und es ist zu einer lautstarken Auseinandersetzung gekommen. Für Papa war das nur eine Frage väterlicher Autorität, denn schließlich bin ich ja immer noch in der Brigade. Seither tun wir so, als wäre nichts gewesen, aber ich spüre genau, dass wir uns jetzt noch viel näher sind. Gut, Jeannot, was ist jetzt mit diesem Auftrag? Ich muss wirklich gehen.«

»Damira?«

»Ja.«

»Kann ich dir ein Geheimnis anvertrauen?«

»Ich arbeite für eine geheime Observationszelle, wenn es also jemanden gibt, dem man ein Geheimnis anvertrauen kann, dann bin ich es!«

»Ich habe ganz vergessen, worum es bei dem Auftrag geht…«

Damira fixierte mich mit ihren blauen Augen und deutete ein Lächeln an, als wäre sie zugleich belustigt und unsäglich wütend auf mich.

»Du bist wirklich zu blöd, Jeannot.«

Es war doch nicht meine Schuld, wenn ich seit einer Stunde feuchte Hände, einen trockenen Mund und schlotternde Knie hatte. Ich bemühte mich, so gut es ging, um eine Entschuldigung.

»Ich bin sicher, es ist nur vorübergehend, aber gerade im Moment habe ich eine schreckliche Gedächtnislücke.«

»Gut, ich gehe jetzt«, sagte Damira, »und du versuchst heute Nacht, dich zu erinnern, und spätestens morgen früh will ich wissen, worum es geht. Verdammt, Jeannot, wir führen Krieg, das ist todernst!«

Vergangenen Monat hatte ich verschiedene Bomben hochgehen lassen, hatte Kräne zerstört, eine deutsche Telefonzentrale in die Luft gejagt mitsamt einiger Insassen. Meine Nächte wurden heimgesucht von einem toten feindlichen Offizier, der grinsend auf ein Pissoir starrte. Wenn es also jemanden gab, der wusste, dass das, was wir machten, todernst war, dann war ich das wohl. Meine Gedächtnisstörungen oder Störungen schlechthin ließen sich nicht einfach so kontrollieren. Ich schlug Damira vor, sie noch ein Stück zu begleiten, vielleicht würde es mir ja unterwegs wieder einfallen.

Als wir erneut die Place Esquirol überquerten, wo sich unsere Wege trennten, pflanzte sich Damira mit resoluter Miene vor mir auf.

»Hör zu, Jeannot, die Geschichten zwischen Jungen und Mädchen sind verboten bei uns, erinnerst du dich?«

»Ja, aber du hast doch gesagt, du wärst eine Rebellin!«

»Ich spreche nicht von meinem Vater, du Dummkopf, sondern von der Brigade! Es ist strikt untersagt und viel zu gefährlich. Wir sehen uns also im Rahmen unserer Missionen und vergessen den Rest, verstanden?«

Zu allem Überfluss hatte sie auch noch recht. Ich stammelte, ich würde das sehr gut verstehen und die Dinge genauso sehen.

Jetzt, da alles klar sei, erwiderte sie, würde ich vielleicht mein Gedächtnis wiederfinden.

»Du sollst dich in der Rue Pharaon umsehen, wo wir uns für einen gewissen Mas, den Chef der Miliz, interessieren«, sagte ich. »Ich schwöre dir, dass mir das urplötzlich alles wieder eingefallen ist!«

95

»Wer wird die Aktion durchführen?«, wollte Damira wissen.

»Da es sich um einen Milizionär handelt, wird höchstwahrscheinlich Boris den Fall übernehmen, doch bislang ist nichts Offizielles bekannt.«

»Für wann ist die Sache vorgesehen?«

»Für Mitte August, glaube ich.«

»Da bleiben mir ja nur noch wenige Tage, das ist sehr knapp. Ich frage Rosine, ob sie mir hilft.«

»Damira?«

»Ja.«

»Wenn wir nicht… na ja… wenn es nicht diese Sicherheitsregeln gäbe?«

»Hör auf, Jeannot, mit unserer gleichen Haarfarbe würde man uns für Bruder und Schwester halten, und außerdem…«

Damira sprach den Satz nicht zu Ende und entfernte sich bereits mit einem leichten Kopfschütteln. Ich blieb mit hängenden Armen stehen, als sie sich plötzlich umdrehte und zurückkam.

»Du hast sehr schöne blaue Augen, Jeannot, und dein kurzsichtiger Blick hinter deinen Brillengläsern ist einfach umwerfend. Wenn du sie über diesen Krieg hinweg retten kannst, wirst du bestimmt Glück in der Liebe haben. Gute Nacht, Jeannot.«

»Gute Nacht, Damira.«

Als wir uns an diesem Abend trennten, wusste ich nicht, dass Damira unsterblich in einen Kameraden mit Namen Marc verliebt war. Sie trafen sich heimlich und sollten sogar Museen besuchen. Marc war sehr gebildet und führte

Damira in Kirchen und sprach mit ihr über Malerei. Als wir uns an diesem Abend trennten, wusste ich auch nicht, dass Marc und Damira in wenigen Monaten zusammen verhaftet würden und dass Damira ins Konzentrationslager Ravensbrück deportiert werden würde.

Kapitel 9

Damira sollte Erkundigungen über den Milizionär Mas einholen. Gleichzeitig hatten Catherine und Marianne den Auftrag, Lespinasse zu beschatten. Jan hatte seine Adresse im Telefonbuch gefunden, so merkwürdig es erscheinen mochte. Der Generalstaatsanwalt bewohnte eine Villa in einem Vorort von Toulouse. An seinem Gartentor war sogar ein kupfernes Schild mit seinem Namen angebracht. Unsere beiden Genossinnen konnten es kaum glauben: Der Mann ergriff keinerlei Vorsichtsmaßnahmen! Er kam und ging ohne Begleitung, setzte sich selbst ans Steuer seines Wagens, als hege er nicht das geringste Misstrauen. Und das, obwohl die Zeitungen in verschiedenen Artikeln erklärt hatten, er habe »zwei gefährliche Terroristen unschädlich gemacht«. Selbst die BBC hatte berichtet, dass Lespinasse für die Exekution von Marcel Langer verantwortlich war. Es gab keinen Cafébesucher, keinen Fabrikarbeiter, der seinen Namen nicht kannte. Er musste also schon ganz schön abgebrüht sein, wenn er keinen Augenblick fürchtete, dass die Résistance ihn im Visier haben könnte. Es sei denn, er war so eitel, so arrogant, dass die Idee, jemand könnte ihm nach dem Leben trachten, für ihn völlig abwegig war – zu diesem Schluss kamen die beiden Mädchen nach mehreren Tagen der Beschattung.

Es war nicht leicht für unsere beiden Genossinnen, unbemerkt zu bleiben. Die Straße war oft menschenleer, was die Aktion selbst zwar erleichtern konnte, die Überwachung jedoch erschwerte. Gelegentlich hinter einem Baum verborgen, verbrachten die beiden, wie alle Späherinnen im Untergrund, die meiste Zeit damit herumzulaufen. So verstrich eine Woche.

Die Angelegenheit war umso komplizierter, als die Zielperson keinen regelmäßigen Zeitplan zu haben schien. Im Allgemeinen bewegte sich Lespinasse nur in seinem schwarzen Peugeot 202 von der Stelle, sodass eine weitere Verfolgung unmöglich war. Keine festen Gewohnheiten, außer einer, wie die beiden jungen Frauen feststellten: Lespinasse verließ das Haus jeden Nachmittag um halb vier. Der ideale Augenblick, ihn zu liquidieren, schlossen sie in ihrem Bericht. Eine weitere Überwachung ergebe keinen Sinn. Man könne ihn wegen seines Wagens nicht verfolgen, und im Justizpalast verlören sie seine Spur.

Nachdem sich Marius am Freitag zu ihnen gesellt hatte, um sich die Örtlichkeit genau anzusehen und über den Fluchtweg zu entscheiden, wurde die Aktion für den kommenden Montag geplant. Es musste rasch gehandelt werden. Wenn Lespinasse ein so unbekümmertes Leben führte, meinte Jan, sei nicht auszuschließen, dass er, von ihnen unbemerkt, unter Polizeischutz stand. Catherine und Marianne beteuerten, nichts bemerkt zu haben. Jan aber war misstrauisch und das zu Recht. Ein weiterer Grund, sich zu beeilen, war die Tatsache, dass die Ferienzeit vor der Tür stand und unser Mann jeden Moment die Stadt verlassen konnte.

Erschöpft von all den Missionen der Woche und mit immer lauter knurrendem Magen stellte ich mir vor, den Sonntag auf dem Bett ausgestreckt zu verbringen und zu träumen. Mit etwas Glück würde ich meinen Bruder sehen. Wir könnten den Kanal entlangspazieren wie zwei Knaben, die den Sommer auskosteten; zwei Knaben, die weder Hunger noch Angst hatten, die leicht betört waren vom Duft der jungen Frauen, den sie unter den Wohlgerüchen des Sommers ausmachten. Und wenn der Abendwind es gut mit uns meinte, tat er uns vielleicht den Gefallen, die leichten Röcke der Mädchen anzuheben, nur ein wenig, sodass wir vielleicht ein Knie würden sehen können, aber genug, um unsere Herzen höher schlagen zu lassen und uns ein wenig zu trösten, wenn wir abends wieder in unseren finsteren Kammern wären.

Doch diese Rechnung hatte ich ohne Jan gemacht. Denn noch am Abend klopfte Jacques an meine Tür, um meine Pläne von Ruhe gründlich zu durchkreuzen, und das aus gutem Grund… Er entfaltete einen Stadtplan auf dem Tisch und deutete mit dem Finger auf eine Kreuzung. Am nächsten Tag, Punkt 17 Uhr, sollte ich Émile dort ein Paket überreichen, das ich vorher bei Charles abgeholt hatte. Mehr brauchte ich nicht zu wissen. Morgen Abend würden sie mit einem Neuen, einem gewissen Guy, der gerade mal siebzehn, aber ein hervorragender Radler war und den Rückzug sichern sollte, eine neue Aktion starten. Morgen Abend würde keiner von uns Ruhe finden, bis sie heil und gesund zurückgekehrt wären.

*

Am Samstagmorgen reißt der Himmel auf, nur ein paar Wattewölkchen treiben noch dahin. Siehst du, würde das Leben es gut mit mir meinen, könnte ich den Duft eines englischen Rasens riechen und die Reifen meiner Maschine prüfen, der Mechaniker würde mir ein Zeichen geben, dass alles in Ordnung ist. Dann würde ich in die Kabine klettern, die Tür schließen und zum Patrouillenflug abheben. Doch ich höre Madame Dublanc die Küche betreten, und das Geräusch ihrer Schritte reißt mich aus meinen Träumereien. Ich schlüpfe in meine Jacke, sehe auf die Uhr; Punkt sieben. Ich muss zu Charles hinausfahren, dieses Paket entgegennehmen und es Émile aushändigen. Ich radele also stadtauswärts und ab Saint-Jean an der stillgelegten Eisenbahnstrecke entlang. Schon lange verkehren auf den alten Gleisen, die nach Loubers führen, keine Züge mehr. Eine leichte Brise umweht meinen Nacken, ich schlage den Kragen hoch und pfeife die Melodie von »La Butte Rouge«. In der Ferne sehe ich den kleinen Bahnhof. Ich klopfe an die Tür, und Charles öffnet mir.

»Tu quieres un Kaffee?«, fragt er mich in seinem wunderschönsten Kauderwelsch.

Ich verstehe unseren Freund Charles immer besser. Man muss nur etwas Polnisch, Jiddisch, Spanisch vermischen und mit einer leicht französischen Note aussprechen, und schon ist alles klar. Er hat sich seine drollige Sprache auf den langen Wegen des Exodus zusammengestellt.

»Paket is unter Treppe, no se, wer an Puerta. Tu dis a Jacques, ich basteln Bomba. Man hören Detonación a desse Kilometras. Sag ihm, attención, nach Funken dos Minutos, nich mehr, bumm poco menos.«

Nach gelungener Übersetzung kann ich nicht umhin, die Rechnung in meinem Kopf aufzustellen. Zwei Minuten, das heißt zwanzig Millimeter Zündschnur, die über Leben und Tod entscheiden. Zwei Zentimeter, um die Dinger anzuzünden, sie zu platzieren und den Rückzug anzutreten. Charles sieht mich an, er spürt meine Sorge.

»Yé lassen siempre kleine Marge de Securitas para Kamerades«, fügt er hinzu und lächelt, um mich zu beruhigen.

Unser Freund Charles hat schon ein komisches Lächeln. Bei einer Flugzeugbombardierung hat er fast alle Vorderzähne verloren, was seine Aussprache nicht eben erleichtert. Obwohl immer schlecht gekleidet und meist kaum zu verstehen, ist er doch derjenige, der mich am ehesten zu beruhigen vermag. Liegt es an dieser Weisheit, die ihm innezuwohnen scheint? An seiner Entschlossenheit? An seiner Energie? An seiner Lebensfreude? Wie bringt er es fertig, so jung schon so erwachsen zu sein? Unser Freund Charles hat nämlich bereits eine Menge hinter sich. In Polen wurde er festgenommen, weil sein Vater Arbeiter und er Kommunist war, und verbrachte mehrere Jahre im Gefängnis. Wieder in Freiheit, zog er nach Spanien, um an der Seite von Marcel Langer zu kämpfen. Der Weg von Łódź bis zu den Pyrenäen war kein Spaziergang, vor allem wenn man weder Papiere noch Geld hatte. Ich höre ihm besonders gerne zu, wenn er seinen Weg durch das nationalsozialistische Deutschland schildert. Es ist nicht das erste Mal, dass ich ihn bitte, mir seine Geschichte zu erzählen. Charles weiß das natürlich, aber von seinem Leben zu sprechen, ist für ihn eine Möglichkeit, die französische

Sprache zu praktizieren und mir Freude zu machen, und so setzt er sich auf einen Stuhl, und Worte verschiedenster Herkunft purzeln aus seinem Mund.

Ohne Fahrkarte aber mit der ihm eigenen Dreistigkeit bestieg er einen Zug und trieb es sogar so weit, sich in der ersten Klasse niederzulassen, in einem Abteil voller uniformierter Offiziere. Unterwegs plauderte er mit ihnen. Die Militärs fanden ihn recht sympathisch, und der Schaffner hütete sich, in diesem Abteil irgendetwas von irgendwem zu kontrollieren. In Berlin angelangt, erklärten sie ihm sogar den Weg zu dem Bahnhof, von dem aus er nach Aachen fahren konnte. Von dort ging es weiter nach Paris und schließlich mit dem Bus nach Perpignan. Die Pyrenäen überquerte er zu Fuß. Auf der anderen Seite der Grenze fuhren Busse die Kämpfer nach Albacete, Richtung Madrider Front zur polnischen Brigade.

Nach der Niederlage zog er, zusammen mit Tausenden anderen Flüchtlingen, zurück über die Berge nach Frankreich, wo er von Gendarmen empfangen wurde. Die steckten ihn dann ins Internierungslager von Vernet.

»Dort ich cocinais für Gefangene, für alle, und jeder kriegt tägliche Ración.«

Bis zur Flucht verbrachte er insgesamt drei Jahre in Haft. Wieder in Freiheit, ging es zweihundert Kilometer zu Fuß bis nach Toulouse.

Es ist nicht Charles' Stimme, die mich beruhigt, sondern das, was er erzählt. In seiner Geschichte verbirgt sich ein Hoffnungsschimmer, der meinem Leben einen Sinn gibt. Auch ich möchte diese Chance nutzen, an die er glauben will. Wie viele andere hätten aufgegeben? Doch selbst, wenn er mit dem Rücken zur Wand steht, würde sich Charles nicht geschlagen geben. Er würde nur über einen Weg nachdenken, sie zu umgehen.

«Du muss partir», sagt Charles. »Mittag Rues mehr calmes.«

Charles geht zum Verschlag unter der Treppe, nimmt das Paket und stellt es auf den Tisch. Irgendwie komisch, er hat die Bomben in Zeitungspapier eingewickelt. Darauf ist von einer von Boris' Aktionen zu lesen. Der Journalist nennt ihn einen Terroristen und beschuldigt uns, die öffentliche Ordnung zu stören. Der Milizionär ist das Opfer, wir sind die Henker. Sonderbare Art, die Geschichte zu betrachten, die jeden Tag in den Straßen unserer besetzten Städte geschrieben wird.

Ein leises Klopfen an der Tür. Charles verzieht keine Miene, ich halte den Atem an. Ein kleines Mädchen tritt ein, und die Augen meines Kameraden leuchten auf.

»Meine Französisch-Professeur«, sagt er vergnügt.

Die Kleine fällt ihm um den Hals und drückt ihm einen Kuss auf die Wange. Sie heißt Camille. Michèle, ihre Mutter, beherbergt Charles in diesem stillgelegten Bahnhof. Der Papa von Camille ist seit Kriegsbeginn Gefangener in Deutschland, und Camille stellt nie Fragen. Michèle tut so, als wüsste sie nicht, dass Charles Widerstandskämpfer ist. Für sie, wie für alle Leute des Viertels, ist er der Gärtner mit dem schönsten Gemüsegarten weit und breit. Manchmal, am Samstag, opfert er eines seiner Kaninchen, um ein köstliches Mahl daraus zu bereiten. Ich würde so gerne davon essen, aber ich muss aufbrechen. Charles gibt mir ein Zeichen, und so verabschiede ich mich von der kleinen Camille und ihrer Mama und mache mich, mein Paket unterm Arm, auf den Weg. Es gibt nicht nur Milizionäre und Kollaborateure, es gibt auch Menschen wie Michèle, Menschen, die wissen, dass das, was wir tun, gut ist, und die Risiken eingehen, um uns zu helfen, jeder auf seine Weise. Hinter der geschlossenen Tür höre ich Charles Worte wiederholen, die ein kleines fünfjähriges Mädchen ihm vorsagt, »Kuh, Huhn, Tomate«, und mein Magen knurrt, während ich mich entferne.

*

Es ist Punkt fünf. Ich treffe Émile an dem von Jacques angegebenen Ort und händige ihm das Paket aus. Charles hat neben den Bomben noch zwei Granaten eingepackt. Émile verzieht keine Miene, ich möchte am liebsten sagen »Bis heut Abend«, doch ich schweige lieber, vielleicht aus Aberglaube.

»Hast du eine Zigarette?«, fragt er.

»Rauchst du jetzt?«

»Es ist wegen der Zündschnur.«

Ich wühle in meiner Hosentasche und reiche ihm ein zerknautschtes Päckchen Gauloises. Es sind nur noch zwei drin. Mein Freund nickt zum Gruß und verschwindet hinter der Straßenbiegung.

Die Dunkelheit ist hereingebrochen, ein feiner Sprühregen hat eingesetzt. Das Pflaster glänzt. Émile ist ganz ruhig. Noch nie hat eine Bombe von Charles versagt. Die Mechanik ist simpel: ein gusseisernes Rohr, dreißig Zentimeter lang, ein Stück Regenrinne. Ein Pfropfen an beiden Enden, ein Loch und eine Zündschnur. Sie wollen die Bomben vor der Tür der Brasserie platzieren, dann die Granaten durch das Fenster werfen, sodass diejenigen, denen die Flucht gelingt, vor der Tür von Charles' Feuerwerk empfangen werden.

Sie sind zu dritt an diesem Abend – Jacques, Émile und der kleine Neue, der den Rückweg mit einem geladenen Revolver sichern soll, mit Schüssen in die Luft, falls sich Passanten nähern, und waagerechten, falls die Nazis sie verfolgen. Gerade biegen sie in die Straße, in der die Operation ablaufen soll. Die Fenster des Restaurants, in dem das Bankett der gegnerischen Offiziere stattfindet, sind hell erleuchtet. Eine durchaus ernste Angelegenheit, denn es sind mindestens dreißig da drinnen.

Dreißig Offiziere, das sind eine ganze Menge Ordensspangen an den grünen Wehrmachtsjacken, die an der Garderobe hängen. Émile läuft die Straße entlang und ein erstes Mal an der Glastür vorbei. Kaum merklich dreht er den Kopf zur Seite, damit bloß niemand auf ihn aufmerksam wird. Da entdeckt er die Kellnerin. Man muss einen Weg finden, sie zu retten, vorher aber die beiden Polizisten, die vor dem Gebäude Wache stehen, unschädlich machen. Jacques greift sich einen und würgt ihn. Er zerrt ihn in die benachbarte Sackgasse und befiehlt ihm, sich davonzumachen, woraufhin sich der zitternde Beamte aus dem Staub macht. Derjenige, den sich Émile vorgenommen hat, will sich nicht so leicht geschlagen geben. Émile stößt sein Käppi weg und versetzt ihm mehrere Hiebe mit dem Pistolenkolben. Der bewusstlose Polizist wird ebenfalls in die Sackgasse geschleppt. Er wird mit blutender Stirn und heftigen Kopfschmerzen aufwachen. Bleibt nur noch die Kellnerin, die in dem Saal bedient. Émile schlägt vor, ihr vom Fenster aus ein Zeichen zu geben, doch das ist nicht ungefährlich. Sie könnte Alarm schlagen. Die Folgen wären natürlich verheerend, aber ich habe dir ja schon gesagt – wir haben nie einen Unschuldigen getötet, nicht mal einen Dummkopf. Also müssen wir sie verschonen, selbst wenn sie den Offizieren das Essen serviert, das uns so fehlt.

Jacques tritt ans Fenster; vom Festsaal aus gesehen, muss er wie ein Hungerleider wirken, der einen schüchternen Blick in ein Nobelrestaurant riskiert. Der Hauptmann lächelt ihm zu und hebt sein Glas. Jacques erwidert sein Lächeln und fixiert dann die Kellnerin. Die junge Frau ist rundlich, sicher profitiert sie von den Lebensmittelvorräten des Restaurants, ihre Familie vielleicht auch. Kann man sie deshalb verurteilen? Man muss schwierige Zeiten wie diese überleben, jeder, wie er kann.

Émile wird ungeduldig; am Ende der dunklen Straße wartet der Neue nervös mit den Fahrrädern. Schließlich begegnet der Blick der Kellnerin dem von Jacques, der ihr ein Zeichen macht. Sie senkt die Augen, zögert, kehrt um. Die rundliche Bedienung hat die Botschaft verstanden, und als ihr Chef den Saal betritt, nimmt sie ihn am Arm und zieht ihn energisch in die Küche. Jetzt geht alles sehr schnell. Jacques gibt Émile das Signal; die Zündschnüre glühen, die Stifte rollen in die Gosse, die Fensterscheiben werden zerschlagen, die Granaten rollen bereits über den

Boden des Restaurants. Émile kann es sich nicht verkneifen aufzustehen, um sich das Spektakel anzusehen.

»Granaten! Weg vom Fenster!«, brüllt Jacques.

Die Druckwelle schleudert Émile zu Boden. Er ist ein wenig benommen, doch dies ist nicht der rechte Moment, sich einem Anflug von Schwäche hinzugeben. Beißender Rauch füllt seine Lunge, er muss husten. Er spuckt, dickflüssiges Blut rinnt in seine Hand. Solange seine Beine nicht versagen, hat er noch eine Chance. Jacques packt ihn am Arm, und beide rennen zu dem jungen Genossen mit den drei Rädern. Émile tritt in die Pedale, Jacques fährt neben ihm, Vorsicht ist geboten, das Pflaster ist rutschig. Hinter ihnen ein Höllenspektakel. Jacques dreht sich um. Folgt der Neue ihnen noch immer? Wenn er richtig gezählt hat, sind es noch knapp zehn Sekunden bis zum großen Knall. Und plötzlich leuchtet der Himmel auf, die beiden Bomben sind explodiert. Der Junge wird von der Wucht des Luftdrucks auf den Gehweg geworfen. Jacques will umkehren, doch die Soldaten stürzen schon von allen Seiten herbei und packen den Jungen, der sich heftig zur Wehr setzt.

»Jacques, verdammt, schau nach vorn!«, schreit Émile.

Am Ende der Straße versperren Polizisten den Weg. Derjenige, den sie vorhin haben laufen lassen, muss Verstärkung geholt haben. Jacques zieht seinen Revolver, drückt ab, hört aber nur ein kleines Klicken. Ein kurzer Blick auf seine Waffe, ohne das Gleichgewicht, ohne den Gegner aus den Augen zu verlieren, die Trommel ist aufgeklappt, ein Wunder, dass sie nicht heruntergefallen ist. Jacques drückt sie auf den Lenker, sodass sie wieder einrastet. Er schießt dreimal, die Polizisten weichen zurück und lassen ihn passieren. Sein Rad ist wieder auf Émiles Höhe.

»Du blutest wie ein Schwein.«

»Mir explodiert gleich der Schädel«, stammelt Émile.

»Den Kleinen hat's erwischt.«

»Sollen wir umkehren?«, fragt Émile und will schon den Fuß auf die Erde setzen.

»Fahr weiter!«, befiehlt Jacques, »sie haben ihn festgenommen, und mir bleiben nur noch zwei Kugeln.«

Polizeiwagen treffen von allen Seiten ein. Émile senkt den Kopf und radelt, was seine Kräfte hergeben. Wäre es nicht so dunkel, würde sein blutüberströmtes Gesicht ihn sofort verraten. Er versucht, die heftigen Kopfschmerzen zu ignorieren. Der Genosse, der am Boden geblieben ist, wird weit mehr leiden als er. Sie werden ihn foltern. Wenn die Fausthiebe auf ihn niedergehen, werden seine Schläfen mehr schmerzen sein als die seinen.

Mit der Zungenspitze spürt Émile das Metallstück, das seine Wange durchbohrt. Ein Splitter von seiner eigenen Granate, wie absurd!

Der Auftrag ist erfüllt, es ist also egal, wenn er krepiert, denkt Émile. Alles beginnt, sich um ihn zu drehen, ein roter Schleier legt sich vor sein Sichtfeld. Jacques sieht sein Rad schwanken, fährt dicht neben ihn und packt seinen Freund an der Schulter.

»Halt durch, wir sind fast am Ziel!«

Sie begegnen Polizisten, die auf die Rauchwolke zurennen. Niemand beachtet sie. Eine Abkürzung, in wenigen Minuten können sie das Tempo verlangsamen.

Klopfen an meiner Tür. Ich öffne. Émiles Gesicht ist blut-überströmt. Jacques stützt ihn.

»Hast du einen Stuhl?«, fragt er. »Émile ist etwas ange-schlagen.«

Und als Jacques die Tür hinter ihnen schließt, wird mir klar, dass ein Genosse fehlt.

»Wir müssen ihm den Granatsplitter aus der Wange ent-fernen«, sagt Jacques.

An der Flamme eines Feuerzeugs erhitzt er die Klinge seines Messers und nimmt einen Schnitt an Émiles Wange vor. Manchmal, wenn der Schmerz zu groß wird, verliert man das Bewusstsein, und so halte ich seinen Kopf. Émile kämpft gegen die Ohnmacht an, er denkt an all die bevor-stehenden Tage, all die Nächte, in denen der festgenom-mene Genosse geschlagen und gefoltert wird; nein, Émile will nicht bewusstlos werden. Und während Jacques ihm das Metallstück herauszieht, denkt Émile auch an diesen deutschen Soldaten, mitten auf der Straße ausgestreckt, der Körper von seiner Bombe zerfetzt.

Kapitel 10

Ich verbringe den Sonntag mit meinem kleinen Bruder; er ist noch magerer geworden, spricht aber nie von seinem Hunger. Ich kann ihn nicht mehr »kleiner Bruder« nennen wie zuvor. Innerhalb von wenigen Tagen ist er derart erwachsen geworden. Aus Sicherheitsgründen dürfen wir nicht über unsere jeweiligen Aktionen sprechen, doch ich lese in seinen Augen, wie hart sein Leben geworden ist. Wir sitzen am Ufer des Kanals und sprechen, um uns die Zeit zu vertreiben, von unserem Zuhause in Paris, von unserem früheren Leben, doch das ändert nichts am Ausdruck seiner Augen. Und so verfallen wir in Schweigen. Nicht weit von uns entfernt hängt ein abgeknickter Kran über dem Wasser; man könnte meinen, er liege im Sterben. Vielleicht war Claude an diesem Coup beteiligt, aber ich darf ihm die Frage nicht stellen. Er ahnt, was ich denke, und lacht.

»Hast du den Kran gesprengt?«

»Nein, ich dachte, du vielleicht...«

»Ich habe mir die Schleuse etwas weiter oben vorgenommen. Die wird so schnell nicht wieder funktionsfähig sein, das kann ich dir garantieren. Aber mit dem Kran habe ich nichts zu tun, Ehrenwort.«

Schon nach wenigen Minuten, die wir so Seite an Seite

sitzen, nach wenigen Minuten der Gemeinsamkeit wird
Claude wieder mein kleiner Bruder. Seine Stimme klingt,
als wäre die Zerstörung der Schleuse eine Dummheit gewesen, für die er sich entschuldigen will. Doch wie viele
Tage verzögert sich dadurch der Transport von schweren
Marinegeschützteilen, die das deutsche Heer vom Atlantik
zum Mittelmeer über den Kanal verschifft? Claude lacht,
ich fahre ihm mit der Hand durch sein zerzaustes Haar
und muss auch lachen. Manchmal ist das geheime Ein-
verständnis zwischen zwei Brüdern stärker als alle Verbote
der Welt. Das Wetter ist schön, und der Hunger ist immer
noch da. Also Verbot hin oder her: »Was hältst du von
einem Spaziergang zur Place Jeanne d'Arc?«

»Und was machen wir da?«, fragt Claude mit ver-
schmitzter Miene.

»Zum Beispiel ein Linsengericht essen.«

»An der Place Jeanne d'Arc?«, beharrt Claude, wobei er
jede Silbe genau betont.

»Fällt dir ein anderer Ort ein?«

»Nein, aber wenn Jan uns erwischt – weißt du, was uns
dann blüht?«

Ich setze eine Unschuldsmiene auf, aber Claude knurrt
sofort: »Gut, ich werd's dir sagen, wir riskieren, einen sehr,
sehr schlechten Sonntag zu verbringen.«

Hier muss erwähnt werden, dass die ganze Brigade wegen dieses kleinen Restaurants eine Strafpredigt über sich
hatte ergehen lassen müssen. Ich glaube, es war Émile,
der es eines Tages entdeckt hat. Es hat zwei Vorteile:
Zum einen ist es erstaunlich günstig, man isst hier für
ein paar Münzen, aber besser noch, man ist satt, wenn

man es verlässt, und dieses Gefühl allein ist wichtiger als alles andere. Émile hat den Tipp dann seinen Freunden weitergegeben, und nach und nach wurde es zu unserem Stammlokal.

Eines Tages, im Vorübergehen hat Jan zu seinem Entsetzen gesehen, dass quasi unsere gesamte Brigade dort zum Mittagessen versammelt war. Eine Polizeirazzia, und die ganze Gruppe wäre aufgeflogen. Noch am selben Abend wurden wir in den stillgelegten Bahnhof zitiert, wo jeder Einzelne gehörig eins aufs Dach bekam. Es war uns fortan strikt verboten, den Fuß über die Schwelle des Restaurants L'Assiette aux Vesces zu setzen.

»Da fällt mit etwas ein«, murmelt Claude. »Wenn es uns untersagt ist, dorthin zu gehen, bedeutet das doch, dass sich keiner von uns dort befindet.«

So weit klingt die Argumentation meines Bruders logisch. Also lasse ich ihn fortfahren.

»Wenn niemand von uns dort ist, gefährden wir die Brigade doch eigentlich nicht, wenn wir zwei hingehen, oder?«

Auch hier weiß ich nichts einzuwenden.

»Und wenn nur wir beide gehen, wird es niemand erfahren, und Jan kann uns keine Vorwürfe machen.«

Siehst du, es ist schon verrückt, was für eine blühende Fantasie man hat, wenn einem der Magen knurrt und der Hunger einen so im Griff hat. Ich hake mich also bei meinem Bruder unter – der Kanal ist vergessen –, und wir marschieren gemeinsam zur Place Jeanne d'Arc.

Als wir das Lokal betreten, trauen wir unseren Augen nicht. Anscheinend hat sich die gesamte Brigade dieselben

Gründe zurechtgelegt wie wir. Nur noch zwei Plätze sind im ganzen Restaurant frei, zu allem Überfluss die neben Jan und Catherine, deren verliebtes Tête-à-Tête gründlich gestört wird. Jan macht ein langes Gesicht, und alle versuchen mehr schlecht als recht, nicht laut loszuprusten. An diesem Sonntag muss sich der Patron fragen, warum plötzlich das ganze Restaurant in schallendes Gelächter ausbricht, wo sich die Kunden untereinander doch gar nicht zu kennen scheinen.

Ich bin der Erste, der die Fassung wieder gewinnt, allerdings nicht, weil ich die Situation weniger komisch finde als die anderen, sondern weil ich im hinteren Teil des Raums Damira und Marc entdeckt habe, die auch zusammen essen. Da sie Jan und Catherine gemeinsam im verbotenen Restaurant angetroffen haben, sieht Marc keinen Grund zu verzichten. Ich beobachte, wie er Damiras Hand nimmt und sie es geschehen lässt.

Während meine amourösen Hoffnungen vor einem falschen Linsengericht schwinden, trocknen sich unsere Freunde, über ihre Teller gebeugt, die Tränen. Catherine verbirgt das Gesicht hinter ihrem Schal, doch es nützt nichts, sie bricht noch einmal in Lachen aus, was die fröhliche Stimmung im Saal erneut belebt; selbst Jan und der Patron schließen sich an.

Am späten Nachmittag habe ich Claude zurückbegleitet. Wir liefen zusammen die kleine Straße entlang, in der er wohnte. Bevor ich die Trambahn nahm und in meine Einsamkeit zurückkehrte, drehte ich mich ein letztes Mal nach ihm um. Er selbst tat es nicht, und das war besser so. Denn es war nicht mehr mein kleiner Bruder, der nach Hause zurückkehrte, sondern der Mann, der er jetzt geworden war. Und an diesem Sonntagabend blies ich Trübsal.

Kapitel 11

Der nächste Tag, ein Montag, ist der 2. August 1943. Heute wird Marcel gerächt. Wenn Lespinasse wie immer am Nachmittag um halb vier das Haus verlässt, wird er niedergeschossen.

Als Catherine an diesem Morgen aufsteht, hat sie ein ungutes Gefühl, eine sonderbare Vorahnung, und sie sorgt sich um die Freunde, die die Operation durchführen. Könnte ihr ein Detail entgangen sein? Waren in einem der Wagen, die am Gehweg parkten, vielleicht Polizisten versteckt, die sie nicht gesehen hat? Immer wieder lässt sie die Woche, die sie Lespinasse ausspioniert hat, Revue passieren. Wie oft ist sie die gutbürgerliche Straße, in der der Generalstaatsanwalt wohnt, auf und ab gelaufen, hundertmal, öfter vielleicht? Auch Marianne hat nichts bemerkt. Warum also dann diese plötzliche Angst? Um die schwarzen Gedanken zu vertreiben, beschließt sie, zum Justizpalast zu gehen. Dort wird sie die ersten Reaktionen auf die Operation mitbekommen.

Es ist Viertel vor drei auf der großen Uhr über dem Eingang des Justizpalasts. In fünfundvierzig Minuten eröffnen die Freunde das Feuer. Um möglichst unbemerkt zu bleiben, schlendert sie durch den großen Flur und liest die Ankündigungen an den Wänden, das heißt, sie tut so als ob. Ein Mann nähert sich, seine Schritte hallen wider, er lächelt ein sonderbares Lächeln. Zwei weitere kommen ihm entgegen, grüßen ihn.

»Erlauben Sie, Herr Generalstaatsanwalt, darf ich Ihnen meinen guten Freund Monsieur Dupuis vorstellen.«

Catherine erstarrt. Der Mann mit dem sonderbaren Lächeln ist nicht derjenige, den sie die ganze Woche über beschattet haben. Und dabei hatte Jan ihr die Adresse gegeben, und sein Name stand auf dem Kupferschild am Gartentor. Catherines Herz beginnt zu rasen, ihre Gedanken überschlagen sich, und langsam wird ihr alles klar. Der Lespinasse, der in dem bürgerlichen Haus des Toulouser Vororts wohnt, ist ein Namensvetter! Derselbe Familienname und, schlimmer noch, derselbe Vorname. Wie konnte Jan so naiv sein, sich vorzustellen, dass die Adresse eines derart bekannten Generalstaatsanwalts im Telefonbuch steht? Und während Catherine nachdenkt, dreht sich der Zeiger der Wanduhr im Flur unbeirrt weiter. Es ist drei Uhr, in dreißig Minuten werden die Freunde einen Unschuldigen erschießen, einen armen Teufel, dessen einziger Fehler es ist, denselben Namen wie ein anderer zu tragen. Doch sie muss sich beruhigen und ihre Gedanken ordnen. Zunächst einmal gilt es, unauffällig von hier zu verschwinden. Sobald sie auf der Straße ist, muss sie losrennen, im Notfall ein Fahrrad stehlen, auf jeden Fall rechtzeitig eintreffen, um das Schlimmste zu verhindern. Es bleiben noch neunundzwanzig Minuten, vorausgesetzt, dass der Mann, den sie tot wünschte und den sie jetzt retten will, sein Haus nicht ausnahmsweise früher verlässt.

Catherine rennt, sieht vor sich ein Fahrrad, das ein

Mann an die Mauer gelehnt hat, um sich am Kiosk eine Zeitung zu kaufen. Ihr bleibt keine Zeit, das Risiko abzuwägen und noch weniger zu zögern. Sie schwingt sich auf den Sattel und steigt wie eine Besessene in die Pedale. In ihrem Rücken schreit niemand »Haltet den Dieb!«, der Typ scheint noch gar nicht bemerkt zu haben, dass man sein Rad gestohlen hat. Sie fährt bei Rot über eine Ampel, verliert ihr Halstuch. Plötzlich wütendes Hupen. Ein Kotflügel streift ihre Wade, ein Türgriff stößt gegen ihre Hüfte, sie gerät ins Straucheln, findet aber das Gleichgewicht wieder. Keine Zeit, den Schmerz zu registrieren, nur eine kurze Grimasse, keine Zeit, Angst zu haben, sie muss noch an Tempo zulegen. Sie spürt ihre Beine kaum noch, die Speichen sind nicht mehr zu sehen, so schnell drehen sich die Räder. An einem Zebrastreifen wird sie von Fußgängern beschimpft, keine Zeit, sich zu entschuldigen, nicht einmal an der nächsten Kreuzung zu bremsen. Schon wieder ein Hindernis, diesmal eine Straßenbahn, sie muss überholen, aber auf die Schienen achten, wenn ein Rad hineingerät, ist ein Sturz nicht zu vermeiden, und bei diesem Tempo besteht keine Chance, wieder auf die Füße zu kommen. Die Fassaden ziehen vorüber, die Bürgersteige sind nur noch ein langer grauer Strich. Ihre Lunge droht zu platzen, ihren Brustkorb zu zerreißen, doch der Schmerz ist nichts im Vergleich zu dem, den der arme Teufel spüren wird, wenn sich gleich fünf Kugeln zwischen seine Rippen bohren werden. Wie spät ist es? Viertel nach, zwanzig nach drei? Sie sieht den Hang, der sich in der Ferne abzeichnet. Sie hat ihn letzte Woche jeden Tag erklommen, um ihre Runde zu drehen.

Sie macht Jan Vorwürfe, aber wie konnte auch sie selbst so dumm sein anzunehmen, der Generalstaatsanwalt sei so unvorsichtig wie dieser Mann, den sie observiert hat? Jeden Tag hat sie sich über ihn lustig gemacht und während der langen Stunden des Wartens gedacht, dass er wirklich eine leichte Beute sei. Letztlich war nicht er, den sie belächelt hatte, naiv gewesen, sondern sie selbst. Logisch, dass der arme Kerl keinen Grund hatte, misstrauisch zu sein, dass er sich weder von der Résistance noch von sonst wem bedroht fühlte, logisch auch, dass er sich keine Sorgen macht, da er völlig unschuldig ist. Ihre Beine schmerzen heftig, doch Catherine fährt unbeirrt weiter. Der Hang ist gemeistert, jetzt gilt es nur noch, eine letzte Kreuzung zu nehmen, vielleicht erreicht sie ihr Ziel ja noch rechtzeitig. Wenn die Aktion bereits stattgefunden hätte, so hätte sie Schüsse hören müssen, und im Augenblick nimmt sie nur ein gedehntes Pfeifen in den Ohren wahr. Das ist das Blut, das zu heftig durch ihre Schläfen jagt, nicht der Laut des Todes, noch nicht.

Die Straße liegt vor ihr, der Unschuldige schließt gerade seine Haustür und durchquert den Garten. Robert nähert sich auf dem Gehweg, die rechte Hand in der Tasche, den Finger um den Griff des Revolvers gelegt, bereit zu schießen. Es ist jetzt nur noch eine Sache von Sekunden. Sie bremst verzweifelt, das Rad rutscht zur Seite. Catherine lässt es auf die Fahrbahn fallen und stürzt sich in die Arme des Partisanen.

»Bist du verrückt geworden? Was machst du hier?«

Sie ist völlig außer Atem, kreidebleich und hält die Hand ihres Kameraden fest. Sie weiß selbst nicht, wie sie noch so viel Kraft aufbringt. Und da er nicht versteht, keucht sie mühsam: »Er ist es nicht!«

Der unschuldige Lespinasse steigt in seinen Wagen, der Motor des schwarzen Peugeot 202 stottert, bevor er sich langsam in Bewegung setzt. Als er an diesem Paar vorbeikommt, das sich zu umarmen scheint, macht der Fahrer ihm ein kleines Handzeichen. Kann Liebe schön sein, denkt er und wirft einen Blick in den Rückspiegel.

*

Heute ist ein schlimmer Tag. Die Deutschen haben eine Razzia in der Universität gemacht. Sie haben sechs junge Leute in der Halle festgenommen, sie mit Kolbenschlägen ihrer Gewehre die Stufen hinuntergetrieben und in ihre Wagen verfrachtet. Siehst du, wir geben nicht auf; selbst wenn wir vor Hunger krepieren, selbst wenn uns des Nachts die Angst heimsucht, selbst wenn unsere Freunde fallen, wir halten durch.

*

Wir konnten das Schlimmste eben noch verhindern, aber ich hab's dir ja schon gesagt, wir haben niemals einen Unschuldigen, nicht mal einen Dummkopf getötet.

Unterdessen war der Generalstaatsanwalt noch immer am Leben, und wir mussten wieder von vorn anfangen. Da wir nicht wussten, wo er wohnte, begann die Beschattung direkt am Justizpalast. Ein schwieriges Unterfangen. Der gesuchte Lespinasse ließ sich in einem dicken schwarzen Hotchkiss, manchmal in einem Renault Primaquatre chauffieren und saß nie selbst am Steuer. Um nicht aufzufallen, ersann Catherine eine kluge Strategie. Am ersten Tag wartete einer von uns am Ausgang des Justizpalasts und fuhr mehrere Minuten mit dem Fahrrad hinter dem Wagen des Generalstaatsanwalts her. Am nächsten Tag nahm ein anderer die Verfolgung an der Stelle auf, an der sein Vorgänger sie abgebrochen hatte. Stück für Stück gelang es uns so, Lespinasses Spur bis zu seinem Wohnhaus zurückzuverfolgen. Von da an konnte Catherine ihre langen Spaziergänge auf einem anderen Bürgersteig wieder aufnehmen. Noch ein paar Tage der Überwachung, und wir kannten die Gewohnheiten des Generalstaatsanwalts.

Kapitel 12

Für uns gab es einen Feind, noch verabscheuungswürdiger als die Nazis. Die Deutschen waren unsere Kriegsgegner, die Miliz aber war die schlimmste Ausgeburt, die Faschismus und Opportunismus hervorbringen können – der Inbegriff des Hasses.

Die Milizionäre vergewaltigten, folterten, stahlen das Hab und Gut derer, die sie deportierten und schlugen Profit aus ihrer Macht über die Bevölkerung. Wie viele Frauen machten, die Augen geschlossen, die Zähne fest zusammengebissen, ihre Beine breit gegen das erlogene Versprechen, dass ihre Kinder nicht verhaftet würden? Wie viele dieser Greise in den langen Warteschlangen vor den leeren Lebensmittelläden mussten den Milizionären Geld zustecken, damit sie sie in Frieden ließen, und wie viele derer, die nicht zahlen wollten, wurden in die Lager geschickt, damit diese Straßenköter in aller Ruhe ihre Wohnungen ausplündern konnten? Ohne diese Schweine hätten die Nazis niemals all diese Menschen deportieren können – allerhöchstens ein Zehntel derer, die nicht zurückkommen würden.

Ich war zwanzig Jahre alt, ich hatte Angst, ich hatte Hunger, ständig Hunger, und diese Dreckskerle in den schwarzen Hemden speisten in den für sie reservierten

Restaurants. Wie viele von ihnen habe ich hinter den im Winter beschlagenen Fenstern gesehen, wie sie sich die Finger ableckten, vollgestopft mit einem Essen, an das ich nur denken musste, damit mein Magen knurrte? Angst und Hunger – ein schrecklicher Cocktail.

Aber wir würden Rache nehmen, siehst du, und allein beim Aussprechen dieses Worts, kann ich mein Herz erneut spüren. Was für eine grässliche Vorstellung: Rache, ich hätte das nicht sagen sollen. Aber die von uns durchgeführten Aktionen waren alles andere als Rache, sie waren eine Herzensangelegenheit, um die zu retten, die diesem Schicksal noch entkommen konnten, um am Befreiungskrieg teilzunehmen.

Hunger und Angst, ein explosiver Cocktail! Es ist nicht auszuhalten, dieses Geräusch vom hart gekochten Ei, das am Tresen aufgeschlagen wird, sollte Jacques Prévert, der frei war, es zu schreiben, eines Tages sagen. Ich, Gefangener des Lebens, wusste es schon an jenem Tag.

Im letzten Monat, am 14. August, als Boris, die Sperrstunde missachtend, nachts reichlich spät von Charles zurückkehrte, standen er und einige seiner Kameraden plötzlich vor einer Gruppe von Milizionären.

Boris, der sich schon persönlich mit dieser Horde auseinandergesetzt hatte, kannte ihr Organigramm besser als jeder andere. Der wohlwollende Schein einer Laterne reichte ihm, um die finsteren Züge eines gewissen Costes zu erkennen. Warum er? Weil besagter Mann kein anderer war als der Generalsekretär der »Francs-gardes«, einer Armee von wilden und blutdurstigen Hunden.

Während die Milizsoldaten auf sie zumarschierten und

glaubten, die Straße würde ihnen allein gehören, entsicherte Boris seine Waffe. Die Kameraden taten es ihm gleich, und Costes brach in einer Blutlache – seinem eigenen Blut, wohlgemerkt – zusammen.

An diesem Abend aber setzte Boris die Messlatte noch etwas höher; er würde sich Mas vornehmen, den Chef der Miliz.

Die Aktion war fast mörderisch zu nennen. Mas hielt sich in seinem Wohnhaus in Gesellschaft mehrerer seiner Leibwächter auf. Boris streckte zunächst den Zerberus nieder, der den Eingang der Villa in der Rue Pharaon bewachte. Auf dem Flur des ersten Stocks erhielt ein zweiter einen tödlichen Hieb mit dem Pistolenkolben. Boris ging aufs Ganze, er betrat, die Waffe im Anschlag, den Wohnraum und schoss. Alle Männer brachen zusammen, die meisten allerdings nur verletzt, Mas aber wurde an der richtigen Stelle getroffen. Unter seinem Schreibtisch ausgestreckt, den Kopf zwischen den Sesselbeinen – allein seine Körperhaltung deutete an, dass der Chef der Miliz niemals mehr würde vergewaltigen, töten, Menschen terrorisieren können.

Die Presse beschrieb uns regelmäßig als Terroristen, ein Wort, das von den Deutschen kam und das auf ihren Plakaten die Widerstandskämpfer bezeichnete, die sie hingerichtet hatten. Doch wir terrorisierten nur sie und die faschistischen Kollaborateure.

Um auf Boris zurückzukommen, nach dieser Aktion wendete sich das Blatt. Während er im ersten Stock seine Arbeit erledigte, standen die Freunde, die seinen Rückweg sichern sollten, plötzlich Milizsoldaten gegenüber, die zur

Verstärkung gerufen worden waren. Eine Schießerei brach im Treppenhaus aus. Boris lud seinen Revolver nach und trat auf den Flur. Seine Kameraden, die in der Unterzahl waren, mussten den Rückzug antreten. Boris befand sich jetzt zwischen zwei Fronten. Zwischen der, die auf seine Freunde, und der, die auf ihn zielten.

Bei dem Versuch, das Gebäude zu verlassen, wurde er von einem weiteren Trupp von Schwarzhemden, diesmal aus den oberen Etagen, überwältigt. Geprügelt und gefesselt, musste Boris sich ergeben. Nachdem er den Brustkorb ihres Chefs durchlöchert und mehrere ihrer Kollegen schwer verletzt hatte, war davon auszugehen, dass die Kerle nicht eben zimperlich mit ihm umgehen würden. Die beiden anderen hatten fliehen können, der eine mit einer Kugel in der Hüfte, aber Boris würde ihn nicht mehr behandeln können.

Einer dieser tristen Augusttage 1943 ging zu Ende. Ein Freund war gefangen genommen worden. Ein junger Student im dritten Jahr Medizin, der seine ganze Kindheit lang davon geträumt hatte, Menschenleben zu retten, war eingesperrt in eine Zelle des Gefängnisses Saint-Michel. Und niemand von uns zweifelte daran, dass der Generalstaatsanwalt Lespinasse, um sich bei der Regierung noch mehr einzuschmeicheln, um seine Autorität noch mehr zu untermauern, seinen Freund Mas, den verstorbenen Chef der Miliz, persönlich würde rächen wollen.

Kapitel 13

Die Septembertage flogen dahin, das Laub der Kastanien färbte sich rotbraun und kündigte den Herbst an.

Wir waren erschöpfter und ausgehungerter denn je, doch der Rhythmus der Aktionen beschleunigte sich noch, und der Widerstand breitete sich immer weiter aus. Im Lauf des Monats zerstörten wir eine Werkstatt der Deutschen am Boulevard de Strasbourg, dann nahmen wir uns die Kaserne Caffarelli vor, in der ein Regiment der Wehrmacht untergebracht war. Kurz darauf sabotierten wir einen Militärkonvoi auf der Bahnstrecke Toulouse – Carcassonne. An diesem Tag war das Glück auf unserer Seite: Wir hatten unsere Sprengladung unter dem Wagen angebracht, auf dem ein Geschütz transportiert wurde, doch die Granaten in den Nachbarwaggons wurden dabei gleich mit gezündet, sodass der ganze Zug in die Luft flog. Mitte des Monats feierten wir dann etwas frühzeitig den Gedenktag der »Kanonade von Valmy«, indem wir die Munitionsfabrik angriffen und die Patronenproduktion für längere Zeit lahmlegten. Émile begab sich sogar in die Stadtbibliothek, um weitere Daten von Schlachten zu sichten, derer wir gedenken könnten.

Aber heute Abend findet keine Aktion statt. Hätten wir den höchsten deutschen General persönlich liquidieren müssen, wir hätten es uns zweimal überlegt. Der Grund ist ganz einfach: Die Hühner, die Charles in seinem Garten hält, hatten eine »semana phantastique« verbracht, wie er sagt, deshalb sind wir alle zu einem Omelett bei ihm eingeladen.

Wir sitzen bereits um den gedeckten Tisch. Angesichts der großen Gästezahl und der Sorge, nicht genügend Eier zu haben, beschließt Charles, das Omelett mit Gänsefett zu strecken. Er hat immer einen Topf in seiner Werkstatt stehen, um die Dichtheit seiner Bomben zu verbessern oder die Federn unserer Revolver zu fetten.

Wir sind ganz in Feierlaune, die Mädchen der Observierung sind da, und wir sind überglücklich, zusammen zu sein. Zugegeben, dieses Essen widerspricht den elementarsten Sicherheitsregeln, doch Jan weiß auch, wie sehr uns diese seltenen Augenblicke über die Isolation, die jedem von uns so zu schaffen macht, hinweghelfen, vorübergehend jedenfalls. Wenn uns die Kugeln der Deutschen und der Milizen noch nicht erreicht haben, so bringt uns doch die Einsamkeit nach und nach um. Viele von uns sind noch nicht einmal zwanzig und nur wenige darüber, und wenn der Bauch schon leer ist, so vermag die Gegenwart der Freunde doch wenigstens unsere Herzen zu füllen.

Die Blicke, die Damira und Marc tauschen, zeugen davon, dass sie unsterblich ineinander verliebt sind. Was mich betrifft, so lasse ich Sophie nicht mehr aus den Augen. Als Charles mit seinem Topf Gänsefett aus der Werkstatt zurückkommt, schenkt mir Sophie eines dieser Lächeln, deren Geheimnis sie allein kennt, eines der schönsten, das ich je in meinem Leben gesehen habe. In meiner Euphorie schwöre ich mir, sie einzuladen, mit mir auszugehen. Vielleicht schon morgen zum Mittagessen. Warum warten? Während Charles seine Eier schlägt, nehme ich mir ganz fest vor, sie noch an diesem Abend zu fragen. Ich muss natürlich den geeigneten Augenblick abwarten, wenn Jan gerade nicht zuhört. Obwohl, seitdem er sich im L'Assiette aux Vesces in Begleitung von Catherine hat erwischen lassen, sind die Sicherheitsvorschriften in der Brigade doch etwas lockerer geworden. Falls Sophie morgen keine Zeit hat, so macht das nichts, dann schlage ich eben den folgenden Tag vor. Mein Entschluss ist gefasst, und ich will zur Tat schreiten. Dann aber verkündet Jan seine Entscheidung, Sophie zur Observierung des Generalstaatsanwalts Lespinasse abzustellen.

Mutig und beherzt, wie sie ist, willigt Sophie ein. Jan erläutert, dass er sie für die Zeit zwischen elf und fünfzehn Uhr vorgesehen hat. Dieser Idiot von Generalstaatsanwalt durchkreuzt immer wieder meine Pläne.

Der Abend ist nicht ganz verdorben, weil ja noch das Omelett kommt. Und wie schön Sophie auch sein mag mit diesem Lächeln, das sie nie verlässt – Catherine und Marianne, die wie zwei Mütter über die Mädchen von der Observation wachen, würden uns niemals gewähren lassen. Und so ist es am Ende dann wohl besser, sie einfach still zu beobachten, während sie lächelt.

Charles hat den gesamten Inhalt des Fetttopfs in die Bratpfanne gegeben. Nachdem er etwas gerührt hat, gesellt er sich zu uns und sagt: »Ahora mussen cuire.«

Während wir noch mit der Übersetzung des Satzes beschäftigt sind, ereignet sich der Zwischenfall. Gleichsam aus dem Nichts sind plötzlich von allen Seiten Schüsse zu hören. Wir werfen uns auf den Boden. Die Waffe im Anschlag, tobt Jan vor Wut. Wir müssen verfolgt worden sein, und jetzt greifen die Deutschen uns an. Zwei Freunde, die eine Pistole am Gürtel tragen, finden den Mut, sich durch den Kugelhagel bis ans Fenster vorzukämpfen. Ich folge ihnen, was idiotisch ist, da ich keine Waffe habe. Aber sollte einer von beiden getroffen werden, kann ich ja seine an mich nehmen und ihn ablösen. Etwas kommt uns sonderbar vor: Die Kugeln pfeifen weiter durch den Raum, schlagen in Decke und Wände, und doch ist draußen niemand zu sehen. Plötzlich verstummt die Knallerei. Kein Laut mehr, nur Stille. Wir sehen uns ungläubig an, dann steht Charles mit hochrotem Kopf und mehr denn je stotternd als Erster auf. Die Augen tränenfeucht wiederholt er immer wieder: »Pardun, pardun.«

Draußen lauert tatsächlich kein Feind. Charles hat nur vergessen, dass er die 7,65 Millimeter Kugeln in dem Fetttopf gelassen hat, damit sie nicht oxidieren! Die Munition ist der Pfanne etwas zu heiß geworden.

Da niemand von uns verletzt ist, außer vielleicht unser Selbstbewusstsein, sammeln wir ein, was vom Omelett übrig geblieben ist, und setzen uns wieder an den Tisch, als wäre nichts gewesen.

Gut, Charles' Talente als Pyrotechniker sind zuverlässiger als seine Kochkünste, doch in Zeiten wie diesen ist es besser so.

Morgen fängt der Monat Oktober an, und der Krieg geht weiter, der unsere auch.

Kapitel 14

Die Dreckskerle hatten ein dickes Fell. Nachdem die zweite Observierungsrunde der Mädchen abgeschlossen war, erteilte Jan Robert den Auftrag, Lespinasse hinzurichten. Boris, der im Gefängnis saß, würde sicher sehr bald verurteilt, und man durfte, wollte man das Schlimmste verhindern, keine Zeit verlieren. Wenn wir ein drastisches Exempel statuierten, würden Richter und Staatsanwälte vielleicht begreifen, dass man mit der Hinrichtung eines Partisanen sein eigenes Todesurteil unterschrieb. Sobald die Deutschen eine Exekutionsmeldung an die Mauern von Toulouse schlugen, antworteten wir seit einigen Monaten mit der Ermordung eines ihrer Offiziere, und jedes Mal verteilten wir Flugblätter, mit denen wir der Bevölkerung unsere Aktion erklärten. Seit mehreren Wochen hatte die Zahl der Exekutionen abgenommen, und ihre Soldaten wagten sich nachts nicht mehr allein auf die Straße. Siehst du, wir haben nicht aufgegeben, und der Widerstand gewann mit jedem Tag an Gewicht.

Die Hinrichtung von Lespinasse war für Montagmorgen geplant, danach waren wir alle an der Endhaltestelle der Linie 12 verabredet. Als Robert eintraf, sahen wir sofort, dass der Auftrag nicht ausgeführt worden war. Irgendetwas war schiefgelaufen, und Jan war stinksauer.

An diesem Montag waren die Gerichtsferien abgelaufen, und alle Richter und Staatsanwälte fanden sich im Justizpalast ein. Die Ankündigung des Todes von Generalstaatsanwalt Lespinasse hätte also an diesem Tag mehr Wirkung als an jedem anderen gehabt. Wir töteten Menschen nicht einfach nur so, egal wann, auch wenn im Fall von Lespinasse jeder Tag recht gewesen wäre. Robert wartete ab, dass Jan sich beruhigte.

Jan war nicht nur wütend, weil wir die Eröffnung der Sitzungsperiode verpasst hatten. Es war jetzt über zwei Monate her, dass Marcel hingerichtet worden war, die BBC hatte mehrmals angekündigt, dass der für seine Verurteilung Verantwortliche für sein scheußliches Verbrechen würde zahlen müssen. Am Ende, so meinte er, stünden wir da wie Versager! Robert aber hatte ein mulmiges Gefühl, als er zur Tat schreiten wollte – zum ersten Mal.

Er war nach wie vor wild entschlossen, den Generalstaatsanwalt zu töten, daran hatte sich nichts geändert, aber heute war es nicht möglich gewesen! Er schwor hoch und heilig, nichts von der Bedeutung dieses Datums, das Jan gewählt hatte, gewusst zu haben. Nie zuvor hatte Robert bei einem Einsatz aufgegeben; bei der ihm eigenen Gelassenheit musste er gute Gründe gehabt haben.

Gegen neun Uhr traf er an Lespinasses Wohnort ein. Nach den Beobachtungen der Mädchen verließ der Generalstaatsanwalt jeden Morgen Punkt zehn sein Haus. Marius, der an der ersten Operation beteiligt gewesen war und um Haaresbreite den falschen Lespinasse niedergestreckt hätte, begnügte sich diesmal damit, Robert zu decken.

Robert trug einen weiten Mantel, in der linken Tasche zwei Granaten – eine für den Angriff, eine zur Verteidigung – und in der rechten seine entsicherte Pistole. Um zehn kein Mensch. Nach einer Viertelstunde noch immer kein Lespinasse. Fünfzehn Minuten sind lang, wenn man zwei Granaten dabeihat, die bei jedem Schritt in der Tasche aneinanderstoßen.

Ein Polizist kommt auf seinem Fahrrad daher und verlangsamt auf seiner Höhe das Tempo. Wahrscheinlich reiner Zufall, doch wenn gleichzeitig die Zielperson nicht auftaucht, fängt man an, sich Fragen zu stellen.

Die Zeit schleppt sich dahin, die Straße ist ruhig. Selbst wenn man hin und her geht, erregt man früher oder später Aufmerksamkeit.

Auch die beiden Freunde mit den drei Rädern für die Flucht dürften nicht gänzlich unbemerkt bleiben.

Ein Lastwagen voller Deutscher hält an der Straßenecke. Zwei »Zufälle« innerhalb so kurzer Zeit, das ist schon etwas viel! Roberts Unbehagen nimmt zu. Marius macht ihm ein Zeichen aus der Ferne, und Robert antwortet mit einem Nicken, um ihm zu bedeuten, dass alles in Ordnung sei, dass die Aktion fortgesetzt werde. Das einzige Problem – der Generalstaatsanwalt ist immer noch nicht in Sicht. Das deutsche Armeeauto fährt vorbei, allerdings sonderbar langsam, und diesmal stellt sich Robert wirklich Fragen. Die Gehwege sind wieder menschenleer, als die Eingangstür des observierten Hauses sich endlich öffnet, ein Mann heraustritt und den Garten durchquert. In seiner Manteltasche umklammert Robert den Griff seiner Pistole. Er kann das Gesicht desjenigen, der das Gartentor schließt, noch immer nicht sehen. Der steuert jetzt auf den Wagen zu. Robert hat Zweifel. Wenn der Mann gar nicht Lespinasse ist, sondern ein Arzt, der dem grippeerkrankten Generalstaatsanwalt einen Besuch abgestattet hat? Er kann sich ja schlecht mit den Worten vorstellen: »Guten Tag, sind Sie vielleicht der Typ, auf den ich mein Magazin leer schießen soll?«

Robert geht auf ihn zu, und das Einzige, was ihm einfällt, ist, ihn nach der Uhrzeit zu fragen. Er wünscht, dass dieser Mann, der sich schließlich bedroht fühlen muss, durch irgendetwas seine Angst zum Ausdruck bringt, etwa durch eine zitternde Hand oder durch Schweiß auf der Stirn.

Der Mann aber begnügt sich damit, den Ärmel hochzuschieben und freundlich zu antworten »Halb elf«. Außerstande abzudrücken, lässt Robert den Pistolengriff los. Mit einem kurzen Gruß steigt Lespinasse in seinen Wagen.

Jan sagt nichts mehr, es gibt nichts mehr zu sagen. Robert hatte gute Gründe, und niemand kann ihm vorwerfen, aufgegeben zu haben. Es ist nur leider so, dass die echten Schweinehunde ein dickes Fell haben. In dem Augenblick, da wir uns trennen, murmelt Jan, dass wir es sehr bald noch einmal versuchen müssen.

*

Die ganze Woche über ist Robert verbittert. Übrigens will er auch niemanden sehen. Am folgenden Sonntag klingelt sein Wecker in aller Herrgottsfrühe. Der Duft von Kaffee und getoastetem Brot steigt aus der Küche seiner

Vermieterin zu ihm herauf. Normalerweise kitzelt er seinen Magen, doch seit letztem Montag ist Robert ständig übel. Er zieht sich in aller Ruhe an, holt seine Pistole unter der Matratze hervor und steckt sie unter den Gürtel seiner Hose. Er schlüpft in eine Jacke, setzt einen Hut auf und verlässt das Haus, ohne jemandem Bescheid zu geben. Es ist nicht die Erinnerung an sein Missgeschick, die ihm Übelkeit bereitet. Lokomotiven in die Luft zu jagen, Schienen durchzusägen, Hochspannungsmasten und Kräne zu sprengen, feindliches Kriegsgerät zu sabotieren, ist eine Sache, aber kaltblütig zu töten, eine andere. Wir träumten von einer Welt, in der die Menschen in Freiheit leben. Wir wollten Ärzte, Arbeiter, Handwerker, Lehrer werden. Nicht als sie uns dieser Rechte beraubten, haben wir zu den Waffen gegriffen, sondern erst später – als sie begannen, Kinder zu deportierten und Genossen zu füsilieren. Aber töten bleibt für uns ein schmutziges Geschäft. Ich sagte dir schon, das Gesicht desjenigen, auf den man zielt, vergisst man nie. Selbst bei einem Dreckskerl wie Lespinasse ist das eine schwierige Sache.

Catherine hat Robert bestätigt, dass sich der Generalstaatsanwalt jeden Sonntagmorgen Punkt zehn zur Messe begibt, und so kämpft Robert die aufkommende Übelkeit nieder und schwingt sich auf sein Rad. Schließlich gilt es, Boris zu retten.

Es ist zehn, als Robert in die Straße einbiegt. Der Generalstaatsanwalt hat soeben sein Gartentor hinter sich geschlossen. Er wird von seiner Frau und seiner Tochter begleitet und tritt jetzt auf den Gehweg. Robert entsichert seine Pistole und bewegt sich auf ihn zu. Die kleine Gruppe kommt auf seiner Höhe an und geht an ihm vorbei. Robert zieht seine Waffe, dreht sich um und zielt. Nicht in den Rücken schießen, deshalb schreit er: »Lespinasse!« Überrascht dreht sich die Familie um, bemerkt die gezogene Pistole, doch schon lösen sich zwei Schüsse, und der Generalstaatsanwalt sinkt auf die Knie, die Hände auf den Bauch gepresst. Die Augen weit aufgerissen, fixiert Lespinasse den Schützen, richtet sich auf, strauchelt und hält sich an einem Baumstamm fest. Diese Schweinehunde haben wirklich ein dickes Fell!

Robert tritt näher, der Generalstaatsanwalt fleht um »Gnade«. Robert denkt an den Körper von Marcel, den Kopf zwischen den Händen in seinem Sarg, er sieht das Gesicht seines Kameraden. Für all diese jungen Burschen hat es weder Gnade noch Erbarmen gegeben; Robert leert sein Magazin. Die beiden Frauen schreien, ein Passant versucht, sich auf Robert zu stürzen, doch der hebt seine Waffe, und der Mann weicht zurück.

Und während er sich auf seinem Fahrrad entfernt, setzen die Hilferufe in seinem Rücken ein.

Gegen Mittag ist er wieder in seinem Zimmer. Die Nachricht von dem Attentat hat sich schon in der ganzen Stadt verbreitet. Die Polizisten haben das Viertel abgesperrt, sie verhören die Witwe des Generalstaatsanwalts und fragen, ob sie den Täter wiedererkennen würde. Madame Lespinasse nickt und sagt, das sei durchaus möglich, doch sie wolle es nicht. Schließlich habe es schon so genug Tote gegeben.

Kapitel 15

Émile war es gelungen, sich bei der Bahn einstellen lassen. Jeder von uns versuchte, eine Arbeit zu finden. Wir brauchten alle ein Gehalt. Schließlich mussten wir unsere Miete begleichen uns irgendwie ernähren, und die Résistance hatte Mühe, uns monatlich einen Sold zu zahlen. Eine Anstellung hatte auch den Vorteil, unsere Aktivitäten im Untergrund zu kaschieren. Man fiel bei Polizei und Nachbarn sehr viel weniger auf, wenn man jeden Morgen zur Arbeit aufbrach. Diejenigen ohne Beschäftigung hatten keine andere Wahl, als ein Studium vorzutäuschen, doch sie waren einfach viel auffälliger.

Ideal war, wenn der gefundene Job auch noch der Sache dienen konnte. Die Posten, die Émile und Alonso am Rangierbahnhof von Toulouse innehatten, waren äußerst wertvoll für die Brigade. Sie hatten mit einigen Eisenbahnern ein kleines Team gegründet, das sich auf Sabotageakte aller Art spezialisierte. Eine ihrer beliebtesten Übungen war es, sozusagen vor der Nase der deutschen Soldaten die Beschriftungen an den Waggons zu entfernen und mit anderen zu vertauschen. Wenn dann die Züge zusammengestellt wurden, landeten die Ersatzteile, die in Calais von den Nazis so dringend benötigt wurden, in Bordeaux, die in Nantes erhofften Transformatoren in Metz und die Motoren, die in Deutschland erwartet wurden, in Lyon.

Die Deutschen machten die SNCF, unsere Staatsbahn, für das Durcheinander verantwortlich und spotteten über die französische Ineffizienz. Dank Émile, Alonso und einigen ihrer Eisenbahnerkollegen gelangte der von den Besatzern benötigte Nachschub in alle Himmelsrichtungen, nur nicht in die gewünschte, und verschwand von der Bildfläche. Bis die für den Gegner bestimmte Ware wiedergefunden und beim richtigen Adressaten eingetroffen war, vergingen ein oder zwei Monate, und das war ja schon mal was.

Nach Einbruch der Dunkelheit gesellten wir uns oft zu ihnen, um zwischen den abgestellten Zügen herumzuschleichen. Wir lauschten auf jedes Geräusch ringsumher und machten uns ein Quietschen der Weichen oder Vorbeifahren eines Triebwagens zunutze, um uns, ohne von den deutschen Patrouillen überrascht zu werden, an unser Ziel heranzupirschen.

Letzte Woche sind wir unter einen Zug gekrochen bis hin zu einem Tankwagen. Bei geschicktem Vorgehen und etwas Glück würde der Sabotageakt völlig unbemerkt bleiben.

Während einer von uns Schmiere stand, kletterten die anderen auf den Wagen, öffneten den Deckel und gaben kiloweise Sand und Melasse zu dem Treibstoff. Wenige Tage später an ihrem Ziel angelangt, wurde die kostbare, von uns gepanschte Flüssigkeit in die Tanks der deutschen Bomber und Jagdflugzeuge gepumpt. Unsere technischen Kenntnisse reichten aus, um zu wissen, dass der Pilot nach dem Starten nur eine Alternative hatte: versuchen herauszufinden, warum die Motoren plötzlich versagten, oder mit dem Fallschirm abzuspringen, bevor die Kiste abstürzte. Im für sie günstigsten Fall waren die Maschinen schon am Ende der Piste fluguntauglich, was auch schon nicht übel war.

Mit etwas Sand und viel Dreistigkeit war es meinen Freunden gelungen, eines der einfachsten aber wirkungsvollsten Zerstörungssysteme gegen die feindliche Luftwaffe zu installieren. Auf dem Rückweg im Morgengrauen dachte ich bei mir, dass sich mit dieser Aktion ein klein wenig mein zweiter Traum verwirklichte – der, die Royal Air Force zu unterstützen.

Manchmal schlichen wir auch an den Gleisen des Bahnhofs Toulouse-Raynal entlang, um die Planen der Waggons anzuheben und dann, je nachdem, was wir vorfanden, zu handeln. Wenn wir Tragflächen von Messerschmitt, Flugzeugrümpfe oder Leitwerke für Stukas von Junkers, hergestellt in den Fabriken von Latécoère, entdeckten, durchtrennten wir die Steuerungskabel. Hatten wir es mit Flugzeugmotoren zu tun, rissen wir Stromkabel oder Benzinschläuche heraus. Ich könnte gar nicht aufzählen, wie viele Maschinen wir auf diese Weise zumindest vorübergehend fluguntauglich gemacht haben. Was mich betraf, so war es wegen meiner zerstreuten Natur immer besser, bei solchen Aktionen einen Freund zur Seite zu haben. Denn sobald ich mich daranmachte, ein Loch in die Tragflächen eines Bombers zu bohren, stellte ich mir vor, im Cockpit meines Spitfire zu sitzen und den Steuerknüppel zu betätigen. Zum Glück klopften mir Émile oder Alonso jedes

Mal auf die Schulter und brachten mich in die Realität zurück, indem sie in bedauerndem Tonfall sagten: »Komm, Jeannot, es wird Zeit, wir müssen ...«

So verbrachten wir die beiden ersten Oktoberwochen. Die für heute Nacht vorgesehene Aktion aber würde weit bedeutender sein als die eben genannten. Émile hatte erfahren, dass morgen zwölf Lokomotiven nach Deutschland abfahren würden.

Für diese Mission waren sechs von uns abgestellt. Wir operierten nur äußerst selten in so großer Zahl, denn sollten wir erwischt werden, verlöre die Brigade ein Drittel ihrer Mitglieder. Die Sache, um die es ging, aber rechtfertigte ein solches Risiko. Zwölf Lokomotiven bedeutete auch zwölf Bomben. Doch unter keinen Umständen durften wir im Gänsemarsch bei Charles erscheinen. Dies eine Mal lieferte er die Ware ins Haus.

Morgens in aller Herrgottsfrühe verstaute unser Freund seine wertvollen Päckchen in einem kleinen Anhänger, den er an seinem Fahrrad befestigte, und bedeckte alles mit frisch aus seinem Garten geernteten Salatköpfen und einer Plane. Er verließ den Bahnhof von Loubers und fuhr fröhlich singend durch das Toulouser Hinterland. Charles' Fahrrad, das aus Einzelteilen der verschiedenen gestohlenen Räder bestand, war einzig in seiner Art. Mit seinem fast einen Meter breiten Lenker, seinem extrem hohen Sattel, dem halb blauen, halb orangefarbenen Gestell, den ungleichen Pedalen und den am Gepäckträger befestigten Damensatteltaschen bot es wirklich einen außergewöhnlichen Anblick.

139

Auch Charles selbst bietet einen außergewöhnlichen Anblick. Doch er macht sich keinerlei Gedanken, während
er in die Stadt fährt. Die Polizisten beachten ihn für gewöhnlich nicht, sie halten ihn für einen Clochard, der
sich herumtreibt. Eine Unannehmlichkeit für die Bevölkerung, gewiss, doch keine Gefahr im eigentlichen Sinne.
Dank dieses Anblicks nimmt ihn die Polizei normalerweise
gar nicht zur Kenntnis, wohl aber heute … bedauerlicher-
weise.

Charles überquert die Place du Capitole, wobei er seine
kostbare Ladung besonders traktiert, als ihn zwei Gendarmen für eine Routinekontrolle anhalten. Charles reicht
einem von ihnen seinen Personalausweis, auf dem ver-
merkt ist, dass er aus Lens stammt. Als könnte der Polizist
nicht lesen, was dort schwarz auf weiß geschrieben steht,
fragt er Charles nach seinem Geburtsort. Charles antwortet, ohne zu zögern.

»Luntz!«

»Luntz?«, gibt der Mann verdattert zurück.

»Luntz!«, beharrt Charles, die Arme vor der Brust verschränkt.

»Sie sagen, Sie sind in Luntz geboren, und ich lese in
Ihren Papieren, dass Ihre Mutter Sie in Lens zur Welt gebracht hat. Also entweder Sie lügen, oder der Ausweis ist
gefälscht.«

»Pero, no«, verkündet Charles mit seinem etwas außergewöhnlichen Akzent. »Luntz is exaktament, was ich
sagen! Luntz in Departamento Pas-de-Calais!«

Der Polizist mustert ihn und fragt sich, ob der Kerl, den
er da gerade verhört, sich nicht über ihn lustig macht.

»Wollen Sie etwa behaupten, Franzose zu sein?«, gibt er zurück.

»Si, correcto!«, bestätigt Charles.

Diesmal sagt sich der Polizist, dass ihn sein Gegenüber wirklich auf den Arm nimmt.

»Ihr Wohnort?«, fragt er barsch.

Charles, der seine Lektion in- und auswendig kennt, erwidert, wie aus der Pistole geschossen: »In Brist, im Finistir!«

»In Brist? Wo soll das sein, Brist? Kenn ich nicht«, meint der Gendarm und wendet sich seinem Kollegen zu.

»Ich glaube, er meint Brest im Finistère, Chef«, antwortet der Kollege gelassen.

Und Charles nickt begeistert. Der gekränkte Polizist sieht ihn von oben bis unten an. Mit seinem zusammengeflickten bunten Fahrrad, seiner Clochardjacke und seiner Salatladung hat Charles tatsächlich nichts mit einem Fischer von der Atlantikküste gemein. Der Gendarm, dem es jetzt endgültig reicht, befiehlt ihm, zur Überprüfung seiner Identität mit aufs Revier zu kommen.

Diesmal ist es Charles, der sein Gegenüber fixiert. Und es hat den Anschein, als hätten die Lektionen der kleinen Camille schon Früchte getragen, denn Charles beugt sich zum Ohr des Polizisten vor und flüstert ihm zu: »Ich transportiere Bomben in meinem Anhänger. Wenn du mich mit aufs Kommissariat nimmst, wird man mich erschießen. Und morgen wirst du dann erschossen, weil die Genossen von der Résistance wissen werden, wer mich verhaftet hat.«

Man könnte meinen, dass Charles verdammt gut Französisch spricht, wenn er sich Mühe gibt.

Der Polizist hat schon die Hand an seiner Dienstwaffe. Er zögert, dann lösen sich seine Finger vom Kolben. Ein kurzer Blickwechsel mit seinem Kollegen, und er antwortet Charles: »Los, verschwinde von hier, du Kerl aus Brest!«

Gegen Mittag nehmen wir unsere Bombenlieferung entgegen. Und als Charles uns von seinem Abenteuer erzählt, scheint er sich köstlich zu amüsieren.

Jan dagegen findet das Ganze überhaupt nicht lustig. Er wirft Charles vor, viel zu riskant vorgegangen zu sein. Charles lacht immer noch und gibt zurück, dass bald zwölf Lokomotiven keine Züge mit Deportierten mehr werden ziehen können. Er wünscht uns viel Glück und schwingt sich auf seinen Sattel.

Nachts vor dem Einschlafen höre ich manchmal noch heute, wie er, hoch oben auf seinem bunten Fahrrad thronend, zum Bahnhof von Loubers strampelt mit einem Lachen so farbig wie sein verrücktes Gefährt.

*

Es ist zehn Uhr nachts und dunkel genug, um mit der Aktion zu beginnen. Émile gibt das Signal, und wir klettern über die Mauer längs der Schienen. Beim Aufsetzen auf der anderen Seite müssen wir ganz besonders aufpassen, denn jeder von uns trägt zwei Bomben in seinem Rucksack. Kälte und Feuchtigkeit kriechen unsere Beine hinauf. François geht voran, Alonso, Émile, mein Bruder Claude, Jacques und ich bilden eine Kolonne, die an einem stehenden Zug entlangschleicht. Die Brigade scheint fast komplett.

Vor uns ein Soldat, der Wache schiebt und uns den Weg blockiert. Die Zeit drängt, wir müssen uns bis zu den weiter vorn abgestellten Lokomotiven vorpirschen. Am Nachmittag haben wir die Mission mehrmals durchgespielt. Dank Émile wissen wir, dass alle Loks auf den Rangierschienen aufgereiht sind. Also zunächst auf den Triebwagen klettern, uns am Geländer der Seitenwand entlanghangeln, dann die Leiter bis zum oberen Teil des Dampfkessels hochsteigen. Eine Zigarette anzünden, dann die Zündschnur und die Bombe mittels eines Eisendrahts mit Haken im Schornstein herunterlassen. Den Haken am Rand des Schornsteins befestigen, sodass die Bombe wenige Zentimeter über dem Grund des Kessels frei schwebt. Dann wieder hinuntersteigen, die Schienen überqueren und das Ganze mit der zweiten Lokomotive wiederholen. Sobald die beiden Bomben platziert sind, schnell zu einer kleinen Mauer rennen, die sich etwa hundert Meter davor befindet, und das Weite suchen, bevor alles explodiert. Wenn möglich versuchen, mit den anderen synchron vorzugehen, um zu verhindern, dass einer noch bei der Arbeit ist, während die Loks von dem anderen schon in die Luft fliegen. In dem Augenblick, da dreißig Tonnen Metall aufbrechen, sollte man möglichst weit entfernt sein.

Alonso wirft Émile einen Seitenblick zu, wir müssen uns dieses Kerls, der uns den Weg versperrt, entledigen. Émile zieht seine Pistole. Der Soldat steckt sich eine Zigarette zwischen die Lippen. Er zündet ein Streichholz an, und die Flamme erhellt sein Gesicht. Trotz seiner tadellosen Uniform sieht der Gegner wie ein armer als Soldat verkleideter Junge aus und so gar nicht wie ein knallharter Nazi.

Émile steckt seine Knarre wieder ein und gibt uns durch ein Zeichen zu verstehen, dass er nur bewusstlos geschlagen werden soll. Alle sind hocherfreut über diese Nachricht, ich etwas weniger als die anderen, weil ich die Aufgabe zu erledigen habe. Es ist schrecklich, jemanden so niederzustrecken, schrecklich, ihm eins über den Schädel zu ziehen und dabei Angst zu haben, ihn zu töten.

Der bewusstlose Soldat wird in einen Waggon getragen und die Tür so leise wie möglich geschlossen. Wir können unseren Weg fortsetzen. Jetzt sind wir am Ziel. Émile hebt den Arm, um uns das Signal zu geben. Jeder hält den Atem an, bereit zu agieren. Ich blicke zum Himmel auf und sage mir, dass es doch wesentlich schicker ist, dort oben zu kämpfen, als auf Kies und Kohlestücken zu kriechen, dabei aber erregt ein Detail meine Aufmerksamkeit. Hat sich meine Kurzsichtigkeit plötzlich entscheidend verschlimmert, oder sehe ich Dampf aus den Schornsteinen der Lokomotiven aufsteigen. Wenn Dampf aus dem Schornstein einer Lokomotive steigt, deutet das darauf hin, dass der Heizkessel arbeitet. Dank der in Charles' Esszimmer gemachten Erfahrung während einer Omelett-Party – wie die Engländer der Royal Air Force in der Offiziersmesse sagen würden – weiß ich jetzt, dass alles, was Pulver enthält, in der Nähe einer Wärmequelle extrem sensibel reagiert. Ohne ein Wunder oder eine Besonderheit unserer Bomben, die meinen Vorabitur-Chemiekenntnissen entgangen sein müsste, hätten wir, um mit Charles' Worten zu reden »un problema importante«.

Da es für jedes Ding eine Begründung gibt, wie mein Mathematiklehrer auf dem Gymnasium ständig zu wiederholen pflegte, wird mir plötzlich klar, dass die Eisenbahner, die wir nicht von unserer Aktion unterrichtet haben, die Kessel durch Aufwerfen von Kohle weiter beheizt haben, um den Druck aufrechtzuerhalten und so für den pünktlichen Aufbruch des Konvois am nächsten Morgen zu sorgen.

Ohne den patriotischen Elan meiner Kameraden kurz vor Beginn der Aktion bremsen zu wollen, halte ich es dennoch für angebracht, Émile und Alonso von meiner Entdeckung zu informieren. Das geschieht natürlich im Flüsterton, um nicht die Aufmerksamkeit der Wachen unnötig zu wecken. Egal, ob geflüstert oder nicht – Alonso nimmt die Nachricht völlig konsterniert zur Kenntnis und betrachtet, wie ich, die rauchenden Schornsteine. Und, wie ich, analysiert er das Dilemma, mit dem wir jetzt zwangsläufig konfrontiert sind. Geplant war, dass wir die Bomben durch die Schornsteine hinunterlassen, um sie in die Heizkessel der Lokomotiven zu hängen. Wenn besagte Kessel aber beheizt sind, ist es schwierig, wenn nicht gar unmöglich zu berechnen, wie lange es dauert, bis die Bomben bei dieser Temperatur zur Explosion kommen. Ihre Zündschnur ist unter diesen Umständen ein recht überflüssiges Zubehör.

Nach allgemeiner Beratung stellt sich heraus, dass Émiles Eisenbahnerkarriere für präzisere Schätzungen noch nicht ausreicht, was ihm niemand vorwerfen kann.

Alonso glaubt, die Bomben würden uns schon auf halber Schornsteinhöhe um die Ohren fliegen. Émile ist da etwas zuversichtlicher, er denkt, da sich das Dynamit in gusseisernen Zylindern befindet, würde die Wärmeleitung eine gewisse Zeit in Anspruch nehmen. Auf die Frage von Alonso: »Ja, aber wie lange?«, antwortet Émile, er habe nicht die geringste Ahnung. Mein kleiner Bruder meint abschließend, wenn wir schon einmal hier seien, sollten wir unser Glück auch versuchen!

Ich habe dir ja schon gesagt, wir geben nicht auf. Morgen früh werden die Lokomotiven, dampfend oder nicht, außer Betrieb sein. Mit absoluter Mehrheit und ohne Stimmenthaltung wird der Beschluss gefasst, es trotz aller Risiken zu versuchen. Émile hebt erneut den Arm, um das Zeichen zum Einsatz zu geben, doch diesmal bin ich es, der eine Frage vorbringt, die alle sich stellen: »Sollen wir trotzdem die Zündschnur benutzen?«

Die gereizte Antwort von Émile lautet: Ja.

Was nun folgt, geschieht in rasantem Tempo. Alle laufen zu ihrem Zielobjekt. Wir klettern auf unsere erste Lokomotive, die einen flehen den Himmel um Beistand an, die anderen, weniger Gläubigen hoffen, das Schlimmste möge nicht eintreffen. Der Zunder knistert, mir bleiben vier Minuten – ohne Berücksichtigung des schon ausführlich erwähnten Hitzeparameters –, um meine erste Bombe zu platzieren, zur nächsten Lok zu rennen, den Vorgang zu wiederholen und zu dem rettenden Mäuerchen zu sprinten. Meine Bombe baumelt am Ende der Metallschnur und bewegt sich auf ihr Ziel zu. Ich erahne, wie wichtig die Befestigung ist. Mit der Glut am Boden muss jeder direkte Kontakt vermieden werden.

Wenn mich trotz der Hitze und Kälte, die mich abwechselnd frösteln lassen, mein Gedächtnis nicht trügt, sind gute drei Minuten verstrichen seit dem Moment, da Charles das Gänsefett in die Pfanne gegeben hat, und dem, als wir uns auf die Erde werfen mussten. Wenn mir das Glück also hold ist, endet mein Leben nicht über dem Heizkessel einer Lokomotive oder zumindest nicht, bevor ich meinen zweiten Sprengkörper platziert habe.

Übrigens laufe ich bereits über die Schienen und klettere auf mein zweites Ziel. Wenige Meter entfernt macht mir Alonso ein Zeichen, dass alles in Ordnung ist. Es beruhigt mich etwas, dass er sich weniger fürchtet als ich. Ich weiß, dass manche Leute aus Angst vor einem Flammenrückschlag auf Abstand gehen, wenn sie ein brennendes Streichholz an die Kochstelle ihres Gasherds halten. Ich würde sie gerne sehen, wenn sie eine drei Kilo schwere Bombe in den glühenden Heizkessel einer Lokomotive geben. Das Einzige aber, das mich wirklich beruhigen könnte, wäre zu wissen, dass mein kleiner Bruder seine Arbeit beendet und sich schon aus dem Staub gemacht hat.

Alonso bleibt zurück, denn er hat sich beim Herunterklettern den Fuß zwischen Schiene und Lokomotivenrad eingeklemmt. Zu dritt ziehen wir, so gut wir können, um ihn zu befreien, und ich höre das Pendel des Todes an meinem Ohr schlagen.

Als Alonsos Fuß zwar verletzt, aber wieder frei ist, rennen wir unserem rettenden Hafen entgegen, und die Druckwelle der ersten ohrenbetäubend lauten Explosion hilft uns ein wenig, denn sie schleudert uns drei bis vier Meter vorwärts zu der kleinen Mauer.

Mein Bruder hilft mir, mich aufzurichten, und als ich

sein bleiches Gesicht sehe, atme ich erleichtert auf und ziehe ihn zu den Fahrrädern.

»Siehst du, wir haben es geschafft!«, meint er fast fröhlich.

»Sag bloß, du lachst.«

»An Abenden wie diesen, ja!«, gibt er zurück und tritt kräftig in die Pedale.

In der Ferne folgt eine Explosion auf die andere, ein wahrer Eisenregen geht vom Himmel nieder. Wir können die Hitze bis hierher spüren. Wir halten kurz an und drehen uns um.

Mein Bruder lacht zu Recht. Es ist weder die Nacht des 14. Juli noch die des Johannistags. Heute ist der 10. Oktober 1943, morgen fehlen den Deutschen zwölf Lokomotiven, und dies ist das schönste Feuerwerk, das wir uns vorstellen können.

Kapitel 16

Am nächsten Morgen wollte ich mich mit meinem Bruder treffen, ich war schon spät dran. Gestern beim Abschied nach der Explosion der Lokomotiven hatten wir beschlossen, zusammen Kaffee trinken zu gehen. Wir fehlten einander und hatten immer seltener Gelegenheit, uns zu sehen. Ich zog mich schnell an, um ins Café in der Nähe der Place Esquirol zu laufen.

»Sagen Sie mal, was genau studieren Sie eigentlich?«

Die Stimme von Madame Dublanc hallte im Flur wider, als ich gerade das Haus verlassen wollte. An ihrem Tonfall erkannte ich sofort, dass die Frage nichts mit einem plötzlichen Interesse an meinen Vorlesungen zu tun hatte. Ich drehte mich um, sah sie an und gab mir alle erdenkliche Mühe, möglichst überzeugend zu wirken. Sollte meine Vermieterin an meiner Identität zweifeln, musste ich umgehend ausziehen, wahrscheinlich sogar die Stadt verlassen.

»Warum fragen Sie das, Madame Dublanc?«

»Weil es mir sehr gelegen käme, wenn Sie Medizin, oder besser noch Tiermedizin, studieren würden. Mein Kater ist nämlich krank, er will nicht mehr aufstehen.«

»Tut mir schrecklich leid, Madame Dublanc, ich hätte Ihnen gern geholfen, oder, besser gesagt, Ihrem Kater, aber ich studiere Wirtschaftswissenschaften.«

Ich glaubte schon, aus dem Schneider zu sein, doch sie fügte gleich hinzu, das sei äußerst bedauerlich. Sie schien nachdenklich, als sie das sagte, und ihr Verhalten verunsicherte mich.

»Kann ich sonst noch etwas für Sie tun, Madame Dublanc?«

»Wären Sie so nett und würden trotzdem einen Blick auf meinen Gribouille werfen?«

Sie nahm mich am Arm und zog mich in ihre kleine Wohnung. Als wolle sie mich beruhigen, flüsterte sie mir zu, es sei besser, wir unterhielten uns drinnen; die Wände ihres Hauses seien so dünn. Mit ihren Worten aber bewirkte sie genau das Gegenteil.

Die Wohnung von Madame Dublanc ähnelte meinem Zimmer, war allerdings mit Möbeln, Bad und Toilette ausgestattet, was schließlich doch einen erheblichen Unterschied machte. Auf dem Sofa schlief ein dicker grauer Kater, der weniger elend aussah als ich, doch ich enthielt mich jedes Kommentars.

»Hören Sie zu, mein Junge«, sagte sie und schloss die Tür. »Es ist mir völlig egal, ob Sie Wirtschaft studieren oder Algebra. Studenten wie Sie habe ich hier viele gesehen, und manche sind verschwunden, ohne jemals ihre Sachen abzuholen. Ich mag Sie, aber ich will keinen Ärger mit der Polizei und noch weniger mit der Miliz.«

Mir war, als spiele jemand Mikado in meinem Bauch.

»Warum sagen Sie das, Madame Dublanc?«, stammelte ich.

»Weil ich Sie nicht viel studieren sehe, oder sind Sie ein solcher Faulpelz? Und Ihr kleiner Bruder, der ab und zu mit Freunden kommt – für mich wirken die alle wie Terroristen. Ich sage es also noch einmal: Ich will keinen Ärger.«

Ich brannte darauf, mit Madame Dublanc über den Begriff Terrorismus zu diskutieren. Die Vorsicht hätte mich davon abhalten sollen, schließlich hegte sie mir gegenüber auch so schon Zweifel. Und doch konnte ich nicht widerstehen.

»Ich glaube, die wirklichen Terroristen sind die Nazis und die Männer von der Miliz. Denn, unter uns, Madame Dublanc, meine Freunde und ich sind nur Studenten, die von einer friedlichen Welt träumen.«

»Auch ich will Frieden und das zunächst mal in meinem Haus! Wenn es dir also keine Probleme bereitet, mein Junge, dann unterlass solche Reden unter meinem Dach. Die Milizionäre haben mir persönlich nichts getan. Und wenn sie mir auf der Straße begegnen, sind sie immer korrekt gekleidet, äußerst höflich und zivilisiert. Was ich nicht von allen Menschen behaupten kann, auf die ich sonst in der Stadt treffe, falls du verstehst, was ich meine. Ich will hier keinen Ärger, ist das klar?«

»Ja, Madame Dublanc«, erwiderte ich verdattert.

»Jetzt unterstellen Sie mir nichts, was ich nicht gesagt habe. In Zeiten wie diesen zu studieren, wie Sie und Ihre Freunde es tun, erfordert Glauben an die Zukunft, ja sogar einen gewissen Mut, das will ich gar nicht abstreiten. Trotzdem wäre es mir lieber, Sie würden Ihre Studien außerhalb meines Hauses betreiben… Können Sie mir folgen?«

»Wollen Sie, dass ich ausziehe, Madame Dublanc?«

»Solange Sie Ihre Miete bezahlen, habe ich keinen

Grund, Sie rauszuwerfen, aber seien Sie so nett und bringen Sie Ihre Freunde nicht mehr mit, um für Ihre Prüfungen zu lernen. Verhalten Sie sich möglichst unauffällig. Das ist besser für mich und auch für Sie. So, das wär's!«

Madame Dublanc zwinkerte mir zu und deutete auf die Tür. Ich verabschiedete mich und rannte los, um meinen Bruder zu treffen, der sicher schon schmollte, weil er dachte, ich hätte ihn versetzt.

Er saß zusammen mit Sophie gleich am Fenster vor einer Tasse Kaffee. Es war nicht wirklich Kaffee, doch ihm gegenüber saß wirklich Sophie. Sie sah nicht, wie ich errötete, als ich an ihren Tisch trat, ich glaubte es zumindest nicht, trotzdem hielt ich es für angebracht hervorzuheben, dass ich wegen meiner Verspätung einen Sprint hatte einlegen müssen. Meinem kleinen Bruder schien das völlig egal. Sophie erhob sich, um uns allein zu lassen, doch Claude forderte sie auf, uns Gesellschaft zu leisten. Auf diese Weise wurde nichts aus unserem Tête-à-Tête, doch ich gebe zu, dass mich das überhaupt nicht störte.

Sophie freute sich, uns Gesellschaft zu leisten. Ihr Leben als Informantin war nicht eben leicht. Wie ich, gab sie sich bei ihrer Vermieterin als Studentin aus. Frühmorgens verließ sie ihr kleines Zimmer und kehrte erst spätabends zurück, um sich nicht zu verraten. Wenn sie gerade niemanden observierte, wenn sie keine Waffen transportierte, lief sie durch die Straßen und wartete die Dunkelheit ab, um endlich nach Hause gehen zu können. Im Winter waren ihre Tage noch beschwerlicher. Nur in den kurzen Pausen, die sie sich bisweilen in einem Café gönnte, konnte sie sich etwas aufwärmen. Aber sie durfte nie lange bleiben, das könnte gefährlich sein. Eine junge hübsche Frau ohne Begleitung lenkte allzu leicht die Aufmerksamkeit auf sich.

Am Mittwoch genehmigte sie sich eine Kinokarte, und am Sonntag erzählte sie uns den Film. Das heißt, nur die Handlung der ersten halben Stunde, weil sie wegen der wohligen Wärme im Kinosaal meist vor der Pause einschlief.

Ich habe nie erfahren, ob Sophies Mut Grenzen hatte. Sie war schön, hatte ein betörendes Lächeln und war ungemein schlagfertig. Wenn all das nicht ausreicht, um mir mildernde Umstände für mein Erröten in ihrer Gegenwart zuzubilligen, dann ist die Welt einfach ungerecht.

»Letzte Woche ist mir etwas Unglaubliches passiert«, sagte sie und strich ihr langes Haar zurück.

Es muss wohl nicht erwähnt werden, dass weder mein Bruder noch ich in der Lage waren, sie zu unterbrechen.

»Was ist los mit euch, Jungs? Hat es euch die Sprache verschlagen?«

»Nein, nein, erzähl weiter«, erwiderte mein Bruder mit einem seligen Lächeln.

Sophie sah uns nacheinander verständnislos an und fuhr etwas leiser fort: »Also, ich war unterwegs nach Carmaux, um drei Maschinenpistolen zu transportieren, die Émile dringend benötigte. Charles hatte sie in einem Koffer versteckt, der ganz schön schwer war. Ich nehme also den Zug am Bahnhof von Toulouse. Ich öffne die Tür zu meinem Abteil und treffe auf acht Gendarmen! Ich schalte den Rückwärtsgang ein und bete, dass mich keiner bemerkt hat. Da steht doch tatsächlich einer von ihnen auf und bietet mir seinen Platz an. Ein anderer will mir sogar mit meinem Koffer helfen. Was hättet ihr an meiner Stelle getan?«

»Ich glaube, ich hätte gebeten, dass man mich auf der Stelle erschießt!«, antwortete mein Bruder. Und er fügte hinzu: »Wozu warten? Aus ist aus, oder?«

»Wie du sagst, aus ist aus, also habe ich es einfach geschehen lassen. Sie haben den Koffer genommen und unter die Sitzbank geschoben. Der Zug fuhr los, und wir haben bis Carmaux geplaudert. Aber wartet, das ist noch nicht alles!«

Ich glaube, wenn Sophie in diesem Augenblick gesagt hätte: Jeannot, ich würde dich ja gerne küssen, wenn du diese schreckliche Haarfarbe änderst, so hätte ich es nicht nur gut aufgenommen, sondern hätte mein Haar auf der Stelle färben lassen. Nun, aber die Frage stellte sich nicht, ich war immer noch ein Rotschopf, und Sophie erzählte weiter.

»Der Zug fährt also im Bahnhof von Carmaux ein, und zack, eine Kontrolle! Ich sehe, wie die Deutschen draußen auf dem Bahnsteig alle Gepäckstücke öffnen. Ich sage mir, dass es diesmal wirklich aus ist.«

»Aber du bist ja hier!«, meinte Claude und tauchte in Ermangelung eines Zuckerstückchens den Zeigefinger in den Kaffeerest in seiner Tasse.

»Die Gendarmen lachen, als sie mein entgeistertes Gesicht sehen, sie klopfen mir auf die Schulter und sagen, sie würden mich nach draußen begleiten. Und ich traue meinen Ohren nicht, als ihr Brigadier hinzufügt, ihm wäre es lieber, ein junges Mädchen wie ich würde von dem Schin-

154

ken und den Würsten profitieren, die ich in meinem Koffer versteckt hätte, als irgendwelche Soldaten der Wehrmacht. Ist das nicht eine verrückte Geschichte?«, meinte Sophie und brach in Lachen aus.

Uns jagte ihre Geschichte kalte Schauer über den Rücken, aber unsere Freundin war vergnügt, also waren wir glücklich, glücklich, einfach hier mit ihr zusammen zu sein. Als wäre alles letztlich nur ein Kinderspiel gewesen, ein Kinderspiel, bei dem sie zehnmal hätte erschossen werden können... in Wirklichkeit.

Sophie war in diesem Jahr siebzehn geworden. Anfangs war ihr Vater, der Minenarbeiter in Carmaux war, nicht gerade begeistert gewesen, dass sie sich der Brigade angeschlossen hatte. Als Jan sie in unsere Reihen aufnahm, hat er ihm sogar den Kopf gewaschen. Sophies Vater war aber ein Widerstandskämpfer der ersten Stunde, und so fiel es ihm schwer, ihr zu verbieten, seinem Beispiel zu folgen. Mit seiner Standpauke vor Jan hatte er nur der Form Genüge getan.

»Wartet, das Beste kommt noch«, fuhr Sophie noch munterer fort.

Claude und ich hörten uns also bereitwillig das Ende ihrer Geschichte an.

»Am Ende des Bahnsteigs wartete Émile. Er sah mich, begleitet von acht Gendarmen, von denen einer den Koffer mit den Maschinenpistolen trug, auf sich zukommen. Ihr hättet sein Gesicht sehen müssen!«

»Wie hat er reagiert?«, wollte Claude wissen.

»Ich habe ihm zugewinkt, ganz laut ›Chéri‹ gerufen und bin ihm dann buchstäblich um den Hals gefallen. Die

Gendarmen haben ihm mein Gepäck ausgehändigt, uns einen schönen Tag gewünscht und sind gegangen. Ich glaube, Émile zittert jetzt noch.«

»Ich werde vielleicht aufhören, koscher zu essen, wenn der Schinken so viel Glück bringt«, schimpfte mein kleiner Bruder.

»Es waren doch Maschinenpistolen, Dummkopf«, erwiderte Sophie, »und die Gendarmen waren einfach gut gelaunt, das ist alles.«

Claude dachte nicht an das Glück, das Sophie mit den Gendarmen gehabt hatte, sondern an das von Émile ...

Unsere Freundin sah auf die Uhr, stand auf und sagte: »Ich muss gehen«. Dann küsste sie uns beide auf die Wangen und machte sich auf den Weg.

Mein Bruder und ich blieben noch eine gute Stunde schweigend nebeneinander sitzen. Am frühen Nachmittag trennten wir uns, und jeder wusste, was der andere dachte.

Ich schlug vor, unser Tête-à-Tête auf den nächsten Abend zu verschieben, damit wir ein bisschen reden könnten.

»Morgen Abend, da kann ich nicht«, sagte Claude.

Ich stellte ihm keine Fragen, doch sein Schweigen verriet mir, dass für morgen eine Operation geplant war, an der er teilnehmen würde, und er konnte von meinem Gesicht ablesen, dass die Angst an mir nagte, seitdem er verstummt war.

»Ich komme danach bei dir vorbei«, fügte er hinzu, »aber nicht vor zehn.«

Das war sehr großzügig von ihm, weil er nach Ende der Aktion noch eine weite Strecke radeln musste, um mich zu besuchen. Aber Claude wusste, dass ich sonst die ganze Nacht kein Auge zutun würde.

»Also dann bis morgen, Bruderherz.«

»Bis morgen.«

*

Mein Gespräch mit Madame Dublanc machte mir immer noch zu schaffen. Würde ich Jan davon erzählen, würde er mich drängen, die Stadt zu verlassen. Doch es kam für mich nicht infrage, mich von meinem Bruder – und auch von Sophie – zu entfernen. Wenn ich aber mit niemandem darüber sprach und gefasst werden würde, wäre das ein unverzeihlicher Fehler. Und so schwang ich mich auf mein Rad und fuhr zum kleinen Bahnhof von Loubers. Charles hatte stets einen guten Rat parat.

Er empfing mich wie immer gut gelaunt und bat mich, ihm im Garten etwas zur Hand zu gehen. Ich hatte, bevor ich mich dem Widerstand anschloss, mehrere Monate im Gemüsegarten des Herrenhauses gearbeitet und mir in Sachen Hacken und Jäten ein gewisses Geschick angeeignet. Charles war dankbar für meine Hilfe. Sehr schnell kamen wir ins Gespräch, und ich erzählte ihm von dem Vorfall mit Madame Dublanc. Charles beruhigte mich sofort.

Er meinte, wenn meine Vermieterin keine Probleme haben wolle, würde sie mich schon allein aus Angst, Ärger zu bekommen, nicht anzeigen. Und dieser Satz über den Mut der »Studenten« ließe doch darauf schließen, dass sie gar nicht so übel sei. Charles fügte sogar hinzu, man solle Menschen nicht voreilig aburteilen. Viele würden nichts unternehmen, weil sie einfach Angst hätten. Das mache sie aber nicht gleich zu Denunzianten. Madame Dublanc sei eben so. Die Okkupation verändere ihren Alltag zu wenig, als dass sie riskieren würde, es zu verlieren, fertig, aus.

Man müsse sich regelrecht bewusst machen, dass man am Leben sei, erklärte er und riss ein paar Radieschen aus.

Charles hatte recht, die meisten Menschen begnügten sich mit einer Arbeit, mit einem Dach über dem Kopf, mit ein paar Stunden Erholung am Sonntag, und sie schätzten sich glücklich; glücklich, ihre Ruhe zu haben, das reichte ihnen schon, nicht weil sie wirklich lebten. Auch wenn ihre Nachbarn litten – solange das Leid nicht bei ihnen selbst Einkehr hielt, zogen sie es vor, wegzusehen, so zu tun, als würden die schlechten Dinge nicht existieren. Es war nicht immer Feigheit. Für manche erforderte das Leben an sich schon sehr viel Mut.

»Lass die nächsten Tage keine Freunde zu dir kommen. Man weiß ja nie«, fügte er hinzu.

Wir hackten schweigend weiter. Er kümmerte sich um die Radieschen, ich mich um die Salatköpfe.

»Du machst dir nicht nur wegen deiner Vermieterin Sorgen, stimmt's?«, fragte Charles. Da ich nicht gleich antwortete, fuhr er fort: »Eines Tages ist hier eine Frau aufgetaucht. Robert hatte mich gebeten, sie bei mir wohnen zu lassen. Sie war zehn Jahre älter als ich und krank. Ich sagte, ich wäre kein Arzt, habe aber trotzdem eingewilligt. Es gibt nur ein Schlafzimmer oben, was sollte ich also tun? Wir haben das Bett geteilt, ich auf der einen, sie auf der anderen Seite, das Kopfkissen in der Mitte. Zwei Wochen ist sie in meinem Haus geblieben, wir hatten viel Spaß, und ich gewöhnte mich an ihre Gegenwart. Eines Tages war sie wieder gesund und ging. Ich habe nichts verlangt, aber ich musste mich wieder daran gewöhnen, mit dieser Stille zu leben. Nachts, wenn der Wind blies, lauschten wir ihm gemeinsam. Für mich allein war es nicht mehr die gleiche Musik.

»Hast du sie nie wiedergesehen?«

»Zwei Wochen später klopfte sie an meine Tür und sagte, sie wolle bei mir bleiben.«

»Und?«

»Ich habe erklärt, es wäre besser, sie würde zu ihrem Mann zurückkehren.«

»Warum erzählst du mir das, Charles?«

»In welches Mädchen der Brigade hast du dich verliebt?«

Ich gab keine Antwort.

»Jeannot, ich weiß, wie schwer die Einsamkeit für uns ist, doch diesen Preis muss man zahlen, wenn man im Untergrund ist.«

Und da ich weiterschwieg, hörte Charles auf zu hacken.

Wir kehrten ins Haus zurück, und Charles schenkte mir einen Bund Radieschen als Dank dafür, dass ich ihm geholfen hatte.

»Weißt du, Jeannot, diese Freundin, von der ich dir eben erzählt habe, hat mir eine wunderbare Chance gegeben; sie hat mir erlaubt, sie zu lieben. Es hat nur wenige Tage gedauert, doch für mich mit meinem Gesicht war das schon ein schönes Geschenk. Jetzt muss ich nur an sie denken, um etwas Glück zu verspüren. Du solltest zurückfahren, es wird schon früh dunkel.«

Und Charles begleitete mich bis zur Tür.

Als ich schon auf meinem Fahrrad saß, drehte ich mich noch einmal um und fragte ihn, ob ich wohl noch eine Chance bei Sophie hätte, falls wir uns nach dem Krieg wiedersehen und nicht mehr im Untergrund leben würden. Charles schien betroffen, er zögerte, bevor er mit einem traurigen Lächeln sagte: »Wenn Sophie und Robert nach Kriegsende nicht mehr zusammen sind, wer weiß? Komm gut heim, Jeannot, und gib auf die Patrouillen am Ortsende acht.«

*

Abends vor dem Einschlafen dachte ich an mein Gespräch mit Charles zurück. Ich beugte mich der Vernunft, Sophie würde eine wunderbare Freundin sein, und das wäre besser so. Und sowieso hätte ich es gehasst, meine Haare zu färben.

*

Wir haben beschlossen, Boris' Aktion gegen die Miliz fortzusetzen. Fortan sollen die Straßenköter in ihrer schwarzen Kluft, alle die, die uns ausspionieren, um uns festnehmen zu können, die foltern, die das menschliche Elend an den Meistbietenden verkaufen, gnadenlos bekämpft werden. Heute Abend jagen wir ihren Bau in der Rue Alexandre in die Luft.

Unterdessen liegt Claude auf seinem Bett, die Hände hinter dem Kopf verschränkt. Er starrt an die Zimmerdecke und denkt an das, was ihn erwartet.

»Heute Abend komme ich nicht zurück«, sagt er.

Jacques ist eingetreten. Er setzt sich auf die Bettkante, doch Claude schweigt. Mit dem Finger misst er die Länge der Zündschnur, nur fünfzehn Millimeter –, und mein kleiner Bruder murmelt: »Egal, ich mach's trotzdem.«

Da lächelt Jacques traurig, er hat nichts angeordnet, Claude hat es selbst vorgeschlagen.

»Bist du sicher?«, fragt er.

Claude ist sich über gar nichts sicher, aber er hört noch die Frage unseres Vaters im Café des Tourneurs… Warum hat er ihm das erzählt? Und er sagt Ja.

»Heute Abend komme ich nicht zurück«, haucht mein kleiner, gerade mal siebzehnjähriger Bruder.

Fünfzehn Millimeter Zündschnur, das ist wenig. Eineinhalb Minuten Leben, wenn sie zu knistern beginnt. Neunzig Sekunden, um zu fliehen.

»Heute Abend komme ich nicht zurück«, wiederholt er ständig, aber heute Abend kehren auch die Milizionäre nicht zurück. Und so werden viele Menschen, die wir nicht kennen, ein paar Monate Leben gewinnen, ein paar Monate der Hoffnung, bis andere Hunde diese Köter des Hasses ersetzt haben.

Eineinhalb Minuten für uns und ein paar Monate für sie, das lohnte sich doch, oder?

Boris hatte unseren Krieg gegen die Miliz genau an dem Tag begonnen, an dem Marcel Langer zum Tode verurteilt worden war. Allein schon für ihn, Boris, der im Gefängnis Saint-Michel dahinvegetierte, mussten wir es tun. Auch um ihn zu retten, hatten wir den Generalstaatsanwalt erschossen. Unsere Taktik hatte funktioniert: Bei

Boris' Prozess hatten sich die Richter einer nach dem anderen für befangen erklärt, die Staatsanwälte hatten solche Angst, dass sie sich mit zwanzig Jahren Gefängnis begnügt hatten.

Heute Abend denkt Claude an Boris und auch an Ernest. Und das macht ihm Mut. Ernest war sechzehn, als er starb, kannst du dir das vorstellen? Er soll sich, als er verhaftet wurde, bepinkelt haben, mitten auf der Straße; die Dreckskerle haben ihm erlaubt, seinen Hosenschlitz zu öffnen, bis er sich erleichtert hätte von seiner Angst – vor aller Augen, um ihn zu demütigen; aber in Wirklichkeit hat er die Zeit genutzt, um die Granate zu entsichern, die er in seiner Hose versteckt hatte, und diese Dreckskerle mit in den Tod zu reißen. Und Claude sieht die grauen Augen eines Jungen wieder vor sich, der mitten auf der Straße gestorben ist, eines Jungen, der erst sechzehn war.

Wir schreiben den 5. November, fast ein Monat ist vergangen, seitdem wir Lespinasse hingerichtet haben. »Ich komme nicht zurück«, sagt mein kleiner Bruder, »doch das macht nichts, andere werden statt meiner leben.«

Die Nacht ist gekommen und mit ihr der Regen. »Es ist so weit«, murmelt Jacques. Claude hebt den Kopf und streckt die Arme. Zähl die Minuten, kleiner Bruder, präg dir jeden Moment ein, und lass dich von Mut durchdringen; lass diese Kraft deinen leeren Bauch füllen. Du wirst nie den Blick von Maman vergessen, ihre Zärtlichkeit, wenn sie zum Gutenachtkuss an dein Bett trat, vor wenigen Monaten noch. Schau, wie lang die Zeit seither war; also selbst wenn du heute Nacht nicht zurückkehrst, bleibt dir ein wenig Zeit zu leben. Füll deine Brust mit dem Duft des Regens, verhalte dich wie immer. Ich wäre gern an deiner Seite, doch ich bin anderswo, und du bist dort, Jacques ist bei dir.

Claude klemmt sein Päckchen unter den Arm und macht sich auf den Weg. Er versucht, den Schweiß auf seiner Haut zu vergessen, wie den Nieselregen über der Stadt. Er ist nicht allein, selbst anderswo bin ich dabei.

An der Place Saint-Paul spürt er sein Herz bis in die Schläfen pochen und versucht, seinen Rhythmus dem der Schritte anzupassen, die ihn zum Mut führen. Er läuft weiter. Wenn das Glück ihm hold ist, wird er später über die Rue des Créneaux entkommen. Doch er darf jetzt nicht an den Fluchtweg denken… wenn das Glück ihm nur hold ist.

Mein kleiner Bruder biegt in die Rue Alexandre, der Mut ist zur Stelle. Der Milizionär, der den Bau bewacht, denkt sich, wenn ihr, Jacques und du, so dezidierten Schrittes daherkommt, dann müsst ihr zu seiner Meute gehören. Das Eingangstor schließt sich hinter euch. Du zündest das Streichholz an, die glühenden Enden knistern, und das Ticktack des umherstreunenden Todes klickt in euren Köpfen. Am Ende des Hofes lehnt ein Fahrrad an einem Fenster; ein Fahrrad mit einem Korb, in dem ihr die erste von Charles' Bomben deponieren könnt. Eine Tür. Du trittst auf den Flur, das Ticktack geht weiter, wie viele Sekunden bleiben? Zwei Schritte für jede von ihnen, dreißig Schritte insgesamt, rechne nicht, kleiner Bruder, geh unbeirrt deinen Weg, das Glück hinter dir, doch du hast noch ein Stück vor dir.

Auf dem Flur unterhalten sich zwei Milizsoldaten, ohne ihn zu beachten. Claude tritt in den Saal, legt sein Päckchen neben dem Heizkörper ab, tut so, als würde er etwas in seiner Manteltasche suchen, als hätte er etwas vergessen. Er zuckt mit den Schultern, wie kann man nur so vergesslich sein! Der Milizionär drückt sich an die Wand, um ihn vorbeizulassen.

Ticktack, den Schritt unbedingt gleichmäßig halten, sich nichts von dem Schweiß unter der Kleidung anmerken lassen. Ticktack, jetzt ist er wieder im Hof. Jacques zeigt ihm das Fahrrad, und Claude sieht die glühende Zündschnur aus dem Zeitungspapier hervorlugen. Ticktack, wie viel Zeit noch? Jacques hat die Frage erraten, und seine Lippen murmeln »Dreißig Sekunden, vielleicht weniger?« Ticktack, die Wachleute lassen sie passieren. Sie sollen die kontrollieren, die herein-, nicht die, die herauswollen.

Endlich auf der Straße. Claude zittert, als sich der Schweiß mit der Kälte vermischt. Er lächelt noch nicht über seine Kühnheit, wie neulich nach den Lokomotiven. Wenn seine Berechnung stimmt, müssen sie kurz hinter der Polizeistation sein, bis die Explosion die Nacht erschüttert. Dann wird für die Kinder des Krieges helllichter Tag sein.

»Jetzt!«, sagt Jacques, und wie ein Schraubstock legt sich seine Hand bei der ersten Explosion um Claudes Arm. Mit ihrem glühenden Atem versengen die Bomben die Mauern der Häuser, Fensterscheiben zerbersten, eine Frau schreit ihre Angst heraus, Polizisten die ihre, während sie in alle Richtungen laufen. An der Kreuzung trennen sich Jacques und Claude. Den Kragen hochgeschlagen, den Kopf zwischen die Schultern gezogen, wird mein Bruder wieder der Arbeiter, der von der Spätschicht heimkehrt, einer von Tausenden auf dem Nachhauseweg.

Jacques ist schon auf dem Boulevard Carnot, seine Gestalt verschmilzt mit dem Unsichtbaren. Ohne zu wissen, warum, glaubt Claude plötzlich, er sei tot, und sofort packt ihn wieder die Angst. Er denkt an den Tag, da einer der beiden sagen wird: »An diesem Abend hatte ich einen Freund«, und er macht sich Vorwürfe, weil er denkt, er wäre der Überlebende.

Schlaf heut Nacht bei mir, kleiner Bruder. Jacques kommt morgen zur Endhaltestelle der Linie 12, und wenn du ihn siehst, wirst du endlich beruhigt sein. Unter deiner Decke, den Kopf ins Kissen geschmiegt, wird dir deine Erinnerung den Duft von Maman schenken, ein kleines Stückchen Kindheit, das sie noch tief in dir verwahrt. Schlaf, mein kleiner Bruder, Jacques ist von der Arbeit heimgekehrt. Weder du noch ich wissen, dass wir ihn an einem Abend im August 1944 in einem Zug, der uns nach Deutschland deportieren soll, am Boden werden liegen sehen, den Rücken von einer Kugel durchbohrt.

*

Ich hatte meine Vermieterin in die Oper eingeladen, nicht um ihr für ihr Wohlwollen zu danken, nicht einmal um ein Alibi zu haben, sondern weil es, so Charles, besser wäre, dass sie meinem Bruder nach Erledigung seiner Mission nicht auf dem Flur begegnete. Wer wusste, in welchem Zustand er sein würde.

Der Vorhang ging hoch, und im Dunkel des großen Theaters musste ich ständig an ihn denken. Ich hatte den Schlüssel unter der Fußmatte versteckt, er wusste, wo er ihn finden würde. Doch auch wenn ich vor Sorge halb verging und außerstande war, der Handlung auf der Bühne zu folgen, fühlte ich ein sonderbares Wohlbehagen, einfach nur irgendwo zu sein. Das mag unwesentlich erscheinen, aber wenn man ständig auf der Flucht ist, hat das Gefühl der Sicherheit etwas Heilsames. Zu wissen, dass ich zwei Stunden lang nicht würde fliehen, mich nicht würde verstecken müssen, versetzte mich in Glückseligkeit. Natürlich ahnte ich, dass nach der Pause die Angst zurückkommen und diesen Moment der Freiheit beenden würde. Die Darbietung dauerte noch keine Stunde, und es bedurfte nur eines Augenblicks der Stille, um mich in diese Realität zurückzuversetzen, in meine Einsamkeit mitten in diesem Saal, der von der Welt auf der Bühne verzaubert war. Was ich mir nicht vorstellen konnte, war, dass der plötzliche Auftritt einer Handvoll deutscher Gendarmen und französischer Milizionäre meine Vermieterin auf die Seite der Résistance umschwenken lassen würde. Die Türen flogen krachend auf, und das Bellen der Feldgendarmen bereitete dem Opernspektakel ein abruptes Ende. Und die Oper war für Madame Dublanc etwas Heiliges. Drei Jahre der Schikanen, der Freiheitseinschränkung, der Morde, die ganze Grausamkeit und Brutalität der deutschen Besatzer hatten meine Vermieterin nicht wirklich zu empören vermocht. Die Unterbrechung der Premiere von *Pelléas und Mélisande* aber, das war zu viel. Da murmelte Madame Dublanc: »Was für Barbaren!«

Während ich an mein gestriges Gespräch mit Charles zurückdachte, wurde mir klar, dass es mir immer ein Rätsel bleiben würde, wann und warum sich ein Mensch plötzlich seines Lebens bewusst wird.

Vom Balkon aus beobachteten wir, wie die Bulldoggen den Saal in einem Tempo evakuierten, das nur noch von ihrer Gewalttätigkeit übertroffen wurde. Sie hatten wirklich Ähnlichkeit mit Bulldoggen, diese bellenden Soldaten mit ihren Abzeichen, die an groben Halsketten hingen. Und die Milizionäre, die sie begleiteten, glichen tatsächlich Elendshunden wie die, die man in verlassenen Städten antrifft, mit ihrem Geifer zwischen den Lefzen, ihrem finsteren Blick und der Lust zu beißen – mehr aus Hass denn aus Hunger. Wenn Debussys Werk unterbrochen wurde, wenn die Milizionäre vor Wut kochten, dann war Claudes Coup gelungen.

»Gehen wir«, sagte Madame Dublanc, gehüllt in ihren zinnoberroten Mantel, der ihr Würde verleihen sollte.

Bevor ich aufstand, musste ich mein Herz bändigen, das so heftig in meiner Brust hämmerte, dass mir die Beine den Dienst versagten. Und wenn Claude nun gefasst worden war? Wenn er in einem feuchten Kerker vor seinen Folterern kauerte?

»Gehen wir endlich?«, wiederholte Madame Dublanc. »Wir wollen doch nicht warten, dass diese Bestien uns verjagen.«

167

»Nun, ist es so weit?«, meinte ich mit einem verschmitzten Lächeln.

»Was soll so weit sein?«, gab sie wütender denn je zurück.

»Fangen Sie jetzt auch mit dem ›Studieren‹ an?«, erwiderte ich, und es gelang mir endlich aufzustehen.

Kapitel 17

Die Schlange vor dem Geschäft wird immer länger. Jeder wartet, seine Lebensmittelmarken in der Tasche: Lila für Margarine, Rot für Zucker, Braun für Fleisch – seit Anfang des Jahres höchstens noch einmal wöchentlich in den Regalen zu finden –, Grün für Tee oder Kaffee, wobei Letzterer seit Langem durch Zichorie oder geröstete Gerste ersetzt worden ist. Drei Stunden Wartezeit, bis man endlich an der Theke angelangt ist, nur um etwas zum Überleben zu ergattern, doch Zeit ist für die Menschen nicht mehr wichtig, sie blicken zum Torweg auf der anderen Straßenseite. Eine Stammkundin fehlt heute in der Schlange. »Eine so nette Dame«, sagen die einen. »Eine mutige Frau«, klagen die anderen. An diesem blassen Morgen sind zwei schwarze Wagen vor dem Haus vorgefahren, in dem die Familie Lormond wohnt.

»Sie haben ihren Mann abgeholt, ich war schon da«, flüstert eine Hausfrau.

»Sie halten Madame Lormond dort oben fest. Sie wollen die Kleine fassen. Sie war nicht da, als sie vorhin gekommen sind«, fügt die Concierge des Hauses hinzu, die ebenfalls in der Schlange ansteht.

Die Kleine, von der sie sprechen, heißt Gisèle. Gisèle ist nicht ihr richtiger Vorname, ihr richtiger Familienname ist auch nicht Lormond. Hier im Viertel weiß jeder, dass sie Juden sind, doch das Einzige, was zählt, ist, dass Polizei und Gestapo es nicht wissen. Am Ende aber haben sie es doch herausgefunden.

»Schrecklich, was sie mit den Juden machen«, sagt eine Dame und schluchzt auf.

»Sie war immer so freundlich, die Madame Lormond«, erwidert eine andere und reicht ihr ein Taschentuch.

Oben im dritten Stock sind nur zwei Milizionäre und zwei von der Gestapo, die sie begleiten. Insgesamt vier Männer mit schwarzen Hemden, Uniformen, Revolvern und mehr Kraft als hundert andere, die unbewegt in der Schlange vor dem Lebensmittelladen stehen. Aber die Menschen sind verängstigt, sie wagen kaum zu sprechen, geschweige denn zu handeln ...

Es ist Madame Pilguez aus dem fünften Stock, die das kleine Mädchen gerettet hat. Sie hat von ihrem Fenster aus die Wagen heranfahren sehen. Sie ist hinuntergestürzt zu den Lormonds, um sie zu warnen. Gisèles Mutter hat sie angefleht, ihr Kind zu retten, es zu verstecken. Die Kleine ist erst zehn Jahre alt! Madame Pilguez hat sofort eingewilligt.

Gisèle hatte keine Zeit, sich von ihrer Maman, übrigens auch nicht von ihrem Papa, zu verabschieden. Madame Pilguez nahm sie schon bei der Hand und führte sie in ihre Wohnung.

»Ich habe viele Juden gesehen, die weggebracht wurden, aber keinen, der zurückgekommen ist!«, sagt ein alter Herr, als etwas Bewegung in die Schlange kommt.

»Glauben Sie, dass es heute Sardinen gibt?«, fragt eine Frau.

»Ich weiß nicht. Montag waren noch ein paar Dosen in den Regalen«, erwidert der alte Herr.

»Sie haben die Kleine immer noch nicht gefunden, Gott sei Dank«, sagte eine Dame hinter ihnen und seufzt.

»Ja, das ist besser so«, gibt der alte Herr zurück.

»Es heißt, man schickt sie in Lager und tötet viele von ihnen. Ein polnischer Kollege meines Mannes in der Fabrik hat es erzählt.«

»Ich weiß nichts darüber, aber Sie und Ihr Mann täten besser daran, nicht über solche Dinge zu sprechen.«

»Monsieur Lormond wird uns fehlen«, sagt die Dame erneut. »Wenn jemand hier eine geistreiche Bemerkung fallen ließ, kam sie immer von ihm.«

Einen roten Schal um den Hals gewickelt, stand er schon am frühen Morgen vor dem Lebensmittelladen Schlange. Er war es, der ihnen Mut machte während der langen Wartezeit in der Kälte. Er schenkte uns menschliche Wärme, doch in jenem Winter war es genau das, was am meisten fehlte. Das war jetzt vorbei, Monsieur Lormond würde nichts mehr sagen. Seine humorvollen Bemerkungen, die immer ein Lachen, ein Gefühl der Erleichterung auslösten, seine kleinen amüsanten oder spöttischen Kommentare, mit denen er die demütigende Rationierung ins Lächerliche zog – all das war vor zwei Stunden mit einem Wagen der Gestapo auf und davon.

Die Menge schweigt, nur ein leichtes Raunen ist zu vernehmen. Die Gruppe hat soeben das Gebäude gegenüber verlassen. Madame Lormond mit zerzaustem Haar zwischen zwei Milizsoldaten. Sie schreitet hoch erhobenen Hauptes dahin, sie hat keine Angst. Man hat ihr den Ehemann gestohlen, man hat ihr das Kind genommen; ihre Würde als Mutter, ihre Würde als Frau aber wird man ihr nicht nehmen können. Alle sehen sie an, da lächelt sie. Sie, die Leute in der Schlange, können nichts dafür, das ist ihre Art, sich zu verabschieden.

Die Männer von der Miliz stoßen sie zum Wagen hin. Plötzlich, in ihrem Rücken, erahnt sie die Gegenwart ihres Kindes. Die kleine Gisèle ist dort oben, die Nase an die Fensterscheibe im fünften Stock gedrückt; Madame Lormond spürt es, sie weiß es. Sie möchte sich umdrehen, um ihr ein letztes Lächeln zu schenken, eine Geste der Zärtlichkeit, die ihr sagen würde, wie sehr sie sie liebt – ein Blick für den Bruchteil einer Sekunde, doch genug, um ihr zu verstehen zu geben, dass weder der Krieg noch der Wahnsinn der Menschen ihr die Liebe ihrer Mutter wird nehmen können.

Aber würde sie sich tatsächlich umdrehen, so würde sie damit die Aufmerksamkeit auf ihre Tochter lenken. Eine gütige Hand hat ihr kleines Mädchen gerettet, sie darf nicht das Risiko eingehen, es zu gefährden. Das Herz wie in einen Schraubstock eingespannt, schließt sie die Augen und tritt, ohne sich umzudrehen, auf den Wagen zu.

Im fünften Stock eines Toulouser Hauses sieht ein Mädchen von zehn Jahren seiner Mutter nach, die für immer davongeht. Die Kleine weiß genau, dass sie nicht zurückkommen wird, ihr Vater hat es ihr gesagt. Die Juden, die abgeholt werden, kehren nie zurück, deshalb muss sie achtgeben, ihren neuen Namen zu nennen.

Madame Pilguez hat ihr eine Hand auf die Schulter gelegt, mit der anderen hält sie die Gardine zu, damit man sie von unten nicht sehen kann. Trotzdem sieht Gisèle ihre Mutter in den schwarzen Wagen steigen. Sie möchte ihr sagen, dass sie sie liebt, sie immer lieben wird, dass sie von allen Müttern der Welt die beste ist, dass sie keine andere haben wird. Sprechen ist verboten, also denkt sie mit aller Macht, dass so viel Liebe zwangsläufig ein Fenster durchdringen kann. Sie sagt sich, dass ihre Maman die gemurmelten Worte hört, auch wenn sie die Lippen kaum bewegt.

Madame Pilguez hat die Wange auf ihren Kopf gelegt. Die Kleine spürt ihre Tränen, die ihr den Nacken hinablaufen. Sie selbst wird nicht weinen. Sie will nur bis zum Ende zusehen und schwört sich, niemals diesen Morgen im Dezember 1943 zu vergessen, den Morgen, als ihre Maman für immer gegangen ist.

Die Wagentür wird zugeschlagen, das schwarze Auto fährt davon. In einer letzten liebevollen Geste streckt das kleine Mädchen die Arme aus.

Madame Pilguez hat sich hingekniet, um ihr näher zu sein.

»Meine kleine Gisèle, es tut mir so leid.«

Madame Pilguez weint bittere Tränen.

Das kleine Mädchen sieht sie an, ein zerbrechliches Lächeln umspielt ihre Lippen. Sie trocknet Madame Pilguez' Tränen und sagt: »Ich heiße Sarah.«

*

Der Mieter aus dem vierten Stock löst sich missmutig vom Fenster im Esszimmer. Unterwegs bleibt er stehen und haucht auf den Rahmen, der auf der Kommode steht. Eine üble Staubschicht hat sich auf das Foto von Marschall Pétain gelegt. Fortan machen die Nachbarn unter ihm keinen Lärm mehr, er wird die Tonleitern auf dem Klavier nicht mehr hören. Er denkt auch, dass er weiter wird spionieren müssen, um herauszufinden, wer dieses kleine Judenmädchen versteckt hält.

Kapitel 18

Fast acht Monate waren wir jetzt in der Brigade und führten fast täglich Aktionen durch. Allein in der vergangenen Woche hatte ich es auf vier gebracht. Ich hatte seit Jahresbeginn zehn Kilo abgenommen, und meine Stimmung litt ebenso sehr unter dem Hunger und der Erschöpfung wie mein Körper. Am Abend hatte ich meinen Bruder abgeholt, um ihn ohne vorherige Ankündigung in ein richtiges Restaurant in der Stadt zu führen. Beim Lesen der Speisekarte riss Claude die Augen weit auf. Fleischeintopf, Gemüse und Apfelkuchen. Die Preise im La Reine Pédauque waren horrend, und ich opferte alles Geld, das mir blieb, aber ich hatte mir in den Kopf gesetzt, dass ich vor Jahresende sterben würde, und es war schon Anfang Dezember!

Beim Betreten des Lokals, das nur für die Milizionäre und Deutschen mit ihren prallen Geldbörsen erschwinglich war, dachte Claude, ich hätte heimlich einen Coup geplant. Als ihm klar wurde, dass wir zum Essen da waren, kehrte auf sein Gesicht jener Ausdruck seiner Kindheitstage zurück. Ich sah das Lächeln darauf erblühen, wie damals als Maman Verstecken mit uns spielte, die Freude in seinen Augen, wenn sie an dem Schrank vorbeiging und so tat, als wüsste sie nicht, wo er sich verbarg.

»Was feiern wir?«, flüsterte er.

»Was du willst! Den Winter, uns, dass wir am Leben sind, keine Ahnung.«

»Und womit glaubst du, die Rechnung zu zahlen?«

»Mach dir keine Sorgen und genieß das Essen.«

Claude verschlang die knusprigen Brotstücke im Korb schon mit den Blicken. Beschwingt, meinen Bruder so glücklich gesehen zu haben, bat ich, während er die Toiletten aufsuchte, um die Rechnung.

Als er zurückkam, sah er mich sonderbar verschmitzt an. Er wollte sich partout nicht setzen, drängte mich, wir müssten augenblicklich gehen. Ich hatte meinen Kaffee noch nicht getrunken, doch mein Bruder ließ nicht locker. Er musste irgendeine Gefahr gewittert habe. Ich bezahlte, zog meinen Mantel an, und wir brachen auf. Draußen hakte er sich bei mir unter und zwang mich, den Schritt zu beschleunigen.

»Schneller, sag ich!«

Ich warf einen raschen Blick über die Schulter in der Annahme, jemand würde uns folgen, doch die Straße war menschenleer. Jetzt bemerkte ich, dass mein Bruder größte Mühe hatte, ein Lachen zu unterdrücken.

»Was ist denn los, verdammt noch mal? Du hast mir vielleicht einen Schrecken eingejagt!«

»Komm!«, beharrte er. »Dort in dem kleinen Sträßchen erkläre ich dir alles.«

Er führte mich ans Ende einer Sackgasse und öffnete, deutlich auf Wirkung bedacht, ganz langsam seinen Mantel. An der Garderobe des Restaurants hatte er das Koppel eines deutschen Offiziers einschließlich der Mauser, die in ihrem Etui steckte, mitgehen lassen.

Wie zwei Komplizen schlenderten wir durch die Stadt. Der Abend war mild, das Essen hatte uns etwas Kraft und fast ebenso viel Hoffnung gegeben. Als wir uns trennten, schlug ich vor, uns gleich am nächsten Tag wieder zu treffen.

»Ich kann nicht, ich hab einen Auftrag«, murmelte Claude. »Ach, scheiß auf die Regeln, du bist schließlich mein Bruder. Wenn ich dir nicht mal erzählen kann, was ich tue, was soll das Ganze dann?«

Ich sagte nichts, ich wollte ihn weder drängen zu sprechen noch daran hindern, sich mir anzuvertrauen.

»Morgen klaue ich die Einnahmen der Post. Jan scheint mich für den geborenen Dieb zu halten! Wenn du wüsstest, wie mich das nervt!«

Ich verstand seinen Ärger, doch wir brauchten so dringend Geld. Diejenigen unter uns, die »Studenten« waren, mussten schließlich auch etwas zum Beißen haben, wenn sie weiterkämpfen sollten.

»Ein riskantes Unternehmen?«

»Nicht mal! Und genau das kränkt mich am meisten«, knurrte Claude.

Dann erklärte er mir, wie die Operation geplant war.

Jeden Morgen befand sich eine Bedienstete der Post allein im Amt in der Rue Balzac. Sie hatte eine Tasche mit Bargeld, mit dem wir uns ein paar Monate länger würden über Wasser halten können. Claude sollte sie außer Gefecht setzen und ihr die Tasche abnehmen. Émile würde Wache schieben.

»Ich habe den Schlagstock strikt abgelehnt!«, sagte Claude fast wütend.

»Und wie willst du dann vorgehen?«

»Ich werde niemals eine Frau schlagen! Ich jage ihr Angst ein oder schubse sie höchstens ein wenig. Ich entreiße ihr die Tasche und fertig.«

Ich wusste nicht so recht, was ich sagen sollte. Jan hätte wissen müssen, dass Claude keine Frau niederschlägt. Doch ich hatte Angst, die Sache könnte anders ablaufen, als Claude es sich vorstellte.

»Ich muss das Geld dann nach Albi schaffen und komme erst in zwei Tagen zurück.«

Ich habe ihn, als wir uns trennten, fest umarmt und ihm das Versprechen abgenommen, vorsichtig zu sein. Nach einem letzten Handzeichen machten wir uns auf den Heimweg. Auch ich hatte einen Auftrag zu erfüllen und sollte am übernächsten Tag Munition bei Charles abholen.

*

Wie vorgesehen, kauert Claude hinter einem Busch in dem kleinen Garten neben dem Postamt. Wie vorgesehen, hört er um zehn nach acht den Lieferwagen, der die Postangestellte absetzt, und ihre Schritte, die auf dem Kies knirschen. Wie vorgesehen, springt Claude mit einem Satz auf, die Hand drohend zur Faust geballt. Wie ganz und gar nicht vorgesehen, wiegt besagte Dame hundert Kilo und trägt noch dazu eine Brille!

Der Rest spielt sich blitzschnell ab. Claude stürzt sich auf sie und versucht, sie umzustoßen. Doch wäre er auf eine Mauer losgegangen – die Wirkung wäre die gleiche gewesen. Er findet sich leicht benommen am Boden wieder. Ihm bleibt also keine andere Wahl, als auf Jans Plan zurückzu-greifen und die Angestellte ohnmächtig zu schlagen. Doch als er die Brille sieht, muss Claude an meine schreckliche Kurzsichtigkeit denken. Die Vorstellung, sein Opfer könnte sich an den Glassplittern verletzen, und noch dazu an den Augen, lässt ihn definitiv auf das Vorhaben verzichten.

»Haltet den Dieb!«, brüllt die Angestellte. Claude nimmt alle Kraft zusammen und versucht, ihr die Tasche, die sie an ihre überdimensionale Brust gepresst hält, zu entreißen. Ist es die Schuld einer vorübergehenden Ge-fühlsregung? Eines unausgeglichenen Kräfteverhältnisses? Der Kampf der Körper beginnt, und Claude findet sich er-neut am Boden wieder, erdrückt von hundert Kilo Weib-lichkeit. Er wehrt sich, so gut er kann, befreit sich, greift nach der Tasche und schwingt sich unter Émiles fassungs-losem Blick auf sein Fahrrad. Er flieht, ohne dass jemand ihm folgt. Émile überzeugt sich davon und entfernt sich in entgegengesetzter Richtung. Passanten strömen herbei, die der Postangestellten aufhelfen und sie beruhigen.

Ein Polizeibeamter, der auf seinem Motorrad daher-kommt, begreift sofort, was passiert ist. Er macht Claude in der Ferne aus, gibt Gas und nimmt die Verfolgung auf. Wenige Sekunden später der Aufprall des Schlagstocks, der ihn zu Boden wirft. Der Polizist steigt von seiner Maschine und stürzt sich auf ihn. Ein Hagel von brutalen Fausthie-ben und Fußtritten geht auf ihn nieder. Den Revolverlauf an der Schläfe, wird Claude in Handschellen gelegt. Das schert ihn wenig, er hat das Bewusstsein verloren.

*

Als er wieder zu sich kommt, ist er an einen Stuhl gefesselt, die Hände sind auf dem Rücken zusammengebunden. Sein Wachzustand ist von kurzer Dauer. Die ersten Schläge des Kommissars, der ihn verhört, lassen ihn mitsamt seinem Stuhl umkippen. Sein Kopf prallt am Boden auf, und er wird erneut ohnmächtig. Wie viel Zeit ist verstrichen, als er die Augen wieder öffnet? Sein Blick ist rot verschleiert. Die geschwollenen Lider kleben von Blut zusammen, seine Kiefer knacken unter den Hieben. Claude gibt keinen Laut von sich, kein Röcheln, nicht einmal ein Murmeln. Nur seine kurzen Ohnmachten markieren kleine Pausen zwischen den brutalen Attacken. Sobald er den Kopf hebt, gehen die Stöcke seiner Folterknechte wieder auf ihn nieder.

»Du bist ein dreckiger kleiner Jude, wie?«, fragt Kommissar Fourna. »Und der Zaster, für wen war der bestimmt?«

Claude erfindet eine Geschichte, eine Geschichte, in der es keine Kinder gibt, die für die Freiheit kämpfen, eine Geschichte ohne Freunde, ohne jemanden, den man verraten könnte. Diese Geschichte hat weder Hand noch Fuß.

»Wo ist deine Bude?«, brüllt Fourna.

Man muss zwei Tage durchhalten, bis man diese Frage beantworten darf, so lautet die Vorschrift. Genug Zeit, damit die anderen »aufräumen« können. Fourna schlägt erneut zu, die Glühbirne, die an der Decke hängt, schwingt hin und her und zieht meinen kleinen Bruder mit in ihren Reigen. Er übergibt sich, und sein Kopf sinkt nach vorn.

*

»Welcher Tag ist heute?«, fragt Claude.

»Du bist seit zwei Tagen hier«, antwortet der Wärter. »Sie haben dich ganz schön zugerichtet.«

Claude führt die Hand ans Gesicht, doch als sie seine Wange berührt, durchzuckt ihn ein heftiger Schmerz.

»Das gefällt mir gar nicht«, murmelt der Wärter. Er stellt ihm seinen Blechnapf hin und schließt die Tür hinter sich.

Zwei Tage sind also vergangen. Claude kann endlich seine Adresse preisgeben.

*

Émile hat beteuert, dass er Claude hat davonfahren sehen. Alle dachten zunächst, er sei noch in Albi. Nachdem sie eine zweite Nacht gewartet haben, ist es zu spät für die »Aufräumaktion«, Fourna und seine Männer sind schon unterwegs.

Die blutrünstigen Polizisten wittern den Geruch des Widerstandskämpfers, doch in der schäbigen Kammer ist nicht viel zu finden und fast nichts, was man zertrümmern könnte. Die Matratze wird aufgeschlitzt, nichts! Das Kopfkissen wird zerstochen, auch nichts! Die Schublade der Kommode wird gewaltsam aufgerissen, wieder nichts! Bleibt nur noch der Ofen in der Zimmerecke. Fourna schiebt das gusseiserne Gitter beiseite.

»Jetzt schauen Sie doch mal, was ich gefunden habe!«, ruft er, außer sich vor Freude.

Er zieht eine Granate hervor. Sie war in der Asche versteckt gewesen.

Er beugt sich hinab und steckt fast den Kopf in den Ofen. Stückweise holt er einen Brief heraus, den mein Bruder mir geschrieben hatte. Ich habe ihn nie erhalten. Aus Sicherheitsgründen hatte er ihn zerrissen. Es hatte ihm nur am nötigen Kleingeld gefehlt, um Kohle zu kaufen und ihn zu verbrennen.

*

Als ich Charles verlasse, ist er wie immer bester Dinge. Zu dieser Stunde weiß ich noch nicht, dass mein Bruder verhaftet worden ist, und hoffe noch, dass er sich in Albi versteckt. Charles und ich haben ein wenig im Garten geplaudert, sind dann aber wegen der Eiseskälte ins Haus gegangen. Bevor ich aufbreche, übergibt er mir die Waffen für die Mission, die ich morgen ausführen soll.

Ich habe zwei Granaten in den Taschen und einen Revolver an meinem Hosengürtel. Nicht ganz leicht, mit dieser Ausrüstung von Loubers in die Stadt zu radeln.

Es ist inzwischen dunkel, meine Straße ist menschenleer. Ich stelle mein Fahrrad im Gang ab und suche meinen Zimmerschlüssel. Da ist er, ich spüre ihn in meiner Tasche. In zehn Minuten bin ich im Bett. Das Licht im Gang erlischt. Nicht schlimm, ich finde das Schlüsselloch auch im Dunkeln.

Ein Geräusch in meinem Rücken. Mir bleibt nicht die Zeit, mich umzudrehen, ich werde erfasst und zu Boden gestoßen. Innerhalb von wenigen Sekunden sind meine

Arme verrenkt, meine Hände in Handschellen, mein Gesicht blutüberströmt. In meinem Zimmer warteten sechs Polizisten. Genauso viele lauerten im Garten und noch mehr in den Hauseingängen der Straße. Ich höre Madame Dublanc schreien. Wagenräder quietschen, die Polizei ist überall.

Es ist wirklich idiotisch – auf dem Brief, den mir mein Bruder geschrieben hat, stand meine Adresse. Er hätte nur ein paar Kohlenstücke gebraucht, um ihn zu verbrennen. Das Leben hängt bisweilen von so wenig ab.

*

Am frühen Morgen wartet Jacques am vereinbarten Treffpunkt vergebens auf mich. Mir muss unterwegs etwas zugestoßen sein – eine Kontrolle, bei der ich aufgeflogen bin. Er schwingt sich auf sein Fahrrad und fährt im Eiltempo zu mir, um mein Zimmer »aufzuräumen«, so lautet ja die Vorschrift.

Zwei Polizisten, die sich versteckt halten, nehmen ihn fest.

*

Mir wird die gleiche Behandlung zuteil wie meinem Bruder. Kommissar Fourna steht in dem Ruf, besonders brutal zu sein, was, wie sich herausstellt, nicht übertrieben ist. Achtzehn Tage lang Verhöre, Hiebe mit Faust und Schlagstock; achtzehn Nächte, unterbrochen von Foltersitzungen jeder Art. Wenn er gut gelaunt ist, befiehlt mir Kommissar Fourna, mich hinzuknien und die Arme, ein Telefonbuch in jeder Hand, nach vorn auszustrecken. Sobald meine Arme sinken, trifft mich sein Fuß, mal zwischen den Schulterblättern, mal in den Bauch, mal ins Gesicht. Wenn er schlecht gelaunt ist, zielt er zwischen die Schenkel. Ich habe nicht geredet. Wir sind zu zweit in der Zelle des Kommissariats in der Rue du Rempart-Saint-Étienne. Manchmal höre ich Jacques nachts stöhnen. Auch er hat nichts gesagt.

*

Am 23. Dezember 1943, nach zwanzig Tagen haben wir immer noch nicht geredet. Rasend vor Wut unterzeichnet Fourna schließlich unseren Haftbefehl. Nach einem letzten Tag mit Prügeln nach allen Regeln der Kunst werden Jacques und ich überstellt.

In dem Polizeiwagen, der uns zum Gefängnis Saint-Michel fährt, weiß ich noch nicht, dass in wenigen Tagen Standgerichte eingeführt werden, dass Urteile, kaum dass sie verlesen wurden, im Gefängnishof vollstreckt werden – das ist das versprochene Schicksal aller festgenommenen Widerstandskämpfer.

Er ist weit entfernt, der Himmel von England unter meinem zerschundenen Schädel, und ich höre das Brummen meines Spitfire nicht mehr.

In diesem Wagen, der uns ans Ende der Reise fährt,

denke ich wieder an die Träume meiner Kindheit. Sie liegt keine acht Monate zurück.

*

Am 23. Dezember des Jahres 1943 schloss der Wärter des Gefängnisses Saint-Michel in meinem Rücken die Tür unserer Zelle. Nicht leicht, in diesem Halbdunkel etwas zu sehen. Das Licht drang nur spärlich durch unsere geschwollenen Lider, die wir kaum mehr öffnen konnten.

Doch im Schatten meiner Zelle im Gefängnis Saint-Michel erkannte ich eine zarte Stimme, eine Stimme, die mir vertraut war.

»Frohe Weihnacht.«
»Frohe Weihnacht, kleiner Bruder.«

ZWEITER TEIL

Kapitel 19

Ich kann mich nicht an die Gitterstäbe gewöhnen, zucke unwillkürlich zusammen, wenn die Zellentüren zuschlagen, kann die Wachrunden der Aufseher nicht ertragen. All das ist unmöglich, wenn man von der Freiheit besessen ist. Wie kann unser Leben an diesem Ort einen Sinn haben? Wir sind von französischen Polizisten verhaftet worden, bald werden wir vors Kriegsgericht gestellt, und die, die uns gleich danach im Hof erschießen, werden auch Franzosen sein. Falls sich hinter all dem ein Sinn verbirgt, so kann ich ihn, zumindest hier in meinem Kerker, nicht finden.

Die, die schon länger hier sind, sagen, man gewöhne sich mit der Zeit an dieses neue Leben. Ich dagegen denke an die verlorene Zeit, zähle die Tage, die Stunden. Mein zwanzigstes Lebensjahr werde ich nicht erreichen, das achtzehnte ist vergangen, ohne dass ich es wirklich gelebt hätte. Natürlich gibt es das Abendessen, wie Claude bemerkt. Der Fraß ist ekelhaft: eine Kohlsuppe, manchmal mit ein paar von Ungeziefer angenagten Bohnen drin, davon bekommt man keine Kraft, und wir krepieren langsam vor Hunger. Die Zelle teilen wir nicht nur mit einigen eingewanderten Arbeitern, Freischärlern und Partisanen, wir müssen auch mit Flöhen, Wanzen und Krätzemilben leben, die uns zerfressen.

Nachts schmiegt sich Claude an mich. Die Wände glänzen von Eis. In der klirrenden Kälte drängen wir uns aneinander, um ein wenig Wärme zu spüren.

Jacques ist schon nicht mehr er selbst. Sobald er aufwacht, beginnt er, schweigend auf und ab zu gehen. Auch er zählt die verlorenen Stunden, die unwiederbringlich vertan sind. Vielleicht denkt er auch an eine Frau draußen. Die Abwesenheit des anderen ist wie ein Abgrund; manchmal hebt er im Schlaf die Hand, um das Unmögliche festzuhalten, die einstige Liebkosung, die Erinnerung an eine Haut, deren Duft verflogen ist, an einen verliebten Blick.

Bisweilen steckt uns ein wohlwollender Aufseher einen geheimen Brief von den Genossen der Freischärler und Partisanen zu. Jacques liest ihn uns vor. Damit gleicht er vielleicht ein wenig dieses Gefühl der Frustration aus, das ihn nicht mehr loslässt. Seine Unfähigkeit zu handeln quält ihn mit jedem Tag mehr. Und wohl auch die Abwesenheit von Osna.

Und dennoch entdecke ich, als ich ihn hier an diesem schrecklichen Ort, eingeschlossen in seine Verzweiflung, beobachte, eines der schönsten Dinge auf der Welt: Ein Mensch kann sich damit abfinden, sein Leben zu verlieren, nicht aber mit der Abwesenheit derer, die er liebt.

Jacques schweigt eine Weile, ehe er weiterliest und uns über die Aktionen der Freunde informiert. Wenn wir erfahren, dass die Tragflächen eines Flugzeugs beschädigt wurden, dass ein Hochspannungsmast durch die Bombe eines der unseren umgestürzt, dass ein Milizionär auf der Straße zusammengebrochen ist, wenn zehn Waggons, die Unschuldige deportieren sollten, zerstört sind, dann haben wir indirekt an ihren Siegen teil.

Hier sind wir am Ende in einem Reich, in dem allein die Krankheit herrscht. Aber selbst in diesem widerwärtigen Bau, in diesem finsteren Abgrund gibt es noch einen Lichtstrahl, er ist wie ein leises Murmeln. Die Spanier in den Nachbarzellen singen abends davon, sie haben ihn *Esperanza*, die Hoffnung, getauft.

Kapitel 20

An Neujahr gab es keinerlei Festlichkeiten, wir hatten nichts zu feiern. Hier, mitten im Nichts, habe ich Chahine kennengelernt. Der Januar verging, einige von uns waren schon vor Gericht gestellt worden, und noch während des Scheinprozesses brachte ein Lieferwagen ihre Särge in den Hof, dann folgten Schüsse, die Proteste der Häftlinge, und wieder senkte sich Stille über ihren Tod – und unseren bevorstehenden.

Chahines richtigen Vornamen habe ich nie erfahren, er hatte nicht mehr die Kraft, ihn mir zu sagen. Ich habe ihn so genannt, weil er in seinen unruhigen Fieberträumen manchmal zu reden begann. Dann rief er einen weißen Vogel, der ihn befreien würde. Auf Arabisch heißt der weiße Wanderfalke Chahine. Nach dem Krieg habe ich eingedenk dieser Zeit nach ihm gesucht.

Chahine, der seit Monaten eingesperrt war, starb langsam, jeden Tag ein bisschen mehr. Sein Körper litt an zahlreichen Mangelerscheinungen, und sein Magen war so sehr geschrumpft, dass er nicht einmal mehr die Suppe zu sich nehmen konnte.

Eines Morgens, als ich mich entlauste, haben sich unsere Blicke getroffen, und der seine rief mich. Ich ging zu ihm, und er musste all seine Kräfte zusammennehmen, um ein Lächeln zustande zu bringen – ein schwaches, aber doch ein Lächeln. Er sah auf seine von der Krätze zerfressenen Beine. Ich verstand seine stumme Bitte. Bald würde der Tod ihn holen, doch Chahine wollte ihm würdig entgegentreten, so sauber wie möglich. Ich schob meinen Strohsack neben seinen, und in der nächsten Nacht suchte ich seine Flöhe ab, riss aus den Falten seines Hemds die Läuse, die sich dort eingenistet hatten.

Manchmal bedachte mich Chahine mit diesem schwachen Lächeln, das ihn so viel Kraft kostete und mit dem er sich auf seine Art bedankte. Dabei hatte ich ihm so viel zu verdanken.

Wenn das Abendessen kam, machte er mir ein Zeichen, seinen Napf Claude zu geben.

»Warum soll man diesen Körper noch ernähren, der doch schon tot ist«, murmelte er. »Rette deinen Bruder, er ist jung, er hat das Leben noch vor sich.«

Chahine wartete, bis es Abend wurde, um diese wenigen Worte hervorzubringen. Vermutlich brauchte er die Stille der Nacht, um wieder etwas zu Kräften zu kommen. Jene Stille, in der wir ein wenig Menschlichkeit teilten.

Pater Joseph, der Anstaltsgeistliche, opferte seine Lebensmittelmarken, um ihm zu helfen. Jede Woche brachte er ihm ein kleines Paket Kekse mit. Um Chahine zu füttern, zerbröselte ich sie und zwang ihn zu essen. Er brauchte über eine Stunde für einen Keks, manchmal auch doppelt so lange. Erschöpft bat er mich, den Rest den anderen zu geben, damit Pater Josephs Opfer nicht umsonst war.

Siehst du, das ist die Geschichte eines Priesters, der sich

Essen abspart, der sich den letzten Bissen vom Munde abspart, um einen Araber zu retten. Die Geschichte eines Arabers, der einen Juden rettet, indem er ihm einen Grund gibt, noch an etwas zu glauben. Die eines Juden, der einen sterbenden Araber in den Armen hält, während er auf seinen eigenen Tod wartet. Siehst du, es ist die Geschichte der Menschen mit ihren Augenblicken unerwarteter Wunder.

Am 20. Januar war die Nacht besonders eisig, die Kälte durchdrang Mark und Bein. Chahine fror. Ich drückte ihn an mich, das Zittern erschöpfte ihn. An diesem Abend verweigerte er die Nahrung, die ich an seine Lippen führte.

»Hilf mir, ich will nur meine Freiheit wiederfinden«, sagte er plötzlich.

Ich fragte ihn, wie man geben kann, was man selbst nicht hat.

Er lächelte und antwortete: »Indem man es sich vorstellt.«

Das waren seine letzten Worte. Ich habe mein Versprechen gehalten, habe ihn gewaschen und angekleidet, bevor der Morgen graute. Die Gläubigen unter uns haben für ihn gebetet, die Worte waren unwichtig, da sie von Herzen kamen. Ich hatte nie an Gott geglaubt, doch eine Minute lang habe auch ich gebetet, dass Chahines Wunsch in Erfüllung gehen und er anderswo die Freiheit finden möge.

Kapitel 21

In den letzten Januartagen finden weniger häufig Exekutionen im Hof statt, sodass manch einer von uns hofft, das Land würde befreit, ehe die Reihe an ihm wäre. Wenn die Aufseher sie abholen, hoffen sie, die Vollstreckung des Urteils würde verschoben, damit ihnen noch etwas Zeit bliebe, aber das geschieht nie, und sie werden doch erschossen.

Auch wenn wir in diesem finsteren Gemäuer gefangen sind und selbst nicht handeln können, so hören wir doch, dass die Aktionen unserer Freunde draußen zunehmen. Die Brigade hat jetzt organisierte Außenstellen in der ganzen Region, und überall in Frankreich nimmt der Kampf für die Freiheit Form an. Charles hat einmal gesagt, wir hätten den Straßenkrieg erfunden, das war etwas übertrieben, denn wir waren ja nicht die Einzigen, aber in der Region waren wir die Vorreiter. Andere sind uns gefolgt, und jeden Tag wurde der Feind durch unsere zahlreichen Aktionen behindert und gelähmt. Kein deutscher Konvoi konnte mehr sicher sein, dass nicht einer der Wagen, eine der Ladungen präpariert war. Keine französische Fabrik konnte für die feindliche Armee produzieren, ohne dass die Transformatoren, die sie mit Strom versorgten, explodierten oder ihre Einrichtungen zerstört wurden. Und je mehr die Freunde agierten, desto mehr fasste die Bevölkerung Mut, und desto stärker wurden die Reihen der Résistance.

Beim Hofgang lassen uns die Spanier wissen, dass die Brigade gestern wieder einmal zugeschlagen hat. Jacques hat versucht, von einem politischen Häftling aus Spanien mehr zu erfahren. Er heißt Boldados, und die Gefängnisaufseher fürchten ihn ein wenig. Er ist Kastilier und wie all seine Landsleute besonders stolz auf seine Heimat. Auf dieses Land, das er im Spanischen Bürgerkrieg verteidigt hat und aus dem er zu Fuß hatte fliehen müssen. Selbst in den Lagern, in denen man ihn in Westfrankreich eingesperrt hat, hat er nie aufgehört zu singen. Boldados hat Jacques ein Zeichen gemacht, sich dem Zaun zu nähern, der den Hof der Spanier von dem der Franzosen trennt. Und als Jacques vor ihm stand, hat er ihm erzählt, was er von einem sympathisierenden Aufseher erfahren hatte: »Einer der euren hat den Coup gelandet. Letzte Woche ist er nach der Sperrstunde in die letzte Straßenbahn gestiegen und hat nicht einmal bemerkt, dass sie den Deutschen vorbehalten ist. Er muss wirklich ganz schön geträumt haben, um so was zu machen. Ein deutscher Offizier hat ihn auf der Stelle mit einem Tritt in den Hintern hinausbefördert. Das hat deinem Freund gar nicht gefallen. Ich kann das verstehen, ein Tritt in den Hintern, das ist eine verdammte Kränkung. Also hat er eine kleine Untersuchung angestellt und herausgefunden, dass diese Straßenbahn jeden Abend Offiziere befördert, die aus dem Kino oder Theater kommen. So als wäre die letzte Bahn für diese *hijos de putas* reserviert. Einige Tage später, das heißt, gestern Abend, ist er mit drei anderen von euch zurückgekommen, genau an die Stelle, wo dein Freund den Tritt bekommen hat, und sie haben gewartet.«

Jacques sagte nichts, er hing an Boldados' Lippen. Wenn er die Augen schloss, hatte er den Eindruck, dabei zu sein, Émiles Stimme zu hören, sein verschmitztes Lächeln zu sehen, wenn er einen guten Coup ahnt. So erzählt, kann die Geschichte einfach scheinen. Schnell ein paar Granaten auf eine Trambahn geworfen, in der Nazi-Offiziere sitzen, Straßenkinder, die die Helden spielen. Doch so ist es nicht, so kann man die Geschichte nicht erzählen.

Sie halten sich in einer düsteren Toreinfahrt versteckt, die Angst schnürt ihnen die Eingeweide zu, und sie zittern in der frostigen Nacht. Es ist so kalt, das das gefrorene Kopfsteinpflaster im Mondlicht glänzt. Keine Menschenseele weit und breit. Weiße Atemwolken steigen von ihren Mündern auf. Von Zeit zu Zeit reiben sie sich die Hände, damit die Finger nicht steif werden. Aber wie kann man das Zittern unterdrücken, wenn sich zur Kälte auch noch Angst gesellt? Wenn sie sich durch irgendetwas verraten, ist auf der Stelle alles vorbei. Émile erinnert sich an seinen Freund Ernest, wie er auf dem Rücken lag, die Brust zerfetzt und rot vom Blut, das aus seiner Kehle quoll, seine Beine und Arme waren verdreht und erst der Hals. Meine Güte, wie gelenkig man ist, wenn man erschossen am Boden liegt.

Nein, glaub mir, nichts in dieser Geschichte ist so abgelaufen, wie man es sich vorstellt. Man braucht viel Mut, um zu leben, zu handeln und an einen neuen Frühling zu glauben, wenn die Angst einen Tag und Nacht heimsucht. Für die Freiheit der anderen zu sterben, ist schwer, wenn man erst sechzehn ist.

In der Ferne kündigt das Rattern das Nähern der Straßenbahn an. Der Lichtkegel der Scheinwerfer bohrt sich in die Nacht. Außer Émile und François ist auch André an der Aktion beteiligt. Sie können agieren, weil sie mehrere sind. Wenn einer allein wäre, wäre alles anders. Ihre Hände gleiten in die Manteltaschen, sie haben die Handgranaten entsichert. Eine ungeschickte Geste – und alles ist auf der Stelle vorbei. Die Polizei würde die Überreste von Émile auf der Straße einsammeln. Der Tod ist widerwärtig, das ist kein Geheimnis.

Die Straßenbahn nähert sich, hinter den erleuchteten Fenstern erkennt man schemenhaft die Soldaten. Noch müssen sich die drei zurückhalten, sich gedulden, ihr rasendes Herz, das ihr Blut in den Schläfen dröhnen lässt, bändigen. »Jetzt«, murmelt Émile. Der Splint wird gezogen. Die Granaten zertrümmern die Fenster der Straßenbahn und rollen im Inneren über den Boden.

Die deutschen Offiziere haben jetzt ihre Arroganz verloren und versuchen, der Hölle zu entkommen. Émile macht François, der auf der anderen Straßenseite steht, ein Zeichen. Die Maschinenpistolen werden entsichert und abgefeuert, die Granaten explodieren.

Boldados' Beschreibung war so detailliert, dass Jacques fast das Gefühl hatte, dem Gemetzel beizuwohnen. Er sagte nichts, sein Schweigen vermischte sich mit der Stille, die gestern Abend auf der verlassenen Straße eingekehrt ist. Jetzt war nur noch das leidvolle Stöhnen zu hören.

Boldados sah ihn an. Jacques dankte ihm mit einem Nicken; die beiden Männer trennten sich, jeder ging wieder auf seinen Hof.

»Eines Tages kehrt der Frühling zurück«, flüsterte er, als er zu uns trat.

Kapitel 22

Der Januar ist vorbei. Manchmal denke ich in meiner Zelle an Chahine. Claude ist zunehmend entkräftet. Von Zeit zu Zeit bringt einer der Freunde von der Krankenstation eine Schwefelpastille mit. Nicht als Mittel gegen Halsschmerzen, sondern um ein Streichholz anzuzünden. Dann rücken wir alle dicht zusammen und lassen eine Zigarette kreisen, die uns ein Aufseher geschenkt hat. Doch heute bin ich nicht wirklich bei der Sache.

François und André sind ins Département Lot-et-Garonne aufgebrochen, um eine Widerstandsgruppe zu unterstützen, die sich dort gegründet hat. Bei ihrer Rückkehr erwartete sie eine Abordnung der Polizei. Fünfundzwanzig Käppis gegen zwei Mützen, der Kampf war ungleich. Sie beriefen sich auf ihre Zugehörigkeit zur Résistance, denn seit Gerüchte über eine bevorstehende Niederlage der Deutschen zirkulieren, sind die Ordnungskräfte oft verunsichert, einige denken bereits an die Zukunft und stellen sich Fragen. Aber die, die unsere Freunde erwarteten, hatten ihre Meinung noch nicht geändert oder das Lager gewechselt und haben sie ohne weitere Umstände mitgenommen.

Als André auf die Wache kam, hatte er keine Angst, er hat seine Handgranate entsichert und auf den Boden geworfen. Als sich alle versteckten, hat er nicht einmal zu fliehen versucht, sondern ist still im Raum stehen geblieben und hat zugesehen, wie sie über die Dielen rollte. Schließlich blieb sie zwischen zwei Brettern liegen, ohne zu explodieren. Die Gendarmen haben sich auf ihn gestürzt, um ihm sein Heldentum auszutreiben.

Mit blutigem Gesicht und entstelltem Körper ist er heute Morgen eingekerkert worden. Jetzt ist er auf der Krankenstation. Sie haben ihm die Rippen und den Unterkiefer gebrochen, die Stirn aufgeschlagen – nichts Außergewöhnliches.

*

Der Oberaufseher im Gefängnis Saint-Michel heißt Touchin. Er schließt die Zellen für den nachmittäglichen Hofgang auf. Gegen fünf Uhr klirrt er mit seinem Schlüsselbund, dann folgt das Klicken und Quietschen der Schlösser. Erst auf seinen Befehl hin dürfen wir unsere Zellen verlassen. Doch wenn Touchins Pfeife ertönt, warten wir, nur um ihn zu ärgern, ein paar Sekunden, ehe wir hinaustreten. Dann öffnen sich gleichzeitig alle Türen auf die Brücke, auf der sich die Gefangenen entlang der Wand aufreihen müssen. In Begleitung von zwei Kollegen steht der Oberaufseher kerzengerade da. Wenn ihm alles in Ordnung erscheint, schreitet er, den Stock in der Hand, die Reihe der Häftlinge ab.

Jeder muss ihn auf seine Art grüßen; mit einer Kopfbewegung, einer gehobenen Augenbraue, einem Seufzer, egal wie, Hauptsache, er bezeugt dem Oberaufseher seinen Respekt. Ist die Show beendet, setzt sich der Zug in Bewegung.

Wenn wir vom Hofgang zurückkommen, sind unsere spanischen Freunde an der Reihe. Hier dieselbe Zeremonie. Es sind siebenundfünfzig.

Sie ziehen an Touchin vorbei und grüßen ihn erneut. Aber die spanischen Freunde müssen sich auf der Brücke ausziehen und ihre Kleidung auf dem Geländer zurücklassen. Jeder von ihnen muss splitterfasernackt in die Schlafzellen treten. Touchin behauptet, die Vorschrift, dass die Häftlinge sich für die Nacht entkleiden müssen, sei eine reine Sicherheitsmaßnahme. Nicht einmal die Unterhose dürfen sie anbehalten. »Man erlebt nur selten, dass ein nackter Mann zu fliehen versucht«, rechtfertigt sich Touchin. »Er würde in der Stadt sofort auffallen.«

Uns allen ist klar, dass dies nicht der Grund für die grausame Regel ist. Diejenigen, die sie erlassen haben, wissen genau, welche Demütigung sie den Gefangenen damit bereiten.

Das weiß auch Touchin, doch es ist ihm egal, seine tägliche Freude liegt noch vor ihm: Wenn die Spanier an ihm vorbeimarschieren und ihn grüßen – siebenundfünfzig Grüße, denn sie sind siebenundfünfzig –, das heißt für den Oberaufseher Touchin siebenundfünfzigmal vor Vergnügen zu erschaudern.

Die Spanier defilieren also an ihm vorbei und grüßen ihn, weil es die Vorschrift so will. Bei ihnen ist Touchin allerdings immer etwas enttäuscht. Diese Burschen haben etwas, was er nie ganz wird beherrschen können.

Der Zug setzt sich in Bewegung, angeführt von unserem Freund Rubio. Normalerweise wäre das Boldados Aufgabe, aber wie ich schon sagte, ist Boldados Kastilier, und bei seinem stolzen Charakter wäre es durchaus möglich, dass er den Oberaufseher als *hijo de puta* beschimpft, ihm einen Kinnhaken versetzt oder ihn gar über die Brüstung stößt. Deshalb führt Rubio die Gruppe an, das ist sicherer, vor allem an einem Abend wie diesem.

Rubio kenne ich besser als die anderen. Wir haben etwas gemein, das uns fast untrennbar verbindet. Rubio ist rothaarig, seine Haut ist von Sommersprossen übersät, und er hat helle Augen, aber die Natur hat es besser mit ihm gemeint als mit mir. Er sieht sehr gut, während ich so kurzsichtig bin, dass ich ohne Brille nichts sehe. Rubio hat einen besonderen Humor, sobald er den Mund aufmacht, fangen alle an zu lachen. In diesem finsteren Gemäuer ist das eine kostbare Gabe, denn viel Grund zum Lachen gibt es hier nicht. Rubio muss, als er noch in Freiheit lebte, ein richtiger Frauenheld gewesen sein. Ich muss ihn bitten, mir ein paar Tricks beizubringen für den Fall, dass ich Sophie eines Tages wiedersehe.

Ungerührt schreitet Rubio an der Spitze des Zuges der Spanier, die Touchin Mann für Mann zählt. Er hält an, macht einige Kniebeugen vor dem Chefaufseher, der das begeistert als Zeichen der Ehrerbietung deutet, obwohl Rubio sich ganz offensichtlich über ihn lustig macht. Hinter ihm folgen ein alter Lehrer, der, was verboten war, Katalanisch unterrichten wollte, ein Bauer, der in seiner Zelle lesen gelernt hat und jetzt García Lorca rezitiert, der ehemalige Bürgermeister eines asturischen Dorfs, ein Ingenieur, der Wasser findet, selbst wenn es tief unten in den Bergen verborgen ist, ein Bergarbeiter, der sich für die Französische Revolution begeistert und manchmal Texte von Rouget und Lisle singt, ohne dass wir wissen, ob er sie wirklich versteht.

Die Häftlinge halten vor den Schlafzellen an und beginnen, sich auszuziehen.

Die Kleidungsstücke, die sie ablegen, sind die, in denen sie im Bürgerkrieg gekämpft haben. Ihre Tuchhosen sind durchgewetzt, die Espadrilles, selbst angefertigt in den Lagern in Westfrankreich, haben fast keine Sohlen mehr, die Hemden sind zerrissen, und doch wirken die spanischen Kämpfer stolz in ihren Lumpen. Kastilien ist schön und seine Kinder auch.

Touchin reibt sich den Bauch, er niest, fährt mit dem Handrücken unter der Nase entlang und wischt den Rotz an seiner Jacke ab.

Er stellt fest, dass sich die Spanier heute Abend Zeit lassen, sie sind sorgfältiger als gewöhnlich. Sie falten ihre Hosen und Hemden zusammen und legen sie über das Geländer. Sie bücken sich alle gleichzeitig, um ihre Espadrilles ordentlich auf den Kacheln aufzureihen. Touchin schwingt seinen Stock, als könne er sie dadurch antreiben.

Siebenundfünfzig magere, fast durchscheinende Körper wenden sich jetzt zu ihm um. Touchin mustert sie, überlegt, ein Detail stimmt nicht, aber welches? Der Aufseher kratzt sich am Kopf, hebt sein Käppi an und neigt den Oberkörper zurück, so als würde er dadurch mehr Abstand gewinnen. Er ist sicher, dass etwas nicht in Ordnung ist, aber was bloß? Ein kurzer Blick nach links zu seinem Kollegen, der mit den Schultern zuckt, einer nach rechts zu dem anderen, der ebenso reagiert, und plötzlich entdeckt Touchin das Unerhörte: »Was sind denn das für Unterhosen, die ihr noch tragt, während euer Hintern an der Luft sein sollte?« Touchin ist nicht umsonst Chef, denn seine beiden Helfer haben nichts von der Verschwörung bemerkt. Touchin reckt den Hals, um festzustellen, ob in der Reihe nicht wenigstens einer folgsam gewesen ist, aber nein, alle tragen ausnahmslos ihren Slip.

Rubio muss sich angesichts der verdrießlichen Miene von Touchin zusammenreißen, um nicht loszulachen. Letztlich wird hier ein Kampf ausgetragen, so banal die Sache auch scheinen mag, der Einsatz ist hoch. Es ist der erste, und wenn er gewonnen wird, folgen weitere.

Rubio, der meisterhaft die Kunst beherrscht, sich über Touchin lustig zu machen, sieht ihn unschuldig an, so als frage er sich, warum es nicht in die Zellen geht.

Und da der verblüffte Touchin nichts sagt, macht Rubio einen Schritt voran, und der Zug der Häftlinge folgt ihm. Woraufhin Touchin hilflos zur Tür eilt und mit ausgestreckten Armen den Weg versperrt.

»Also bitte, ihr kennt die Regeln«, warnt er, denn er will keinen Ärger. »Der Gefangene und die Unterhose dürfen die Zelle nicht zugleich betreten. Die Unterhose schläft auf dem Geländer, der Gefangene in der Zelle. Das war schon immer so, warum sollte es heute Abend anders sein? Nun komm, Rubio spiel nicht den Trottel.«

Rubio gibt nicht nach, sondern sieht Touchin herausfordernd an und sagt dann ruhig in seiner Sprache, dass er sie nicht ausziehen wird.

Touchin droht Rubio, packt ihn beim Arm und schüttelt ihn. Doch der abgetretene Steinboden ist bei der feuchten Kälte rutschig. Touchin rudert mit den Armen, um das Gleichgewicht zu halten, fällt dann aber hintüber. Seine Kollegen eilen herbei, um ihm aufzuhelfen. Wütend geht Touchin auf Rubio zu, doch da tritt Boldados dazwischen. Er ballt die Hände zu Fäusten, aber er hat den anderen geschworen, keine körperliche Gewalt einzusetzen und die Strategie nicht durch einen Wutausbruch, so gerechtfertigt er auch sein mag, zu gefährden.

»Auch ich ziehe meine Unterhose nicht aus, Chef.«

Touchin läuft rot an, schwingt seinen Stock und brüllt: »Eine Rebellion, was? Ihr könnt was erleben! Einen Monat Arrestzelle, ab mit euch beiden, euch werde ich schon helfen!«

Kaum hat er das gesagt, treten fünfundfünfzig andere Spanier vor und machen sich ebenfalls auf den Weg zur Arrestzelle. Die ist für zwei schon eng. Touchin ist zwar keine Leuchte im Kopfrechnen, dennoch erfasst er das Ausmaß des Problems, mit dem er jetzt konfrontiert ist.

Während er noch überlegt, fuchtelt er weiter mit seinem Stock herum, denn die Bewegung zu unterbrechen, wäre eine Art Eingeständnis seiner Ohnmacht. Rubio sieht seine Freunde an, lächelt und beginnt nun seinerseits, mit den Armen herumzufuchteln, sorgfältig darauf bedacht, keinen der Aufseher zu berühren, um ihnen keinen Vorwand zu liefern, Verstärkung herbeizuholen. Rubio gestikuliert, beschreibt große Kreise in der Luft, und seine

Freunde folgen seinem Beispiel. Einhundertvierzehn Arme schwingen durch die Luft, und von den unteren Etagen tönt der Beifall der anderen Gefangenen herauf. Hier wird die »Marseillaise« gesungen, dort die »Internationale«, im Erdgeschoss das »Partisanenlied«.

Der Oberaufseher hat keine Wahl mehr, wenn er nicht nachgäbe, würde im ganzen Gefängnis eine Meuterei ausbrechen. Touchins Stock sinkt, er macht den Häftlingen ein Zeichen, in ihre Schlafzellen zu treten.

Siehst du, an diesem Abend haben die Spanier den Unterhosenkrieg gewonnen. Es war eine erste Schlacht, aber als Rubio mir am nächsten Tag im Hof alles ausführlich erzählte, haben wir uns durch das Gitter die Hand geschüttelt. Und als er mich fragte, was ich davon hielte, habe ich geantwortet: »Es gibt noch viele Bastillen zu stürmen.«

Der Bauer, der die »Marseillaise« sang, ist eines Tages in seiner Zelle gestorben, der alte Lehrer, der Katalanisch unterrichten wollte, ist nicht aus Mauthausen heimgekehrt, Rubio wurde deportiert, ist aber zurückgekommen, Boldados wurde in Madrid erschossen, der Bürgermeister des asturischen Dorfs ist nach Hause zurückgekehrt, und an dem Tag, an dem man die Statue Francos abmontiert hat, wurde sein Enkel zum Bürgermeister gewählt.

Was Touchin betrifft, so wurde er nach der Befreiung zum Oberaufseher des Gefängnisses von Agen ernannt.

Kapitel 23

Am frühen Morgen des 17. Februar wird André abgeholt. Als er die Zelle verlässt, zuckt er mit den Schultern und wirft uns einen kleinen Seitenblick zu. Die Tür schließt sich hinter ihm, und zwei Polizisten führen ihn zum Kriegsgericht, das innerhalb des Gefängnisses tagt. Es gibt keine Verhandlung und keinen Anwalt.

Nach einer Minute ist er zum Tode verurteilt. Das Exekutionskommando erwartet ihn schon im Hof. Die Gendarmen sind eigens angereist. Die Arbeit muss schließlich zu Ende gebracht werden.

André möchte sich verabschieden, doch das widerspricht den Vorschriften. Ehe er erschossen wird, schreibt er ein paar Zeilen an seine Mutter und gibt sie dem Oberaufseher Theil, der Touchin an diesem Tag vertritt.

Jetzt wird André an den Hinrichtungspfahl gebunden, er bittet um einige Sekunden Aufschub, um den Ring abzunehmen, den er am Finger trägt. Der Oberaufseher Theil schimpft ein wenig, nimmt aber den Ring an, den André ihm mit der inständigen Bitte anvertraut, ihn seiner Mutter zu geben. »Es ist ihr Ehering«, erklärt er. Sie hatte ihn ihrem Sohn an dem Tag geschenkt, als er aufbrach, um sich der Brigade anzuschließen. Theil verspricht es, und diesmal fesselt man Andrés Handgelenke.

208

Wir drängen uns vor den vergitterten Fenstern unserer Zellen und stellen uns das zwölfköpfige Exekutionskommando vor. André hält sich gerade. Die Gewehre heben sich, und zwölf Schüsse zerreißen die magere Brust unseres Freundes, der zusammenbricht und dann am Pfahl hängt, den Kopf zur Seite gesunken, das Gesicht voller Blut.

Die Hinrichtung ist beendet, die Gendarmen entfernen sich. Der Oberaufseher zerreißt Andrés Brief und steckt den Ring in sein Portemonnaie.

Sabatier, den man in Montauban verhaftet hat, wird gleich darauf am selben Pfahl erschossen, an dem Andrés Blut noch nicht einmal getrocknet ist.

In der Nacht sehe ich manchmal kleine zerrissene Papierfetzen über den Hof des Gefängnisses Saint-Michel flattern. In meinem Albtraum wirbeln sie zu der Mauer hinter dem Exekutionspfahl und setzen sich wieder zusammen, bis man die letzten Worte lesen kann, die André vor seinem Tod geschrieben hat. Er war gerade achtzehn Jahre alt geworden.

Nach Kriegsende wurde der Oberaufseher Theil zum Chefaufseher des Gefängnisses von Lens befördert.

*

In wenigen Tagen soll Boris' Prozess stattfinden, und wir befürchten das Schlimmste. Aber in Lyon haben wir Brüder.

Ihre Gruppe heißt Carmagnole-Liberté. Gestern haben sie mit einem Generalstaatsanwalt abgerechnet, der, wie Lespinasse, einen Widerstandskämpfer hatte guillotinieren lassen. Unser Genosse Simon Frid ist tot, aber auch die Brust des Staatsanwalts Fauré-Pingelli ist durchlöchert. Nach diesem Vorfall wagt kein Magistrat mehr, den Kopf eines der unseren zu fordern. Boris haben sie eine zwanzigjährige Gefängnisstrafe aufgebrummt, doch das ist ihm egal, sein Kampf draußen geht weiter. Der Beweis: Die Spanier haben uns mitgeteilt, dass gestern Abend das Haus eines Milizionärs in die Luft geflogen ist. Es ist mir gelungen, Boris eine entsprechende Nachricht zukommen zu lassen, um ihn zu informieren.

Boris weiß noch nicht, dass er im Frühjahr 1945 im Konzentrationslager Gusen sterben wird.

*

»Nun zieh nicht so ein Gesicht, Jeannot!«

Jacques Stimme reißt mich aus meinen Träumereien. Ich hebe den Kopf, greife nach der Zigarette, die er mir reicht, und nehme einige Züge. Mein Bruder, dem ich ein Zeichen mache, ist zu müde und bleibt lieber an die Wand gelehnt sitzen. Was Claude erschöpft, sind weder Hunger noch Durst, weder die Flöhe, die uns nachts zerfressen, noch die Schikanen der Aufseher, nein, was meinen kleinen Bruder so trübsinnig macht, ist die Tatsache, von den Aktionen ausgeschlossen zu sein. Ich verstehe ihn, denn ich empfinde dieselbe Trauer.

»Wir geben nicht auf«, erklärt Jacques. »Draußen wird weitergekämpft, und eines Tages werden die Alliierten landen, du wirst sehen!«

Während Jacques das sagt, um mich zu trösten, ahnt er nicht, dass unsere Freunde draußen einen Schlag gegen das Cinéma des Variétés vorbereiten, in dem nur national-sozialistische Propagandafilme gezeigt werden.

Rosine, Marius und Enzo sind an der Operation betei-ligt, aber ausnahmsweise bereitet nicht Charles die Bombe vor. Die Explosion soll nach Ende der Vorstellung statt-finden, wenn das Kino leer ist, um zu verhindern, dass es Opfer unter der Zivilbevölkerung gibt. Die Bombe, die Rosine unter ihrem Sitz im Parkett platzieren muss, ist mit einem Zeitzünder versehen, und unser Gärtner aus Loubers verfügt nicht über das nötige Material, um sie herzustellen. Die Explosion sollte eigentlich gestern Abend passieren, auf dem Programm stand *Jud Süß*. Doch überall waren Polizisten, die Eingänge wurden überwacht, die Taschen und Aktenmappen kontrolliert, also haben unsere Freunde nicht mit ihrer Sprengladung hineingehen können.

Jan hat beschlossen, die Aktion auf den nächsten Tag zu verschieben. Diesmal gibt es keine Kontrolle an der Kasse. Rosine betritt das Kino und setzt sich neben Marius, der die Tasche mit der Bombe unter ihren Sitz schiebt. Enzo nimmt hinter ihnen Platz, um sicherzugehen, dass sie nicht beschattet werden. Hätte ich von der Sache gewusst, hätte ich Marius beneidet, dass er an diesem Abend neben Ro-sine sitzen durfte. Sie ist so hübsch mit ihrem leicht sin-genden Akzent und ihrer Stimme, die unkontrollierbare Schauer auslöst.

Das Licht erlischt, und die Wochenschau flimmert über die Leinwand. Rosine lehnt sich an und wirft ihre langen dunklen Haare zurück, sodass sie ihr über die Schultern fallen. Enzo ist die anmutige Bewegung ihres Nackens nicht entgangen. Nicht einfach, sich auf den Film zu konzentrieren, der jetzt anfängt, wenn man zwei Kilo Sprengstoff vor den Füßen hat. Marius ist nervös, so sehr er auch versucht, sich vom Gegenteil zu überzeugen. Er arbeitet nicht gerne mit Material, das er nicht kennt. Auf die Bomben, die Charles baut, kann er sich verlassen, nie hat eine von ihnen versagt; in diesem Fall aber ist der Mechanismus anders und für seinen Geschmack zu kompliziert.

Am Ende der Vorstellung soll er die Hand in Rosines Tasche schieben und eine Glasampulle abbrechen, die Schwefelsäure freisetzt. Nach ungefähr dreißig Minuten hat die Säure ein kleines Eisenröhrchen zerfressen, das mit Kaliumchlorid gefüllt ist. Wenn die beiden chemischen Substanzen aufeinander reagieren, lösen sie die Zündung aus. Doch all diese chemischen Details erscheinen Marius zu kompliziert. Er zieht die einfachen Systeme vor, die Charles baut: Dynamit und eine Zündschnur. Ist sie einmal angezündet, braucht man nur die Sekunden zu zählen. Und falls es ein Problem gibt, kann man mit etwas Mut und Geschick noch immer den Zünder entfernen. Doch in diesem Fall hat der Pyrotechniker noch ein weiteres System unten an der Bombe angebracht: Vier kleine Batterien und eine mit Quecksilber gefüllte Ampulle sind miteinander verbunden und lösen unmittelbar die Explosion aus, falls nach Auslösung des Zündmechanismus versucht würde, sie zu entfernen.

Marius schwitzt, und es will ihm nicht gelingen, sich für den Film zu interessieren. Also wirft er Rosine diskrete Seitenblicke zu, die so tut, als würde sie nichts bemerken, bis sie ihm schließlich leicht auf den Oberschenkel klopft, um ihn daran zu erinnern, dass das Spektakel vor ihnen und nicht an seiner Seite stattfindet.

Selbst neben Rosine vergehen die Minuten im Kino nur langsam. Natürlich hätten Marius, Rosine und Enzo den Mechanismus in der Pause auslösen und dann verschwinden können. Dann wäre alles geregelt gewesen, und sie wären schon zu Hause, statt hier zu zittern und zu schwitzen. Aber wie ich dir schon sagte, wir haben nie einen Unschuldigen getötet, nicht einmal einen Dummkopf. Also warten sie das Ende der Vorstellung ab, und erst wenn sich der Saal langsam leert, werden sie den Zeitzünder betätigen.

Schließlich geht das Licht an. Die Zuschauer erheben sich und steuern auf den Ausgang zu. Marius und Rosine warten in der Mitte der Reihe auf ihren Plätzen, dass die Leute gehen. Auch Enzo hinter ihnen, bleibt sitzen. Am Ende der Reihe zieht eine alte Dame unendlich langsam ihren Mantel an. Ihr Nachbar kann nicht warten, entnervt dreht er sich um und geht zu dem entgegengesetzten Ausgang.

»Stehen Sie auf, der Film ist zu Ende«, schimpft er.

»Meine Verlobte hat einen kleinen Schwächeanfall«, erwidert Marius, »wir warten, bis sie sich erholt hat.«

Rosine ist wütend und sagt sich, dass Marius ganz schön dreist ist, und das wird sie ihm auch sagen, sobald sie draußen sind. Einstweilen wünscht sie vor allem, dass der Mann umkehrt.

Der blickt sich um, die alte Dame ist zwar gegangen, aber er müsste die ganze Reihe zurücklaufen. Was soll's, er presst sich an die Lehne des Vordersitzes und zwängt sich an diesem Idioten vorbei, der noch immer dasitzt, obwohl nun auch der Abspann vorüber ist. Dann steigt er über die Beine seiner Nachbarin hinweg, die er im Übrigen recht jung findet für einen Schwächeanfall, und macht sich davon, ohne sich zu entschuldigen.

Marius blickt Rosine an, die eigenartig lächelt, irgendetwas stimmt nicht, das spürt er genau. Rosine scheint aufgelöst.

»Dieser Trottel ist auf meine Tasche getreten!«

Das sind die letzten Worte, die Marius in seinem Leben hört. In dem Gedränge hat sich die Bombe gedreht und somit den Mechanismus in Gang gesetzt. Die Quecksilberampulle hat die Batterien berührt und die Explosion ausgelöst. Marius wird zerfetzt und ist auf der Stelle tot. Enzo wird nach hinten geschleudert und sieht in seinem Sturz Rosines Körper, der langsam abhebt und drei Reihen weiter vorn wieder aufprallt. Er will ihr zu Hilfe eilen, bricht aber sofort zusammen. Sein Bein ist halb abgerissen.

Er liegt mit geplatztem Trommelfell am Boden und hört nicht mehr, wie die Polizisten hereinstürmen. Zehn Sitzreihen sind aus ihrer Halterung gerissen.

Man hebt ihn hoch und trägt ihn weg, er verliert viel Blut und ist halb ohnmächtig. Weiter vorn liegt Rosine mit erstarrtem Gesicht in einer Blutlache, die immer größer wird.

Das war gestern Abend nach der Vorstellung im Cinéma des Variétés, und Enzo erinnert sich, dass Rosine so schön war, wie der Frühling. Sie wurden ins Krankenhaus Hôpital-Dieu gebracht. Am frühen Morgen ist Rosine ihren Verletzungen erlegen, ohne das Bewusstsein wiedererlangt zu haben.

Die Chirurgen haben Enzos Bein wieder angenäht, sie haben ihr Bestes gegeben.

Vor seiner Tür stehen drei Milizionäre Wache.

Marius' Leiche haben sie in ein Massengrab auf dem Friedhof von Toulouse geworfen. Nachts in meiner Gefängniszelle denke ich oft an die beiden. Damit ich ihre Gesichter nicht vergesse, mich immer an ihren Mut erinnere.

*

Am nächsten Tag ist Stefan, der von einer Mission in Agen zurückkehrt, mit Marianne verabredet; sie wartet verstört am Bahnsteig auf ihn. Stefan legt den Arm um sie und zieht sie zum Ausgang.

»Hast du es schon gehört?«, fragt sie mit erstickter Stimme.

An seinem Gesichtsaudruck erkennt sie, dass Stefan noch nichts von dem Drama weiß, das sich gestern im Cinéma des Variétés abgespielt hat. Während sie über den Bürgersteig gehen, erzählt sie ihm von Marius' und Rosines Tod.

»Und wo liegt Enzo?«, erkundigt sich Stefan.

»Im Hôpital-Dieu.«

»Ich kenne einen Arzt, der dort als Chirurg arbeitet, eher ein Liberaler. Ich sehe, was ich tun kann.«

Marianne begleitet Stefan bis zum Krankenhaus. Den ganzen weiten Weg über wechseln sie kein Wort mehr, jeder von beiden ist in seine Erinnerungen an Rosine und Marius versunken. Vor dem Krankenhaus bricht Stefan das Schweigen.

»Und wo ist Rosine?«

»Im Leichenschauhaus. Jan hat heute Morgen ihren Vater informiert.«

»Verstehe. Weißt du, der Tod unserer Freunde wäre sinnlos, wenn wir nicht bis zum Ende weitermachen.«

»Stefan, manchmal frage ich mich, ob ›das Ende‹, von dem du sprichst, wirklich existiert, ob wir eines Tages aus dem Albtraum erwachen, in dem wir seit Monaten leben. Aber wenn du wissen willst, ob ich seit Rosine und Marius' Tod Angst habe, ja, ich habe Angst; morgens beim Aufstehen habe ich Angst und den ganzen Tag über, wenn ich durch die Straßen laufe, um Informationen zu sammeln oder den Feind zu observieren, an jeder Kreuzung. Ich habe Angst, dass man mir folgt, dass man auf mich schießt, mich verhaftet, Angst, dass andere, so wie Marius und Rosine, nicht von einer Aktion zurückkehren, Angst, dass Jeannot, Jacques und Claude erschossen werden, Angst, dass Damira, Osna und Jan, euch allen, die ihr meine Familie seid, etwas zustößt. Ich habe immerzu Angst, Stefan, selbst im Schlaf. Aber nicht mehr als gestern und vorgestern, nicht mehr als von dem Tag an, da ich mich der Brigade angeschlossen habe, nicht mehr als seit jenem Tag, als man uns unsres Rechts auf Freiheit beraubt hat. Also werde ich weiter mit dieser Angst leben, bis zu jenem ›Ende‹, von dem du sprichst, selbst wenn ich nicht weiß, wo es ist.«

Stefan nimmt Marianne ungeschickt in die Arme. Ebenso schamhaft legt sie den Kopf auf seine Schulter. Was soll's, dass Jan diese Freiheit gefährlich findet? Inmitten der Einsamkeit, die ihr Alltag ist, würde sie es, wenn Stefan will, geschehen lassen, sie würde sich lieben lassen, und sei es für einen Augenblick, wenn er nur von Zärtlichkeit bestimmt ist. Einen kurzen Moment des Trostes erleben, in sich einen Mann spüren, der ihr durch seine Gesten zu verstehen geben würde, dass das Leben weitergeht, dass sie ganz einfach existiert.

Mariannes Lippen suchen Stefans Mund, und sie küssen sich, dort auf den Stufen des Krankenhauses Hôpital-Dieu, in dessen dunklem Untergeschoss Rosine ruht.

Auf dem Bürgersteig verlangsamen die Passanten den Schritt und betrachten gerührt das junge Paar, dessen Kuss nicht enden zu wollen scheint. Inmitten dieses grässlichen Krieges gibt es noch Menschen, die die Kraft finden, sich zu lieben. Eines Tages kehrt der Frühling zurück, hat Jacques gesagt, und dieser gestohlene Kuss auf dem Vorplatz eines düsteren Krankenhauses scheint ihm recht zu geben.

»Ich muss gehen«, murmelt Stefan.

Marianne löst sich aus der Umarmung und sieht ihrem Freund nach, als er die Stufen hinaufsteigt. Oben angelangt, winkt sie ihm zu. Vielleicht um ihm zu sagen: »Bis heute Abend.«

*

Professor Rieuneau arbeitete in der Chirurgie des Krankenhauses Hôpital-Dieu. Er war einer der Professoren von Boris und Stefan gewesen, als sie noch das Recht hatten, an der medizinischen Fakultät zu studieren. Rieuneau war gegen die Rassengesetze des Vichy-Regimes, er war liberal eingestellt und sympathisierte mit der Résistance. Er empfing seinen ehemaligen Studenten wohlwollend und zog ihn beiseite.

»Was kann ich für Sie tun?«, fragte er.

»Ich habe einen Freund«, begann Stefan zögernd, »einen sehr guten Freund, der irgendwo hier liegt.«

»In welcher Abteilung?«

»Dort, wo man sich um die kümmert, denen eine Bombe ein Bein weggerissen hat.«

»Dann dürfte er auf der Chirurgie liegen«, gab der Professor zurück. »Ist er operiert worden?«

»Heute Nacht, glaube ich.«

»Er ist nicht auf meiner Station, sonst hätte ich ihn bei der Morgenvisite gesehen. Ich werde mich erkundigen.«

»Herr Professor, wir müssen einen Weg finden…«

»Ich habe verstanden, Stefan«, unterbrach ihn der Professor, »ich werde sehen, was möglich ist. Warten Sie in der Halle auf mich, ich sehe nach ihm.«

Stefan gehorchte und ging zur Treppe. Im Erdgeschoss erkannte er die abgeblätterte Holztür, dahinter führte eine andere Treppe ins Untergeschoss. Stefan zögerte. Sollte er überrascht werden, würde man ihm sicher Fragen stellen, die er kaum würde beantworten können. Aber sein Wunsch war größer als das Risiko, das er einging, also stieß er die Tür auf.

Am Ende der Treppe gelangte er in einen langen Gang, der in die Eingeweide des Krankenhauses führte. An der Decke wanden sich Stromkabel um feuchte Rohre. Alle zehn Meter verbreitete eine Wandlampe ihren blassen Schein, dann wieder eine defekte Glühbirne, und der Flur war in Dunkelheit getaucht.

Das machte Stefan nichts aus, er kannte den Weg. Schon früher hatte er hierherkommen müssen. Der Raum, den er suchte, befand sich zu seiner Rechten, er trat ein.

Rosine ruhte ganz allein auf einem Tisch. Stefan ging zu dem blutbefleckten Laken. Die Haltung des Kopfs verriet einen Genickbruch. War es diese Verletzung, die sie getötet hatte, oder eine der vielen anderen? Er sammelte sich vor ihren sterblichen Überresten.

Er war im Namen aller Freunde hier, um Abschied von ihr zu nehmen, ihr zu sagen, dass ihr Gesicht für immer in ihrer Erinnerung verhaftet bleiben und dass sie nie aufgeben würden.

»Wenn du dort, wo du jetzt bist, André triffst, grüß ihn von mir.«

Stefan küsste Rosine auf die Stirn und verließ tieftraurig das Leichenschauhaus.

Als er in die Halle zurückkehrte, erwartete ihn Professor Rieuneau bereits.

»Ich habe Sie gesucht, wo zum Teufel haben Sie gesteckt? Ihr Freund hat überlebt, die Chirurgen haben sein Bein wieder angenäht. Ich will damit nicht gesagt haben, dass er je wieder laufen kann, aber er hat überlebt.«

219

Und nachdem Stefan ihn schweigend ansah, fuhr der alte Professor fort: »Ich kann nichts für ihn tun. Er wird rund um die Uhr von drei Milizionären bewacht, und diese Wilden haben mich nicht einmal in sein Zimmer gelassen. Sagen Sie Ihren Freunden, dass sie hier nichts unternehmen sollen, das wäre viel zu gefährlich.«

Stefan dankte seinem Professor und ging. Am Abend würde er Marianne sehen und ihr die Nachricht übermitteln.

Sie ließen Enzo nur wenige Tage Ruhe, ehe sie ihn aus dem Hôpital-Dieu in die Krankenstation des Gefängnisses Saint-Michel verlegten. Die Milizionäre gingen dabei so rücksichtslos vor, dass Enzo auf dem Weg dreimal das Bewusstsein verlor.

Sein Schicksal war im Vorhinein besiegelt. Sobald er sich erholt hätte, würde er im Hof erschossen. Da er in der Lage sein musste, bis zum Exekutionspfahl zu laufen, unternahmen wir alles, damit er nicht so bald auf die Füße kam. Es war Anfang März 1944, und die Gerüchte einer unmittelbar bevorstehenden Landung der Alliierten mehrten sich. Keiner von uns zweifelte daran, dass die Hinrichtungen ab diesem Tag aufhören und wir befreit werden würden. Um unseren Freund Enzo zu retten, mussten wir auf Zeit spielen.

*

Seit gestern ist Charles wütend. Jan hat ihn in dem kleinen stillgelegten Bahnhof von Loubers besucht. Ein seltsamer

Besuch, denn eigentlich kam Jan, um sich zu verabschieden. Im Hinterland hat sich eine neue Widerstandsbrigade gebildet, die Männer haben keine Erfahrung, und Jan soll sie anleiten. Nicht er hat das beschlossen, vielmehr lautet so der Befehl, und er muss gehorchen.

»Aber wer erteilt denn diese Befehle?«, fragt Charles, immer zorniger.

Französische Widerstandskämpfer in Toulouse, die nicht zur Brigade gehören, so was gab es letzten Monat noch nicht! Ein neues Netz bildet sich, und man zieht Männer aus seiner Gruppe ab! Kerle wie Jan gibt es nicht genug, viele unserer Freunde sind tot oder verhaftet, also findet Charles es ungerecht, Jan einfach so gehen lassen zu müssen.

»Ich weiß«, sagt Jan, »aber die Befehle kommen von oben.«

Charles sagt, dass er »oben« nicht kennt. All die langen Monate über hat der Kampf hier unten stattgefunden. Den Straßenkrieg haben sie erfunden. Die anderen haben nur ihre Arbeit nachgeahmt.

Charles denkt nicht wirklich, was er sagt, aber sich von seinem Freund Jan zu verabschieden, fällt ihm fast so schwer, wie damals zu dieser Frau zu sagen, es sei besser, sie würde zu ihrem Mann zurückkehren.

Natürlich ist Jan lange nicht so hübsch wie sie, und er würde nie sein Bett mit ihm teilen, selbst wenn er todkrank gewesen wäre. Aber Jan ist nicht nur sein Chef, sondern vor allem sein Freund, ihn also einfach so gehen zu lassen…

»Hast du Zeit für ein Omelett? Ich habe Eier«, brummt Charles.

221

»Behalt sie für die anderen, ich muss wirklich gehen«, antwortet Jan.

»Welche anderen? Wenn das so weitergeht, bin ich bald allein die Brigade.«

»Es werden neue kommen, Charles, keine Sorge. Der Kampf fängt erst an, die Résistance organisiert sich, da ist es normal, dass wir dort helfen, wo wir gebraucht werden. Sag mir Auf Wiedersehen und mach nicht so ein Gesicht.«

Charles begleitet Jan bis zu dem kleinen Weg.

Sie umarmen sich und schwören, sich wiederzusehen, wenn das Land frei ist. Jan steigt auf sein Fahrrad, und Charles ruft ihn ein letztes Mal.

»Geht Catherine mit dir?«

»Ja«, antwortet Jan.

»Dann gib ihr einen Kuss von mir.«

Jan nickt, Charles Gesicht hellt sich auf und er fragt:

»Theoretisch bist du also jetzt, da wir uns verabschiedet haben, nicht mehr mein Chef?«

»Theoretisch nein«, antwortet Jan.

»Dann hör zu, du Idiot, wenn wir den Krieg gewinnen, versucht, glücklich zu werden, Catherine und du. Und ich, der Feuerwerkskünstler von Loubers habe es dir befohlen!«

Jan salutiert wie ein Soldat vor seinem Vorgesetzten und radelt davon.

Charles erwidert den Gruß und verweilt auf dem kleinen Weg vor dem stillgelegten Bahnhof, bis Jans Fahrrad in der Ferne verschwunden ist.

*

Während wir in unseren Zellen vor Hunger fast krepieren, während sich Enzo in der Krankenstation des Gefängnisses Saint-Michel vor Schmerzen windet, geht der Kampf auf der Straße weiter. Und es vergeht kein Tag, an dem der Feind nicht mit Sabotage, umgestürzten Strommasten, in den Kanal gestürzten Kränen oder bombardierten Lastwagen konfrontiert ist.

Aber in Limoges hat ein Denunziant die Behörden informiert, dass sich in einer der Wohnungen in seinem Haus heimlich junge Leute treffen – sicher Juden. Sofort nimmt die Polizei Verhaftungen vor. Die Vichy-Regierung beschließt, einen ihrer besten Spürhunde zu schicken.

Kommissar Gillard, Spezialist für den Antiterrorkampf, wird mit seinem Team nach Limoges abgestellt, um dort zu ermitteln und vielleicht die Spur bis zu einer der großen Widerstandsbewegungen des Südwestens zurückzuverfolgen, die um jeden Preis unschädlich gemacht werden muss.

Gillard hat in Lyon sein Können unter Beweis gestellt, er kennt sich aus mit Verhören, und in Limoges wird er das nicht anders handhaben. Er selbst stellt die Fragen. Durch Schikanen erfährt er schließlich, dass Päckchen postlagernd nach Toulouse geschickt werden.

Der Augenblick ist gekommen, um sich endlich ein für alle Mal von diesem ausländischen Gesindel zu befreien, das die öffentliche Ordnung stört und die Autorität des Staates infrage stellt.

In den frühen Morgenstunden lässt Gillard seine Opfer im Kommissariat zurück und nimmt mit seinem Team den Zug nach Toulouse.

Kapitel 24

Gleich nach seiner Ankunft in Toulouse schließt Gillard die örtliche Polizei aus und zieht sich in ein Büro im ersten Stock des Hauptkommissariats zurück. Wären die Toulouser Beamten kompetent, hätte man ihn nicht einschalten müssen und die jungen Terroristen säßen längst hinter Schloss und Riegel. Außerdem weiß Gillard sehr wohl, dass es in den Reihen der Polizei, ebenso wie bei der Präfektur, auch Sympathisanten der Résistance gibt, die unter Umständen Informationen weitergeben. Werden nicht bisweilen Juden über ihre bevorstehende Verhaftung unterrichtet? Andernfalls würden die Milizionäre keine leeren Wohnungen vorfinden, wenn sie kommen, um deren Bewohner zu verhaften. Gillard erinnert seine Leute daran, dass sie stets misstrauisch bleiben müssen, Juden und Kommunisten gibt es überall. Bei seinen Ermittlungen will er kein Risiko eingehen. Im Anschluss an die Besprechung wird sofort eine Überwachung der Post in die Wege geleitet.

*

An diesem Morgen geht es Sophie nicht gut. Eine üble Grippe fesselt sie ans Bett. Trotzdem muss wie jeden Donnerstag das Päckchen abgeholt werden, sonst bekommen die Freunde keinen Sold und können ihre Miete und ihr Essen nicht bezahlen. Simone, die aus Belgien kommt und frisch rekrutiert worden ist, wird an ihrer Stelle hingehen. Als Simone die Post betritt, bemerkt sie die beiden Männer nicht, die so tun, als würden sie Papiere ausfüllen. Sie hingegen erkennen das Mädchen, das das Postfach Nummer 27 aufschließt und ein Päckchen herausnimmt, auf der Stelle. Simone geht, sie folgen ihr. Zwei erfahrene Polizisten gegen eine Siebzehnjährige, die Partie ist von vornherein gewonnen. Eine Stunde später begibt sich Simone zu Sophie und bringt ihr die »Einkäufe«, ohne zu wissen, dass sie gleichzeitig Gillards Männer zu deren Adresse führt.

Sophie, die sich so gut zu verstecken wusste, um andere zu beschatten, sie, die unablässig durch die Straßen lief, um nicht aufzufallen, die es besser als wir verstand, die Gewohnheiten und Kontakte, das geringste Detail im Leben derer herauszufinden, die sie observierte, ahnt nicht, dass vor ihrem Fenster zwei Männer lauern, die sie ausspionieren. Katz und Maus haben die Rollen vertauscht.

Am selben Nachmittag sucht Marianne sie auf. Als sie abends geht, folgen ihr Gillards Männer.

*

Sie haben sich am Canal du Midi verabredet. Stefan erwartet sie auf einer Bank. Marianne zögert und lächelt ihm aus der Ferne zu. Er erhebt sich und erwidert ihr Lächeln. Noch einige Schritte, und sie liegt in seinen Armen. Seit gestern ist das Leben nicht mehr ganz dasselbe. Rosine und Marius sind tot, und Marianne muss unentwegt an sie denken, aber sie ist nicht mehr allein. Mit siebzehn Jahren kann man so sehr lieben, man kann so wahnsinnig lieben, dass man seinen Hunger, selbst seine Angst vergisst, die gestern noch so groß war. Denn gestern hat sich ihr Leben verändert, weil sie seither an jemanden denkt.

Marianne und Stefan sitzen auf einer Bank in der Nähe des Pont Desmoiselles und küssen sich, und nichts und niemand kann ihnen diese Minuten des Glücks rauben. Die Zeit vergeht, und die Sperrstunde rückt näher. Hinter ihnen brennen schon die Gaslaternen, sie müssen sich trennen. Morgen sehen sie sich wieder und an allen folgenden Abenden auch. Und an allen folgenden Abenden spionieren Gillards Männer am Canal du Midi zwei Jugendliche aus, die sich inmitten dieses Krieges lieben.

Am nächsten Tag trifft sich Marianne mit Damira. Als sie sich trennen, wird auch Damira beschattet. Am folgenden Tag – oder war es später? – ist Damira mit Osna verabredet, und abends hat Osna ein Rendezvous mit Antoine. Innerhalb weniger Tage haben Gillards Männer fast die gesamte Brigade aufgespürt. Die Falle schnappt zu.

Die meisten von uns waren nicht einmal zwanzig, wenige älter, und wir mussten noch viel lernen, um einen Krieg zu führen, ohne aufzufallen, Dinge, welche die Spürhunde aus Vichy im Schlaf beherrschten.

*

Der große Coup rückt näher, Gillard hat seine Männer in dem Büro im Hauptkommissariat von Toulouse versammelt. Um die Verhaftungen vorzunehmen, würden sie die Unterstützung der Beamten der 8. Brigade der Toulouser Sicherheitspolizei in Anspruch nehmen müssen. Einem Kommissar, der auf demselben Stockwerk arbeitet, ist nichts von dem entgangen, was sich da zusammenbraut. Heimlich verlässt er seine Dienststelle und begibt sich zur Hauptpost. Er tritt an einen Schalter und bittet um eine Verbindung mit einer Nummer in Lyon. Das Gespräch wird in eine Kabine gelegt.

Ein Blick durch die Glasscheibe, die Telefonistin unterhält sich mit ihrer Kollegin, die Verbindung ist sicher.

Der Mann am anderen Ende sagt nichts, er nimmt nur die Nachricht entgegen. In zwei Tagen soll die 35. Brigade Marcel Langer vollständig verhaftet werden. Die Information ist sicher, sie müssen gewarnt werden. Der Kommissar hängt ein und betet, dass alles seinen Weg geht.

In einer Wohnung in Lyon legt ein Leutnant der französischen Résistance den Hörer auf.

»Wer war das?«, will sein Kommandant wissen.

»Ein Kontaktmann in Toulouse.«

»Was wollte er?«

»Uns informieren, dass die 35. Brigade in zwei Tagen verhaftet wird.«

»Die Miliz?«

»Nein, Polizisten, die von Vichy abgestellt sind.«

»Dann haben sie keine Chance.«

»Außer, wir warnen sie. Wir haben noch Zeit genug, sie herauszubringen.«

»Vielleicht, aber wir werden es nicht tun«, antwortet der Kommandant.

»Und warum nicht?«, fragt der Mann verblüfft.

»Weil der Krieg nicht mehr lange dauert. Die Deutschen habe in Stalingrad zweihunderttausend Mann verloren, es heißt, dass hunderttausend von den Russen gefangen genommen wurden, darunter Tausende von Offizieren und mindestens zwanzig Generäle. Ihre Truppen haben an der Ostfront den Rückzug angetreten, und egal, ob von Westen oder von Süden, die Alliierten werden bald landen. Wir wissen, dass London bereits Vorbereitungen trifft.«

»All das ist mir bekannt, aber was hat das mit den Jungs von der Brigade Langer zu tun?«

»Ab jetzt muss man politisch denken. Die Männer und Frauen, von denen wir sprechen, sind Ungarn, Spanier, Italiener, Polen und so weiter, fast alle sind Ausländer. Wenn Frankreich befreit sein wird, ist es besser, dass es in den Geschichtsbüchern heißt, dies sei das Verdienst der Franzosen gewesen.«

»Also lassen wir sie einfach im Stich?«, empört sich der Mann, der an die Jugendlichen, an die Kämpfer der ersten Stunde denkt.

»Das bedeutet ja nicht zwingend, dass sie getötet werden…« Und angesichts der angewiderten Miene seines Leutnants seufzt der Kommandant der französischen Résistance und sagt: »Hör zu, bald muss sich das Land vom Krieg erholen, es muss hoch erhobenen Hauptes dastehen. Die Menschen sollen sich um einen Anführer herum versöhnen, und das wird de Gaulle sein. Der Sieg muss der unsere sein. Zugegeben, es ist bedauerlich, aber

Frankreich braucht französische und keine ausländischen Helden!«

*

In dem kleinen Bahnhof in Loubers war Charles empört. Anfang der Woche hatte man ihn wissen lassen, dass die Brigade künftig kein Geld mehr bekommen würde. Und auch keine Waffen. Die Verbindung zu den Gruppen der Résistance, die sich überall in der Gegend etabliert hatten, wurde abgebrochen. Der vorgeschobene Grund war der Angriff auf das Cinéma des Variétés. Die Presse hatte nicht erwähnt, dass die Opfer Widerstandskämpfer waren. Für die öffentliche Meinung waren Rosine und Marius zwei Zivilisten, zwei Jugendliche, die einem feigen Attentat zum Opfer gefallen waren, und niemanden kümmerte es, dass der dritte jugendliche Held, der sie begleitet hatte, sich auf der Krankenstation des Gefängnisses Saint-Michel vor Schmerzen wand. Man hatte Charles gesagt, dass solche Aktionen ein schlechtes Licht auf die gesamte Résistance werfen würden und man deshalb keine Verbindung mehr wünsche.

Diese Haltung kam für ihn einem Verrat gleich. Abends erklärte er gegenüber Robert, der Jans Nachfolge als Chef der Brigade angetreten hatte, seine Wut und seinen Abscheu. Wie konnte man sie im Stich lassen, ihnen den Rücken zukehren, wo sie doch die ersten Kämpfer gewesen waren?

Robert wusste nicht, was er sagen sollte, er liebte Charles wie einen Bruder, und er beruhigte ihn in dem Punkt, der ihn sicher am meisten quälte: »Hör zu, Charles, niemand ist so blöd zu glauben, was in der Presse steht. Alle wissen, was wirklich im Cinéma des Variétés passiert ist und wer dort den Tod gefunden hat.«

»Und wofür?«, murmelte Charles.

»Für die Freiheit«, antwortete Robert, »und das wissen alle in der Stadt.«

Wenig später gesellte sich Marc zu ihnen. Charles zuckte mit den Schultern, als er ihn kommen sah, und ging in den Garten hinter dem Haus. Während er auf eine Erdscholle einschlug, sagte Charles sich, dass Jacques sich getäuscht haben musste. Es war Ende März 1944, und der Frühling war noch immer nicht da.

*

Kommissar Gillard und sein Stellvertreter Sirinelli haben all ihre Leute zusammengerufen. Im ersten Stock des Hauptkommissariats beginnen die Vorbereitungen. Heute sollen die Festnahmen stattfinden. Die Parole lautet: Vor allem absolute Diskretion, es muss vermieden werden, dass wer auch immer, die warnt, die ihnen in einer Stunde ins Netz gehen sollen. Aber im Nachbarzimmer hört ein junger Polizeibeamter, was auf der anderen Seite der Wand geredet wird. Seine Aufgabe ist das gemeine Recht, denn die Betrüger sind auch im Krieg nicht verschwunden, und irgendjemand muss sich um sie kümmern. Aber Kommissar Esparbié hat nie einen Partisanen eingesperrt, im Gegenteil. Wenn sich etwas zusammenbraut, dann warnt er sie, das ist seine Art, die Résistance zu unterstützen.

Sie über die Gefahr zu informieren, in der sie schweben, wird weder einfach noch ohne Risiko sein. Die Zeit ist knapp, aber Esparbié ist nicht allein, einer seiner Kollegen ist sein Verbündeter. Der junge Kommissar erhebt sich und geht zu ihm.

»Lauf sofort zur Finanzverwaltung. Am Rentenschalter frag nach einer gewissen Madeleine, sag ihr, ihr Freund Stefan muss sofort verreisen.«

Esparbié hat seinen Kollegen mit dieser Mission betraut, da er selbst eine andere hat. Wenn er einen Wagen nimmt, kann er in einer halben Stunde in Loubers sein. Dort muss er mit einem Freund reden; er hat seine Personenbeschreibung in einer Akte gesehen, in der sie besser nicht sein sollte.

Um zwölf Uhr verlässt Madeleine die Finanzkasse, um nach Stefan zu suchen. Doch an keinem der Orte, wo er gewöhnlich verkehrt, kann sie ihn finden. Als sie zu ihrem Elternhaus kommt, erwartet sie die Polizei. Sie wissen nichts über sie, außer dass Stefan sie häufig besucht hat. Während die Polizisten das Haus durchsuchen, nutzt Madeleine einen unbeobachteten Moment, um hastig ein paar Zeilen auf einen Zettel zu kritzeln und ihn in eine Streichholzschachtel zu schieben. Sie sagt, ihr sei nicht gut, und bittet um die Erlaubnis, das Fenster öffnen zu dürfen.

Unten wohnt einer ihrer Freunde, ein italienischer Gemischtwarenhändler, der sie sehr gut kennt. Eine Streichholzschachtel fällt vor seine Füße. Giovanni hebt sie auf, blickt nach oben und lächelt Madeleine zu. Zeit, das Geschäft zu schließen! Einem Kunden, der sich darüber wundert, sagt Giovanni, er habe ohnehin seit Langem nichts mehr zu verkaufen. Sobald er den metallenen Rollladen heruntergelassen hat, schwingt er sich auf sein Fahrrad, um die Information zu ihrem Adressaten zu bringen.

Zur selben Zeit begleitet Charles besagten Esparbié zur Tür. Sobald dieser gegangen ist, packt er seinen Koffer und schließt schweren Herzens zum letzten Mal den stillgelegten Bahnhof ab. Ehe er den Schlüssel im Schloss umdreht, wirft er noch einen Blick durch das Zimmer. Auf dem Herd erinnert ihn eine alte Bratpfanne an ein Essen, bei dem sein Omelett zur Katastrophe geworden war. An diesem Abend waren alle Freunde versammelt. Es war ein harter Tag, aber die Zeiten waren besser als jetzt.

Auf seinem seltsamen Fahrrad tritt Charles in die Pedale, so kräftig er kann. Er hatte keine Zeit, sich von Marianne zu verabschieden oder seine Freundin Madeleine zu umarmen.

Charles trifft sich in einem Café mit Marc. Er teilt ihm mit, was sich zusammenbraut, und befiehlt ihm, sich umgehend auf den Weg zu den Widerstandskämpfern von Montauban zu machen.

»Fahr mit Damira, sie werden euch aufnehmen.«

Ehe er geht, vertraut er ihm einen Briefumschlag an.

»Pass gut darauf auf, ich habe fast all unsere bewaffneten Aktionen in diesem Tagebuch notiert«, erklärt Charles, »gib es in meinem Namen denen, zu denen du fährst.«

»Ist es nicht gefährlich, solche Dokumente aufzubewahren?«

»Doch, aber falls wir alle sterben, muss eines Tages irgendjemand wissen, was wir getan haben. Ich akzeptiere, dass man mich tötet, nicht aber, dass man die Erinnerung auslöscht.«

Die beiden Freunde trennen sich. Marc muss möglichst schnell zu Damira. Ihr Zug geht am frühen Abend.

*

Charles hatte einige Waffen in der Rue de Dalmatie verborgen, andere in einer Kirche in der Umgebung. Er muss versuchen zu retten, was noch zu retten ist. Als er zu seinem ersten Versteck kommt, sieht er an der Kreuzung zwei Männer, die Zeitung lesen.

Verdammt, zu spät, denkt er.

Bleibt die Kirche, doch als Charles sich ihr nähert, fährt ein schwarzer Citroën auf den Vorplatz; vier Männer springen heraus und stürzen sich auf ihn. Charles wehrt sich mit Händen und Füßen, doch der Kampf ist ungleich, die Schläge hageln auf ihn nieder. Charles ist blutüberströmt und strauchelt, Gillards Männer prügeln ihn ohnmächtig und nehmen ihn mit.

*

Bei Einbruch der Dunkelheit kommt Sophie nach Hause. Zwei Männer beobachten sie am Ende der Straße. Sie sieht sie und kehrt um. Zu spät, schon stürzen aus der entgegengesetzten Richtung zwei andere auf sie zu. Einer öffnet seine Jacke, zieht einen Revolver und richtet ihn auf sie.

Sophie hat keine Chance zu entkommen, sie lächelt und weigert sich, die Hände zu heben.

*

An diesem Abend isst Marianne bei ihrer Mutter, Steckrübensuppe steht auf dem Speiseplan. Nicht sehr schmackhaft, aber gut, um den Hunger bis zum nächsten Tag zu stillen. Es trommelt an der Tür. Die junge Frau zuckt zusammen, sie hat das Klopfen erkannt und macht sich keine Illusionen, um wen es sich bei den Besuchern handelt. Ihre Mutter sieht sie beunruhigt an.

»Bleib sitzen, das ist für mich«, sagt Marianne und legt ihre Serviette zur Seite.

Sie geht um den Tisch herum, umarmt ihre Mutter und drückt sie an sich.

»Was auch immer man dir erzählen mag, ich bereue nichts von dem, was ich getan habe, Maman. Ich habe für eine gerechte Sache gekämpft.«

Mariannes Mutter sieht ihre Tochter an, streicht ihr über die Wange, als könne diese letzte zärtliche Geste ihre Tränen zurückhalten.

»Was auch immer man mir sagen mag, mein Liebes, du bist meine Tochter, und ich bin stolz auf dich.«

Die Tür erzittert unter den Schlägen. Marianne küsst ihre Mutter ein letztes Mal und öffnet.

*

Es ist ein milder Abend; Osna steht am Fenster und raucht eine Zigarette. Ein Wagen fährt die Straße entlang und hält vor ihrem Haus. Vier Männer in Regenmänteln steigen aus. Osna hat verstanden. Bis sie oben sind, hätte sie vielleicht noch Zeit, sich zu verstecken, aber sie ist so müde nach all den Monaten im Untergrund. Und wo soll sie sich verbergen? Also schließt Osna das Fenster. Sie tritt ans Waschbecken, lässt etwas Wasser laufen und benetzt ihr Gesicht damit.

»Es ist so weit«, flüstert sie ihrem Spiegelbild zu.

Und schon hört sie die Schritte im Treppenhaus.

*

Die Uhr auf dem Bahnsteig zeigt 7:32. Damira ist nervös, sie beugt sich vor und hofft, endlich den Zug zu entdecken, der sie weit von hier wegbringen würde.

»Hat er nicht Verspätung?«

»Nein«, antwortet Marc ruhig. »Er kommt in fünf Minuten.«

»Glaubst du, die anderen haben es geschafft?«

»Keine Ahnung, doch um Charles mache ich mir nicht allzu große Sorgen.«

»Aber ich mir um Osna, Sophie und Marianne.«

Marc weiß, dass er die junge Frau, die er liebt, nicht würde beruhigen können. Er schließt sie in die Arme und küsst sie.

»Gräm dich nicht, ich bin sicher, dass man ihnen rechtzeitig Bescheid gesagt hat. Ebenso wie uns.«

»Und wenn sie uns nun verhaften?«

»Dann wären wir wenigstens zusammen, aber man wird uns nicht verhaften.«

»Daran habe ich gar nicht gedacht, sondern an Charles' Tagebuch, immerhin befindet es sich in meiner Tasche.«

»Aha!«

Damira lächelt Marc zärtlich an.

»Tut mir leid, das wollte ich nicht sagen, ich habe solche Angst, dass ich schon Unsinn rede.«

In der Ferne biegt die Lokomotive um eine Kurve.

»Siehst du, alles geht gut«, sagt Marc.

»Und wie lange?«

»Eines Tages kehrt der Frühling zurück, Damira, du wirst sehen.«

Die Wagen rollen an ihnen vorbei, die Räder blockieren und Funken stieben auf, dann bleibt der Zug mit quietschenden Bremsen stehen.

»Glaubst du, dass du mich auch noch liebst, wenn der Krieg vorbei ist?«, fragt Marc.

»Wer sagt denn, dass ich dich liebe?«, gibt Damira mit einem verschmitzten Lächeln zurück.

Und als sie ihn zum Trittbrett ziehen will, senkt sich eine schwere Hand auf ihre Schulter.

Marc wird zu Boden gestoßen, zwei Männer legen ihm Handschellen an. Damira wehrt sich, doch eine schallende Ohrfeige lässt sie gegen den Zug taumeln. Ihr Gesicht schlägt gegen das Schild mit dem Zielbahnhof. Bevor sie das Bewusstsein verliert, liest sie in großen Buchstaben »Montauban«.

Auf dem Revier finden die Polizisten bei ihr den Umschlag, den Charles Marc anvertraut hat.

*

An diesem 4. April 1944 ging fast die gesamte 35. Brigade der Polizei ins Netz. Einigen gelang die Flucht. Jan und Catherine entgingen der Aktion. Alonso hatte die Polizei nicht aufspüren können. Und Émile war gerade noch rechtzeitig verschwunden.

Am Abend des 4. April stoßen Gillard und sein furchtbarer Stellvertreter Sirinelli mit Champagner an. Sie heben die Gläser und beglückwünschen sich zusammen mit ihren Kollegen von der Polizei, den Aktivitäten dieser jungen »Terroristenbande« ein Ende gesetzt zu haben.

Dank ihrer Arbeit würden diese Fremden, die Frankreich geschadet haben, den Rest ihrer Tage hinter Gittern verbringen. »Obwohl…«, fügt Gillard hinzu, während er in Charles' Tagebuch blättert, »bei einem Beweisstück wie diesem damit zu rechnen ist, dass ihr Leben, bis sie erschossen werden, nicht mehr lang sein wird.«

Während Marianne, Sophie, Osna und alle anderen an diesem Tag Festgenommenen gefoltert wurden, bereitete der Mann, der sie durch sein Schweigen verraten und aus »politischen Gründen« die Warnung des Sympathisanten bei der Polizei nicht weitergegeben hatte, bereits seinen Eintritt in den Generalstab der Befreiungskräfte vor.

Als er am nächsten Tag erfuhr, dass fast alle Mitglieder der 35. Brigade Marcel Langer, verhaftet worden waren,

zuckte er nur mit den Schultern und schnipste ein Staubkörnchen von seiner Jacke – an genau der Stelle, an die
man ihm einige Monate später den Orden der Ehrenle-
gion heften würde. Der Kommandant der französischen
Streitkräfte sollte bald befördert werden.

Von seinen Vorgesetzten hoch gelobt, wurde Kommissar Gillard nach dem Krieg zum Leiter der Rauschgiftbri-
gade ernannt, wo er in aller Ruhe seine Laufbahn been-
dete.

Kapitel 25

Ich habe es dir schon gesagt, wir haben nie aufgegeben. Die wenigen Davongekommenen organisierten sich wieder. Einige Freunde aus Grenoble schlossen sich ihnen an. Ihr neuer Chef Urman ließ dem Feind keine Ruhe, und in der folgenden Woche wurden die Aktionen wieder aufgenommen.

*

Es war mitten in der Nacht. Claude schlief schon lange, wie die meisten von uns, und ich versuchte, durch die Gitterstäbe die Sterne zu sehen.

In der Stille hörte ich plötzlich das Schluchzen eines Freundes. Ich setzte mich zu ihm.

»Warum weinst du?«

»Weißt du, mein Bruder konnte nicht töten, nie wollte er seine Waffe auf einen Menschen richten, nicht mal auf einen dreckigen Milizionär.«

Samuel zeichnete sich durch eine sonderbare Mischung aus Weisheit und Zorn aus. Bis ich ihn kennenlernte, hatte ich geglaubt, beides sei unvereinbar.

Samuel wischte sich die Tränen von dem bleichen Gesicht mit den eingefallenen Wangen. Die Augen lagen tief in den Höhlen, und unter der transparenten Haut schienen fast die Knochen durch.

»Es ist schon so lange her«, flüsterte er mit kaum vernehmbarer Stimme. »Kannst du dir vorstellen, dass wir damals nur zu fünft waren? Fünf Widerstandskämpfer in der ganzen Stadt, und alle zusammen waren wir keine hundert Jahre alt. Ich habe nur einmal auf jemanden geschossen, aber das war ein Dreckskerl, einer von denen, die denunzieren, vergewaltigen und foltern. Mein Bruder konnte niemandem Leid zufügen, nicht einmal denen.«

Samuel lachte höhnisch, und in seiner von der Tuberkulose zerfressenen Brust rasselte es. Er hatte eine eigenartige Stimme, die manchmal männlich klang und dann wieder wie die eines Kindes, Samuel war zwanzig.

»Ich weiß, ich sollte es dir nicht erzählen, das ist nicht gut, das facht das Leid erneut an, aber wenn ich von ihm spreche, dann bleibt er noch ein wenig lebendig, glaubst du nicht?«

Ich hatte keine Ahnung, aber ich nickte. Egal, was dieser Freund zu sagen hatte, er brauchte jemanden, der ihm zuhörte. Am Himmel waren keine Sterne, und ich hatte zu großen Hunger, um schlafen zu können.

»Es war am Anfang, mein Bruder hatte ein reines Herz und sah aus wie ein Kind. Er glaubte an Gut und Böse. Weißt du, mir war von Anfang an klar, dass er verloren war. Mit einer so reinen Seele kann man keinen Krieg führen. Und seine Seele war so schön, dass sie den Schmutz der Fabriken und Gefängnisse überstrahlte; sie erhellte in der morgendlichen Dämmerung den Weg, wenn man, noch in die Wärme des Betts gehüllt, zur Arbeit ging. – Von ihm konnte man nicht verlangen zu töten, das habe ich schon gesagt, nicht wahr? Aber Achtung, er war mutig, mein Bruder – nie hat er sich vor einer Mission gedrückt, doch er war immer unbewaffnet. ›Wozu soll das gut sein, ich kann ohnehin nicht schießen?‹, sagte er und machte sich über mich lustig. Es war sein Herz, das ihn daran hinderte abzudrücken, ein Herz so groß«, beharrte Samuel und breitete die Arme aus. »So ging er mit leeren Händen in den Kampf und vertraute auf seinen Sieg. – Wir hatten den Auftrag, in einer nahe gelegenen Munitionsfabrik ein Fließband zu sabotieren. Mein Bruder sagte, wir müssten hingehen, für ihn war das logisch, je weniger Munition hergestellt wurde, desto mehr Menschenleben wurden gerettet. – Gemeinsam haben wir die Lokalität beobachtet. Wir trennten uns nie. Er war vierzehn Jahre alt, ich musste schließlich auf ihn aufpassen und mich um ihn kümmern. Wenn du die Wahrheit wissen willst, ich glaube, er hat mich die ganze Zeit über beschützt. – Er hatte sehr geschickte Hände. Drückte man ihm einen Stift in die Hand, malte er alles, was man wollte. Mit zwei Kohlestrichen skizzierte er dich so, dass sich deine Mutter das Porträt an die Wohnzimmerwand gehängt hätte. Also hockte er eines Nachts auf der Mauer, die die Fabrik umgab, und zeichnete die Umgebung, jedes der Gebäude bekam eine andere Farbe. Ich stand Schmiere und wartete auf ihn. Und plötzlich fing er an zu lachen, ein volles, reines Lachen, das ich nie vergessen werde, bis hin zu meinem letzten Tag, wenn die Tuberkulose den Krieg gegen mich gewinnt. Mein Bruder lachte, weil er mitten in die Fabrikgebäude ein Männchen gemalt hatte, einen Wicht mit O-Beinen, so wie der Direktor seiner Schule. Als er fertig war, sprang er auf und sagte: ›Komm, wir können jetzt gehen.‹ So war mein Bruder, wären uns Polizisten begegnet, wären wir mit Sicherheit ins Gefängnis gewandert, aber das war ihm völlig egal. Er betrachtete seinen Plan und den Mann mit den O-Beinen und lachte lauthals, und dieses Lachen, das schwöre ich dir, erfüllte die Nacht. – An einem anderen Tag, während er in der Schule war, habe ich mir die Fabrik näher angesehen. Ich trieb mich im Hof herum und versuchte, nicht zu sehr aufzufallen, als plötzlich ein Arbeiter zu mir kam. Er sagte, wenn ich mich anstellen lassen wollte, müsste ich den Weg an den Strommasten entlanggehen, auf den er jetzt zeigte; da er ›Genosse‹ hinzugefügt hatte, verstand ich den Hinweis. – Als ich nach Hause kam, erzählte ich alles meinem Bruder, der daraufhin seine Skizze vervollständigte. Und als er sich dann die fertige Zeichnung ansah, lachte er nicht mehr, auch dann nicht, als ich auf das Männchen mit den O-Beinen deutete.«

Samuel unterbrach sich, um nach Luft zu ringen. Ich hatte noch eine Kippe in der Tasche, die ich jetzt anzündete, ihm aber wegen seines Hustens nicht anbot. Er ließ mich den ersten Zug genießen, ehe er seine Erzählung fortsetzte, wobei sich sein Tonfall veränderte, je nachdem, ob er von seinem Bruder oder von sich selbst sprach.

»Acht Tage später kam meine Freundin Louise mit einem Karton unter dem Arm am Bahnhof an. Darin befanden sich zwölf Granaten. Gott weiß, woher sie die hatte. – Die Fallschirmabwürfe kamen uns nicht zugute, wir waren allein, ganz allein. Louise war ein unglaubliches Mädchen, ich war verknallt in sie und sie in mich. Manchmal liebten wir uns hinter dem Rangierbahnhof. Man musste schon sehr verliebt sein, um nicht weiter auf die Umgebung zu achten, aber wir hatten ohnehin nie viel Zeit. Am Tag nachdem Louise mit ihrem Päckchen angekommen war, starteten wir die Aktion. Es war eine kalte, dunkle Nacht, so wie heute, und doch war sie anders, weil mein Bruder noch lebte. Louise begleitete uns bis zur Fabrik. Wir hatten zwei Revolver, ich hatte sie Polizisten abgenommen, die ich nacheinander niedergeschlagen hatte. Mein Bruder wollte keine Waffe, also hatte ich die beiden in der Gepäcktasche meines Fahrrads. – Ich muss dir erzählen, was mir dann passiert ist, selbst wenn du es nicht glauben wirst, aber ich schwöre dir, dass es stimmt. – Wir fuhren also los, die Räder holperten über das Pflaster. Plötzlich hörte ich einen Mann, der sagte: ›Hallo, Sie haben etwas verloren.‹ Ich hatte keine Lust zu reagieren, aber ein Typ, der einfach weiterfährt, obwohl er etwas verloren hat, ist verdächtig. Also stieg ich ab und drehte mich um. Auf dem Bürgersteig vor dem Bahnhof waren Arbeiter, den Brotbeutel umgehängt, auf dem Heimweg. In Dreiergruppen, weil der Bürgersteig nicht breit genug für vier war. Die gesamte Belegschaft der Fabrik marschierte dort entlang, verstehst du? Und dreißig Meter vor mir lag mein Revolver, der aus der Satteltasche gefallen war. Ich stellte mein Rad an der Wand ab und ging zu dem Mann, der sich bückte und meine Knarre aufhob, als wäre es ein Taschentuch. Der Typ nickte mir zu, wünschte mir einen schönen Abend und ging zu seinen Freunden, die auf ihn warteten. Er kehrte nach Hause zurück, zu seiner

Frau, die ihm Essen gekocht hatte. Die Waffe unter meiner Jacke, stieg ich wieder auf mein Rad und trat kräftig in die Pedale, um meinen Bruder einzuholen. Kannst du dir das vorstellen? Was hättest du wohl für ein Gesicht gemacht, wenn du bei einer Aktion deine Knarre verloren hättest und jemand sie aufgesammelt hätte?«

Ich sagte nichts, ich wollte Samuel nicht unterbrechen, aber sogleich erinnerte ich mich an den Blick eines deutschen Offiziers, der mit ausgebreiteten Armen in der Nähe eines Pissoirs lag, und auch an den meiner Freunde Robert und Boris.

»Die Munitionsfabrik vor uns sah in der Nacht aus wie eine schwarze Tintenzeichnung. Wir gingen an der Mauer entlang. Mein Bruder kletterte mit derselben Leichtigkeit hinauf, als würde er eine Treppe raufgehen. Bevor er auf der anderen Seite heruntersprang, lächelte er mir zu und sagte, ihm könne nichts passieren, und er würde Louise und mich lieben. Ich folgte ihm und traf ihn, wie verabredet im Hof hinter einem Hochspannungsmasten, der auf seinem Plan eingezeichnet war. In unseren Umhängetaschen klirrten die Granaten. – Wir müssen uns vor dem Wächter in Acht nehmen. Er schläft weit von dem Gebäude entfernt, das wir anzünden wollen, und die Explosion wird ihn rechtzeitig herausscheuchen, sodass er nicht gefährdet ist. Aber welches Risiko gehen wir ein, wenn er uns sieht? – Mein Bruder verschwindet schon im Dunst, ich folge ihm bis zu dem Punkt, an dem sich unsere Wege trennen. Ich werde mich um die Werkstatt und die Büros kümmern, er um das Lager. Ich habe seinen Plan im Kopf, und die Nacht macht mir keine Angst. Ich betrete das Gebäude, gehe am Fließband entlang, dann die Stufen hinauf, die zu den Büros führen. Die Tür ist mit einem Eisenkreuz und einem dicken Vorhängeschloss verriegelt; egal, die Fenster sind zerbrechlich. Ich entsicherte zwei Handgranaten und werfe sie hinein. Kaum habe ich mich geduckt, zerbersten die Scheiben, und der Luftzug dringt bis zu mir herüber. Ich werde zurückgeschleudert und falle mit ausgebreiteten Armen hintüber. Benommen, mit pfeifenden Ohren, Kies im Mund und Rauch in der Lunge, spucke ich aus. Ich versuche, mich aufzurappeln, mein Hemd hat Feuer gefangen, ich werde bei lebendigem Leib verbrennen. Ich vernehme andere Explosionen, weiter entfernt, bei den Lagerschuppen. Auch ich muss meine Arbeit beenden. – Ich rolle mich über die Eisenstufen und lande vor einem Fenster. Der Himmel hat sich durch die Aktion meines Bruders rot gefärbt, weitere Gebäude explodieren und gehen in Flammen auf. Ich greife in meine Umhängetasche, entsichere meine Granaten und schleudere sie, während ich mich durch dichten Qualm zum Ausgang kämpfe, eine nach der anderen weg. – In meinem Rücken folgen die Explosionen aufeinander, und jedes Mal bebt mein ganzer Körper. In dem Flammenmeer ist es taghell, und doch verhüllt zeitweise tiefe Dunkelheit das Licht. Das sind meine Augen, die mir den Dienst versagen, die Tränen, die mir über die Wangen rinnen, sind glühend heiß. – Ich will leben, diesem Inferno entkommen. Ich will meinen Bruder sehen und in meine Arme schließen, ihm sagen, dass all das nur ein absurder Albtraum war, dass ich beim Aufwachen zufällig unsere richtigen Leben in der Truhe gefunden habe, in der Maman unsere Sachen verstaute. Beide Leben, das seine und das meine, die, in denen wir beim Krämer an der Ecke Bonbons klauten, in denen Maman uns nach der Schule erwartete und unsere Hausaufgaben überprüfte – kurz bevor sie kamen, um uns zu holen und unsere Leben zu stehlen. – Plötzlich versperrt mir ein brennender herabgestürzter Holzbalken den Weg. Die Hitze ist sengend, doch ich weiß, dass draußen mein Bruder auf mich wartet und nicht ohne mich gehen wird. Also greife ich mit den Händen in die Flammen und schiebe den Balken beiseite.

Wie schmerzhaft Verbrennungen sind, kann man sich erst vorstellen, wenn man es am eigenen Leib erfahren hat. Ich brülle wie ein geprügelter Hund, wie ein Wahnsinniger, aber wie ich dir schon sagte, ich will leben, also setze ich meinen Weg durch das Flammenmeer fort und bete, man möge mir die Hände amputieren, damit die Schmerzen aufhören. Schließlich taucht der kleine Hof vor mir auf, so wie ihn mein Bruder gemalt hat. Ganz in der Nähe die Leiter, die er bereits an die Mauer gelehnt hat. ›Ich habe mich schon gefragt, wo du bleibst‹, sagt er, als er mich, schwarz wie ein Schornsteinfeger, vor sich sieht. ›Du bist ja in einem schönen Zustand‹, fügt er dann hinzu. Er befiehlt mir, wegen meiner Wunden als Erster zu gehen. Ich steige die Sprossen hinauf, so gut ich kann, und stütze mich mit den Ellbogen ab, weil meine Hände zu sehr schmerzen. Oben angelangt, drehe ich mich um, und rufe ihm zu, er solle mir folgen, sich beeilen.«

Wieder schwieg Samuel. So als müsse er Kräfte sammeln, um mir das Ende seiner Geschichte zu erzählen. Dann öffnete er die Hände, um mir die Innenseite zu zeigen: Sie sahen aus wie die eines Hundertjährigen, der sein Leben lang das Land beackert hat; dabei war Samuel erst zwanzig.

»Mein Bruder steht im Hof, aber auf meinen Ruf antwortet die Stimme eines anderen Mannes. Der Wächter der Fabrik hält sein Gewehr im Anschlag und schreit: ›Halt! Halt!‹ Ich ziehe meinen Revolver aus der Umhängetasche, meine schmerzenden Hände habe ich vergessen, und ziele; doch nun ruft mein Bruder: ›Tu es nicht!‹ Ich sehe ihn an, und die Waffe entgleitet mir. Als sie vor seine Füße fällt, lächelt er, beruhigt, dass ich niemandem mehr etwas antun kann. Ich habe ja gesagt, dass er ein Herz wie ein Engel hatte. Unbewaffnet wendet er sich, immer noch lächelnd, dem Wächter zu. ›Schieß nicht‹, sagt er, ›schieß nicht, wir gehören zur Résistance‹. Er redet, als wolle er den kleinen Dicken beruhigen, ihm erklären, dass wir ihm nichts Böses wollen. – Mein Bruder fügt hinzu: ›Nach dem Krieg bauen sie dir eine neue Fabrik, eine größere und schönere, die du dann bewachst.‹ Dann wendet er sich um und setzt den Fuß auf die erste Sprosse der Leiter. Der Dicke schreit wieder: ›Halt, halt!‹, doch mein Bruder klettert weiter dem Himmel entgegen. Der Wächter drückt ab. – Ich sehe, wie seine Brust explodiert, sein Blick erstarrt. Er lächelt mir mit blutigen Lippen zu und murmelt: ›Verschwinde, ich liebe dich.‹ Dann fällt sein Körper hintüber. – Ich stehe oben auf der Mauer, er liegt unten in einer Blutlache, rot von all der Liebe, die seinem Körper entströmt.«

Den Rest der Nacht über schwieg Samuel. Als er seine Geschichte fertig erzählt hatte, legte ich mich neben Claude, der ein wenig knurrte, weil ich ihn aufgeweckt hatte.

Von meinem Strohsack aus sah ich hinter den Gitterstäben endlich einige Sterne am Himmel funkeln. Ich glaubte nicht an Gott, aber an diesem Abend stellte ich mir vor, dass auf einem von ihnen die Seele von Samuels Bruder schimmerte.

Kapitel 26

Die Maisonne wärmt unsere Zelle. Gegen Mittag werfen die Gitter vor dem kleinen Fenster drei schwarze Striche auf den Boden. Wenn der Wind gut steht, trägt er den ersten Duft der Lindenblüten zu uns.

»Die Freunde sollen ein Auto ergattert haben.«

Es ist Étiennes Stimme, die das Schweigen bricht. Étienne habe ich erst hier kennengelernt, er hat sich der Brigade einige Tage nach Claudes und meiner Verhaftung angeschlossen. Auch er ist Kommissar Gillard ins Netz gegangen. Und während er spricht, versuche ich, mir vorzustellen, ich wäre draußen und würde ein anderes Leben führen als mein jetziges. Ich höre die Passanten auf der Straße vorübergehen, ihren beschwingten Schritt der Freiheit. Sie wissen nicht, dass wir nur wenige Meter entfernt hinter Mauern eingesperrt sind und auf den Tod warten. Étienne summt vor sich hin, als wolle er so die Langeweile vertreiben. Und dann dieses Gefühl des Eingeschlossenseins, das sich stetig um uns windet wie eine Schlange. Ihr Biss ist schmerzlos, ihr Gift verbreitet sich. Doch die Worte, die unser Freund singt, rufen uns in die Gegenwart zurück; nein, wir sind nicht allein, wir sind alle zusammen hier.

Étienne sitzt auf dem Boden, den Rücken an die Wand

gelehnt, seine Stimme ist zart und sanft, fast wie die eines Kindes, das eine Geschichte erzählt, die eines mutigen Jungen, der die Hoffnung besingt:

Sur c'te butte-là y avait pas de gigolette
Pas de marlous, ni de beaux muscadins.
Ah, c'était loin du moulin de la Galette
Et de Paname, qu'est le roi des pat'lins.

C'qu'elle en a bu, du beau sang, cette terre,
Sang d'ouvrier et sang de paysan,
Car les bandits, qui sont cause des guerres,
N'en meurent jamais, on ne tue que les innocents.

Jetzt fällt Jacques mit ein, und die Freunde klatschen im Takt.

La Butte Rouge, c'est son nom, l'baptême s'fit un matin
Où tous ceux qui grimpèrent, roulèrent dans le ravin
Aujourd'hui il y a des vignes, il y pousse du raisin
Qui boira d'ce vin-là boira l'sang des copains.

In der Nachbarzelle höre ich den Akzent von Charles und den von Boris, die in den Gesang einstimmen. Claude, der etwas auf ein Blatt Papier kritzelt, lässt seinen Stift sinken, um mit den anderen zu singen. Er erhebt sich und schmettert:

Sur c'te butte-là on n'y faisait pas de noce,
Comme à Montmartre où le Champagne coule à flots.

Mais le pauv' gars qui avaient laissé des gosses,
I f'saient entendre des pénibles sanglots.

C'qu'elle en a bu, des larmes, cette terre,
Larmes d'ouvrier et larmes de paysans,
Car ces bandits qui sont cause des guerres,
Ne pleurent jamais, car ce sont des tyrans.

La Butte Rouge, c'est son nom, l'baptême s'fit un matin,
Qù tous ceux qui grimpèrent, roulèrent dans le ravin,
Aujourd'hui il y a des vignes, il y pousse du raisin
Qui boira d'ce vin-là boira l'sang des copains.

Nun schließen sich auch die Spanier an; da sie den Text
nicht kennen, summen sie die Melodie. Bald erklingt »La
Butte Rouge« auf dem gesamten Stockwerk. Aus mindestens hundert Kehlen ertönt jetzt:

Sur c'te butte-là, on y r'fait des vendanges,
On y entend des cris et des chansons
Filles et gars doucement y échangent
Des mots d'amour, qui donnent le frisson.

Peuvent-ils songer dans leurs folles étreintes,
Qu'à cet endroit où s'échangent leurs baisers,
J'ai entendu, la nuit, monter des plaintes,
Et j'y ai vu des gars au crâne brisé?

La Butte Rouge c'est son nom, le baptême se fit un matin,
Où tous ceux qui grimpèrent, roulèrent dans le ravin,

Aujourd'hui il y a des vignes, il y pousse du raisin
Mais moi j'y vois des croix, portant l'nom des copains.[1]

Siehst du, Étienne hatte recht, wir sind nicht allein, wir sind alle zusammen. Es herrscht wieder Schweigen, draußen wird es dunkel, und hinter den Gitterstäben verhüllt sich die Sonne. Jeder ist wieder der Langeweile und der Angst ausgesetzt. Bald müssen wir auf die Brücke hinaustreten und uns ausziehen, bis auf die Unterhose, die wir, dank einiger spanischer Freunde, jetzt anbehalten dürfen.

*

Es wird wieder Morgen. Die Gefangenen kleiden sich an und warten schweigend auf das Essen. Auf der Brücke schieben zwei Hilfskräfte einen großen Suppentopf, aus dem sie unsere Näpfe füllen. Die Häftlinge gehen langsam in ihre Zellen zurück, die Türen fallen zu, die Riegel quietschen. Jeder setzt sich auf seinen Platz, kehrt in seine Einsamkeit zurück und wärmt sich die Hände am Blechnapf. Die Lippen nähern sich der trüben Flüssigkeit und blasen darauf. Was wir da in kleinen Schlucken trinken, ist der kommende Tag.

Als wir gestern gesungen haben, fehlte eine Stimme. Enzo ist noch auf der Krankenstation.

»Wir sitzen einfach nur hier und warten, dass sie ihn hinrichten, aber ich denke, wir sollten handeln«, sagt Jacques.

»Von hier aus?«

»Eben, Jeannot, von hier aus können wir nicht viel unternehmen, darum müssen wir ihn besuchen«, entgegnet er.

»Und ...?«

»Solange er nicht stehen kann, können sie ihn nicht erschießen. Wir müssen verhindern, dass er zu schnell gesund wird, verstehst du?«

An meinem Blick erkennt Jacques, dass ich noch nicht ahne, welche Rolle er mir zugedacht hat. Mit zwei Strohhalmen losen wir, wer von uns beiden sich vor Schmerzen winden muss.

Ich hatte noch nie Glück im Spiel, und das Sprichwort, das besagt, ich müsse deshalb Glück in der Liebe haben, ist idiotisch, ich weiß, wovon ich rede!

Also krümme ich mich am Boden, und für die Schmerzen, die ich vortäusche, brauche ich nicht viel Vorstellungskraft.

Es dauert eine Stunde, bis die Aufseher kommen, um nachzusehen, wer da so schreit und stöhnt. Während ich mein Bestes gebe, wird in der Zelle weiter diskutiert.

»Haben die Freunde jetzt wirklich Autos?«, fragt Claude, der meiner schauspielerischen Leistung keinerlei Beachtung schenkt.

»Ja, scheint so«, antwortet Jacques.

»Stell dir das mal vor, die da draußen im Wagen unterwegs zu Aktionen, und wir hier drinnen, tatenlos, wie die Idioten ...«

»Ich weiß ...«, knurrt Jacques.

»Glaubst du, dass wir eines Tages zu ihnen zurückkehren?«

»Keine Ahnung, vielleicht.«

»Wer weiß, vielleicht kommt man uns ja zu Hilfe«, sagt mein Bruder.

»Du meinst von draußen?«

»Ja«, fährt Claude fast fröhlich fort. »Vielleicht versuchen sie es ja.«

»Völlig unmöglich. Mit den Deutschen auf ihren Wachtürmen und den französischen Aufsehern würden sie eine ganze Armee brauchen, um uns zu befreien.«

Mein Bruder überlegt, dann setzt er sich enttäuscht auf den Boden und lehnt sich an die Wand. Sein Gesicht ist jetzt nicht nur blass, sondern auch traurig.

»Sag mal, Jeannot, willst du nicht etwas leiser wimmern? Man versteht ja sein eigenes Wort nicht mehr«, brummt er, bevor er in Schweigen versinkt.

Jacques' Blick ist auf die Zellentür gerichtet. Wir hören Schritte auf der Brücke.

Die Klappe öffnet sich, und das rote Gesicht des Aufsehers taucht auf. Er blickt sich um, woher das Stöhnen kommt. Das Schloss klirrt, und zwei von ihnen heben mich hoch und schleifen mich hinaus.

»Ich hoffe für dich, es ist was Ernsthaftes, weshalb du uns außerhalb der üblichen Zeiten störst. Ansonsten werden wir dir die Lust auf Spaziergänge austreiben«, sagt der eine.

»Darauf kannst du Gift nehmen«, fügt der andere hinzu.

Aber zusätzliche Schikanen lassen mich kalt, was zählt, ist, dass sie mich zu Enzo bringen.

In unruhigen Schlaf versunken, liegt er auf einem Bett. Der Krankenpfleger begrüßt mich und sagt mir, ich soll mich auf die Pritsche neben Enzo legen. Er wartet, bis die Aufseher gegangen sind, und wendet sich dann mir zu.

»Markierst du nur, um dich ein paar Stunden auszuruhen, oder sind die Schmerzen echt?«

Ich deute auf meinen Bauch und verziehe das Gesicht, er tastet ihn ab und zögert.

»Hat man dir schon den Blinddarm rausgenommen?«

»Ich glaube nicht«, stammle ich, ohne weiter über die Konsequenzen nachzudenken.

»Dann lass mich das erklären«, fährt der Mann fort. »Wenn deine Antwort Nein bleibt, kann es sein, dass ich dir den Bauch aufschneide, um den entzündeten Blinddarm zu entfernen. Das bringt natürlich Vorteile mit sich. Du wirst zwei Wochen lang in einem bequemen Bett statt in deiner Zelle schlafen, und auch das Essen ist besser. Falls deine Verhandlung bevorsteht, wird sie verschoben, und falls dein Freund noch immer hier ist, wenn du wieder zu dir kommst, könnt ihr sogar ein Schwätzchen halten.«

Der Pfleger zieht ein Päckchen Zigaretten aus seiner Kitteltasche, bietet mir eine an und schiebt sich selbst eine zwischen die Lippen. Dann fährt er gesetzt fort: »Natürlich gibt es auch Nachteile. Zunächst bin ich kein Chirurg, ich bin nur Assistenzarzt; denn sonst, das kannst du dir ja denken, würde ich nicht als Krankenpfleger im Gefängnis Saint-Michel arbeiten. Damit will ich nicht sagen, dass deine Operation nicht gelingen würde, ich kenne meine Handbücher in- und auswendig, aber das ist nicht dasselbe, als wärest du unter dem Messer eines Facharztes.

Außerdem will ich dir nicht verheimlichen, dass die hygienischen Bedingungen hier vor Ort nicht wirklich ideal sind. Es gibt keinen keimfreien Raum, und so könnte dich ein übles Fieber vor dem Exekutionspfahl dahinraffen. Also, ich gehe jetzt nach draußen und rauche meine Zigarette. Du kannst inzwischen versuchen, dich zu erinnern, ob die Narbe, die ich rechts auf deinem Unterbauch sehe, nicht vielleicht doch von einer Blinddarmoperation stammt.«

Der Krankenpfleger geht hinaus und lässt mich allein mit Enzo. Ich rüttle ihn und reiße ihn vermutlich aus einem Traum, denn er lächelt mich an.

»Was tust du denn hier, Jeannot? Haben sie dich zusammengeschlagen?«

»Nein, ich habe nichts, ich wollte dich nur besuchen.«

Enzo richtet sich in seinem Bett auf, und diesmal kommt sein Lächeln nicht aus einem Traum.

»Das ist aber supernett! Du hast all die Mühe auf dich genommen, nur um mich zu sehen?«

Statt einer Antwort nicke ich, denn, um ehrlich zu sein, bin ich äußerst gerührt, meinen Freund zu sehen. Und je länger ich ihn betrachte, umso stärker werden meine Gefühle, denn neben ihm sehe ich auch Rosine und Marius, die mir im Cinéma des Variétés zulächeln.

»Aber das wäre doch nicht nötig gewesen, Jeannot. Ich kann bald wieder laufen, ich bin fast gesund.«

Ich senke den Blick und weiß nicht, wie ich es ihm sagen soll.

»Scheint dich ja nicht eben zu freuen, dass es mir besser geht!«

»Na ja, Enzo, es wäre klüger, wenn es dir nicht so gut ginge, verstehst du?«

»Nicht ganz.«

»Hör zu, sobald du laufen kannst, bringen sie dich auf den Hof, und dein Schicksal ist besiegelt. Solange du nicht zu Fuß zum Hinrichtungspfahl gehen kannst, ist deine Strafe ausgesetzt. Verstehst du mich jetzt?«

Enzo sagt nichts. Aber ich schäme mich, denn meine Worte sind grausam, und an seiner Stelle hätte ich das auch nicht gerne gehört. Aber es ist, um ihm einen Dienst zu erweisen, um ihn zu retten, also schlucke ich mein Unbehagen hinunter.

»Du darfst nicht gesund werden, Enzo. Die Alliierten landen bald, wir müssen Zeit gewinnen.«

Plötzlich schlägt Enzo seine Bettdecke zurück, um mir sein Bein zu zeigen. Die Wunde ist riesig, aber fast verheilt.

»Was soll ich tun?«

»Dazu hat mir Jacques noch nichts gesagt, aber mach dir keine Sorgen, da fällt uns schon was ein. Einstweilen gib vor, erneut Schmerzen zu haben. Wenn du willst, kann ich dir zeigen, wie es geht, ich habe da einige Erfahrung.«

Enzo meint, dass er mich dazu nicht brauche, er erinnere sich noch sehr gut. Ich höre den Krankenpfleger zurückkommen, Enzo versinkt wieder in Tiefschlaf, und ich kehre auf meine Pritsche zurück.

Nach reiflicher Überlegung ziehe ich es vor, den Mann im weißen Kittel zu beruhigen. In dieser kurzen Pause ist meine Erinnerung zurückgekehrt, und ich bin jetzt fast sicher, dass man mir im Alter von fünf Jahren den Blinddarm herausgenommen hat. Ohnehin scheinen die Schmerzen nachzulassen, und ich kann wieder in meine Zelle. Der Krankenpfleger schiebt mir ein paar Schwefelpastillen in die Tasche, um unsere Zigaretten anzuzünden. Den Aufsehern, die mich abholen, sagt er, sie hätten gut daran getan, mich herzubringen, ich hätte einen beginnenden Darmverschluss gehabt, und ohne ihr Eingreifen wäre ich vermutlich gestorben.

Bei dem blöderen von beiden muss ich mich auf die Bemerkung hin, er hätte mir das Leben gerettet, auch noch bedanken, und dieses »Danke« lastet mir noch heute auf der Seele. Aber wenn ich daran denke, dass es geschah, um Enzo zu retten, verfliegt das Schamgefühl.

*

Zurück in meiner Zelle, erzähle ich von Enzo, und zum ersten Mal erlebe ich, dass Menschen traurig sind, weil es einem ihrer Freunde besser geht. Aber wenn die Zeiten verrückt sind, und das Leben den letzten Rest an Logik verloren hat, dann dreht sich die Welt eben falsch herum.

Also laufen wir, die Arme im Rücken verschränkt, in der Zelle hin und her und suchen nach einer Lösung, um das Leben unseres Freundes zu retten.

»Eigentlich«, melde ich mich zu Wort, »braucht man nur ein Mittel zu finden, damit sich die Wunde nicht ganz schließt.«

»Danke, Jeannot«, knurrt Jacques, »so weit sind wir alle deiner Meinung!«

Claude, der davon träumt, eines Tages Medizin zu studieren – was in unserer aktuellen Situation von einem gewissen Optimismus zeugt –, fügt gleich hinzu: »Dazu muss man nur die Wunde infizieren.«

Jacques bedenkt ihn mit einem vernichtenden Blick, als würde er sich fragen, ob die beiden Brüder nicht an einem geistigen Erbschaden litten, um solche Binsenweisheiten von sich zu geben.

»Das Problem ist nur«, fügt Claude hinzu, »dass wir von hier aus die Wunde nicht infizieren können.«

»Dann müssen wir den Krankenpfleger zu unserem Verbündeten machen.«

Ich ziehe die Zigarette und die Schwefelpastillen, die er mir zugesteckt hat, aus der Tasche und sage Jacques, dass ich bei diesem Mann ein gewisses Mitgefühl uns gegenüber gespürt habe.

»So viel, dass er ein Risiko auf sich nehmen würde, um einem von uns zu helfen?«

»Weißt du, Jacques, es gibt viele Menschen, die bereit wären, ein Risiko einzugehen, um das Leben eines Jungen zu retten.«

»Jeannot, es ist mir scheißegal, was die Leute tun oder nicht tun. Was mich interessiert, ist dieser Krankenpfleger, den du kennengelernt hast. Wie schätzt du die Chancen bei ihm ein?«

»Keine Ahnung, aber ich denke, er ist kein schlechter Kerl.«

Jacques tritt ans Fenster, er überlegt und fährt sich mit der Hand über das ausgemergelte Gesicht.

»Du musst noch einmal zu ihm«, sagt er schließlich.

»Bitte ihn, uns zu helfen, damit unser Freund Enzo wieder krank wird. Er wird schon wissen, wie er das anstellen muss.«

»Und wenn er nicht will?«, unterbricht ihn Claude.

»Du musst von Stalingrad sprechen, davon, dass die Russen an der deutschen Grenze stehen, dass die Nazis im Begriff sind, den Krieg zu verlieren, dass die Alliierten bald landen und die Résistance sich dankbar erweisen wird, wenn alles vorbei ist.«

»Und wenn er sich nicht überzeugen lässt?«, beharrt Claude.

»Dann drohen wir, nach der Befreiung mit ihm abzurechnen.«

Jacques verabscheut solche Worte, aber alle Mittel sind recht, damit Enzos Wunde sich wieder entzündet.

»Und wie wollen wir dem Krankenpfleger all das sagen?«, fährt Claude fort.

»Keine Ahnung, wenn wir den Kranken-Trick wiederholen, könnten die Aufseher Lunte riechen.«

»Ich glaube, ich weiß einen Weg«, sage ich, ohne weiter nachzudenken.

»Wie willst du es anstellen?«

»Während des Hofgangs sind die Aufseher alle draußen. Ich tue genau das, womit sie nicht rechnen, ich fliehe ins Innere des Gefängnisses.«

»Red keinen Unsinn, Jeannot, wenn du geschnappt wirst, kassierst du Prügel.«

»Ich dachte, wir müssten Enzo um jeden Preis retten!«

Es wird wieder Nacht, und der nächste Morgen ist ebenso grau wie der vorangegangene. Zeit zum Hofgang. Als sich die Schritte der Aufseher auf der Brücke nähern, fallen mir Jacques' Worte wieder ein. »Wenn sie dich erwischen, kassierst du Prügel ...« Aber ich denke an Enzo. Die Schlösser klirren, die Türen öffnen sich, und die Gefangenen reihen sich vor Touchin auf, der sie abzählt.

Wir begrüßen den Oberaufseher und gehen zu der Wendeltreppe, die ins Erdgeschoss führt. Wir laufen unter dem Glasdach entlang, durch das ein trauriges Licht auf die Galerie fällt; unsere Schritte hallen auf dem abgetretenen Steinboden wider, und wir gelangen auf den Gang, der zum Hof führt.

Mein ganzer Körper ist angespannt, in der Biegung muss ich ausbrechen und unbemerkt zu der kleinen angelehnten Tür gleiten. Ich weiß, dass sie tagsüber nie geschlossen ist, damit der Aufseher von seinem Stuhl aus die Todeszelle im Auge hat. Ich kenne den Weg, gestern habe ich ihn unter Bewachung zurückgelegt. Vor mir ein kleiner Flur von kaum einem Meter Länge, an dessen Ende einige Stufen zur Krankenstation führen. Das Glück ist mir hold, die Wachhunde sind alle im Hof.

Als der Krankenpfleger mich sieht, zuckt er zusammen. Mein Gesichtsausdruck aber verrät ihm, dass er nichts zu befürchten hat. Ich rede, und er hört zu, ohne mich zu unterbrechen. Dann lässt er sich plötzlich erschöpft auf einen Hocker sinken.

»Ich halte dieses Gefängnis nicht mehr aus, ich halte es nicht mehr aus, euch da oben zu wissen, ohnmächtig zu sein, Guten Tag und Auf Wiedersehen sagen zu müssen, wenn ich diesen Schweinen begegne, die euch bewachen und bei der ersten Gelegenheit schlagen. Ich halte die Erschießungen im Hof nicht mehr aus, aber ich muss schließlich leben! Ich muss meine Frau und das Kind, das wir erwarten, ernähren, verstehst du?«

Nun muss ich den Krankenpfleger trösten! Ich, der rothaarige Jude mit den dicken Brillengläsern, abgemagert und in Lumpen, die Haut von Pusteln übersät, die mir die Flöhe jeden Morgen als Erinnerung an die Nacht hinterlassen, ich, der Gefangene, dem der Tod droht und dessen Magen knurrt, muss dem Krankenpfleger Mut machen!

Und ich erzähle ihm alles, an das ich noch glaube: die Russen in Stalingrad, die Einbrüche an der Ostfront, die bevorstehende Landung der Alliierten, und die Deutschen, die bald von ihren Wachtürmen fallen wie faule Äpfel.

Und der Krankenpfleger hört mir zu, er hört mir zu wie ein Kind, das fast keine Angst mehr hat. Als ich fertig bin, sind wir gleichsam Komplizen, verbunden durch unser Schicksal. Ich spüre, dass seine Verbitterung nachlässt, und wiederhole, dass das Leben eines eben mal siebzehn Jahre alten Jungen in seinen Händen liegt.

»Hör zu«, erklärt er, »morgen bringen sie ihn in die Todeszelle. Vorher lege ich ihm, wenn er einverstanden ist, eine infizierte Binde auf die Wunde. Mit etwas Glück wird sie sich wieder entzünden, und sie verlegen ihn zurück. Aber an den folgenden Tagen müsst ihr zusehen, wie ihr den Plan weiter durchzieht.«

In seinen Schränken gibt es Mittel zum Desinfizieren,

aber keine, um zu infizieren. Also ist die einzige Möglichkeit, auf den Verband zu pinkeln.

»Verschwinde jetzt«, sagt er nach einem Blick aus dem Fenster, »der Hofgang ist gleich zu Ende.«

Ich kehre zu den Gefangenen zurück, die Aufseher haben nichts bemerkt, und Jacques nähert sich mir langsam.

»Und?«, fragt er.

»Ich habe einen Plan.«

*

Und am nächsten sowie an allen folgenden Tagen organisiere ich zur Zeit des Hofgangs, abseits von den anderen, meinen kleinen Privatspaziergang. Wenn wir an dem schmalen Flur vorbeigehen, verdrücke ich mich heimlich. Ich brauche nur den Kopf zu wenden, um Enzo zu sehen, der in der Todeszelle schläft.

»Du wieder, Jeannot?«, sagt er jedes Mal und streckt sich.

Und jedes Mal richtet er sich beunruhigt auf.

»Aber was treibst du hier, du bist ja völlig verrückt, wenn sie dich erwischen, beziehst du Prügel.«

»Ich weiß, Enzo. Jacques wiederholt es mir ständig, aber ich muss mich um deinen Verband kümmern.«

»Komisch, dein Pakt mit dem Krankenpfleger.«

»Mach dir keine Sorgen, Enzo, er ist auf unserer Seite, er weiß, was ich tue.«

»Und gibt es Neuigkeiten?«

»Von was?«

»Von der Landung der Alliierten! Wo stecken die Amerikaner?«, fragt Enzo wie ein Kind, das nach einem Albtraum fragt, ob sich die Ungeheuer der Nacht wieder in ihre Verstecke verzogen haben.

»Hör zu, die Russen haben ihre Angriffe verstärkt, die Deutschen sind auf der Flucht, es heißt sogar, die Rote Armee hätte schon Polen befreit.«

»Das ist ja eine gute Nachricht.«

»Aber über die Landung der Alliierten weiß man im Augenblick nichts.«

Das sage ich mit trauriger Stimme, und Enzo spürt es. Er blinzelt, so als rolle der Tod sein Leichentuch in seine Richtung aus und der Abstand würde immer geringer.

Und die Miene meines Freundes nimmt einen verschlossenen Ausdruck an.

Enzo hebt den Kopf ein wenig, gerade genug, um mich anzusehen.

»Du musst wirklich verschwinden, Jeannot, stell dir vor, sie erwischen dich …«

»Das will ich ja gerne, aber wohin?«

Enzo lacht, und es tut gut, einen fröhlichen Ausdruck auf seinem Gesicht zu sehen.

»Und dein Bein?«

Er wirft einen Blick darauf und zuckt mit den Schultern.

»Nun, ich könnte nicht gerade behaupten, dass es gut riecht.«

»Natürlich wirst du wieder Schmerzen haben, aber das ist doch besser als das Schlimmste, oder?«

»Ich weiß, Jeannot, sei unbesorgt, und es wird auf jeden Fall weniger wehtun als die Kugeln, die einem die Brust zerreißen. Geh jetzt, bevor es zu spät ist.«

Sein Gesicht wird plötzlich kreidebleich, und ich spüre einen Fußtritt in meinem Kreuz. Wie sehr er auch brüllt, sie seien Schweine, die Aufseher schlagen weiter auf mich ein, selbst als ich schon zusammengekrümmt am Boden liege. Mein Blut fließt über den Steinboden. Enzo hat sich aufgerichtet, klammert sich an den Gitterstäben seines Verschlags fest und fleht sie an, mich zu lassen.

»Na also, du kannst ja stehen«, höhnt der Wachhund.

Ich möchte ohnmächtig werden, die Schläge nicht mehr spüren, die auf mein Gesicht hageln wie ein Unwetter im August. Wie weit der Frühling in diesen kalten Maitagen doch entfernt ist.

Kapitel 27

Ich komme langsam wieder zu mir. Mein Gesicht schmerzt, die Lippen kleben vom getrockneten Blut zusammen. Meine Augen sind so geschwollen, dass ich nicht einmal sehe, ob die Glühbirne in der Arrestzelle schon brennt. Aber durch die Luke höre ich Stimmen, also lebe ich noch. Die Freunde haben Hofgang.

*

Aus dem Wasserhahn an der Außenwand rinnt ein dünner Strahl. Einer nach dem anderen bleiben die Freunde davor stehen. Ihre eisigen Finger können kaum die Seife halten, mit der sie sich waschen. Wenn sie fertig sind, wechseln sie ein paar Worte und versuchen, sich in den ersten Sonnenstrahlen aufzuwärmen.

Die Aufseher starren einen der unseren an. Ihre Augen erinnern an die von Aasgeiern. Dem Jungen zittern die Knie; die Häftlinge bilden einen schützenden Kreis um ihn.

»Komm mit!«, befiehlt der Oberaufseher.

»Was wollen die?«, fragt der Junge namens Antoine ängstlich.

»Du sollst kommen, habe ich gesagt!«, brüllt Touchin und bahnt sich einen Weg durch die Häftlinge.

Hände strecken sich aus, um die von Antoine zu drücken, den man dem Leben entreißen will.

»Keine Angst«, flüstert einer der Freunde.

»Aber was wollen sie von mir?«, wiederholt der Junge, der an den Schultern weggezerrt wird.

Alle hier wissen genau, was die Geier wollen, und Antoine beginnt zu begreifen. Vor der Tür dreht er sich noch einmal um und sieht seine Freunde schweigend an. Sein Abschied ist stumm, doch die Gefangenen, die reglos dastehen, hören sein Adieu.

Die Aufseher führen ihn zu seiner Zelle. Man befiehlt ihm, seine Sachen zu nehmen, all seine Sachen.

»Wirklich alles?«, fragt Antoine flehend.

»Bist du taub? Ich hab's dir doch gerade gesagt.«

Und während Antoine seinen Strohsack zusammenrollt, ist es sein Leben, das er einpackt – siebzehn Jahre der Erinnerungen, das Bündel ist schnell geschnürt.

Touchin tritt von einem Fuß auf den anderen.

»Los, komm mit«, sagt er, und ein widerwärtiges Lächeln umspielt seine fleischigen Lippen.

Antoine geht zum Fenster, nimmt einen Stift und schreibt einen Gruß, für die, die noch auf dem Hof sind und die er nicht wiedersehen wird.

»Sonst noch was?«, sagt der Aufseher und streckt ihn mit einem Fausthieb nieder.

Sie ziehen Antoine an den Haaren hoch, die so fein sind, dass sie büschelweise ausgerissen werden.

Der Junge rappelt sich auf, ergreift sein Bündel, presst es an sich und folgt den beiden Aufsehern.

»Wohin gehen wir?«, fragt er mit brüchiger Stimme.

»Das wirst du schon sehen!«

Und als der Oberaufseher das Gitter der Todeszelle öffnet, hebt Antoine den Blick und lächelt dem Gefangenen zu, der ihn empfängt.

»Was machst du denn hier?«, fragt Enzo.

»Ich weiß nicht«, erwidert Antoine, »ich glaube, sie haben mich hergebracht, damit du nicht so allein bist. Warum sonst?«

»Klar, Antoine«, sagt Enzo leise, »warum sonst?«

Antoine sagt nichts mehr, und Enzo reicht ihm die Hälfte seines Brots, doch der Junge will nicht.

»Du musst essen.«

»Wozu?«

Enzo steht mühsam auf, humpelt mit schmerzverzerrtem Gesicht zu ihm und setzt sich, den Rücken an die Wand gelehnt, neben ihn.

Er legt eine Hand auf Antoines Schulter und zeigt ihm sein Bein.

»Glaubst du wirklich, ich würde all das auf mich nehmen, wenn es keine Hoffnung gäbe?«

Die Augen weit aufgerissenen starrt Antoine auf die Wunde, aus der Eiter quillt.

»Dann haben sie es also geschafft?«, stammelt er.

»Wie du siehst, haben sie es geschafft. Ich habe sogar Neuigkeiten von der Landung der Alliierten, wenn du alles wissen willst.«

»Du in deiner Todeszelle bekommst solche Nachrichten?«

»Ganz genau. Und, mein kleiner Antoine, du hast nichts

verstanden, dies ist nicht die, wie du sagst, Todeszelle, sondern die von zwei Widerstandskämpfern, die noch am Leben sind. Komm, ich muss dir was zeigen.«

Enzo kramt in seiner Tasche und zieht eine platt gedrückte Vierzig-Centime-Münze heraus.

»Die habe ich in meinem Jackenfutter versteckt.«

»Ist ja in einem eigenartigen Zustand, das Ding«, sagte Antoine und seufzt.

»Zuerst musste ich die Streitaxt von Pétain entfernen. Jetzt ist sie ganz glatt, und sieh dir an, was ich eingraviert habe.«

Antoine beugt sich darüber und liest die ersten Buchstaben.

»Was soll das heißen?«

»Es ist noch nicht fertig, aber es wird heißen: »Es gibt noch viele Bastillen zu stürmen.«

»Hör mal, Enzo, um ehrlich zu sein, weiß ich nicht, ob ich das schön oder saublöd finden soll.«

»Es ist ein Zitat. Nicht von mir, Jeannot hat das mal gesagt. Du wirst mir bei der Fertigstellung helfen, denn – wenn auch ich ehrlich bin –, das Fieber steigt wieder, und ich habe nicht mehr viel Kraft, Antoine.«

Und während Antoine mit einem alten Nagel die Buchstaben in das Vierzig-Centime-Stück ritzt, legt sich Enzo hin und erfindet für ihn Neuigkeiten vom Kriegsverlauf.

Émile ist jetzt Kommandant, er hat eine neue Truppe gegründet, sie haben Autos, Mörser, und bald werden sie auch Kanonen bekommen. Die Brigade hat sich neu formiert, bald werden sie überall angreifen.

»Siehst du«, schließt Enzo, »nicht wir verlieren, das kannst du mir glauben! Dabei habe ich dir noch gar nicht von der Landung der Alliierten erzählt. Die steht unmittelbar bevor. Wenn Jeannot aus der Arrestzelle kommt, sind die Amerikaner und Engländer schon da, du wirst sehen.«

Nachts weiß Antoine nicht genau, ob Enzo die Wahrheit sagt, oder ob sich in seinem Fieberwahn Traum und Wirklichkeit vermischen.

Am Morgen entfernt er den Verband, taucht die Binden in den Abort und legt sie wieder an. Den Rest des Tages wacht er über Enzo, lauscht seinem unruhigen Atem. Wenn er nicht gerade Läuse knackt, arbeitet er pausenlos an dem Geldstück, und jedes Mal, wenn er ein neues Wort fertig hat, flüstert er Enzo zu, dass er sicher recht hat: Sie werden gemeinsam die Befreiung erleben.

*

Jeden zweiten Tag kommt der Krankenpfleger. Der Oberaufseher öffnet das Gitter und schließt es hinter ihm wieder. Er hat eine Viertelstunde Zeit, sich um Enzo zu kümmern, keine Minute mehr.

Antoine hat begonnen, den Verband abzunehmen, und entschuldigt sich dafür.

Der Krankenpfleger stellt seinen Arztkoffer ab und öffnet ihn.

»Wenn das in diesem Tempo weitergeht, haben wir ihn umgebracht, ehe die anderen es tun können.«

Er hat Aspirin mitgebracht und etwas Opium.

»Gib ihm nicht zu viel, ich komme erst in zwei Tagen wieder, und morgen werden die Schmerzen noch stärker sein.«

»Danke«, flüstert Antoine, als der Pfleger sich aufrichtet.

»Keine Ursache, ich gebe euch alles, was ich habe«, antwortet dieser betrübt.

Er vergräbt die Hände in den Kitteltaschen und wendet sich dem Gitter zu.

»Sag, Krankenpfleger, wie heißt du mit Vornamen?«, fragt Antoine.

»Jules, ich heiße Jules.«

»Also, danke, Jules.«

Der Pfleger wendet sich wieder Antoine zu.

»Euer Freund Jeannot ist in seiner Zelle zurück.«

Das ist eine gute Nachricht! Und die Engländer?«

»Welche Engländer?«

»Na, die Alliierten, ihre Landung, weißt du das denn nicht?«, fragt Antoine verblüfft.

»Ich habe so was gehört, aber nichts Präzises.«

»Nichts Präzises, aber immerhin etwas Vages, das ist für uns schon fast dasselbe, verstehst du, Jules?«

»Wie heißt du denn eigentlich mit Vornamen?«, erkundigt sich der Pfleger.

»Antoine!«

»Dann hör zu, Antoine. Ich habe diesen Jeannot, von dem ich eben gesprochen habe, angelogen. Ich bin kein Arzt, ich bin nur Pfleger, und ich bin hier, weil ich erwischt worden bin, als ich Bettlaken und ein paar andere Kleinigkeiten aus dem Schrank des Krankenhauses gestohlen habe. Dafür habe ich fünf Jahre bekommen. Ich bin auch ein Gefangener, aber kein ›politischer‹ wie ihr, ich bin ein Nichts.«

»Aber du bist ein netter Kerl«, sagt Antoine, um ihn zu trösten, denn er spürt, dass der Krankenpfleger betroffen ist.

»Ich habe alles verpatzt, ich wäre gerne wie du. Du wirst mir sagen, dass einer, der bald erschossen wird, nicht zu beneiden ist, aber ich wäre gerne für einen Augenblick so stolz und mutig wie du. Ich bin so vielen Jungs wie euch begegnet. Weißt du, ich war schon hier, als sie Langer guillotiniert haben. Was soll ich nach dem Krieg sagen? Dass ich im Knast war, weil ich Bettlaken geklaut habe?«

»Du kannst sagen, dass du uns behandelt hast, das ist schon viel. Du kannst auch sagen, dass du alle zwei Tage das Risiko eingegangen bist, Enzo einen infizierten Verband anzulegen. Enzo, so heißt der Freund, um den du dich kümmerst – wusstest du das? Die Vornamen sind wichtig, Jules. So erinnert man sich an die Menschen; selbst wenn sie tot sind, nennt man sie manchmal noch beim Vornamen, aber wenn man den nicht kennt, kann man es nicht. Siehst du, Jules, alles hat seinen Sinn, das hat meine Mutter immer gesagt. Du hast die Bettlaken nicht geklaut, weil du ein Dieb bist, sondern weil du geschnappt werden musstest, um hierherzukommen und uns zu helfen. So, jetzt geht es dir besser, Jules, das sehe ich dir an. Du hast wieder Farbe bekommen, und nun sag mir, was mit der Landung der Alliierten ist?«

Jules geht zum Gitter und ruft, damit man ihn hinauslässt.

»Verzeih mir, Antoine, aber ich kann nicht mehr lügen, ich habe nicht mehr die Kraft dazu. Ich habe nichts über die Landung gehört.«

Während Enzo in dieser Nacht vom Fieber geschüttelt stöhnt, graviert Antoine das Wort »Bastillen« in das Vierzig-Centime-Stück.

In den frühen Morgenstunden hört Antoine, dass die Tür der Nachbarzelle geöffnet und wieder geschlossen wird. Schritte, die sich entfernen. Kurz darauf, als er sich an die Gitterstäbe seiner Zelle klammert, hallen zwölf dumpfe Schüsse vom Hof herüber. Antoine hebt den Kopf; in der Ferne erklingt das »Partisanenlied«; ein mächtiger Gesang, der die Mauern des Gefängnisses Saint-Michel durchdringt wie eine Hymne der Hoffnung.

Enzo öffnet die Augen und murmelt: »Antoine, glaubst du, die Freunde werden auch singen, wenn ich erschossen werde?«

»Ja, Enzo, und noch viel lauter«, gibt Antoine zurück. »So laut, dass man ihre Stimmen bis ans Ende der Stadt hört.«

Kapitel 28

Ich werde aus der Arrestzelle entlassen und kehre zu den Freunden zurück. Sie haben sich zusammengetan, um mir Tabak zu schenken, genug für mindestens drei Zigaretten.

Mitten in der Nacht überfliegen englische Bomber das Gefängnis. In der Ferne heulen Sirenen; ich klammere mich an die Gitterstäbe und betrachte den Himmel.

Das entfernte Dröhnen der Flugzeugmotoren erinnert an ein nahendes Gewitter, es erfüllt die Luft und schallt bis zu uns herüber.

Im Schein der Lichtstrahlen, die den Himmel absuchen, sehe ich die Dächer unserer Stadt. Toulouse, »la ville rose«. Ich denke an den Krieg, der draußen geführt wird, an die deutschen und englischen Städte.

»Wo fliegen sie hin?«, fragt Claude, der sich auf seinem Strohsack aufgerichtet hat.

Ich wende mich um und betrachte im Halbdunkel die abgemagerten Körper der Freunde. Jacques lehnt an der Wand, Claude hat sich wieder zusammengerollt. Blechnäpfe schlagen an die Wände, aus den anderen Zellen ertönt: »Habt ihr gehört, Jungs?«

Ja, wir haben das Geräusch der Freiheit vernommen, so nah und doch so fern, mehrere Tausend Meter über unseren Köpfen.

Da oben in den Flugzeugen sitzen freie Männer, sie haben Thermosflaschen mit Kaffee, Kekse und jede Menge Zigaretten. Genau über unseren Köpfen, kannst du dir das vorstellen? Und die Piloten in ihren Lederblousons teilen die Wolken, schweben inmitten der Sterne. Die Erde unter den Tragflächen ist dunkel, kein Licht, nicht einmal das des Gefängnisses, und sie erfüllen unser Herz mit einem Schwall von Hoffnung. Mein Gott, wie gerne ich einer von ihnen wäre, ich hätte mein Leben gegeben, um neben ihnen sitzen zu dürfen, aber ich habe mein Leben schon der Freiheit gegeben, hier in meinem Kerker im Gefängnis Saint-Michel.

»Und wo fliegen sie hin?«, fragt mein Bruder.

»Keine Ahnung!«

»Nach Italien!«, behauptet einer der unseren.

»Nein, wenn sie dorthin wollen, fliegen sie von Afrika aus«, erwidert Samuel.

»Wohin dann?«, fragt Claude. »Was machen sie denn da eigentlich?«

»Ich weiß es nicht, ich weiß es nicht, aber bleib vom Fenster weg, man kann nie wissen.«

»Und du hängst an den Gitterstäben!«

»Ich sehe hinaus und erzähle es dir…«

Ein schrilles Pfeifen zerreißt die Nacht, die ersten Explosionen erschüttern das Gefängnis, und alle Häftlinge springen auf und schreien »Hurra«.

»Hört ihr das, Jungs?«

Ja, wir hören es. Toulouse wird bombardiert, und der Himmel färbt sich rot. Die Flugabwehr antwortet, doch das Pfeifen der Bomben geht weiter. Die Freunde sind zu mir an das vergitterte Fenster getreten. Was für ein Feuerwerk!

»Aber was machen sie?«, drängt Claude.

»Ich weiß es nicht«, murmelt Jacques.

Die Stimme eines Freundes erhebt sich und singt. Ich erkenne den Akzent von Charles, und ich denke zurück an den Bahnhof von Loubers.

Mein kleiner Bruder steht neben mir, Jacques mir gegenüber, François und Samuel sitzen auf ihrem Strohsack; unten sind Enzo und Antoine. Die 35. Brigade existiert noch.

»Wenn nur eine der Bomben die Mauern dieses Kerkers zerstören könnte...«, sagt Claude.

Und am nächsten Morgen erfahren wir, dass die Flugzeuge die Landung der Alliierten begleitet haben.

Jacques hatte recht, der Frühling kehrt zurück, Enzo und Antoine sind vielleicht gerettet.

*

Am nächsten Tag im Morgengrauen betreten drei schwarz gekleidete Männer, gefolgt von einem Offizier, den Hof.

Der Oberaufseher empfängt sie, auch er ist verblüfft.

»Warten Sie im Büro auf mich, ich muss ihnen Bescheid sagen, wir haben nicht mit Ihnen gerechnet.«

Und während der Aufseher sich umdreht, fährt ein Lastwagen in den Hof, aus dem zwölf behelmte Männer springen.

An diesem Morgen haben Touchin und Theil frei, Delzer hat Dienst.

»Das muss ausgerechnet mir passieren«, knurrt der stellvertretende Oberaufseher.

Er geht über den kleinen Flur hin zur Todeszelle, Antoine hört die Schritte und richtet sich auf.

»Was machen Sie denn hier? Es ist noch nicht Zeit für die Essensausteilung!«

»Es ist so weit«, sagt Delzer, »sie sind da.«

»Wie spät ist es?«, will der Junge wissen.

Der Aufseher blickt auf seine Uhr, es ist fünf.

»Ist das für uns?«, fragt Antoine.

»Sie haben nichts gesagt.«

»Man wird uns also holen kommen?«

»Ich denke in einer halben Stunde. Sie müssen noch Papiere ausfüllen. Und die Gefangenenhilfskräfte müssen eingesperrt werden.«

Der Aufseher kramt in seiner Tasche und zieht ein Päckchen Gauloises heraus, das er uns durch die Gitterstäbe reicht.

»Vielleicht solltest du doch lieber deinen Freund wecken.«

»Aber er kann nicht stehen, das können Sie doch nicht machen, verdammt!«, empört sich Antoine.

»Ich weiß«, entgegnet Delzer und senkt den Kopf. »Ich lasse dich jetzt allein, vielleicht bin ich es ja, der dich nachher abholt.«

Antoine tritt an Enzos Strohsack. Er klopft ihm auf die Schulter.

»Wach auf.«

Enzo zuckt zusammen und öffnet die Augen.

»Es ist so weit«, murmelt Antoine, »sie sind da.«

»Für uns beide?«, fragt Enzo, dessen Augen feucht werden.

»Nein, dich können sie nicht erschießen, das wäre zu gemein.«

»Sag das nicht, Antoine, ich habe mich daran gewöhnt, dass wir zusammen sind, ich gehe mit dir!«

»Sei still, Enzo! Du kannst nicht laufen, ich verbiete dir aufzustehen, verstanden? Ich kann alleine gehen, hörst du?«

»Ich weiß, ich weiß.«

»Hier, wir haben zwei Zigaretten, zwei echte, die dürfen wir jetzt rauchen.«

Enzo richtet sich auf und reißt ein Streichholz an. Er nimmt einen tiefen Zug und betrachtet die Rauchkringel.

»Sind die Alliierten noch immer nicht gelandet?«

»Offenbar nicht.«

*

In den Schlafzellen wartet jeder auf seine Art. Heute Morgen kommt die Suppe zu spät. Es ist sechs Uhr, und die Hilfskräfte sind noch nicht auf der Galerie. Jacques läuft unruhig hin und her. Samuel lehnt reglos an der Wand. Claude zieht sich an den Gitterstäben zum Fenster hinauf, doch auf dem Hof herrscht noch Dunkelheit; er setzt sich wieder.

»Was machen sie denn bloß?«, schimpft Jacques.

»Diese Dreckskerle!«, sagt Claude zu seinem Bruder.

»Glaubst du, dass ...«

»Halt den Mund, Jeannot!«, befiehlt Jacques und setzt

sich wieder, den Rücken zur Tür gewandt, den Kopf auf die Knie gelegt.

*

Delzer kehrt in die Todeszelle zurück.

Er ist aufgelöst.

»Es tut mir so leid, Jungs.«

»Und wie wollen Sie ihn hinbringen?«, drängt Antoine.

»Sie tragen ihn auf einem Stuhl. Darum hat es auch so lange gedauert. Ich habe versucht, sie davon abzubringen, ihnen zu erklären, dass es gegen die Regeln verstößt, aber sie wollen nicht mehr hören, dass er bald gesund ist.«

»Die Dreckskerle!«, brüllt Antoine.

Und dann ist es Enzo, der ihn tröstet.

»Ich will selbst gehen!«

Er erhebt sich, bricht aber wieder zusammen. Der Verband geht auf, sein Beim eitert.

»Sie bringen dir einen Stuhl…« Delzer seufzt. »Du brauchst nicht noch zusätzlich zu leiden.«

Nach diesen Worten hört Enzo Schritte, die sich nähern.

*

»Hast du gehört?«, fragt Samuel und richtet sich auf.

»Ja«, murmelt Jacques.

Im Hof hallen die Schritte der Gendarmen wider.

»Geh ans Fenster, Jeannot, und sag uns, was passiert.«

Ich gehe hin, und mein Bruder gibt mir Hilfestellung.

Hinter mir warten die Freunde, dass ich ihnen die traurige Geschichte einer Welt erzähle, in der zwei verlorene Jungen am frühen Morgen in den Tod gezerrt werden, die Geschichte, in der einer von beiden auf seinem Stuhl schwankt, den zwei Gendarmen tragen.

Den einen bindet man an den Hinrichtungspfahl, den anderen setzt man daneben.

Zwölf Männer stellen sich auf. Jacques ballt die Hände so heftig zu Fäusten, dass ich die Finger knacken höre; dann fallen zwölf Schüsse im Morgengrauen. Jacques brüllt »Nein!«, und sein Schrei ist lauter als der Gesang, der sich erhebt, länger als die Verse der »Marseillaise«, die angestimmt wird.

Die Köpfe unserer Freunde schwanken und sinken dann auf die durchlöcherte Brust, aus der das Blut strömt. Enzos Bein zuckt noch, es streckt sich, und der Stuhl kippt zur Seite.

Sein Gesicht liegt im Sand, und ich schwöre dir, er lächelt.

*

In dieser Nacht setzten fünftausend Kriegsschiffe von England über den Ärmelkanal. Bei Tagesanbruch landeten achtzehntausend Fallschirmspringer, und englische, amerikanische und kanadische Soldaten gingen zu Tausenden an französischen Stränden an Land. Dreitausend kamen schon in den ersten Morgenstunden ums Leben, die meisten ruhen auf Friedhöfen in der Normandie.

Es ist der 6. Juni 1944, sechs Uhr. Im Morgengrauen wurden im Hof des Gefängnisses Saint-Michel in Toulouse Enzo und Antoine erschossen.

Kapitel 29

In den folgenden drei Wochen durchlebten die Alliierten in der Normandie die Hölle. Jeder Tag brachte aber auch Siege und Hoffnungen; Paris war noch nicht befreit, doch der Frühling, auf den Jacques so sehr gewartet hatte, kündigte sich an – wenn auch leicht verspätet, aber das konnte ihm niemand vorwerfen.

Jeden Morgen während des Hofgangs tauschen wir mit unseren spanischen Freunden Neuigkeiten über den Krieg aus. Jetzt sind wir sicher, bald befreit zu werden. Doch der Polizeiintendant Marty, den der Hass nie losgelassen hat, entscheidet anders. Ende des Monats gibt er den Gefängnisverwaltungen die Anweisung, alle politischen Gefangenen den Nationalsozialisten zu übergeben.

Im Morgengrauen werden wir auf der Galerie unter dem grauen Glasdach versammelt. Jeder trägt sein Bündel, das die wenige Habe und den Blechnapf enthält.

Der Hof ist voll mit Lastwagen, und die Waffen-SS brüllt, wir sollen uns aufstellen. Das Gefängnis befindet sich im Belagerungszustand. Die Soldaten schreien und schlagen uns mit ihren Gewehrkolben, um uns anzutreiben. In der Schlange treffe ich Jacques, François, Marc, Samuel, meinen Bruder und alle Freunde der 35. Brigade.

Die Arme hinter dem Rücken verschränkt, sieht uns Oberaufseher Theil, begleitet von einigen anderen Aufsehern zu, und sein Blick funkelt vor Gehässigkeit.

Ich flüstere Jacques ins Ohr: »Sieh nur, wie bleich er ist. Weißt du, ich bin immer noch lieber an meiner Stelle als an seiner.«

»Aber begreifst du denn nicht, wo wir hingebracht werden, Jeannot?«

»Doch, aber wir gehen hoch erhobenen Hauptes, und er wird sich immer klein machen müssen, weil er etwas zu verbergen hat.«

Alle erhofften wir die Freiheit, und alle marschieren wir angekettet, als sich die Tore des Gefängnisses öffnen. Unter strenger Bewachung durchqueren wir die Stadt, und die, die an diesem blassen Morgen schon unterwegs sind, sehen dem Zug der Gefangenen, die man in den Tod führt, befremdet nach.

Am Bahnhof von Toulouse, der so viele Erinnerungen weckt, erwarten uns Güterwaggons.

Als wir uns auf dem Bahnsteig aufstellen, errät jeder von uns, wohin uns dieser Zug bringen wird. Er ist einer von jenen, die seit Monaten quer durch Europa fahren und deren Passagiere nie zurückkehren.

Endstation Dachau, Ravensbrück, Auschwitz-Birkenau. Wie Vieh werden wir jetzt in den Geisterzug gestoßen.

DRITTER TEIL

Kapitel 30

Die Sonne steht noch nicht hoch am Himmel, doch die Luft ist bereits lau. Vierhundert Häftlinge aus dem Lager von Vernet warten auf dem Bahnsteig. Die hundertfünfzig Insassen des Gefängnisses Saint-Michel kommen dazu. Zwischen die Güterwaggons, die uns vorbehalten sind, hat man einige Passagierwagen gehängt, in die jetzt Deutsche steigen, die sich geringfügiger Delikte schuldig gemacht haben und unter Bewachung nach Hause gebracht werden. Außerdem Gestapoangehörige, die mit ihren Familien die Heimreise antreten. Die Männer der Waffen-SS setzen sich, die Gewehre auf den Knien, auf die Trittbretter. Vorn, neben der Lokomotive, gibt Oberleutnant Schuster, der für den Transport verantwortlich ist, den Soldaten Anweisungen. Hinten an den Zug wird ein Flachwagen gehängt, auf dem ein gewaltiger Scheinwerfer und ein schweres Maschinengewehr aufgebaut sind. Die SS-Männer treiben uns voran. Einem von ihnen gefällt der Kopf eines Gefangenen nicht. Er versetzt ihm einen Schlag mit dem Gewehrkolben. Der Mann stürzt zu Boden, rappelt sich wieder auf und hält sich den Bauch. Die Türen der Viehwaggons werden geöffnet. Ich drehe mich um und betrachte ein letztes Mal das Tageslicht. Keine Wolke am Himmel, ein heißer Tag steht bevor, und ich werde nach Deutschland deportiert.

Der Bahnsteig ist schwarz von Menschen, vor jedem Waggon haben sich Häftlinge zu einer Schlange aufgereiht, doch ich vernehme eigenartigerweise kein Geräusch. Während man uns vorantreibt, flüstert Claude mir zu: »Dies ist die letzte Reise.«

»Sei still!«

»Was glaubst du, wie lange werden wir da drin überleben?«

»So lange wir müssen. Ich verbiete dir zu sterben!«

Claude zuckt mit den Schultern, es ist an ihm einzusteigen, er reicht mir die Hand, und ich folge ihm. Hinter uns schließt sich die Tür des Waggons.

Meine Augen brauchen etwas Zeit, um sich an das Dämmerlicht zu gewöhnen. Mit Stacheldraht umwickelte Bretter sind vor die Lüftungsluken genagelt. Wir sind sechzig Gefangene, die in diesem Wagen eingepfercht sind, vielleicht sogar mehr. Ich begreife, dass wir uns abwechseln müssen, wenn wir uns ausruhen und am Boden ausstrecken wollen.

Es ist fast Mittag, die Hitze ist unerträglich, und der Zug rührt sich nicht von der Stelle. Wenn wir fahren würden, bekämen wir vielleicht etwas Luft, aber es tut sich nichts. Ein Italiener, der den Durst nicht mehr aushält, pinkelt in seine Hände und trinkt seinen Urin. Er schwankt und wird ohnmächtig. Zu dritt halten wir ihn unter den schwachen Luftzug, der durch die Luke dringt. Aber während wir ihn wiederzubeleben versuchen, verlieren andere das Bewusstsein.

»Hört!«, flüstert mein Bruder.

Wir lauschen und sehen ihn zweifelnd an.

»Psst!«, beharrt er.

Es ist das Grollen eines Gewitters, das er vernimmt, und schon trommeln dicke Tropfen auf das Dach. Meyer drängt sich zu der Luke und streckt die Hand aus, doch er verletzt sich am Stacheldraht. Was macht das schon, mit dem Blut, das über seine Haut rinnt, vermischt sich Regenwasser, das er gierig aufleckt. Andere machen ihm den Platz streitig. Durst, Erschöpfung und Angst verwandeln die Männer langsam in Tiere; aber wie kann man ihnen das vorwerfen, schließlich sind wir in Viehwaggons gepfercht.

Ein Ruck, und der Zug setzt sich in Bewegung. Er fährt einige Meter, bleibt erneut stehen.

Jetzt bin ich an der Reihe, ich darf mich hinsetzen. Claude hockt neben mir. Den Rücken an die Wand gelehnt, ziehen wir die Knie an, um möglichst wenig Platz einzunehmen. Die Temperatur beträgt mindestens vierzig Grad, und ich spüre seinen hechelnden Atem – wie der eines Hundes, der sich zum Mittagsschlaf auf einem warmen Stein ausstreckt.

Im Waggon ist es still, manchmal hört man einen Mann husten, bevor er ohnmächtig wird. In diesem Vorzimmer des Todes frage ich mich, an was wohl der Lokführer denkt, an was die deutschen Familien denken, die sich auf den bequemen Bänken ihrer Abteile niedergelassen haben, diese Männer und Frauen, die zwei Waggons von uns entfernt nach Lust und Laune essen und trinken. Stellen sich einige von ihnen die Gefangenen vor, die ersticken, diese leblosen Kinder, all diese Menschen, denen man ihre Würde nehmen will, ehe man sie ermordet?

»Jeannot, wir müssen von hier verschwinden, bevor es zu spät ist.«

»Und wie?«

»Keine Ahnung, aber ich möchte, dass du mit mir zusammen darüber nachdenkst.«

Ich weiß nicht, ob Claude das sagt, weil er wirklich glaubt, eine Flucht sei möglich, oder einfach nur, weil er spürt, dass ich verzweifele. Maman hat uns immer gesagt, dass das Leben von der Hoffnung abhängt. Ich möchte ihren Duft einatmen, ihre Stimme hören, und mich erinnern, dass ich noch vor wenigen Monaten ein Kind war. Ich sehe, wie ihr Lächeln erstarrt, sie sagt etwas, das ich nicht verstehen kann. »Rette das Leben deines kleinen Bruders«, haucht sie, »gib nicht auf, Raymond, gib nicht auf.«

»Maman?«

Eine Ohrfeige klatscht auf meine Wange.

»Jeannot?«

Ich schüttle den Kopf, und in dem Nebel, der mich umgibt, sehe ich das verwirrte Gesicht meines Bruders.

»Ich glaube, du warst kurz davor, das Bewusstsein zu verlieren«, entschuldigt er sich.

»Nenn mich nicht länger Jeannot, das ergibt keinen Sinn mehr!«

»Solange wir den Krieg nicht gewonnen haben, werde ich dich Jeannot nennen!«

»Wie du willst.«

Der Abend kommt. Der Zug hat sich den ganzen Tag nicht von der Stelle bewegt. Morgen wird er mehrere Male das Gleis wechseln, ohne jemals den Bahnhof zu verlassen. Die Soldaten brüllen, neue Waggons werden angehängt. Bei Einbruch der Dunkelheit verteilen die Deutschen Geleefrüchte und Roggenbrot für die nächsten drei Tage, aber immer noch kein Wasser.

Als der Zug am folgenden Morgen endlich losfährt, sind wir alle zu schwach, es sofort zu bemerken.

Álvarez richtet sich auf. Er beobachtet das Spiel des Lichts, das durch die vernagelte Luke auf den Boden fällt. Er dreht sich um und sieht uns an, dann reißt er sich die Hand bei dem Versuch auf, den Stacheldraht zur Seite zu schieben.

»Was machst du da?«, fragt ein verängstigter Mann.

»Was glaubst du?«

»Ich hoffe, du versuchst nicht zu fliehen?«

»Was geht dich das an?«, antwortet Álvarez und leckt das Blut ab, das von seinen Fingern tropft.

»Das geht mich an, weil sie zehn von uns als Vergeltungsmaßnahme erschießen, wenn sie es merken. Hast du nicht zugehört, als sie das am Bahnhof gesagt haben?«

»Wenn du wirklich hierbleibst und sie dich auswählen, kannst du mir dankbar sein. Dann habe ich deine Qualen verkürzt. Was glaubst du denn, wohin dieser Zug uns bringt?«

»Ich weiß es nicht, und ich will es auch gar nicht wissen«, erwidert der Mann und klammert sich stöhnend an Álvarez' Jacke.

»In die Todeslager. Dort werden sich alle wiederfinden, die nicht vorher an ihrer eigenen geschwollenen Zunge erstickt sind. Begreifst du das?«, schreit Álvarez und befreit sich aus dem Griff des anderen.

»Hau ab und lass ihn in Ruhe!«, schaltet sich Jacques ein und hilft Álvarez, die Bretter vor der Luke zu entfernen.

Álvarez ist am Ende seiner Kräfte; er ist erst neunzehn Jahre alt, und seine Verzweiflung mischt sich mit Zorn.

Die Bretter werden nach innen gebogen. Endlich kommt Luft herein, und auch wenn manche Angst vor dem haben, was unser Freund versuchen will, genießen doch alle die Frische.

»Verdammter Mond!«, schimpft Álvarez. »Nun sieh dir diese beschissene Helligkeit an, man könnte meinen, es ist Tag!«

Jacques sieht aus der Luke; in der Ferne, hinter einer Kurve zeichnet sich ein Wald ab.

»Beeil dich. Wenn du springen willst, dann jetzt!«

»Wer kommt mit?«

»Ich«, antwortet Titonel.

»Ich auch«, erklärt Walter.

»Das sehen wir später«, sagt Jacques. »Klettere du zuerst, ich helfe dir.«

Und unser Freund setzt seinen Plan um, den er im Kopf hat, seit sich vor zwei Tagen die Türen des Waggons hinter uns geschlossen haben. Zwei Tage und zwei Nächte – länger als die in der Hölle.

Álvarez zieht sich zu der Luke hoch, schiebt die Beine

hindurch und dreht sich. Er muss sich festklammern und langsam an der Außenwand hinunterlassen. Der Wind peitscht seine Wangen und gibt ihm etwas Kraft; es sei denn, sie wäre aus der erneut aufkeimenden Hoffnung geboren. Es reicht, wenn der deutsche Soldat, der auf dem Flachwagen hinter dem Maschinengewehr steht, kurz den Kopf abwendet und in eine andere Richtung blickt. Nur einige Sekunden, bis das Wäldchen da ist, in dem er abspringen will. Und vorausgesetzt, er bricht sich nicht das Genick, wenn er auf das Schotterbett fällt, kann Álvarez im Schatten des Waldes Rettung finden. Noch wenige Sekunden, und er lässt los. Und sofort ertönt das Geknatter des Maschinengewehrs, von allen Seiten wird geschossen.

»Ich habe es doch gesagt!«, schreit der Mann in unserem Viehwaggon. »Das ist der helle Wahnsinn.«

»Halt den Mund!«, befiehlt Jacques.

Álvarez rollt über den Boden, die Kugeln schlagen neben ihm ein. Er hat sich mehrere Rippen gebrochen, aber er lebt. Und schon läuft er los. Hinter sich hört er die Bremsen des Zuges quietschen. Die Meute nimmt seine Verfolgung auf. Und während er um sein Leben rennt, wird er weiter vom Kugelhagel begleitet.

Es wird heller, der Wald lichtet sich, vor ihm zeichnet sich das breite silbrige Band der Garonne in der Nacht ab.

Acht Monate Gefängnis, acht Monate der Entbehrungen, dazu diese schlimmen Tage im Zug, doch Álvarez ist eine Kämpfernatur. Er hat die Kraft, die einem die Freiheit verleiht. Und als er sich in den Fluss stürzt, sagt er sich, wenn es ihm gelingt, werden andere seinem Beispiel folgen; also wird er nicht ertrinken, die Freunde sind die Strapazen wert. Nein, Álvarez wird heute Abend nicht sterben.

Vierhundert Meter weiter klettert er am gegenüberliegenden Ufer hinauf. Er wankt auf das einzige Licht zu, das vor ihm glänzt. Es ist das erhellte Fenster eines abgelegenen Bauernhauses. Ein Mann kommt ihm entgegen und trägt ihn hinein. Er hat die Schüsse gehört. Seine Tochter und er gewähren Álvarez ihre Gastfreundschaft.

Als die SS-Männer zum Zug zurückkehren, toben sie vor Wut, weil sie ihre Beute nicht gefunden haben, und treten gegen die Wand des Waggons, so als wollten sie das leiseste Murmeln verbieten. Es wird vermutlich Repressalien geben, aber nicht gleich. Oberleutnant Schuster hat beschlossen, den Zug weiterfahren zu lassen. Da der Widerstand in dieser Region ständig zunimmt, sollte man sich hier nicht unnötig aufhalten, der Zug könnte angegriffen werden. Die Soldaten steigen ein, und die Lokomotive setzt sich in Bewegung.

Nuncio Titonel, der nach Álvarez springen wollte, hat von seinem Plan Abstand nehmen müssen. Er schwört, es bei der nächsten Gelegenheit zu versuchen. Sobald er spricht, senkt Marc den Kopf. Nuncio ist Damiras Bruder. Nach der Verhaftung hat man Marc und Damira getrennt, und seit den Verhören weiß er nicht, was aus ihr geworden ist. Im Gefängnis Saint-Michel hat er keine Nachricht von ihr erhalten, und er muss ständig an sie denken. Nuncio sieht ihn an, seufzt und setzt sich neben ihn. Noch nie haben sie es gewagt, von der Frau zu sprechen, die aus ihnen hätte Brüder machen können, wenn sie die Freiheit gehabt hätten, zu ihrer Liebe zu stehen.

»Warum hast du mir nicht gesagt, dass ihr zusammen wart?«, fragt Nuncio.

»Weil sie es mir verboten hat.«

»Was für eine Idee!«

»Sie hatte Angst vor deiner Reaktion, Nuncio, ich bin kein Italiener ...«

»Wenn du wüsstest, wie egal es mir ist, dass du nicht aus meiner Heimat stammst, wenn du sie nur liebst und respektierst. Wir alle sind für irgendjemanden Fremde.«

»Ja, wir alle sind für irgendjemanden Fremde.«

»Ich wusste es sowieso vom ersten Tag an.«

»Wer hat es dir gesagt?«

»Wenn du ihr Gesicht gesehen hättest, als sie nach Hause kam, nachdem ihr euch wohl zum ersten Mal geküsst habt! Und sobald sie eine Mission gemeinsam mit dir hatte oder dich irgendwo treffen sollte, brauchte sie endlos lange, um sich schön zu machen. Da muss man nicht besonders intelligent sein, um es zu begreifen.«

»Ich bitte dich, Nuncio, sprich nicht in der Vergangenheit von ihr.«

»Weißt du, Marc, sie ist wahrscheinlich schon in Deutschland, da mache ich mir keine großen Illusionen.«

»Warum sagst du mir das jetzt?«

»Weil ich vorher dachte, dass wir es schaffen, dass wir freikommen würden, ich wollte nicht, dass du aufgibst.«

»Wenn du fliehst, komme ich mit, Nuncio.«

Nuncio sieht Marc an, er fasst ihn bei den Schultern und zieht ihn an sich.

»Was mich beruhigt, ist, dass Osna, Sophie und Marianne bei ihr sind, sie helfen einander bestimmt. Osna wird alles tun, damit sie durchhalten, nie wird sie aufgeben, das kannst du mir glauben.«

»Meinst du, Álvarez hat es geschafft?«, fragt Nuncio.

Wir wussten nicht, ob unser Freund überlebt hatte, aber auf alle Fälle war ihm die Flucht gelungen, und wir schöpften wieder Hoffnung.

Wenige Stunden später erreichten wir Bordeaux.

*

Am frühen Morgen öffnen sich die Türen. Es wird endlich etwas Wasser verteilt: Zunächst muss man die Lippen befeuchten und in winzigen Schlucken trinken, bis die Kehle bereit ist, sich zu öffnen und die Flüssigkeit durchzulassen. Oberleutnant Schuster gibt die Erlaubnis, dass wir in kleinen Gruppen von vier oder fünf Personen aussteigen dürfen, um uns neben den Gleisen zu erleichtern. Jede Gruppe wird von teils mit Granaten bewaffneten Soldaten begleitet, um einem kollektiven Fluchtversuch vorzugreifen. Wir müssen uns vor ihnen hinhocken, um unser Geschäft zu verrichten, eine weitere Demütigung, mit der wir leben müssen. Claude sieht mich traurig an. Ich lächle ihm zu – mehr schlecht als recht.

Kapitel 31

4. Juli

Die Türen schließen sich wieder, und sogleich schnellt die Temperatur in die Höhe. Der Zug setzt sich in Bewegung. Die Männer hocken, so gut es geht, auf dem Boden. Wir, die Freunde von der Brigade, sitzen an die Rückwand des Waggons gelehnt. Wenn man uns so sieht, könnte man uns für ihre Kinder halten, doch weit gefehlt...

Wir diskutieren über die Route, Jacques wettet, dass es nach Angoulême geht, Claude träumt von Paris, Marc ist sicher, dass wir Richtung Poitiers fahren, aber die meisten einigen sich auf Compiègne. Dort gibt es ein Durchgangslager, das als Umsteigestation dient. Wir alle wissen, dass der Krieg in der Normandie weitergeht, anscheinend wird in der Gegend um Tours gekämpft. Die alliierten Armeen bewegen sich in unsere Richtung, und wir bewegen uns auf den Tod zu.

»Weißt du«, sagt mein Bruder, »ich glaube, wir sind eher Geiseln als Gefangene. Vielleicht lassen sie uns ja an der Grenze frei. All diese Deutschen wollen doch nur nach Hause, und wenn der Zug ihr Land nicht erreicht, werden Schuster und seine Leute gefangen genommen. Jetzt fürchten sie aber, die Résistance könnte die Gleise sprengen, um sie aufzuhalten. Ihretwegen kommt der Zug nicht voran. Schuster versucht, durch die Maschen des Netzes zu schlüpfen. Einerseits nehmen ihn die Genossen vom Widerstand in die Zange, andererseits fürchtet er eine Bombardierung durch die englische Luftwaffe.«

»Wie kommst du denn darauf? Hast du dir das alleine ausgedacht?«

»Nein«, gesteht er. »Während wir auf den Gleisen gepinkelt haben, hat Meyer zwei deutsche Soldaten belauscht, die sich unterhielten.«

»Versteht Meyer denn Deutsch?«

»Er spricht Jiddisch.«

»Und wo ist Meyer jetzt?«

»Im Nachbarwaggon«, antwortet Claude.

Im selben Augenblick hält der Zug wieder an. Claude zieht sich zur Luke hinauf. In der Ferne sieht man einen kleinen Bahnhof, den von Parcoul-Médillac.

Es ist zehn Uhr morgens, und weit und breit sind weder Reisende noch Bahnarbeiter zu sehen. Stille liegt über der Landschaft. Der Tag zieht sich in unerträglicher Hitze dahin. Wir ersticken beinahe. Um uns abzulenken, erzählt uns Jacques eine Geschichte. François, der neben ihm sitzt, lauscht gedankenversunken. Im hinteren Teil des Waggons stöhnt ein Mann und wird ohnmächtig. Zu dritt tragen wir ihn zur Luke. Dort ist die Luft etwas besser. Ein anderer dreht sich im Kreis, er scheint dem Wahnsinn zu verfallen, er beginnt zu schreien, stößt einen markerschütternden Klagelaut aus, bevor auch er zusammenbricht. So vergeht der 4. Juli, wenige Kilometer vom Bahnhof Parcoul-Médillac entfernt.

Kapitel 32

Es ist vier Uhr nachmittags. Jacques ist verstummt, seine Kehle ist zu trocken. Hier und da unterbricht ein Murmeln das unerträgliche Warten.

»Du hast recht, wir müssen über unsere Flucht nachdenken«, sage ich und hocke mich neben Claude.

»Wir versuchen es nur, wenn wir sicher sind, dass wir alle entkommen können!«, befiehlt Jacques.

»Psst!«, flüstert mein Bruder.

»Was ist los?«

»Sei still und lausch!«

Claude erhebt sich, und ich folge ihm. Er geht zu der Luke und sieht hinaus. Hört mein Bruder wieder ein nahendes Gewitter?

Die Deutschen, allen voran Schuster, springen aus dem Zug und laufen auf das Feld. Die Gestapomänner und ihre Familien suchen Schutz hinter einem kleinen Erdhügel. Von dort richten die Soldaten ihre Maschinengewehre auf uns, so als wollten sie jeglichem Fluchtversuch zuvorkommen. Claude sieht prüfend zum Himmel und lauscht.

»Flugzeuge! Zurück! Alle auf den Boden!«, schreit er.

Wir hören das Brummen von nahenden Flugzeugen.

Der junge Kapitän der Jagdstaffel hat gestern in der

Offiziersmesse eines südenglischen Flughafens seinen dreiundzwanzigsten Geburtstag gefeiert. Heute gleitet er durch die Lüfte. Seine Hand ruht auf dem Steuerknüppel, der Daumen auf dem Knopf zum Abfeuern der Maschinengewehre. Unter ihm ein stehender Zug auf den Gleisen, ein leichtes Ziel. Er erteilt seinen Leuten den Befehl, sich zum Angriff zu formieren, und zieht seine Maschine nach unten. Er erkennt die Waggons in seinem Zielfernrohr. Keine Frage, es handelt sich um einen deutschen Güterzug, der die Front versorgen soll. Der Befehl lautet, alles zu zerstören. Hinter ihm formieren sich die Bomber am blauen Himmel, sie sind bereit. Der Zug ist in Schussweite. Der Daumen des Piloten gleitet über den Abzug. Auch in seinem Cockpit spürt er die Hitze.

Jetzt! Aus den Tragflächen prasseln Kugeln, lang wie Messer, auf den Zug nieder, den die Staffel überfliegt; die deutschen Soldaten schießen zurück.

Die Geschosse durchschlagen die Holzwand und pfeifen durch unseren Waggon; ein Mann schreit auf und bricht zusammen, ein anderer versucht, die Eingeweide in seinem zerfetzten Bauch zu halten, einem dritten ist das Bein abgerissen – ein wahres Gemetzel. Die Gefangenen suchen Schutz hinter ihrem dürftigen Gepäck, eine abwegige Hoffnung, so den Angriff zu überleben. Jacques hat sich über François geworfen, um ihn mit seinem Körper zu schützen. Die vier englischen Flugzeuge folgen einander, das Dröhnen ihrer Motoren hallt dumpf in unseren Köpfen wider, doch schon entfernen sie sich. Durch die Luke sehen wir, dass sie umkehren und den Zug, diesmal in großer Höhe, erneut überfliegen.

Ich habe Angst um Claude und nehme ihn in die Arme. Er ist bleich.

»Ist dir nichts passiert?«

»Nein, aber du blutest am Hals«, sagt mein Bruder und streicht über meine Wunde.

Es ist nur ein Splitter, der die Haut aufgeritzt hat. Um uns herum herrschen Panik und Verzweiflung. Es gibt sechs Tote und mindestens so viele Verletzte in unserem Waggon. Jacques, Charles und François sind unversehrt. Wie es in den anderen Wagen aussieht, wissen wir nicht. Auf dem Erdhügel liegt ein deutscher Soldat in einer Blutlache.

In der Ferne hören wir den Motorenlärm der Flugzeuge, die sich wieder nähern.

»Sie kommen zurück«, verkündet Claude.

Ich sehe das traurige Lächeln, das seine Lippen umspielt, ganz so, als wolle er sich von mir verabschieden, ohne wirklich zu wagen, sich meinem Befehl, am Leben zu bleiben, zu widersetzen. Ich weiß nicht, was plötzlich in mich fährt. Mein Handeln ist instinktiv, ausgelöst durch jenen anderen Befehl, den mir unsere Mutter in meinem Albtraum gegeben hat: »Rette das Leben deines kleinen Bruders!«

»Gib mir dein Hemd!«, rufe ich Claude zu.

»Was?«

»Zieh es sofort aus und gib es mir!«

Ich tue dasselbe, das meine ist blau, seines in etwa weiß, und vom Körper eines Toten, der am Boden liegt, reiße ich ein von Blut gerötetes Stück Stoff. Mit den drei Teilen in der Hand, kämpfe ich mich zu der Luke vor, Claude gibt mir Hilfestellung. Ich schiebe den Arm nach draußen, sehe die Flugzeuge, die im Sturzflug auf uns zukommen und schwenke meine improvisierte Trikolore.

Die Sonne blendet den jungen Staffelführer in seinem Cockpit, er wendet den Kopf leicht zur Seite. Sein Daumen streift den Abzug. Der Zug ist noch nicht in Schussweite, aber in wenigen Sekunden kann er den Befehl für die zweite Salve geben. In der Ferne steigt Rauch aus der Lokomotive, der Beweis, dass die Kugeln den Heizkessel getroffen haben.

Vielleicht noch ein Beschuss, und der Zug wird nicht weiterfahren können.

Seine linke Tragfläche scheint die der Maschine seines Kameraden zu berühren. Er macht ihm ein Zeichen, dass der Angriff unmittelbar bevorsteht. Er sieht durch sein Zielfernrohr und nimmt verwundert einen farbigen Fleck an der Außenwand eines der Waggons wahr. Er scheint sich zu bewegen. Eine Spiegelung im Lauf eines der Maschinengewehre? Der junge Pilot kennt diese eigenartigen Brechungen des Lichts. Wie oft ist er durch einen jener Regenbogen geflogen, die man vom Boden aus nicht sieht – bunte Striche, die die Wolken zu verbinden scheinen.

Seine Maschine setzt zum Sturzflug an, die Hand des Piloten ist bereit abzudrücken. Vor ihm bewegt sich der rot-blaue Fleck weiter. Bunte Gewehre, das gibt es nicht, und dann dieser weiße Streifen in der Mitte, sollte das die französische Fahne sein? Er starrt auf die Stofffetzen, die aus dem Wagen heraus geschwenkt werden. Dem englischen Kapitän stockt das Blut, sein Daumen erstarrt.

302

»*Break, break, break*!«, brüllt er in sein Bordfunkgerät, und um sicherzugehen, dass die Kameraden seinen Befehl gehört haben, gibt er Gas, legt sich in die Kurve und fliegt dann im Steilflug mit bedenklich schwankenden Tragflächen in die Höhe. Die Maschinen hinter ihm lösen ihre Formation auf und versuchen, ihm zu folgen wie eine Schar wild gewordener Hummeln.

Von der Luke aus sehe ich, wie die Flugzeuge sich entfernen. Ich spüre, dass mein Bruder unter meinem Gewicht zu zittern beginnt, doch ich klammere mich an der Luke fest, um die Piloten weiter zu beobachten.

Ich möchte einer von ihnen sein; heute Abend fliegen sie nach England zurück.

»Und?«, drängt Claude.

»Ich glaube, sie haben verstanden. Ihre schwankenden Tragflächen sind bestimmt ein Gruß.«

Hoch oben am Himmel formieren sich die Flugzeuge neu. Der junge Staffelkommandant benachrichtigt die anderen Piloten. Es ist kein Güterzug. Es sind Gefangene in den Waggons. Einer von ihnen hat eine Fahne geschwenkt, um sie zu informieren.

Der Pilot betätigt den Steuerknüppel, seine Maschine neigt sich zur Seite. Von unten beobachtet Jeannot, wie er wendet und sich dem Zug diesmal von hinten nähert. Und erneut setzt er zum Sinkflug an, diesmal ganz ruhig. Die Maschine fliegt auf die Dampflok zu, nur wenige Meter über dem Boden.

Die deutschen Soldaten hinter dem Erdhügel können es nicht fassen, sie wagen nicht, sich zu rühren. Der Pilot lässt die Fahne nicht aus den Augen, die ein Gefangener aus der Luke eines Waggons schwenkt. Als er sich auf seiner Höhe befindet, drosselt er das Tempo so sehr, dass man meinen könnte, er würde sein Flugzeug überziehen. Er blickt hinab, und für eine Sekunde treffen sich zwei blaue Augenpaare. Die eines jungen englischen Leutnants an Bord eines Kampfbombers der Royal Air Force und die eines jungen jüdischen Gefangenen, der nach Deutschland deportiert wird. Der Pilot legt die Hand zu einem Gruß an die Mütze, den der Gefangene erwidert.

Dann entfernt sich das Flugzeug mit einem letzten Schwanken der Tragflächen zum Abschied.

»Sind sie weg?«, fragt Claude.

»Ja, heute Abend sind sie in England.«

»Eines Tages wirst du auch fliegen, Raymond, das schwöre ich dir!«

»Ich dachte, du wolltest mich Jeannot nennen bis …«

»Wir haben den Krieg ja fast gewonnen, Bruderherz. Sieh dir die Spuren am Himmel an. Der Frühling ist zurückgekehrt. Jacques hatte recht.«

Am 4. Juli 1944 um vier Uhr zehn am Nachmittag trafen sich mitten im Krieg zwei Blicke; nur ein, zwei Sekunden, doch für die beiden jungen Männer eine Ewigkeit.

*

Die Deutschen kommen aus ihren Verstecken hervor. Schuster stürzt zur Lokomotive, um den Schaden in Augenschein zu nehmen. Inzwischen werden vier Männer zu einem Schuppen neben dem Bahnhof geführt. Vier Männer, die während des Luftangriffs versucht hatten zu fliehen. Man reiht sie an der Wand auf und erschießt sie umgehend. Ihre leblosen Körper liegen in einer Blutlache auf dem Bahnsteig, ihre wässrigen Augen scheinen uns anzusehen und uns zu sagen, dass die Hölle für sie heute, an dieser Bahnlinie, zu Ende ist.

Die Tür unseres Waggons öffnet sich, und dem Feldgendarm wird übel. Er weicht einen Schritt zurück und übergibt sich. Zwei Soldaten eilen herbei. Sie halten sich die Nase zu, um den Gestank, der hier herrscht, nicht zu riechen. Der beißende Geruch des Urins vermischt sich mit dem der Exkremente und dem von Bastiens Eingeweiden, dem eine Kugel den Bauch zerfetzt hat.

Ein Dolmetscher erklärt, dass die Toten innerhalb der nächsten Stunden abgeholt werden, und wir wissen, dass die Lage durch die Hitze mit jeder Minute unerträglicher werden wird.

Ich frage mich, ob sie sich die Mühe machen werden, die vier ermordeten Männer, die wenige Meter entfernt liegen, zu begraben.

Sie versuchen, in den Nachbarwaggons Hilfe zu finden. In diesem Zug sind alle Berufe vertreten. Die Phantome, die darin eingesperrt sind, sind Arbeiter, Notare, Zimmerleute, Ingenieure, Lehrer. Einer von ihnen ist Arzt und bekommt die Erlaubnis, den zahlreichen Verletzten zu helfen. Er heißt Van Dick und wird von einem spanischen Chirurgen unterstützt, der drei Jahre im Lager von Vernet gearbeitet hat. Doch auch wenn sie in den kommenden Stunden alles versuchen, um einige Leben zu retten, können sie nicht viel ausrichten: Sie haben keinerlei Ausrüstung, und die sengende Hitze wird bald jene töten, die jetzt noch stöhnen. Einige flehen, man möge ihre Familien verständigen, andere scheinen, im Tod endlich von ihren Qualen befreit, zu lächeln. Hier in Parcoul-Médillac bei Einbruch der Dunkelheit sterben die Häftlinge zu Dutzenden.

Die Lokomotive ist nicht mehr funktionsfähig. Der Zug kann heute Abend nicht weiterfahren. Schuster bestellt eine andere, die in der Nacht eintreffen soll.

Inzwischen hätten die Eisenbahner Zeit, sie zu sabotieren: ein Leck im Wasserbehälter, und der Lokführer würde immer wieder anhalten müssen, um ihn nachzufüllen.

Die Nacht ist ruhig. Wir müssten uns auflehnen, doch wir haben nicht mehr die Kraft dazu. Die Hitze lastet auf uns wie eine bleierne Decke und macht uns halb ohnmächtig. Unsere Zungen, die anzuschwellen beginnen, machen das Atmen schwer. Álvarez hat sich nicht getäuscht.

Kapitel 33

»Glaubst du, er hat es geschafft?«, fragt Jacques.

Álvarez hatte die Chance, die das Leben ihm gegeben hatte, beim Schopf gepackt. Der Mann und seine Tochter, bei denen er untergekommen war, hatten ihm vorgeschlagen, bis zur Befreiung bei ihnen zu bleiben. Doch kaum hatte er sich erholt, bedankte sich Álvarez für Pflege und Kost, aber er musste weiterkämpfen. Der Mann insistierte nicht weiter, er wusste, dass sein Gegenüber entschlossen war. Also nahm er eine Karte der Gegend und gab sie unserem Freund. Er schenkte ihm auch ein Messer und sagte ihm, er solle zum Bahnhofsvorsteher von Sainte-Bazeille gehen, der gehöre zum Widerstand. Dort angekommen, setzte sich Álvarez auf eine Bank am Bahnsteig. Der Bahnhofsvorsteher entdeckte ihn schnell und bat ihn in sein Büro. Er erklärte ihm, dass die SS-Leute noch immer nach ihm suchten. Dann führte er ihn zu einer Kammer, in der Werkzeug und Eisenbahnerkleidung verstaut waren, gab ihm eine graue Jacke und einen Vorschlaghammer und setzte ihm eine Schirmmütze auf. Nachdem er sich vergewissert hatte, dass alles überzeugend wirkte, forderte er ihn auf, ihm zu folgen. Unterwegs trafen sie auf zwei deutsche Patrouillen, die erste beachtete sie nicht, die zweite grüßte sie sogar.

Als sie das Haus des Bahnhofsvorstehers erreichten, wurde es Abend. Álvarez wurde von seiner Frau und den Kindern herzlich aufgenommen. Die Familie stellte keine Fragen. Drei Tage lang wurde er liebevoll versorgt. Seine Wohltäter waren Basken. Am Morgen des dritten Tages fuhr ein schwarzer Wagen vor. Darin saßen drei Partisanen, die ihn zu Kampfaktionen abholten.

*

6. Juli

Im Morgengrauen fährt der Zug weiter. Bald kommen wir am Bahnhof eines kleinen Dorfs mit einem sonderbaren Namen vorbei. Auf dem Schild steht »Charmant« geschrieben. Unter den gegebenen Umständen müssen selbst wir über die Ironie der Geografie lachen. Doch plötzlich steht der Zug wieder still. Während wir in unseren Waggons zu ersticken drohen, tobt Schuster angesichts dieses erneuten Halts und sucht nach einem anderen Weg. Der deutsche Oberleutnant weiß, dass nach Norden kein Durchkommen ist. Die Truppen der Alliierten rücken unaufhaltsam vor, und er befürchtet zunehmend Sabotageakte der Résistance, die Gleise sprengt, um unsere Deportation aufzuhalten.

*

Plötzlich öffnet sich die Tür mit Getöse. Geblendet sehen wir einen deutschen Soldaten, der etwas bellt. Claude sieht mich fragend an.

»Das Rote Kreuz ist da, wir sollen auf dem Bahnsteig einen Eimer holen«, übersetzt ein Gefangener, der als Dolmetscher fungiert.

Jacques deutet auf mich. Ich springe aus dem Wagen und falle auf die Knie. Offenbar gefällt dem Feldgendarm mein Rotschopf nicht. Unsere Blicke treffen sich, und er versetzt mir mit dem Kolben seines Gewehrs einen heftigen Schlag ins Gesicht. Ich falle hintenüber. Tastend suche ich nach meiner Brille. Schließlich finde ich sie. Ich sammle die Überreste ein und schiebe sie in meine Tasche, dann folge ich dem Soldaten durch einen dichten Nebel hinter eine Hecke. Mit dem Lauf seiner Waffe deutet er auf einen Eimer Wasser und einen Karton mit Schwarzbrotlaiben, die wir unter uns aufteilen sollen. Ich begreife, dass wir die Leute vom Roten Kreuz nicht sehen dürfen. Jeder Waggon bekommt eine Essensration.

Als ich zu unserem Wagen zurückkehre, helfen mir Jacques und Charles hinein. Um mich herum nichts als dichter rötlicher Dunst. Charles reinigt mein Gesicht, doch der Nebel löst sich nicht auf. Da begreife ich, was passiert ist. Wie ich schon erwähnt habe, reichte es der Natur nicht aus, mich mit karottenrotem Haar zu bedenken, sondern sie musste mich auch noch blind wie einen Maulwurf machen. Ohne meine Brille ist die Welt verschwommen, ich bin so kurzsichtig, dass ich gerade Tag und Nacht unterscheiden kann, kaum aber die Formen, die sich um mich herum bewegen. Dennoch erkenne ich meinen Bruder neben mir.

»Der Dreckskerl hat dich ja schön zugerichtet!«

In den Händen halte ich das, was von meiner Brille

übrig ist. Auf der rechten Seite hängt noch ein kleines Stück Glas in der Fassung, auf der linken eines, das kaum größer ist. Claude muss sehr müde sein, um nicht zu bemerken, dass sein Bruder nichts mehr auf der Nase trägt. Und ich weiß, dass er das Ausmaß des Dramas noch nicht begriffen hat. Jetzt muss er ohne mich fliehen, unmöglich, sich mit einem Invaliden zu belasten. Jacques hingegen hat sofort verstanden, er bittet Claude, uns alleine zu lassen, und hockt sich neben mich.

»Gib nicht auf!«, flüstert er.

»Und wie soll ich das jetzt anstellen?«

»Wir finden eine Lösung.«

»Jacques, ich wusste immer schon, dass du ein Optimist bist, aber alles hat seine Grenzen.«

Claude will sich unbedingt zu uns setzen, er stößt mich fast zur Seite, damit ich ihm Platz mache.

»Ich habe da eine Idee für deine Brille. Wir müssen doch sicher den Eimer zurückbringen?«

»Und?«

»Da sie keinen Kontakt zwischen dem Roten Kreuz und uns zulassen, werden wir ihn hinter der Hecke abstellen müssen.«

Ich habe mich getäuscht. Claude hat nicht nur die Lage begriffen, sondern auch schon einen Plan ersonnen. Und so unwahrscheinlich das auch erscheinen mag, frage ich mich jetzt, ob nicht ich der kleine Bruder bin.

»Ich verstehe noch immer nicht, worauf du hinauswillst.«

»Auf jeder Seite der Fassung hängt noch ein Rest Glas. Genug, dass ein Optiker die Dioptrien feststellen kann.«

Mit einem Holzstückchen und einem Faden, den ich von meinem Hemd gerissen habe, versuche ich, das Irreparable zu reparieren.

Claude legt aufgebracht eine Hand auf meine. »Lass das sein! Hör mir verdammt noch mal zu. Mit einer Brille in diesem Zustand, kannst du weder durch die Luke springen noch schnell rennen. Wenn wir hingegen die Überreste in einen Eimer legen, versteht vielleicht jemand die Nachricht und hilft uns.«

Ich muss gestehen, dass meine Augen feucht wurden, nicht nur weil der Vorschlag meines Bruders all seine Liebe zu mir verriet, sondern auch weil Claude selbst in der tiefsten Verzweiflung noch Kraft genug fand, um an die Hoffnung zu glauben. An diesem Tag war ich so stolz auf ihn und liebte ihn so sehr, dass ich mir vielleicht gar nicht die Zeit nahm, es ihm zu sagen.

»Seine Idee ist nicht schlecht«, meinte Jacques.

»Wirklich nicht blöd«, fügte François hinzu, und alle anderen stimmten zu.

Ich glaubte nicht eine Sekunde daran. Der Eimer müsste zunächst der Überprüfung durch die deutschen Soldaten entgehen, um zum Roten Kreuz zu gelangen. Dann müsste dort jemand die Überreste meiner Brille finden und sich für mein Schicksal interessieren, für die Augenprobleme eines Gefangenen, der nach Deutschland deportiert wurde – all das war mehr als unwahrscheinlich. Doch selbst Charles fand den Plan meines Bruders »fantástico«.

Also überwand ich meine Zweifel und meinen Pessimismus und erklärte mich bereit, mich von den beiden winzigen Fragmenten meiner Brillengläser zu trennen, durch die ich gerade noch die Wand des Waggons hätte erkennen können.

Um meinen Freunden etwas von der Hoffnung zurückzugeben, die sie mir schenkten, legte ich am Spätnachmittag meine Brille in den leeren Eimer und stellte ihn auf den Bahnsteig. Und als sich die Tür wieder schloss, sah ich im Schatten einer sich entfernenden Rotkreuzschwester das Schwarz des Todes auf mich zukommen.

An diesem Abend ging über Charmant ein Gewitter nieder. Der Regen rann durch die Einschusslöcher in den Waggon. Die, die noch die Kraft dazu besaßen, standen auf, hoben den Kopf und öffneten den Mund, um die Tropfen aufzufangen.

Kapitel 34

8. Juli

Wir fahren weiter, aus der Traum, meine Brille werde ich nie wiedersehen.

Am frühen Morgen erreichen wir Angoulême. Um uns herum eine Geisterlandschaft. Der Bahnhof wurde durch die Fliegerangriffe der Alliierten völlig zerstört. Als der Zug das Tempo drosselt, sehen wir verblüfft die ausgebombten Gebäude, die verkohlten Überreste ineinander verkeilter Waggons. Die teilweise umgestürzten Lokomotiven glimmen noch auf den Gleisen. Die gesprengten Kräne gleichen Skeletten. Und neben den aufgebrochenen Schienen, die gen Himmel zeigen, beobachten einige Bahnarbeiter mit Schaufel und Spitzhacke ungläubig und voller Entsetzen, wie unser Konvoi vorbeifährt. Siebenhundert Phantome in einer apokalyptischen Landschaft. Die Bremsen quietschen, der Zug hält an. Die Deutschen untersagen den Arbeitern, sich zu nähern. Niemand darf wissen, was sich in den Waggons abspielt, niemand darf von dem Grauen zeugen. Schuster fürchtet mehr und mehr Angriffe der Résistance. Die Angst vor dem Widerstand ist für ihn zur fixen Idee geworden. Tatsächlich hat der Zug seit unserer Abreise nie mehr als fünfzig Kilometer pro Tag zurücklegen können, und die Front der Befreier rückt unablässig näher.

Es ist uns strikt verboten, mit den Insassen der anderen Wagen zu kommunizieren, dennoch machen die Neuigkeiten die Runde. Vor allem die, die den Krieg und den Vormarsch der Alliierten betreffen. Jedes Mal, wenn ein mutiger Bahnarbeiter zum Zug kommt, wenn uns ein beherzter Zivilist besucht, um uns im Schutz der Nacht Trost zu spenden, lauern wir auf Informationen. Und jedes Mal glimmt wieder die Hoffnung auf, dass es Schuster nicht gelingt, die Grenze zu erreichen.

Wir sind der letzte Zug, der nach Deutschland fährt, der letzte Konvoi von Deportierten, und manche wollen glauben, dass wir am Ende doch noch von den Alliierten oder der Résistance befreit werden. Ihr haben wir es zu verdanken, dass wir nicht vorankommen, dass die Gleise unpassierbar sind. In der Ferne nehmen die Feldgendarmen zwei Eisenbahner fest, die versucht haben, sich uns zu nähern. Dieses Bataillon auf dem Rückzug wittert überall den Feind. In jedem Zivilisten, der uns helfen will, in jedem Arbeiter sehen die Nazis Terroristen. Dabei sind sie es, die, das Gewehr im Anschlag, die Granaten am Gürtel, herumschreien, sie sind es, die die Schwächsten unter uns schlagen, die Ältesten misshandeln, nur um sich abzureagieren.

Heute geht die Fahrt nicht mehr weiter. Die Waggons bleiben geschlossen und werden streng bewacht. Und stetig diese Hitze, die immer weiter steigt und uns langsam umbringt. Draußen sind es fünfunddreißig Grad, welche

Temperatur hier drin herrscht, weiß niemand, wir dämmern alle vor uns hin. Der einzige Trost in diesem Grauen sind die vertrauten Gesichter der Freunde. Ich erahne Charles' Lächeln, wenn ich ihn ansehe, Jacques scheint noch immer über uns zu wachen, François hält sich neben ihm wie ein Sohn neben dem Vater, den er nicht mehr hat. Ich träume von Sophie und Marianne, ich stelle mir die Kühle des Canal du Midi vor, ich sehe die kleine Bank, auf der wir saßen, um unsere Nachrichten auszutauschen. Marc, der mir gegenüberhockt, scheint traurig, dabei hat er Glück. Er denkt an Damira, und ich bin sicher, dass auch sie an ihn denkt, wenn sie noch am Leben ist. Kein Kerkermeister, kein Folterknecht kann den Gefangenen diese Gedanken nehmen. Die Gefühle reisen zwischen den engsten Gitterstäben hindurch, sie fürchten keine Entfernungen und kennen keine Grenzen, weder die der Sprache noch die der Religion, sie finden einander außerhalb der von den Menschen erfundenen Gefängnisse.

Marc hat diese Freiheit. Ich möchte glauben, dass auch Sophie an mich denkt, ein paar Sekunden würden ausreichen, ein kleiner Gedanke für den Freund, der ich ihr war… da ich nicht mehr sein durfte.

Heute bekommen wir weder Brot noch Wasser. Einige von uns können nicht mehr sprechen, haben nicht mehr die Kraft dazu. Claude und ich bleiben zusammen, jeder wacht darüber, dass der andere nicht ohnmächtig wird, dass der Tod nicht im Begriff ist, ihn hinwegzuraffen, und von Zeit zu Zeit treffen sich unsere Hände, um sicherzugehen.

*

9. Juli

Schuster sieht sich gezwungen umzukehren. Die Résistance hat eine Brücke gesprengt, was ein Weiterkommen unmöglich macht. Wir fahren zurück nach Bordeaux. Und während wir Angoulême und seinen zerstörten Bahnhof hinter uns lassen, denke ich an einen Eimer, in den ich meine letzte Chance gelegt habe, jemals wieder etwas zu sehen. Nun bin ich schon zwei Tage im undurchdringlichen Dunst.

Am frühen Nachmittag kommen wir an. Nuncio und sein Freund Walter denken nur noch an Flucht. Abends versuchen wir, uns abzulenken, indem wir die Flöhe und Läuse jagen, die das wenige Fleisch zerfressen, das wir noch auf den Knochen haben. Das Ungeziefer nistet sich in den Nähten unserer Hemden und Hosen ein. Man braucht viel Geschick, um es herauszubekommen, und kaum ist eine Kolonie vernichtet, siedelt sich schon die nächste an. Abwechselnd legen wir uns hin und versuchen, uns auszuruhen, während die anderen dicht gedrängt dahocken, um möglichst wenig Platz einzunehmen. Mitten in der Nacht stelle ich mir plötzlich diese seltsame Frage: Sollten wir diese Hölle überleben, werden wir sie dann eines Tages vergessen können? Werden wir das Recht haben, wie normale Menschen zu leben? Werden wir den Teil der Erinnerung auslöschen können, der den Geist quält?

*

Claude sieht mich eigenartig an. »An was denkst du?«

»An Chahine, erinnerst du dich an ihn?«

»Ich glaube schon. Warum gerade jetzt?«

»Weil ich seine Gesichtszüge niemals vergessen werde.«

»Woran denkst du wirklich, Jeannot?«

»Ich suche nach einem Grund, um all das überleben zu wollen.«

»Der sitzt dir gegenüber, du Idiot! Eines Tages werden wir frei sein. Und ich habe dir versprochen, dass du fliegen wirst, weißt du noch?«

»Und was willst du nach dem Krieg machen?«

»Eine Reise durch Korsika auf dem Motorrad, das schönste Mädchen der Welt hinter mir auf dem Rücksitz mit den Armen um meine Taille.«

Das Gesicht meines Bruders nähert sich dem meinen.

»Wusste ich es doch! Ich habe dein hämisches Grinsen gesehen! Was denn? Glaubst du, ich wäre nicht in der Lage, ein Mädchen zu verführen und mit auf eine Reise zu nehmen?«

Sosehr ich mich auch zusammenreiße, ich kann mein Lachen nicht unterdrücken, und Claude wird ungeduldig.

Nun prustet auch Charles los und dann selbst Marc.

»Aber was habt ihr denn?«, fragt mein Bruder verärgert.

»Du stinkst unglaublich, Bruderherz, wenn du dich riechen könntest! Ich fürchte, dass dir in diesem Zustand nicht einmal eine Küchenschabe irgendwohin folgen würde.«

Claude riecht an mir und stimmt in unser absurdes, nicht enden wollendes Gelächter ein.

*

10. Juli

Schon in den frühen Morgenstunden ist die Hitze unerträglich. Und dieser verdammte Zug, der sich immer noch nicht vom Fleck rührt. Nicht die geringste Wolke am Horizont und keine Hoffnung auf einen Tropfen Regen, der die Qual der Gefangenen lindern könnte. Es heißt, dass die Spanier singen, wenn es ihnen schlecht geht. Im Nachbarwagen wird ein Lied in der schönen katalanischen Sprache angestimmt.

»Seht nur!«, ruft Claude, der sich zu der Luke heraufgezogen hat.

»Was ist los?«, fragt Jacques.

»Die Soldaten laufen an den Gleisen hin und her. Rot-Kreuz-Lastwagen kommen angefahren. Es steigen Krankenschwestern mit Wassereimern aus und bewegen sich in unsere Richtung.«

Sie kommen auf uns zu, doch die Feldgendarmen befehlen ihnen, stehen zu bleiben, ihre Eimer abzustellen und zu verschwinden. Die Gefangenen würden sie sich holen, sobald sie weg wären. Jeglicher Kontakt mit diesen Terroristen ist untersagt!

Die Oberschwester schiebt den Soldaten beiseite.

»Welche Terroristen?«, fragt sie empört. »Die Alten? Die Frauen? Die halb verhungerten Männer in diesen Viehwagen?« Sie schimpft und sagt, sie habe die Nase voll von den Befehlen. Bald würde man sich rechtfertigen müssen. Ihre Krankenschwestern werden die Nahrung zu den Waggons bringen und basta! Sie fügt hinzu, dass sie sich durch eine Uniform nicht beeindrucken lasse.

Und als der Oberleutnant seine Waffe zieht und sie fragt, ob sie das mehr beeindrucke, sieht die Oberschwester Schuster an und bittet höflich um einen Gefallen. Wenn er den Mut hat, auf eine Frau zu schießen und noch dazu von hinten, dann soll er doch bitte so freundlich sein und auf das Kreuz zielen, das auf den Rücken ihrer Uniform genäht ist. Und sie fügt hinzu, es sei groß genug, dass selbst ein Idiot wie er es treffen könne. Das würde ihm dienlich sein, wenn er nach Hause käme, und noch mehr, falls er den Amerikanern oder der Résistance in die Hände fiele.

Die Oberschwester nutzt Schusters Verblüffung und befiehlt ihrer eigenartigen Truppe, zu den Waggons zu gehen. Die Soldaten auf dem Bahnsteig scheinen belustigt über ihre Autorität. Vielleicht sind sie auch nur erleichtert, dass jemand ihren Vorgesetzten zu etwas Menschlichkeit zwingt.

Sie öffnet als Erste das Schloss einer Tür, und die anderen folgen ihrem Beispiel.

Die Leiterin des Roten Kreuzes von Bordeaux glaubt, in ihrem Leben schon alles gesehen zu haben. Zwei Kriege und die jahrelange Versorgung der Ärmsten haben sie zu der Ansicht gebracht, nichts könne sie mehr überraschen. Doch als sie uns sieht, weiten sich ihre Augen, sie kann ihre Übelkeit kaum niederkämpfen und stößt hervor: »Mein Gott!«

Die Krankenschwestern sind wie gelähmt und starren uns an. Von ihren Gesichtern können wir den Abscheu und die Auflehnung ablesen, den ihnen unser Anblick einflößt. Auch wenn wir uns so gut wie möglich angekleidet haben, verraten unsere ausgemergelten Gesichter, wie es um uns steht.

In jeden Waggon trägt eine Krankenschwester einen Eimer Wasser, verteilt Kekse und wechselt einige Worte mit den Gefangenen. Doch Schuster brüllt schon, das Rote Kreuz solle gefälligst verschwinden, und die Oberschwester scheint der Ansicht, ihr Schicksal für heute genügend herausgefordert zu haben. Die Türen schließen sich.

»Jeannot! Komm her«, ruft Jacques, der die Verteilung von Keksen und Wasser übernommen hat.

»Was ist denn?«

»Los, beeil dich!«

Aufzustehen bedeutet eine enorme Anstrengung, die in dem Nebel, in dem ich seit Tagen lebe, noch schlimmer ist. Doch ich spüre bei den Freunden eine Dringlichkeit, die mich zwingt, mich zu erheben. Claude fasst mich bei den Schultern.

»Sieh doch!«, sagt er.

Gut gesagt, Claude! Über meine Nasenspitze hinweg erkenne ich nicht viel, vage Gestalten, die von Charles vielleicht und die von Marc und François, die hinter ihm stehen.

Ich mache die Umrisse des Eimers aus, den Jacques mir entgegenhält, dann auf dem Grund liegt eine neue Brille. Ich strecke die Hand ins Wasser und greife nach dem, was ich noch nicht zu glauben vermag.

Die Freunde warten schweigend und mit angehaltenem Atem, dass ich sie auf die Nase setzte. Und plötzlich wird das Gesicht meines Bruders klar, ich sehe die Rührung in Charles' Augen und die fröhlichen Gesichter von Jacques, Marc und François, die mich in die Arme schließen.

Wer hat die Botschaft verstanden? Wer hat sich, als er in einem leeren Eimer eine zerbrochene Brille fand, das Schicksal eines hoffnungslosen Deportierten vorgestellt? Wer war so gut, eine neue anfertigen zu lassen, dem Zug einige Tage lang zu folgen, und dann zielsicher den richtigen Waggon zu finden und zu veranlassen, dass eine neue Brille hingebracht wurde?

»Die Krankenschwester vom Roten Kreuz«, antwortet Claude. »Wer sonst?«

Ich will die Welt wieder sehen, ich bin nicht mehr blind. Also blicke ich mich um. Doch was sich meinem Auge darbietet, ist von unglaublicher Traurigkeit. Claude zieht mich zur Luke.

»Sieh, wie schön es draußen ist.«

»Ja, du hast recht, kleiner Bruder, es ist schön draußen.«

*

»Glaubst du, sie ist hübsch?«

»Wer?«, fragt Claude.

»Die Krankenschwester!«

An diesem Abend sage ich mir, dass mein Schicksal sich vielleicht fügt. Vielleicht hatte es einen Sinn, dass sich weder Sophie noch Damira, und ehrlich gesagt, auch die anderen Mädchen der Brigade, nicht von mir küssen lassen wollten. Die Frau meines Lebens, die einzig richtige, ist die, die mir das Augenlicht wieder geschenkt hat.

Als sie die Brille in dem leeren Eimer entdeckte, hat sie sofort den Hilferuf aus meiner Hölle verstanden. Sie verbarg die Überreste in einem Taschentuch, sorgfältig darauf bedacht, die verbleibenden Glasstückchen nicht zu beschädigen. Sie ging in die Stadt zu einem der Résistance wohlgesonnenen Optiker. Dieser suchte hartnäckig nach Gläsern, die den vorhandenen Resten entsprachen. Sobald die Brille fertig war, ist sie mit dem Rad den Bahnschienen gefolgt, bis sie den Zug entdeckte. Als sie sah, dass er nach Bordeaux umkehrte, war sie sicher, ihre Mission erfüllen zu können. Mithilfe der Rotkreuzleiterin machte sie den richtigen Waggon aus – erkenntlich an den Einschüssen auf der Seite – ehe sie auf den Bahnsteig trat. So ist meine Brille zu mir zurückgekommen.

Diese Frau hatte so viel Herz, Mitgefühl und Mut bewiesen, dass ich mir schwor, sie, falls ich den Krieg überleben würde, zu suchen und ihr einen Heiratsantrag zu machen. Ich stellte mir vor, wie ich in einem Chrysler-Cabrio, die Haare im Wind flatternd, über eine Landstraße brauste – oder warum nicht mit dem Fahrrad, das hatte auch seinen Charme. Ich würde an die Tür ihres Hauses klopfen, zweimal kurz, und wenn sie öffnete, würde ich sagen: »Ich bin der, dem du das Leben gerettet hast, und jetzt gehört es dir.« Wir würden vor dem Kamin zu Abend essen und von den vergangenen Jahren erzählen, von all den langen Monaten des Leids auf dem Weg, der uns schließlich zueinandergeführt hat. Dann würden wir gemeinsam das Kapitel der Vergangenheit abschließen, um zu zweit das der Zukunft zu schreiben. Wir würden drei, wenn sie wollte noch mehr,

Kinder haben und glücklich sein. Ich würde, wie Claude es versprochen hatte, Flugstunden nehmen, und wenn ich mein Diplom hätte, würde ich sonntags mit ihr über die französischen Lande fliegen. Jetzt fügte sich alles logisch ineinander, und mein Leben hatte endlich einen Sinn.

In Anbetracht der Rolle, die mein Bruder bei meiner Rettung gespielt hatte und wegen unserer engen Verbindung verstand es sich von selbst, dass ich ihn sofort fragte, ob er mein Trauzeuge sein wollte.

Claude sah mich an und hüstelte.

»Hör zu, im Prinzip habe ich nichts dagegen, dein Trauzeuge zu sein, ich fühle mich sogar geehrt, doch bevor du dich endgültig entscheidest, muss ich dir doch etwas sagen. Die Rotkreuzschwester, die deine Brille gebracht hat, war, der Dicke ihrer Gläser nach zu urteilen, zehnmal kurzsichtiger als du. Du kannst mir natürlich erklären, das sei unwichtig; aber da du noch nichts sehen konntest, solange sie da war, muss ich etwas hinzufügen: Sie ist vierzig Jahre älter als du, vermutlich verheiratet und mit einer Kinderschar gesegnet. Ich will nicht sagen, dass wir es uns in unserer Situation erlauben könnten, wählerisch zu sein, aber trotzdem...«

*

Wir blieben drei Tage auf dem Bahnhof von Bordeaux in den Waggons eingesperrt. Die Männer erstickten, manchmal erhob sich einer auf der Suche nach etwas Luft, doch es gab so gut wie keine.

Der Mensch gewöhnt sich an alles, das ist eines seiner

großen Geheimnisse. Wir spürten unseren eigenen Gestank nicht mehr, und niemand kümmerte sich um den, der sich über das kleine Loch im Boden hockte, um seine Notdurft zu verrichten. Der Hunger war seit langer Zeit vergessen, blieb nur der Durst; vor allem wenn sich eine neue Blase auf unserer Zunge bildete. Nicht nur in den Waggons wurde die Luft immer dünner, sondern auch in unseren Kehlen, und das Schlucken fiel uns zunehmend schwerer. Aber wir hatten uns an das körperliche Leid gewöhnt, diesen täglichen Begleiter. Wir gewöhnten uns an alle Entbehrungen, auch an den Mangel an Schlaf. Nur die, die bisweilen in den Wahnsinn abglitten, fanden kurz Erlösung. Sie erhoben sich, begannen zu stöhnen oder zu schreien, manche weinten, ehe sie ohnmächtig zusammenbrachen.

Die, die durchhielten, versuchten, die anderen zu beruhigen, so gut sie konnten.

Walter verkündete immer wieder, die Nazis würden es nie schaffen, uns nach Deutschland zu bringen, die Amerikaner würden uns vorher befreien. Jacques erzählte uns Geschichten, damit die Zeit schneller verging. Wenn sein Mund zu trocken war, um weiterzureden, keimte in der Stille erneut die Angst auf.

Und während die Freunde lautlos starben, erwachte ich zu neuem Leben, weil ich wieder sehen konnte – und hatte deshalb fast ein schlechtes Gewissen.

*

12. Juli

Es ist nachts halb drei. Plötzlich werden die Türen aufgerissen. Auf dem Bahnhof von Bordeaux wimmelt es von Soldaten, die Gestapo ist vor Ort. Die bis an die Zähne bewaffneten Deutschen brüllen, wir sollen unsere wenige Habe zusammenpacken. Mit Kolbenschlägen und Fußtritten werden wir aus dem Waggon getrieben und müssen uns auf dem Bahnsteig aufstellen. Einige der Gefangenen geraten in Panik, andere begnügen sich damit, gierig die frische Luft einzuatmen.

In Fünferkolonnen werden wir durch die stille, dunkle Stadt geführt. Am Himmel kein einziger Stern.

Die Schritte unseres langen Zuges hallen auf dem Pflaster wider. Die Informationen werden von Reihe zu Reihe weitergegeben. Die einen sagen, man würde uns zum Fort du Hâ führen, einer Festung, andere sind sicher, dass wir auf dem Weg zum Gefängnis sind. Doch die, die Deutsch verstehen, entnehmen den Gesprächen der Wachsoldaten, dass alle Zellen in der Stadt überbelegt sind.

»Wohin gehen wir dann?«, murmelt einer der Häftlinge.

»Schnell, schnell!«, brüllt ein Feldgendarm und versetzt ihm einen Fausthieb in den Rücken.

Der nächtliche Marsch durch die menschenleere Stadt endet in der Rue Laribat vor den riesigen Toren einer Synagoge. Es ist das erste Mal in unserem Leben, dass mein Bruder und ich ein jüdisches Gotteshaus betreten.

Kapitel 35

Es gab kein Mobiliar mehr. Der Boden war mit Stroh ausgelegt, und die aufgereihten Eimer deuteten darauf hin, dass die Deutschen an unsere Notdurft gedacht hatten. In den drei Kirchenschiffen war Platz für die sechshundertfünfzig Gefangenen des Konvois. Eigenartigerweise sammelten sich die Insassen des Gefängnisses Saint-Michel alle um den Altar herum. Frauen, die wir von unserem Waggon aus nie gesehen hatten, wurden in einem benachbarten, durch ein Gitter abgetrennten Raum untergebracht.

So fanden sich einige Paare wieder, die sich zum Teil lange nicht gesehen hatten. Manche weinten, als sich ihre Hände erneut berührten. Doch die meisten schwiegen, denn wenn man sich liebt, vermögen Blicke, alles zu sagen. Andere murmelten leise Worte, doch was konnte man von sich, von dem, was hinter einem lag, schon erzählen, ohne dem anderen wehzutun?

Am nächsten Morgen trennen die grausamen Kerkermeister die Paare gewaltsam, teils durch Schläge mit dem Gewehrkolben, teils mit Fußtritten. Denn in aller Frühe werden die Frauen in eine Kaserne in die Stadt gebracht.

Die Tage vergehen einer wie der andere. Abends wird für jeden ein Napf heißes Wasser ausgeteilt, in dem ein

Kohlblatt schwimmt, manchmal auch ein paar Nudeln. Wir nehmen dieses Essen entgegen, als wäre es ein Festmahl. Von Zeit zu Zeit werden einige von uns abgeholt, wir sehen sie nie wieder. Den Gerüchten zufolge dienen sie als Geiseln – sobald die Résistance in der Stadt einen Anschlag verübt, werden sie erschossen.

Manche von uns denken an Flucht. Seit wir hier sind, beginnen die Gefangenen von Le Vernet mit denen von Saint-Michel zu sympathisieren. Die Männer von Le Vernet wundern sich über unser jugendliches Alter. Fast noch Kinder, die Krieg führen, das können sie kaum glauben.

*

14. Juli

Wir sind entschlossen, diesen Tag – den französischen Nationalfeiertag – angemessen zu begehen. Jeder sucht nach Papierfetzen, um eine Trikolore zu improvisieren, die wir uns an die Brust heften. Wir singen die »Marseillaise«. Unsere Wächter drücken ein Auge zu. Sie können uns ja nicht alle züchtigen.

*

20. Juli

Heute haben drei Widerstandskämpfer, die wir hier kennengelernt haben, einen Fluchtversuch unternommen. Sie sind von einem Wachsoldaten überrascht worden, als sie das Stroh zur Seite schoben, mit dem hinter der Orgel ein Gitter abgedeckt ist. Quesnel und Damien, der an diesem Tag zwanzig Jahre alt wird, haben sich rechtzeitig aus dem Staub machen können.

Roquemaurel hat Prügel und Fußtritte bezogen, aber beim Verhör hatte er die Geistesgegenwart zu behaupten, er habe nach einem Zigarettenstummel im Stroh gesucht. Die Deutschen haben ihm geglaubt und ihn nicht erschossen. Roquemaurel ist einer der Begründer der Partisanengruppe Bir-Hakeim, die im Languedoc und in den Cevennen aktiv ist. Damien ist sein bester Freund. Beide sind nach ihrer Verhaftung zum Tod verurteilt worden.

Kaum hat sich Roquemaurel von seinen Blessuren etwas erholt, schmieden er und seine Freunde einen neuen Plan, der bei der nächsten Gelegenheit ausgeführt werden soll.

Die hygienischen Bedingungen waren nicht besser als im Zug, sodass sich Krätze und Ungeziefer rasant verbreiten konnten. Gemeinsam ersannen wir ein Spiel. Gleich am Morgen suchte jeder seinen Körper nach Flöhen und Wanzen ab. Sie wurden in kleinen selbst gebastelten Schachteln gesammelt. Wenn die Feldgendarmen vorbeikamen, um uns zu zählen, öffneten wir die Schachteln und ließen die Tierchen heimlich auf sie los.

Selbst unter diesen Umständen gaben wir nicht auf, und das Spielchen, das banal erscheinen mag, war unsere Form des Widerstands – die einzige Waffe, die uns blieb.

Wir hatten geglaubt, die Einzigen zu sein, die Aktionen durchführten, hier aber trafen wir auf andere, die wie wir die aufgezwungenen Bedingungen, die Angriffe auf die Menschenwürde nie hingenommen hatten. Es gab so viel Mut in dieser Synagoge! Eine Tapferkeit, die bisweilen von Trübsal und Einsamkeit gedämpft wurde, aber doch so stark war, dass sie an manchen Abenden die düsteren Gedanken vertrieb und wieder Hoffnung aufkeimen ließ.

*

Anfangs war uns jeglicher Kontakt zur Außenwelt unmöglich, doch nachdem wir nun schon seit zwei Wochen hier schmachten, organisieren sich die Dinge ein wenig. Jedes Mal, wenn die »Essenholer« auf den Hof hinausgehen, um den Suppentopf zu bringen, singt ein älteres Ehepaar, das nebenan wohnt, lautstark die neuesten Informationen von der Front. Eine alte Dame, deren Fenster auf die Synagoge blickt, schreibt abends in großen Buchstaben auf eine Tafel, die sie in ihr Fenster stellt, wie weit die alliierten Truppen inzwischen vorgerückt sind.

Roquemaurel hat sich geschworen, erneut auszubrechen. Als die Deutschen einigen Gefangenen erlauben, auf die Galerie zu gehen, um unser Waschzeug zu holen – das dürftige Gepäck der Deportierten wird dort gelagert –, melden er und drei Freunde sich. Die Gelegenheit bietet sich an. Eine großartige Gelegenheit. Am Ende der Empore gibt es ein Kämmerchen. Roquemaurels Plan ist riskant, aber möglich. Der kleine Raum geht auf eine der Glasscheiben der großen Rosette. Die brauchen sie nachts nur einzuschlagen, um über die Dächer zu fliehen. Es ist nach zwei, die Hoffnung wächst. Doch plötzlich hören sie das Geräusch von Stiefeln. Die Deutschen haben uns gezählt und bemerkt, dass einige fehlen. Sie suchen nach ihnen, die Schritte kommen näher, Lampen erhellen das Kämmerchen. Die entzückte Miene des Soldaten, der sie herausholt, verheißt, was ihnen bevorsteht. Die Schläge sind so heftig, das Roquemaurel bewusstlos in einer Blutlache liegt. Als er am Morgen wieder zu sich kommt, wird er vor den zuständigen Oberleutnant gezerrt. Christian, so sein Vorname, macht sich keine Illusionen über den weiteren Verlauf der Dinge.

Doch es soll anders kommen als erwartet.

Der Offizier, der ihn verhört, ist um die dreißig Jahre alt. Er hockt rittlings auf einer Bank im Hof und mustert Roquemaurel eine Weile. Er seufzt tief und nimmt sich Zeit, sein Gegenüber einzuschätzen.

»Ich war selbst Gefangener«, sagt er dann in fast perfektem Französisch. »Während des Russlandfeldzugs. Ich bin ebenfalls ausgebrochen und habe unter grauenvollen Umständen Dutzende von Kilometern zurückgelegt. Die Qualen, die ich durchlebt habe, wünsche ich niemandem, und ich gehöre nicht zu denen, die sich an Folter erfreuen.«

Christian lauscht dem jungen Oberleutnant schweigend. Und plötzlich keimt Hoffnung in ihm auf, sein Leben sei gerettet.

»Dass wir uns recht verstehen, ich finde es normal, ja fast legitim, dass ein Soldat zu fliehen versucht. Doch Sie werden es, so wie ich, auch normal finden, dass der, der gefasst wird, eine Strafe bekommt, die seine Schuld in den Augen des Feindes sühnt. Und Ihr Feind bin ich!«

Christian vernimmt das Urteil: Den ganzen Tag über

muss er reglos vor einer Mauer stramm stehen, ohne sich anlehnen oder abstützen zu dürfen. Die Arme an den Körper gepresst, wird er so in der sengenden Sonne im Hof bleiben.

Jede Bewegung wird mit Schlägen bestraft, auf Ohnmacht steht die Todesstrafe.

Man sagt, dass die Menschlichkeit gewisser Personen aus der Erinnerung an erlittenes Leid entsteht, aus einer Art Solidaritätsgefühl, das sie plötzlich mit ihrem Feind verbindet. Diese beiden Gründe retten Christian vor der Hinrichtung, doch offenbar hat solche Menschlichkeit ihre Grenzen.

Die vier Häftlinge, die die Flucht gewagt hatten, stehen also, jeweils ein paar Meter voneinander entfernt vor der Mauer. Den ganzen Vormittag über steigt die Sonne am Himmel, bis sie schließlich ihren Zenit erreicht hat. Die Hitze ist unbeschreiblich, die Beine schlafen ein, die Arme werden so schwer, als wären sie aus Blei, der Nacken wird steif.

Was denkt der Aufseher, der hinter ihnen auf und ab marschiert?

Am frühen Nachmittag strauchelt Christian. Er bekommt sofort einen Schlag in den Nacken, der ihn gegen die Mauer schleudert. Mit gebrochenem Unterkiefer rappelt er sich sofort auf, getrieben von Angst vor der Todesstrafe.

Dann verkrampfen sich die Muskeln, ohne sich wieder entspannen zu können. Die Schmerzen sind unerträglich, der Krampf erfasst den ganzen Körper.

Welchen Geschmack hat das Wasser, das der Oberleutnant trinkt, während seine Opfer vor seinen Augen dahinsiechen?

Manchmal plagt mich diese Frage noch heute des Nachts, wenn in meiner Erinnerung Bilder ihrer geschwollenen Gesichter, ihrer von der Hitze verbrannten Körper auftauchen.

Als es Abend wird, bringen die Folterknechte die vier in die Synagoge zurück. Wir empfangen sie mit Bravorufen wie die Sieger eines Marathons – doch ich bezweifle, dass sie das zur Kenntnis nehmen, ehe sie auf ihren Strohsäcken zusammenbrechen.

*

24. Juli

Die sich häufenden Aktionen, welche die Résistance in der Stadt und in der Umgebung durchführt, machen die Deutschen immer nervöser. Sie reagieren jetzt oft fast hysterisch, schlagen grundlos, weil ihnen ein Gesicht nicht passt, oder weil wir im falschen Moment am falschen Ort sind. Eines Mittags müssen wir uns unter der Empore versammeln. Ein Wachposten auf der Straße will das Geräusch einer Feile gehört haben. Wenn der, der ein solches Fluchtobjekt besitzt, es nicht innerhalb von zehn Minuten abgibt, werden zehn Gefangene erschossen. Neben dem Offizier ist ein Maschinengewehr auf uns gerichtet. Und während die Sekunden verstreichen, macht sich der Schütze, der hinter dem tödlichen Lauf steht, einen Spaß daraus, uns ins Visier zu nehmen. Wiederholt und hörbar entsichert er seine Waffe. Die Zeit vergeht, niemand meldet sich. Die Soldaten brüllen und teilen Hiebe aus, die zehn Minuten sind verstrichen. Der Kommandant packt einen Gefangenen, drückt ihm den Lauf seines Revolvers an die Schläfe, entsichert ihn und stellt ein Ultimatum.

Da tritt ein Deportierter einen Schritt vor und streckt zitternd die Hand aus. Sie öffnet sich und enthüllt eine Feile, wie man sie für Fingernägel benutzt. Mit diesem Werkzeug könnte er die dicken Mauern der Synagoge nicht einmal einritzen, ja kaum seinen Holzlöffel schärfen, um sein Brot zu schneiden, wenn es denn welches gibt.

Die Häftlinge haben Angst. Der Kommandant wird denken, wir wollten uns über ihn lustig machen. Doch der »Schuldige« wird zu einer Wand geführt, und eine Kugel reißt ihm den halben Schädel weg.

Wir verbringen die Nacht stehend im Licht der Scheinwerfer und im Visier des Maschinengewehrs, das drohend auf uns gerichtet ist. Der Dreckskerl, der es hält, spielt weiter mit seinem Magazin, um sich wach zu halten.

*

7. August

Wir sind seit nunmehr achtundvierzig Tagen in der Synagoge interniert. Claude, Charles, Jacques, François, Marc und ich haben uns um den Altar herum niedergelassen. Jacques hat wieder begonnen, Geschichten zu erzählen, um uns die Zeit und die Angst zu vertreiben.

»Stimmt es, dass dein Bruder und du nie in einer Synagoge wart?«, fragt Marc.

Claude senkt den Kopf, als fühle er sich schuldig. Ich antworte an seiner Stelle.

»Ja, das stimmt, es ist das erste Mal.«

»Mit einem so jüdischen Namen wie eurem ist das aber komisch. Das soll kein Vorwurf sein«, fährt Marc fort, »ich dachte nur…«

»Dann irrst du dich eben, wir waren keine praktizierenden Juden. Es gehen ja auch nicht alle, die Duponts und Durands heißen, jeden Sonntag in die Kirche.«

»Und selbst an den wichtigen Feiertagen habt ihr nichts gemacht?«

»Wenn du es genau wissen willst, freitags zelebrierte mein Vater den Sabbat.«

»Ach ja? Und was hat er da gemacht?«, erkundigt sich François neugierig.

»Dasselbe wie an anderen Abenden, außer dass er auf Hebräisch ein Gebet sprach und wir ein Glas Wein teilten.«

»Ein einziges?«, fragt François.

»Ja, ein einziges.«

Claude lächelt, ich merke, dass ihn meine Ausführungen belustigen.

»Nun erzähl ihnen die Geschichte schon, schließlich ist die Sache längst verjährt!«

»Welche Geschichte?«, beharrt Jacques.

»Nichts!«

Aber durch die Langeweile, die uns seit Monaten quält, sind die Freunde begierig auf Ablenkung und drängen mich.

»Na gut. Jeden Freitag, wenn wir uns zu Tisch setzten, sprach Papa ein Gebet auf Hebräisch. Das verstand nur er, denn er war der Einzige in der Familie, der des Hebräischen mächtig war. So wurde jahrelang der Sabbat begangen. Eines Tages hat unsere große Schwester verkündet, sie habe jemanden kennengelernt, den sie heiraten wolle. Unsere Eltern nahmen die Neuigkeit gut auf und bestanden darauf, ihn zum Essen einzuladen. Alice schlug sofort den kommenden Freitag vor, damit wir alle zusammen den Sabbat feiern könnten.

Zur allgemeinen Verwunderung schien Papa von dieser Idee gar nicht begeistert. Er meinte, dieser Abend sei der Familie vorbehalten, und jeder andere Tag der Woche sei besser geeignet.

Auch wenn Maman ihn darauf hinwies, dass der junge Mann, der das Herz ihrer Tochter erobert hätte, schon in gewisser Weise zur Familie gehörte, unser Vater blieb bei seiner Meinung. Er fand, der Montag, der Dienstag, der Mittwoch und der Donnerstag seien besser für ein erstes Treffen geeignet. Wir haben uns alle auf die Seite unserer Mutter geschlagen und darauf bestanden, dass er am Sabbat käme, weil an diesem Tag das Essen besser und das Tischtuch schöner war. Mein Vater hob jammernd die Arme gen Himmel und fragte, warum sich die Familie immer gegen ihn verschwören müsse. Er spielte gerne das Opfer.

Er fügte hinzu, es sei doch verwunderlich, dass die Familie, nachdem sein Haus an jedem Tag der Woche offen stehe – was schließlich von seiner geistigen Aufgeschlossenheit zeuge –, außer an einem, ausgerechnet diesen einen vorziehe, um einen Unbekannten – der ihm doch seine Tochter nehmen würde – zu empfangen.

Maman, die hartnäckig war, wollte wissen, warum die Wahl des Freitags ein solches Problem für ihren Mann darstelle.

›Es ist ja keins‹, sagte er schließlich und gab sich geschlagen.

Mein Vater konnte seiner Frau nichts verwehren, denn er liebte sie über alles, ich glaube sogar mehr als seine Kinder, und ich kann mich nicht erinnern, dass er je einen ihrer Wünsche unerfüllt gelassen hätte. Kurzum, die Woche verging, und mein Vater wurde immer einsilbiger. Wir spürten, dass er jeden Tag unruhiger wurde.

Am Vorabend des lang ersehnten Essens nahm Papa seine Tochter beiseite und fragte sie, ob ihr Verlobter Jude sei. Und als Alice ihm antwortete: ›Ja, natürlich‹, hob mein Vater erneut die Arme zum Himmel und jammerte: ›Wusste ich es doch!‹

Wie ihr euch vorstellen könnt, wunderte sich unsere Schwester über seine Reaktion, und sie fragte ihn, warum ihm diese Neuigkeit offensichtlich so missfiel.

›Aber ganz und gar nicht, Liebes‹, antwortete er und fügte hinzu: ›Wie kommst du bloß darauf?‹

Unsere Schwester Alice, die den Charakter unserer Mutter geerbt hat, hielt ihn zurück, als er sich ins Esszimmer verdrücken wollte, und baute sich vor ihm auf.

›Entschuldige, Papa, aber ich bin mehr als erstaunt über deine Reaktion! Ich hätte sie verstanden, wenn ich dir gesagt hätte, mein Verlobter sei kein Jude. Aber in diesem Fall…‹

Papa sagte, es sei albern, sich so etwas vorzustellen, und schwor, die Religion oder Hautfarbe des Mannes, den seine Tochter gewählt habe, sei ihm völlig gleichgültig, wenn er nur ein Gentleman sei und sie ebenso glücklich mache wie er selbst ihre Mutter. Alice war nicht überzeugt, aber es gelang Papa, sich aus der Affäre zu ziehen, und er wechselte sofort das Thema.

Schließlich kam der Freitagabend, und wir hatten unseren Vater noch nie so nervös erlebt. Maman neckte ihn und erinnerte ihn daran, wie er bei dem geringsten Schmerz, beim kleinsten Rheuma gestöhnt und behauptet habe, er würde sterben, ehe er seine Tochter hätte verheiraten können... Nun sei er bei bester Gesundheit und Alice verliebt – also hätte er allen Grund, sich zu freuen, und brauche sich nicht zu ängstigen. Papa schwor, er wisse nicht, was seine Frau meine.

Als Alice und Georges, so der Vornahme des Verlobten unserer Schwester, abends um Punkt sieben klingelten, zuckte mein Vater zusammen, meine Mutter verdrehte die Augen und öffnete die Tür.

Georges war ein attraktiver Junge mit einer natürlichen Eleganz – man hätte ihn für einen Engländer halten können. Alice und er schienen füreinander geschaffen. Und er wurde sofort von der Familie akzeptiert. Selbst mein Vater schien sich während des Aperitifs zu entspannen.

Meine Mutter verkündete, das Essen sei fertig. Alle nahmen am Tisch Platz und warteten, dass mein Vater das Sabbatgebet sprach. Wir sahen, wie er tief einatmete, seine Brust wölbte sich... und senkte sich sogleich wieder. Ein neuer Versuch, er holte Luft und seufzte. Nach einem dritten Anlauf sah er Georges an und erklärte: ›Warum sollte nicht unser Gast an meiner Stelle das Gebet sprechen? Wie ich sehe, gefällt er allen, und ein Vater muss lernen, zugunsten des Glücks seiner Kinder zurückzustecken.‹

›Was redest du da?‹, rief Maman. ›Wer sagt denn, dass du zurückzustecken sollst? Seit zwanzig Jahren siehst du es als deine Pflicht, jeden Freitag dieses Gebet zu sprechen, das nur du verstehst, da keiner von uns Hebräisch kann. Du willst mir doch nicht weismachen, dass du plötzlich wegen des Verlobten deiner Tochter Lampenfieber hast?‹

›Ich habe absolut kein Lampenfieber‹, versicherte unser Vater und schnippte ein imaginäres Staubkörnchen vom Kragen seiner Jacke.

Georges sagte nichts, doch wir bemerkten alle, dass er bleich geworden war, als Papa ihm vorschlug, das Gebet an seiner Stelle zu sprechen. Seit Maman ihm zu Hilfe gekommen war, sah er schon besser aus.

›Nun gut‹, schloss Papa, ›aber vielleicht ist Georges ja bereit, es mit mir zusammen zu sprechen?‹

Papa begann, Georges erhob sich und sprach ihm jedes Wort nach.

Dann nahmen beide wieder Platz, das Essen verlief in entspannter Stimmung, und alle lachten.

Am Ende schlug Maman Georges vor, sie in die Küche zu begleiten, damit sie einander etwas besser kennenlernen könnten.

Mit einem verschwörerischen Lächeln beruhigte ihn Alice. Georges sammelte die Teller ein und folgte unserer Mutter. Als sie in der Küche waren, nahm sie ihm das Geschirr ab und bot ihm einen Stuhl an.

›Sag, Georges, du bist doch gar kein Jude!‹

Georges errötete, hüstelte und sagte: ›Ich glaube ein bisschen, seitens meines Vaters oder meines Onkels, meine Mutter war protestantisch.‹

›Warum sprichst du in der Vergangenheitsform von ihr?‹

›Sie ist letztes Jahr gestorben.‹

›Das tut mir leid‹, murmelte Maman, aufrichtig betrübt.

›Ist es ein Problem, dass …‹

›Dass du kein Jude bist? Nicht im Geringsten‹, sagte Maman und lachte. ›Weder mein Mann noch ich messen einer Andersartigkeit Bedeutung bei. Ganz im Gegenteil, wie waren immer der Meinung, dass sie das Leben würzt und Quell großen Glücks ist. Wenn man zusammenleben will, muss man vor allem sicher sein, sich nicht zu langweilen. Langeweile ist das Schlimmste für ein Paar, sie tötet die Liebe. Solange du Alice zum Lachen bringst, solange sie sich auf das Wiedersehen freut, sobald du das Haus verlassen hast, solange sie deine Geheimnisse teilt, solange du derjenige bist, dem sie sich anvertraut, solange du einen Traum mit ihr lebst – so lange spielt deine Herkunft keine Rolle, und das Einzige, was euch fremd sein sollte, sind Neid und Misstrauen.‹

Maman schloss Georges in die Arme und hieß ihn in der Familie willkommen.

›So, und jetzt geh schnell zu Alice‹, sagte sie gerührt. ›Es wird ihr gar nicht gefallen, wenn die Mutter ihren Verlobten als Geisel zurückhält. Und wenn sie hört, dass ich *Verlobter* gesagt habe, bringt sie mich um!‹

Georges wollte ins Esszimmer zurück, drehte sich aber

noch einmal um und fragte Maman, wie sie erraten habe, dass er kein Jude sei.

›Ach!‹, rief Maman und lachte auf. ›Seit zwanzig Jahren rezitiert mein Mann jeden Freitag ein Gebet in einer Sprache, die er erfunden hat. Er spricht überhaupt kein Hebräisch. Aber dieser Augenblick, wenn er in der Familie das Wort ergreift, ist ihm sehr wichtig. Es ist eine Art Tradition, die er trotz seiner Unkenntnis fortsetzt. Und wenn die Worte auch nichts bedeuten, so weiß ich doch, dass es ein Gebet der Liebe ist, das er für uns erfindet. Du kannst dir also vorstellen, dass ich sofort Bescheid wusste, als du vorhin sein Kauderwelsch fast identisch nachgesagt hast … Aber all das bleibt unter uns. Mein Mann ist überzeugt davon, dass niemand etwas von seinem kleinen Arrangement mit Gott ahnt, aber ich liebe ihn schon so lange Jahre, dass sein Gott und ich keine Geheimnisse mehr voreinander haben.‹

Kaum war Georges ins Esszimmer zurückgekehrt, zog ihn mein Vater beiseite.

›Danke für vorhin‹, brummte er.

›Wofür?‹

›Nun, dass du mich nicht verraten hast, das war sehr großzügig von dir. Ich nehme an, du denkst jetzt schlecht von mir. Es ist nicht so, dass es mir eine Freude wäre, diese Lüge beizubehalten, aber nach zwanzig Jahren … Wie soll ich es ihnen jetzt sagen? Es stimmt, ich spreche kein Wort Hebräisch. Aber den Sabbat zu begehen, ist für mich eine Art, die Tradition zu erhalten, und die Tradition ist wichtig, verstehst du?‹

›Ich bin kein Jude‹, gab Georges zurück. ›Ich habe vorhin nur Ihre Worte nachgesprochen, ohne ihren Sinn zu verstehen, und ich wollte mich bei Ihnen dafür bedanken, dass Sie mich nicht verraten haben.‹

›Ach!‹, sagte Papa und ließ die Arme sinken.

Die beiden Männer musterten sich eine Weile, dann legte unser Vater Georges eine Hand auf die Schulter und erklärte: ›Also hör zu, ich schlage vor, dass unser kleiner Handel unter uns bleibt. Ich spreche das Sabbatgebet, und du bist Jude!‹

›Voll und ganz einverstanden!‹, gab Georges zurück.

›Gut, gut!‹, sagte Papa und wandte sich dem Wohnzimmer zu. ›Dann komm Donnerstagabend in meinem Atelier vorbei, damit wir zusammen die Worte für den nächsten Tag einüben, denn ab jetzt werden wir immer gemeinsam beten.‹

Nach dem Abendessen begleitete Alice Georges auf die Straße, und als sich das große Hoftor hinter ihnen geschlossen hatte, nahm sie ihren Verlobten in die Arme.

›Das ist ja alles gut gegangen, und Hut ab, du warst großartig. Ich weiß nicht, wie du es angestellt hast, aber Papa hat nicht den leisesten Zweifel daran, dass du Jude bist.‹

›Ja, ich glaube, das haben wir gut gemeistert‹, sagte Georges und ging lächelnd davon.

Es stimmt also, Claude und ich hatten nie Gelegenheit, eine Synagoge zu betreten, ehe wir hier eingesperrt wurden.«

*

An jenem Abend brüllten die Soldaten, wir sollten unseren Napf nehmen, unsere dürftige Habe packen und uns im Hauptgang der Synagoge aufstellen. Wer trödelte, wurde mit Faustschlägen und Tritten zur Ordnung gerufen. Wir hatten keine Ahnung, wohin es ging, doch eins beruhigte uns: Wenn sie Gefangene holten, um sie zu erschießen, mussten die ihre Sachen zurücklassen.

Am frühen Abend waren die Frauen vom Fort du Hâ zurückgebracht und in einem Nebenraum eingesperrt worden. Nachts um zwei öffnete sich die Tür der Synagoge, und unser Zug marschierte durch die verlassene, eigenartig stille Stadt in die entgegengesetzte Richtung wie bei unserer Ankunft.

Wir stiegen wieder in den Zug. Die Häftlinge vom Fort du Hâ und alle in den letzten Wochen verhafteten Widerstandskämpfer kamen dazu.

Jetzt gab es am Anfang des Zuges zwei Waggons mit Frauen. Wir fuhren in Richtung Toulouse, und viele glaubten, es würde nach Hause gehen. Doch Schuster hatte einen anderen Plan. Er hatte sich geschworen, dass Dachau unser Endziel sein sollte, und nichts würde ihn davon abbringen – weder die vorrückende alliierte Armee noch die Bombenangriffe auf die Städte, durch die wir kamen oder die Anstrengungen der Résistance, unser Fortkommen zu behindern.

Auf Höhe von Montauban gelingt Walter endlich die Flucht. Er hat entdeckt, dass eine der vier Schraubenmuttern, mit denen die Gitterstäbe vor der Luke befestigt sind, durch einen Schraubenbolzen ersetzt wurde. Mit bloßen

Händen und etwas Speichel macht er sich daran, ihn zu lockern, und wenn sein Mund zu trocken ist, dient das Blut aus den Wunden an seinen Fingern als Schmierstoff. Nach stundenlangem Leiden bewegt sich der Bolzen, und Walter will an sein Glück, seine Hoffnung glauben.

Als er sein Ziel erreicht hat, sind seine Finger so geschwollen, dass er sie nicht mehr bewegen kann. Jetzt braucht er nur noch den Gitterstab zur Seite zu schieben, und die Öffnung ist groß genug, um sich hindurchzudrücken. Im Dämmerlicht des Waggons sehen ihm drei Freunde zu: Lino, Pipo und Jean, alles junge Angehörige der 35. Brigade. Einer von ihnen weint, er kann nicht mehr, er wird wahnsinnig. Dazu muss man sagen, dass die Hitze größer ist denn je. Wir ersticken fast, und im ganzen Waggon ist das Stöhnen der nach Luft ringenden Gefangenen zu hören: Jean fleht Walter an, ihnen bei der Flucht zu helfen; Walter zögert, doch wie kann er es ihnen verheimlichen, wie kann er denen die Hilfe verweigern, die wie Brüder für ihn sind? Also legt er seine geschundenen Hände um ihre Schultern und enthüllt ihnen, was er vollbracht hat. Sie wollen die Nacht abwarten und dann springen, er zuerst, sie anschließend. Leise wiederholt er ihnen die Vorgehensweise: sich an der Kante festklammern, bis der ganze Körper draußen ist, sich dann fallen lassen und rennen. Wenn die Deutschen schießen, kümmert sich jeder um sich selbst. Hat man es geschafft und sieht, wie das rote Schlusslicht in der Ferne verschwindet, laufen alle an den Gleisen entlang, um sich wiederzufinden.

Der Tag geht zur Neige, bald ist der ersehnte Augenblick gekommen, doch das Schicksal scheint anders entschieden zu haben. Der Zug bremst im Bahnhof von Montauban. Dem Geräusch der Räder nach zu urteilen, fahren wir auf ein Abstellgleis. Als sich die Deutschen mit ihren Maschinengewehren auf dem Bahnsteig aufstellen, sagt sich Walter, dass es nun vorbei ist. Todtraurig hocken sich die vier Freunde hin, und jeder kehrt in seine Einsamkeit zurück.

Walter möchte schlafen, etwas zu Kräften kommen, doch das Blut pocht in seinen Fingern, die Schmerzen sind zu stark. Im Waggon vernimmt man Klagelaute.

Es ist zwei Uhr morgens, als sich der Konvoi wieder in Bewegung setzt. Walters Herz klopft zum Zerspringen. Er rüttelt seine Freunde wach, und gemeinsam warten sie den geeigneten Moment ab. Doch die Nacht ist zu hell, der Vollmond könnte sie verraten. Walter späht aus der Luke, der Zug fährt in zügigem Tempo, in der Ferne zeichnet sich ein Wäldchen ab.

*

Walter und zwei seiner Freunde ist die Flucht gelungen. Nachdem er in einen Graben gefallen ist, blieb er dort lange reglos hocken. Und als sich der Zug in der Nacht entfernte, sprang er auf, warf die Arme in die Luft und schrie: »Maman!« Dann lief er kilometerweit. Als er zu einem Feld kam, sah er einen deutschen Soldaten, der sich gerade erleichterte. Sein Bajonettgewehr lag neben ihm am Boden. Im Maisfeld ausgestreckt wartete Walter auf den geeigneten Moment und stürzte sich auf ihn. Woher er die Kraft nahm, bei der Prügelei die Oberhand zu gewinnen, ist ein Rätsel. Das Bajonett steckte schließlich im Körper des Soldaten, und als Walter weiterlief, hatte er das Gefühl zu fliegen wie ein Schmetterling.

Der Zug hielt nicht in Toulouse, wir kehrten nicht nach Hause zurück. Wir ließen Carcassonne hinter uns, dann Béziers und Montpellier.

Kapitel 36

Die Tage vergehen, und der Durst kommt zurück. In den Dörfern, durch die wir fahren, tun die Leute ihr Bestes, um uns zu helfen. Einer der Gefangenen namens Bosca wirft einen Zettel durch die Luke; eine Frau findet ihn an den Bahngleisen und übergibt ihn der Adressatin. Mit dieser Nachricht versucht der Häftling, seine Ehefrau zu beruhigen. Er teilt ihr mit, er befinde sich in einem Zug, der am 10. August Agen passiert hat, und es gehe ihm gut, doch Madame Bosca wird ihren Mann nie wieder sehen.

Bei einem Halt in der Nähe von Nîmes bekommen wir etwas Wasser, trockenes Brot und verdorbene Marmelade. Alles ist ungenießbar. In den Waggons fallen manche dem Wahnsinn anheim. Schaum vor dem Mund, springen sie auf, drehen sich im Kreis und brüllen, ehe sie, von Krämpfen geschüttelt, zusammenbrechen und dann sterben. Wie tollwütige Hunde. So lassen uns die Nazis verrecken. Die, die noch bei Verstand sind, wagen nicht, die anderen anzusehen. Also schließen sie die Augen, ducken sich und halten sich die Ohren zu.

»Glaubst du wirklich, dass Demenz ansteckend ist?«, fragt Claude.

»Keine Ahnung, aber bring sie zum Schweigen«, fleht François.

In der Ferne hören wir, wie Nîmes bombardiert wird.
Der Zug hält in Remoulins.

*

15. August

Der Zug steht seit Tagen still. Man holt die Leichen der
verhungerten Gefangenen heraus. Die Schwächsten erhalten die Erlaubnis, ihr Geschäft neben den Gleisen zu
verrichten. Sie reißen Grasbüschel aus, die sie dann den
anderen mitbringen. Die ausgehungerten Deportierten
schlagen sich regelrecht um diese Nahrung.

Die Amerikaner und Franzosen sind in Sainte-Maxime gelandet. Schuster sucht nach einer Möglichkeit, die Linien
der Alliierten, die ihn einzuschließen drohen, zu passieren.
Wie aber soll er das Rhônetal hinaufkommen und vorher
den Fluss überqueren, nachdem sämtliche Brücken bombardiert worden sind?

*

18. August

Der deutsche Oberleutnant hat vielleicht eine Lösung gefunden. Unterwegs hat ein für die Weichenstellung zu-
ständiger Bahnarbeiter den Riegel eines Waggons geöffnet. Drei Häftlinge sind im Schutz eines Tunnels geflohen.
Ein paar Kilometer weiter, kurz vor Roquemaure, gelingt

anderen die Flucht. Schuster bringt den Konvoi in einer tiefen Felsschneise zum Stehen. Dort ist er vor den Bombenangriffen geschützt, denn in den letzten Tagen sind mehrmals englische und amerikanische Flugzeuge über uns hinweggeflogen. Aber in dieser Schlucht wird uns auch die Résistance nicht finden. Kein Zug fährt vorbei, der Verkehr liegt im gesamten Land lahm. Der Krieg schreitet fort, und die Befreiung rollt, einer Woge gleich, jeden Tag etwas weiter über das Land. Da es unmöglich geworden ist, die Rhône im Zug zu überqueren, trifft Schuster den Entschluss, uns zu Fuß hinüberzuführen. Schließlich verfügt er ja über siebenhundertfünfzig Sklaven, um die Waren und das Gepäck der Gestapofamilien und Soldaten, die nach Hause zu bringen er sich geschworen hat, zu transportieren.

An diesem 18. August marschieren wir in einem endlos langen Zug, die Sonne verbrennt die wenige Haut, die uns die Flöhe und Wanzen noch übrig gelassen haben. Unsere mageren Arme tragen die deutschen Koffer, die Weinkisten, die die Nazis in Bordeaux gestohlen haben. Eine weitere Grausamkeit für uns, die wir schon halb verdurstet sind. Die, die zusammenbrechen, stehen nicht wieder auf. Sie werden mit einem Genickschuss getötet wie unnütz gewordene Pferde. Wer kann, hilft den anderen. Strauchelt einer, so versuchen die Kameraden, seinen Sturz zu verdecken und ihm möglichst schnell wieder auf die Beine zu helfen, ehe eine Wache ihn bemerkt. Um uns herum Weinberge, so weit das Auge reicht. Sie hängen voller Trauben, die in dem heißen Sommer vorzeitig gereift sind. Wir möchten sie pflücken und in unserem ausgetrockneten Mund zerdrücken; doch nur die Soldaten, die brüllen, wir sollten auf dem Weg bleiben, füllen ihre Helme damit und laben sich vor unseren Augen daran.

Und so ziehen wir wie Phantome wenige Meter an den Rebstöcken vorbei.

Da muss ich an die Worte des Liedes »La Butte Rouge« denken, erinnerst du dich? *Wer ihn trinkt, trinkt das Blut der alten Freunde.*

Wir sind schon zehn Kilometer gelaufen. Wie viele sind hinter uns auf dem Weg zurückgeblieben? Wenn wir durch ein Dorf kommen, sehen die Leute diesem gespenstischen Trupp voller Entsetzen nach. Manche wollen uns helfen, uns Wasser bringen, doch die Nazis stoßen sie gewaltsam zurück. Öffnen sich die Fensterläden eines Hauses, so schießen die Soldaten darauf.

Einer der Gefangenen beschleunigt den Schritt. Er weiß, dass an der Spitze des Zuges seine Frau geht, die aus einem der ersten Waggons gestiegen ist. Seine Füße bluten, als er sie schließlich eingeholt hat. Wortlos nimmt er ihr den Koffer ab und trägt ihn an ihrer Stelle.

Endlich wieder vereint, laufen sie Seite an Seite, doch sie haben nicht das Recht, ihrer Liebe Ausdruck zu verleihen. Sie wagen kaum, sich zuzulächeln, aus Angst, es könne sie das Leben kosten. Das wenige, das von ihrem Leben geblieben ist.

Ein anderes Dorf. In einer Kurve öffnet sich eine Haustür. Auch die Soldaten sind von der Hitze erschöpft und deshalb weniger aufmerksam. Der Gefangene ergreift die

Hand seiner Frau und macht ihr ein Zeichen, sich hinein-
zuschleichen, er wird ihre Flucht decken.

»Geh!«, flüstert er ihr mit bebender Stimme zu.

»Ich bleibe bei dir«, gibt sie zurück. »Ich habe diesen
ganzen Weg nicht zurückgelegt, um dich jetzt zu verlassen. Wir kehren zusammen heim oder gar nicht.«

Sie haben beide in Dachau den Tod gefunden.

Am Spätnachmittag erreichen wir Sorgues. Diesmal sehen
Hunderte von Bewohnern, wie wir durch die Straßen zum
Bahnhof ziehen. Die Deutschen sind überfordert, Schuster hat nicht damit gerechnet, dass so viele draußen sind.
Sie leisten spontan Hilfe. Die Soldaten können sie nicht
zurückdrängen, sie sind zu zahlreich. Die Leute aus dem
Dorf bringen Essen auf den Bahnsteig und auch Wein,
den die Nazis für sich nehmen. Manche machen sich das
Durcheinander zunutze, um Gefangenen zur Flucht zu
verhelfen. Sie streifen ihnen eine Bahnarbeiterjacke oder
einen Bauernkittel über, klemmen ihnen eine Obststeige
unter den Arm, damit man sie für einen von denen hält,
die gekommen sind, um zu helfen. Dann führen sie sie
nach Hause und verstecken sie.

Die Résistance, die inzwischen informiert ist, hatte eine
bewaffnete Befreiung des Zugs erwogen, doch es gibt zu
viele deutsche Soldaten, der Versuch würde in einem Blut-
bad enden. Verzweifelt müssen sie zusehen, wie wir in den
neuen Zug steigen, der auf dem Gleis wartet. Wenn wir
geahnt hätten, dass Sorgues nicht einmal eine Woche später von der amerikanischen Armee befreit werden würde …

Im Schutz der Nacht setzt sich der Konvoi in Bewegung. Ein Gewitter bricht los und bringt etwas Kühle, einige Tropfen Wasser rinnen durch die Ritzen im Dach, und wir trinken sie gierig.

Kapitel 37

19. August

Der Zug fährt in raschem Tempo. Plötzlich quietschen die Bremsen, die Räder blockieren, sodass Funken aufstieben. Die Deutschen springen heraus und stürzen sich in den Graben. Ein Kugelhagel geht auf die Waggons nieder, amerikanische Flugzeuge kreisen am Himmel. Ihr erster Angriff führt zu einem wahren Gemetzel. Wir stürzen zu der Luke und schwingen Stoffstücke in den Farben der Trikolore, doch die Piloten sind zu hoch, um uns zu sehen. Das Motorengeräusch wird ohrenbetäubend, wenn sie im Sturzflug auf uns zukommen.

Der Augenblick erstarrt, und ich höre nichts mehr. Plötzlich läuft alles wie in Zeitlupe ab. Claude sieht mich an, Charles auch. Uns gegenüber lächelt Jacques verklärt, dann schießt aus seinem Mund ein Blutschwall, und er sinkt langsam auf die Knie. François eilt zu ihm, um ihn aufzufangen. In Jacques' Rücken klafft ein riesiges Loch. Er versucht vergeblich, etwas zu sagen. Sein Blick verschleiert sich, François will seinen Kopf halten, doch er gleitet zur Seite; Jacques ist tot.

Die Wange vom Blut seines besten Freundes gerötet, der ihm den ganzen Weg über wie ein Bruder zur Seite gestanden hat, brüllt François ein »NEIN«, das den ganzen Raum erfüllt. Und ohne dass wir ihn zurückhalten könnten, stürzt er zu der Luke und zerrt mit bloßen Händen den Stacheldraht beiseite. Eine deutsche Kugel pfeift vorbei und reißt ihm das Ohr weg. Diesmal ist es sein eigenes Blut, das ihm über den Nacken rinnt, doch das ändert nichts, er zieht sich an der Wand hoch und schiebt sich nach draußen. Kaum ist er auf dem Boden gelandet, springt er auf, rennt zur Tür des Waggons und schiebt den Riegel zur Seite, um uns herauszulassen.

Noch heute sehe ich, wie sich seine Gestalt gegen das eindringende Tageslicht abhebt, hinter ihm am Himmel die amerikanischen Flugzeuge, die erneut auf uns zukommen, und in seinem Rücken den deutschen Soldaten, der zielt und abdrückt. François' Körper wird nach vorn geschleudert, und die Hälfte seines Gesichts spritzt auf mein Hemd. Sein Leib bäumt sich ein letztes Mal auf, dann sind François und Jacques im Tod vereint.

Am 19. August haben wir in Pierrelatte neben vielen anderen zwei unserer Freunde verloren.

*

Dampf dringt aus den vielen Einschussstellen der Lokomotive. Dieser Zug wird nicht weiterfahren. Ein Feldgendarm holt den Dorfarzt. Aber was kann der Mann tun? Hilflos steht er vor den Gefangenen, denen die Eingeweide aus dem Bauch quellen und deren Glieder teilweise klaffende Wunden aufweisen. Die Flugzeuge kommen zurück. Titonel nutzt die Panik, die bei den Soldaten herrscht, und flieht. Die Nazis eröffnen das Feuer auf ihn, er wird getroffen, rennt aber weiter. Ein Bauer nimmt ihn auf und fährt ihn ins Krankenhaus von Montélimar.

Am Himmel ist es wieder ruhig geworden. An den Bahngleisen fleht der Landarzt Schuster an, ihm die Verletzten zu überlassen, die er noch retten kann, doch der Oberleutnant will nichts davon hören. Als am Abend eine neue Lokomotive aus Montélimar eintrifft, werden sie wieder in ihre Waggons verladen.

*

Seit nunmehr einer Woche haben die Forces Françaises Libres und die Forces Françaises Intérieures eine Offensive gestartet. Die Nazis sind auf der Flucht, der Rückzug beginnt. Das Schienennetz und die Nationalstraße 7 sind heftig umkämpft. Die amerikanische Armee und die Division von General de Lattre de Tassigny, die in der Provence gelandet sind, stoßen gen Norden vor. Das Rhônetal wird zur Sackgasse für Schuster. Doch dann ziehen sich die französischen Streitkräfte zurück, um die Amerikaner zu unterstützen, die Grenoble befreien wollen und schon vor Sisteron stehen. Noch am Tag zuvor wäre es unmöglich gewesen, das Tal zu passieren, doch nun hat sich der Riegel gelockert. Der Oberleutnant nutzt die Gelegenheit – jetzt oder nie. Auf dem Bahnhof von Montélimar hält der Konvoi auf dem Gleis, über das normalerweise die Züge gen Süden fahren.

Schuster will möglichst schnell die Toten loswerden und

sie dem Roten Kreuz übergeben. Richter, der Gestapochef von Montélimar, ist vor Ort. Als die Rotkreuzleiterin auch die Verletzten verlangt, lehnt er kategorisch ab.

Also dreht sie sich um und geht. Als er sie fragt, wohin sie will, antwortet sie: »Wenn ich die Verletzten nicht mitnehmen darf, dann sehen Sie zu, was Sie mit den Toten machen!«

Richter und Schuster beraten sich und geben schließlich nach, schwören aber, die Gefangenen nach der Genesung abzuholen.

Durch die Luken unserer Waggons beobachten wir, wie unsere verletzten und toten Freunde auf Tragen weggetragen werden. Die Leichen werden auf dem Boden des Wartesaals aufgereiht. Eine Gruppe von Bahnarbeitern betrachtet sie tief getroffen, sie nehmen ihre Mützen ab, um ihnen die letzte Ehre zu erweisen. Das Rote Kreuz bringt die Verletzten ins Krankenhaus, und um die noch in der Stadt verbliebenen Nazis von jeglichem Eingreifen abzubringen, streut die Rotkreuzleiterin das Gerücht, sie litten an einer besonders ansteckenden Form von Typhus.

Während sich die Krankenwagen des Roten Kreuzes entfernen, werden die Toten auf den Friedhof gebracht.

Unter den Körpern, die der Erde übergeben werden, sind auch jene von Jacques und François.

*

20. *August*

Wir fahren Richtung Valence. Um sich vor einem Luftangriff zu schützen, hält der Zug in einem Tunnel. Der Sauerstoff wird so knapp, dass wir fast alle das Bewusstsein verlieren. Als der Zug in den Bahnhof einfährt, nutzt eine Frau die Zerstreutheit der Feldgendarmen und schwenkt eine Tafel aus ihrem Fenster. Darauf steht: »Paris ist umzingelt, haltet durch.«

*

21. *August*

Wir fahren durch Lyon. Wenige Stunden später zünden die Forces Françaises Intérieures die Treibstofflager des Flughafens Lyon-Bron an. Der deutsche Generalstab verlässt die Stadt. Die Front rückt näher, doch unser Zug fährt weiter. In Chalon halten wir erneut, der Bahnhof ist zerstört. Wir treffen auf Teile der deutschen Luftwaffe, die nach Osten fliehen. Ein Oberst hätte beinahe einigen Gefangenen das Leben gerettet. Er beansprucht zwei von Schusters Waggons. Seine Soldaten und Waffen seien wichtiger als die in Lumpen gehüllten menschlichen Wracks, die er an Bord hat. Die Auseinandersetzung zwischen den beiden Männern droht in Handgreiflichkeiten auszuarten, doch Schuster bleibt hart. Er wird all diese Juden, Ausländer und Terroristen nach Dachau bringen. Keiner von uns wird befreit, und der Zug fährt weiter.

Plötzlich öffnet sich die Tür unseres Wagens. Drei junge

deutsche Soldaten, die wir bisher nicht gesehen haben, reichen uns Käse, dann schließt sich die Tür sofort wieder. Seit sechsunddreißig Stunden haben wir keine Nahrung mehr bekommen. Die Freunde kümmern sich sofort um eine gerechte Verteilung.

In Beaune kommen uns das Rote Kreuz und die Bevölkerung zu Hilfe. Sie bringen uns Lebensmittel. Die Soldaten beschlagnahmen die Kisten mit Burgunder. Sie betrinken sich, und als der Zug weiterfährt, schießen sie zum Spaß auf die Häuser rechts und links der Bahnlinie.

Nach dreißig Kilometern erreichen wir Dijon. Auf dem Bahnhof herrscht furchtbares Chaos. Kein Zug kann mehr nach Norden fahren. Die Schienenschlacht ist in vollem Gang. Die Bahnarbeiter wollen den Konvoi an der Weiterfahrt hindern. Unaufhörlich fallen Bomben. Doch Schuster gibt nicht auf, und trotz der Proteste der französischen Arbeiter setzen sich die Pleuelstangen in Bewegung, die Lokomotive pfeift und zieht ihre grauenvolle Ladung mit.

Weit kommt sie nicht, die Schienen sind aus den Verankerungen gerissen. Wir müssen aussteigen und sie reparieren. Aus Deportierten sind Zwangsarbeiter geworden. In der glühenden Sonne, die Gewehre der Feldgendarmen auf uns gerichtet, verlegen wir die Gleise wieder, die die Résistance sabotiert hat. Schuster brüllt von der Plattform der Lokomotive, dass wir bis zur vollständigen Instandsetzung keinen Tropfen Wasser bekommen werden.

*

Dijon liegt hinter uns. Bei Einbruch der Dunkelheit wollen wir immer noch glauben, dass wir es schaffen. Guerillakämpfer des *Maquis* greifen den Konvoi an – vorsichtig, um uns keinen Gefahren auszusetzen –, und sofort erwidern die deutschen Soldaten das Feuer, um den Gegner zurückzudrängen. Doch der Kampf wird weitergeführt, die Widerstandskämpfer folgen uns auf dieser höllischen Fahrt, die uns unerbittlich der deutschen Grenze näher bringt. Sobald wir diese überquert haben, gibt es kein Zurück, das wissen wir alle. Und mit jedem Kilometer, den die Räder des Zuges über die Gleise rollen, fragen wir uns, wie viele uns noch von Deutschland trennen.

Hin und wieder ballern die Soldaten mit ihren Maschinengewehren in die Landschaft. Haben sie einen Schatten gesehen, der ihnen suspekt erscheint?

*

23. *August*

Die Reise wird immer unerträglicher. Die letzten Tage waren glutheiß. Wir bekommen weder zu essen noch zu trinken. Die Gegenden, durch die wir fahren, sind verwüstet. Zwei Monate ist es bald her, dass wir das Gefängnis Saint-Michel verlassen haben, zwei Monate, in denen wir in diesem Geisterzug kreuz und quer durch Frankreich fahren. Unsere Gesichter sind noch ausgemergelter, unsere Augen liegen noch tiefer in ihren Höhlen, unsere Körper sind nur noch Haut und Knochen. Wer nicht dem Wahnsinn verfallen ist, versinkt in trübsinniges Schweigen. Mit seinen hohlen Wangen gleicht mein Bruder einem Greis, und doch lächelt er jedes Mal, wenn sich unsere Blicke treffen.

*

25. August

Gestern sind mehrere Gefangene geflohen. Nitti und einigen seiner Freunde ist es gelungen, die Bodenbretter in ihrem Waggon zu lösen und im Schutz der Dunkelheit durch die so entstandene Öffnung auf die Schienen zu gleiten. Der Zug hatte soeben den Bahnhof von Lécourt passiert. Man hat den zerstückelten Rumpf des einen gefunden, einem anderen wurden die Beine abgetrennt. Insgesamt sechs fanden den Tod. Doch Nitti und einigen seiner Gefährten ist die Flucht geglückt. Wir scharen uns um Charles. Bei dem Tempo, mit dem der Konvoi vorankommt, ist es nur noch eine Frage von Stunden, bis wir die Grenze erreicht haben. Auch wenn wir ihre Flugzeuge über uns hören, glauben nur noch wenige von uns an eine Befreiung durch die Alliierten.

»Wir können uns nur noch auf uns selbst verlassen«, knurrt Charles.

»Sollen wir's wagen?«, fragt Claude.

Charles sieht mich an, ich nicke. Was haben wir noch zu verlieren?

Charles erläutert uns seinen Plan. Wenn wir es schaffen, einige der Bodenplanken zu lösen, lassen wir uns in die Öffnung hineingleiten. Abwechselnd halten die Gefährten denjenigen, der gerade an der Reihe ist. Auf ein Zeichen hin lassen sie ihn dann los. Die Arme eng am Körper, damit sie nicht überrollt werden, müssen wir uns dann fallen lassen. Unter gar keinen Umständen dürfen wir den Kopf heben, sonst werden wir von einer der Achsen enthauptet. Wir müssen die Wagen zählen, die über uns hinwegrollen, zwölf, dreizehn vielleicht? Dann so lange reglos liegen bleiben, bis das Schlusslicht des Zuges nicht mehr zu sehen ist. Um zu verhindern, dass wir vor Angst schreien und von den Soldaten auf dem Flachwagen gehört werden, stopfen wir uns vor dem Sprung ein Stück Stoff in den Mund. Und während Charles den Ablauf immer wieder mit uns durchspielt, erhebt sich ein Mann und macht sich ans Werk. Mit bloßen Fingern zieht er an einem Nagel, versucht unermüdlich, das Metall zu drehen. Die Zeit drängt… Sind wir überhaupt noch in Frankreich?

Der Nagel gibt nach. Mit blutenden Händen zieht er ihn heraus und bearbeitet das harte Holz. Er zerrt an den Latten, die sich kaum bewegen. Die Haut seiner Hände ist richtiggehend durchlöchert, doch er ignoriert den Schmerz und macht weiter. Wir wollen ihm helfen, aber er schiebt uns zurück. Er zeichnet die Tür der Freiheit auf den Boden dieses Geisterwaggons und besteht darauf, dass man ihn sein Werk vollenden lässt. Er ist bereit zu sterben, aber nicht umsonst; wenn er wenigstens Menschenleben retten kann, die es verdient haben, dann hat seines einen Sinn gehabt. Er selbst ist nicht wegen der Teilnahme am Widerstand verhaftet worden, sondern wegen Diebstahls, und es hat ihn nur zufällig in den Waggon der 35. Brigade verschlagen. Er fleht uns an, ihn gewähren zu lassen, das schulde er uns, sagt er und macht weiter.

Jetzt sind seine Hände nur noch Fleischfetzen, doch der Boden bewegt sich endlich. Armand stürzt sich darauf, und alle helfen mit, eine erste Latte herauszureißen, dann die nächste. Das Loch ist groß genug, dass ein Körper hindurchpasst. Die Schwellen sausen unter uns vorbei. Charles bestimmt die Reihenfolge, in der wir springen.

»Du, Jeannot, bist als Erster dran, dann Claude, anschließend Marc, Samuel…«

»Warum wir zuerst?«

»Weil ihr die Jüngsten seid.«

Marc, der besonders entkräftet ist, bedeutet uns zu gehorchen. Claude diskutiert nicht weiter.

Wir müssen uns wieder ankleiden. Hemd und Hose über unsere mit Eiterbeulen bedeckten Körper zu ziehen, ist die reinste Qual. Armand, der als Neunter springen soll, bietet dem »Unpolitischen«, der die Planken gelöst hat, an, mit uns zu fliehen.

»Nein«, sagt der, »ich will derjenige sein, der dem Letzten beim Springen hilft. Einer muss es ja tun, oder?«

»Es geht jetzt aber nicht«, sagt ein anderer Mann, der an der Wand des Waggons lehnt. »Ich kenne den Abstand zwischen den Masten und habe die Sekunden gezählt. Unsere Geschwindigkeit beträgt derzeit sechzig Kilometer pro Stunde. Bei dem Tempo brecht ihr euch das Genick. Ihr müsst warten, bis der Zug langsamer fährt, maximal vierzig Stundenkilometer.«

Der Mann weiß, wovon er spricht. Er war vor dem Krieg Schienenleger.

»Und wenn die Lokomotive nun am Ende statt am Kopf des Zuges ist?«, fragt Claude.

»Dann seid ihr alle verloren«, erwidert der Mann. »Vielleicht haben die Deutschen auch Eisenstücke am Ende des letzten Wagens angebracht, doch das Risiko müsst ihr eingehen.«

»Und wozu sollten sie das tun?«

»Eben damit wir nicht fliehen.«

Und während wir noch das Für und das Wider abwägen, wird der Zug plötzlich langsamer.

»Jetzt oder nie«, sagt der Mann, der Schienen legte, als noch Frieden im Land herrschte.

»Los!«, drängt Claude. »Du weißt ja, was uns bei der Ankunft des Zuges erwartet.«

Charles und er halten mich an den Armen fest. Ich stecke mir ein Stück Stoff in den Mund, und meine Beine gleiten durch die Öffnung. Ich muss verhindern, dass meine Füße den Boden berühren, bevor die Freunde mir das Zeichen geben, sonst dreht sich mein Körper und wird innerhalb einer Sekunde zerstückelt. Mein Magen schmerzt, ich habe keine Kraft mehr, um mich länger in dieser Position zu halten.

»Jetzt!«, schreit Claude.

Ich falle, mein Rücken schlägt auf dem Boden auf. Nicht bewegen, auch wenn der Lärm ohrenbetäubend ist. Wenige Zentimeter zu beiden Seiten rollen die pfeifenden Räder an mir vorbei. Die Achsen streifen mich fast. Ich spüre den Luftsog und nehme den Metallgeruch wahr. Ich zähle die Wagen, und mein Herz zerspringt fast in meiner Brust. Noch drei, vielleicht vier? Ist Claude schon gesprungen? Ich will ihn noch einmal in die Arme nehmen, ihm sagen, dass er mein Bruder ist, dass ich ohne ihn niemals überlebt hätte, niemals diesen Kampf hätte führen können.

Der Lärm verstummt, ich höre, wie sich der Zug entfernt, und die Nacht umfängt mich. Ist es endlich die Luft der Freiheit, die ich einatme?

In der Ferne verblasst das rote Schlusslicht des letzten Wagens und verschwindet hinter einer Biegung. Ich lebe, und über mir am Himmel wacht der Vollmond.

»Jetzt du«, befiehlt Charles.

Claude stopft sich ein Taschentuch in den Mund, und seine Beine gleiten in die Öffnung. Doch die Kameraden ziehen ihn gleich wieder hoch. Der Zug schwankt, bremst er etwa? Fehlalarm. Er ist nur über eine kleine beschädigte Brücke gefahren. Die Operation wird wiederholt, und diesmal verschwindet Claudes Gesicht in der Bodenluke.

Armand dreht sich um, Marc ist zu erschöpft, um zu springen.

»Versuch, zu Kräften zu kommen. Ich lasse die anderen vor, dann sind wir an der Reihe.«

Marc antwortet mit einem stummen Nicken. Samuel springt, Armand ist der Letzte, der sich in das Loch schiebt. Marc hat sich geweigert.

»Los, was hast du schon zu verlieren?«, sagt der Mann, der die Bodenbretter entfernt hat, und trägt ihn hin.

Endlich entschließt sich Marc und lässt sich durch die Öffnung gleiten. Plötzlich bremst der Zug. Die Feldgendarmen steigen aus. Zwischen zwei Schwellen gekauert, sieht Marc sie auf sich zukommen. Er ist viel zu entkräftet, um an Flucht auch nur zu denken. Sie finden ihn auf dem

363

Gleis, schlagen ihn bewusstlos und bringen ihn in den Wagen zurück.

Armand hat sich an der Aufhängung festklammern können, sodass ihn die Soldaten, die mit Scheinwerfen nach weiteren Flüchtenden suchten, nicht gefunden haben. Die Minuten verstreichen. Er spürt, dass seine Arme nachgeben werden. So nah am Ziel, das darf nicht sein, also hält er durch. Ich habe es dir ja gesagt, wir haben niemals aufgegeben. Und plötzlich setzt sich der Zug wieder in Bewegung. Armand wartet, bis er eine gewisse Geschwindigkeit erreicht hat, und lässt sich dann auf den Boden gleiten. Er ist der Letzte, der das rote Schlusslicht in der Ferne verblassen sieht.

Seit einer halben Stunde ist der Zug jetzt schon in der Nacht verschwunden. Wie abgemacht, laufe ich an der Bahnstrecke entlang, um dort auf meine Freunde zu treffen. Ich frage mich: Hat Claude überlebt? Sind wir schon in Deutschland?

Vor mir zeichnet sich eine kleine Brücke ab, die von einem deutschen Soldaten bewacht wird. Es ist die, auf der mein Bruder gesprungen wäre, wenn Charles ihn nicht wieder hochgezogen hätte. Der wachhabende Soldat singt »Lili Marleen«. Das scheint eine der beiden Fragen, die mich quälen, zu beantworten; die andere betrifft meinen Bruder. Die einzige Möglichkeit, dieses Hindernis zu überwinden, ist, sich an einem der Träger, die die Fahrbahn stützen, auf die andere Seite zu hangeln. Über dem Abgrund schwebend, kämpfe ich mich in der Vollmondnacht

vorwärts, gepeinigt von der Furcht, jeden Augenblick entdeckt zu werden.

*

Ich laufe schon so lange, dass ich weder meine Schritte
noch die Schwellen der Gleise zu zählen vermag, an denen
mich mein Weg entlangführt. Und vor mir nur diese Stille
und keine Menschenseele. Habe ich als Einziger überlebt? Sind alle Freunde tot? »Eure Chancen stehen eins
zu fünf«, hatte der ehemalige Schienenleger gesagt. Und
mein Bruder, verdammt? Bitte nicht! Tötet mich auf der
Stelle, aber nicht ihn. Es wird ihm nichts geschehen, ich
bringe ihn zurück, das habe ich Maman in meinem Albtraum geschworen. Ich glaubte, keine Tränen mehr, nie
mehr einen Grund zum Weinen zu haben, und doch bin
ich mitten auf den Schienen, allein in dieser verlassenen
Landschaft auf die Knie gesunken und habe geheult wie
ein Kind. Was war mir die Freiheit ohne meinen kleinen
Bruder wert? Die Schienen erstreckten sich bis in weite
Ferne, doch von Claude war keine Spur.

Das Rascheln in einem Busch lässt mich aufhorchen.

»Würdest du bitte endlich aufhören zu flennen und mir
hier heraushelfen?«

Claude steckt kopfüber in einem Dornengestrüpp. Wie
hat er sich nur in diese Lage bringen können?

»Befrei mich erst, dann erkläre ich es dir!«, schimpft
er.

Und während ich ihn vorsichtig aus den Dornenranken

löse, die ihn gefangen halten, sehe ich Charles' Gestalt auf uns zuhinken.

Der Zug war für immer verschwunden. Charles weinte ein wenig, als wir uns in die Arme fielen. Claude versuchte, so gut er konnte, die Dornen aus seinen Oberschenkeln zu ziehen. Samuel hielt sich den Nacken und verbarg so eine ernsthafte Verletzung, die er sich beim Sprung zugezogen hatte. Wir wussten immer noch nicht, ob wir uns noch in Frankreich oder schon auf deutschem Boden befanden.

Charles warnte uns, dass wir unbedingt in Deckung gehen müssten. Wir erreichten ein kleines Wäldchen und trugen Samuel, den allmählich die Kräfte verließen. Hinter einer Baumgruppe verborgen, warteten wir, dass es Tag wurde.

Kapitel 38

26. August

Der Morgen graut. Samuel hat im Lauf der Nacht viel Blut verloren.

Während die anderen noch schlafen, höre ich ihn stöhnen. Er ruft mich, ich hocke mich zu ihm. Sein Gesicht ist aschfahl.

»Wie absurd, so kurz vor dem Ziel«, murmelt er.

»Wovon sprichst du?«

»Jetzt tu nicht so, Jeannot, es geht zu Ende mit mir. Ich spüre schon meine Beine nicht mehr, so kalt ist mir.«

Seine Lippen sind violett, er zittert, während ich ihn in den Armen halte, um ihn zu wärmen, so gut ich kann.

»Es war trotzdem eine verrückte Flucht, was?«

»Ja, Samuel, es war eine verrückte Flucht.«

»Spürst du, wie gut die Luft ist?«

»Schon deine Kräfte!«

»Wozu? Es ist doch sowieso nur noch eine Frage von Stunden für mich. Jeannot, du musst eines Tages unsere Geschichte erzählen. Sie darf nicht einfach so verschwinden wie ich.«

»Sei still, Samuel, red keinen Unsinn. Du weißt doch, dass ich keine Geschichten erzählen kann.«

»Hör zu, Jeannot, wenn du es nicht kannst, dann sollen deine Kinder es an deiner Stelle tun. Du musst sie darum bitten. Schwör es mir.«

»Welche Kinder?«

»Das wirst du schon sehen«, fährt Samuel fort, halb im Delirium. »Später wirst du welche haben, eines, zwei oder mehr, keine Ahnung, mir bleibt nicht die Zeit zu zählen. Du musst sie für mich um etwas bitten. Es ist so, als würden sie ein Versprechen einlösen, das ihr Vater in einer Vergangenheit gegeben hat, die dann nicht mehr existieren wird. Weil diese Kriegsvergangenheit dann nicht mehr existieren wird, du wirst schon sehen. Du bittest sie, in ihrer freien Welt unsere Geschichte zu erzählen. Du sagst ihnen, dass wir für sie gekämpft haben. Du erklärst ihnen, dass nichts auf dieser Welt wichtiger ist als diese verdammte Freiheit, diese Hure, die fähig ist, sich dem Meistbietenden zu unterwerfen. Du sagst ihnen auch, dass dieser Vamp die Liebe der Menschen genießt und dass sie immer denen entwischt, die sie einsperren wollen, dass sie stattdessen jenen den Vorzug gibt, die sie respektieren, ohne jemals zu versuchen, sie in seinem Bett zu halten. Sag ihnen, Jeannot, sie sollen all das mit ihren Worten, mit denen ihrer Zeit, weitererzählen. Die meinen bestehen nur aus dem Akzent meines Landes, aus dem Blut, das ich im Mund und an den Händen habe.«

»Hör auf, Samuel, spar deine Kräfte!«

»Jeannot, versprich mir, nein, schwöre mir, dass du eines Tages lieben wirst. Ich hätte es so gern getan, ich hätte so gern zu lieben vermocht. Versprich mir, dass du eines Tages ein Kind in den Armen trägst, dass du in den

368

ersten Blick des Lebens, das du ihm schenkst, in diesen Blick des Vaters ein wenig von meiner Freiheit hineinlegst. Und wenn du das tust, dann wird etwas von mir auf dieser verdammten Erde bleiben.«

Ich habe es ihm hoch und heilig versprochen, und Samuel ist bei Tagesanbruch gestorben. Er holte tief Luft, das Blut quoll aus seinem Mund, und ich sah, wie er die Zähne zusammenbiss, so heftig waren seine Schmerzen. Die Wunde an seinem Hals war blassviolett geworden. Und so ist sie geblieben. Ich glaube, unter der Erde, die ihn bedeckt, auf diesem Feld der Haute-Marne überdauert etwas von diesem Purpur die Zeit und die Absurdität der Menschen.

*

Gegen Mittag sahen wir einen Bauern auf einem Feld. In unserem Zustand, verletzt und ausgehungert, würden wir nicht mehr lange durchhalten. Wir besprachen uns, und es wurde beschlossen, dass ich zu ihm gehen sollte. Wenn er Deutsch spräche, würde ich die Arme heben, und die anderen würden sich weiter im Wäldchen versteckt halten.

Während ich auf ihn zuging, fragte ich mich, wer von uns beiden wohl erschrockener sein würde. Ich, zerlumpt in meiner gespenstischen Kleidung, oder er, von dem ich noch nicht wusste, in welcher Sprache er zu mir sprechen würde.

»Ich bin ein Gefangener, der aus einem Deportationszug geflohen ist. Ich brauche Hilfe«, rief ich und streckte ihm die Hand entgegen.

»Sind Sie allein?«, fragte er.

»Dann sind Sie also Franzose?«

»Natürlich bin ich Franzose, was glauben Sie denn? Kommen Sie, ich bringe Sie zu meinem Hof«, sagte der verstörte Bauer. »Sie sind ja in einem üblen Zustand.«

Ich machte den Freunden ein Zeichen, die sogleich herbeigeeilt kamen.

*

Es war der 26. August 1944, und wir waren gerettet.

Kapitel 39

Drei Tage nach unserer Flucht erwachte Marc aus seiner Bewusstlosigkeit. Am 28. August 1944 erreichte der Konvoi, geleitet von Schuster, sein Endziel, das Lager von Dachau.

Siebenhundert Gefangene hatten die schreckliche Reise überlebt, doch nur eine Handvoll entging danach dem Tod.

Während die alliierten Truppen das Land zurückeroberten, fuhren Claude und ich in einem Wagen, den die Deutschen zurückgelassen hatten, nach Montélimar, um die sterblichen Überreste von Jacques und François zu holen und ihren Familien zu bringen.

Zehn Monate später an einem Frühlingsmorgen 1945 sahen Osna, Damira, Marianne und Sophie hinter dem Stacheldrahtzaun des Lagers von Ravensbrück die amerikanischen Truppen zu ihrer Befreiung anrücken. Kurz danach wurde auch Marc, der überlebt hatte, in Dachau befreit.

Claude und ich sahen unsere Eltern nie wieder.

*

Wir sind am 25. August 1944, dem Tag der Befreiung von Paris, aus dem Geisterzug geflohen.

In den folgenden Tagen wurden wir von jenem Bauern und seiner Familie versorgt. Ich erinnere mich an den Abend, als sie uns ein Omelett bereiteten. Charles sah uns schweigend an; die Gesichter der Freunde, die im kleinen Bahnhof von Loubers rund um den Tisch saßen, kamen uns wieder in den Sinn.

*

Eines Morgens weckte mich mein Bruder.

»Komm«, sagte er und zog mich aus dem Bett.

Ich folgte ihm aus der Scheune, in der Charles und die anderen noch schliefen, nach draußen.

Wir liefen eine Weile schweigend nebeneinander her, bis wir uns mitten auf einem Stoppelfeld befanden.

»Schau«, sagte Claude und hielt meine Hand.

Panzerkolonnen der Amerikaner und der Division von General Leclerc rückten gen Osten vor. Frankreich war befreit.

Jacques hatte recht gehabt, der Frühling war zurückgekehrt... und ich spürte die Hand meines kleinen Bruders, die meine drückte.

Auf diesem Stoppelfeld waren mein Bruder und ich zwei Kinder der Hoffnung, verirrt zwischen sechzig Millionen Toten – und wir würden es immer bleiben.

Epilog

Eines Morgens im September 1984, kurz vor meinem achtzehnten Geburtstag, trat meine Mutter in mein Zimmer. Die Sonne war eben erst aufgegangen, und Maman kündigte mir an, dass ich heute nicht zur Schule gehen würde.

Ich richtete mich in meinem Bett auf. In diesem Jahr bereitete ich mich auf mein Abitur vor, und ich war höchst erstaunt, dass meine Mutter mir vorschlug, den Unterricht zu schwänzen. Sie brach mit Papa zu einer Tagesreise auf und wollte gerne, dass meine Schwester und ich sie begleiteten. Als ich fragte, wohin die Reise ging, sah sie mich mit diesem Lächeln an, das so typisch für sie war.

»Wenn du deinen Vater fragst, verrät er unterwegs vielleicht etwas von einer Geschichte, die er euch nie hat erzählen wollen.«

Wir trafen gegen Mittag in Toulouse ein. Ein Wagen erwartete uns am Bahnhof und fuhr uns zum großen Stadion der Stadt.

Während meine Schwester und ich auf den fast leeren Rängen Platz nahmen, gingen mein Vater und sein Bruder, begleitet von einigen Männern und Frauen, die Stufen hinunter zu einer Tribüne, die mitten auf dem Rasen errichtet worden war. Dort stellten sie sich in einer Reihe auf, und ein Minister erschien und hielt eine Rede.

»Im November 1942 tat sich die Main-d'œuvre immigrée, die Arbeiterschaft Südwestfrankreichs, zu einer Widerstandsgruppe zusammen und gründete die 35. Brigade FTP-MOI.

Juden, Arbeiter, Bauern – größtenteils Einwanderer aus Ungarn, der Tschechoslowakei, Polen, Rumänien, Italien, Jugoslawien, Spanien – waren zu Hunderten an der Befreiung von Toulouse, Montauban und Agen beteiligt. Sie kämpften mit allen Mitteln, um den Feind aus den Départements Haute-Garonne, Tarn, Tarn-et-Garonne, Ariège, Gers, Basse Pyrénées und Pyrénées-Orientales zu vertreiben.

Viele von ihnen wurden deportiert oder ließen ihr Leben ähnlich wie ihr Kommandant Marcel Langer…

Heute entreißen wir die Verfolgten und Elenden der Vergessenheit, sie, die zum Symbol einer aus den Wirren des geteilten Landes entstandenen Brüderlichkeit wurden. Aber auch zum Symbol des Engagements von Frauen, Kindern und Männern, die dazu beitrugen, dass unser von den Nationalsozialisten besetztes Land langsam aus seinem Schweigen zu neuem Leben erwachte…

Dieser Kampf, verurteilt von den damals herrschenden Gesetzen, war ein ruhmreicher. Es war die Zeit, in der der Einzelne über sich selbst hinauswuchs, indem er sich über drohende Verachtung, Verletzungen, Folter und Todesgefahr hinwegsetzte.

Es ist unsere Pflicht, unsere Kinder zu lehren, welche

wesentlichen Werte dieser Kampf verkörperte und wie sehr
er durch den schweren Tribut an die Freiheit in der Erinnerung der Französischen Republik verankert ist.«

Der Minister heftete eine Medaille ans Revers ihrer Jacken.
Als die Reihe an jenem war, der zu einer anderen Zeit einmal Jeannot geheißen hatte, stieg ein Mann mit der mari-
neblauen Uniform und der weißen Schirmmütze der Royal Air Force auf die Bühne und grüßte ihn so, wie man
einen Soldaten grüßt. So trafen sich die Blicke eines ehemaligen Piloten und eines ehemaligen Deportierten ein
weiteres Mal.

*

Kaum von der Tribüne hinuntergestiegen, nahm mein
Vater seine Medaille ab und steckte sie sich in die Jackentasche. Er trat zu mir, legte mir den Arm um die Schultern
und murmelte: »Komm, ich muss dich den alten Freunden
vorstellen, dann fahren wir wieder nach Hause.«

*

Als wir am Abend in dem Zug saßen, der uns zurück nach
Paris brachte, beobachtete ich, wie er schweigend aus dem
Fenster sah und die Landschaft vorbeiziehen ließ. Eine seiner Hände lag auf dem Tischchen zwischen uns. Ich legte
eine meiner Hände auf seine, und das war etwas ganz Be-
sonderes, denn er und ich hatten nur wenig Körperkon-
takt. Er wandte mir das Gesicht nicht zu, doch ich konnte

auf der Fensterscheibe den Widerschein seines Lächelns sehen. Ich fragte ihn, warum er mir das alles nicht früher erzählt, warum er so lange gewartet hätte.

Er zuckte nur mit den Achseln.

»Was hätte ich dir sagen sollen?«

Ich aber dachte, dass ich schon früher gern gewusst hätte, wer Jeannot war, und seine Geschichte unter meiner Schuluniform getragen hätte.

»Viele der Kameraden sind auf diesen Gleisen gestorben, und auch wir haben getötet. Später sollst du dich nur erinnern, dass ich dein Vater bin.«

Und erst viel später habe ich begriffen, dass er nicht wollte, dass seine Kindheit die meine überschattete.

Maman ließ ihn nicht aus den Augen. Sie drückte ihm einen Kuss auf die Lippen. Und an dem Blick, den sie tauschten, konnten meine Schwester und ich erahnen, wie sehr sie sich seit dem ersten Tag liebten.

Ich muss an die letzten Worte von Samuel denken.

Jeannot hat sein Versprechen gehalten.

Siehst du, meine Liebste. Dieser Mann, der im Café des Tourneurs am Tresen lehnt und dir in seiner eleganten Art zulächelt, ist mein Vater.

Irgendwo unter dieser französischen Erde ruhen seine Freunde.

Jedes Mal, wenn ich inmitten einer freien Welt jemanden seine Ideen zum Ausdruck bringen höre, denke ich an sie.

Dann wird mir klar, dass das Wort »Fremder« eines der schönsten Versprechen der Welt ist, ein farbenfrohes Versprechen, schön wie die Freiheit.

Dieses Buch wäre nie zustande gekommen ohne die Zeugenberichte und Aussagen, zusammengetragen in *Une histoire vraie* (Claude und Raymond Levy, Les Éditeurs Français Réunis, 1953), *La Vie des Français sous l'Occupation* (Henri Amoureux, Fayard, 1988), *Die Parias der Résistance* (Claude Levy, Calmann-Lévy, Verlag der Buchläden Schwarze Risse, 1997), *Ni travail, ni famille, ni patrie – Journal d'une brigade FTP-MOI, Toulouse, 1942–1944* (Gérard de Verbizier, Calmann-Lévy, 1997), *Geisterzug in den Tod* (Jürg Altwegg, Rowohlt Verlag, 2001), *Schwartzenmurtz ou l'Esprit de parti* (Raymond Levy, Albin Michel, 1977) und *Le Train fantôme – Toulouse-Bordeaux, Sorgues-Dachau* (Études Sorgaises).

Die Rede auf den Seiten 374 f. wurde am 24. September 1983 von Verteidigungsminister Charles Hernu in Toulouse gehalten.

DANKSAGUNG

Emmanuelle Hardouin

Raymond und Danièle Levy, Claude Levy

Claude und Paulette Urman

Pauline Lévêque

Nicole Lattès, Leonello Brandolini, Brigitte Lannaud, Antoine Caro, Lydie Leroy, Anne-Marie Lenfant, Èlisabeth Villeneuve, Brigitte und Sarah Forissier, Tine Gerber, Marie Dubois, Brigitte Strauss, Serge Bovet, Céline Ducournau, Aude de Margerie, Arié Sberro, Sylvie Bardeau und das gesamte Team der Éditions Robert Laffont

Laurent Zahut und Marc Mehenni

Léonard Anthony

Éric Brame, Kamel Berkane, Philippe Guez

Katrin Hodapp, Marc Kessler, Marie Garnero, Marion Millet, Johanna Krawczyk

Pauline Normand, Marie-Ève Provost

und

Susanna Leo und Antoine Audouard

[1] Übersetzung aus Kapitel 26:

Auf diesem Hügel gab's keine leichten Mädchen,
keine Luden und fein gemachte Pinkel…
Die Moulin de la Galette war weit,
so weit wie Paname (Paris) und der König des Dorfs.

So viel Blut trank diese Erde!
Blut von Arbeitern, Blut von Bauern.
Banditen haben Schuld am Krieg, doch sterben sie nicht dran.
Nur die Unschuldigen, die erwischt's.

Roter Hügel ist sein Name, getauft an dem Morgen,
als alle, die ihn erstiegen, in die Grube rollten.
Heute stehen hier Reben, heute wächst hier Wein.
Wer ihn trinkt, trinkt das Blut der alten Freunde.

Auf diesem Hügel wurde nicht gefeiert,
Nicht wie am Montmartre, wo Champagner fließt.
Die armen Männer hatten Kinder hinterlassen
und schauriges Schluchzen, das in den Ohren lag.

So viele Tränen trank diese Erde!
Tränen von Arbeitern, Tränen von Bauern,
Banditen tragen die Schuld am Krieg,
doch die weinen nie, sie sind nichts als Tyrannen.

Roter Hügel ist sein Name, getauft an dem Morgen,
als alle, die ihn erstiegen, in die Grube rollten.
Heute stehen hier Reben, heute wächst hier Wein.
Wer ihn trinkt, trinkt das Blut der alten Freunde.

Auf diesem Hügel liest man wieder Wein.
Man hört sie rufen und Lieder singen,
die Jungen und Mädel, und sie tauschen leise
Liebesworte aus, die sie erschaudern lassen.

Ahnen sie, in ihrer leidenschaftlichen Umarmung,
und wenn sie ihre Küsse tauschen,
dass ich hier in der Nacht das Klagen hörte?
Dass ich Männer mit zertrümmerten Schädeln sah?

Roter Hügel ist sein Name, getauft an dem Morgen,
als alle, die ihn erstiegen, in die Grube rollten.
Heute stehen hier Reben, heute wächst hier Wein.
Doch ich sehe die Kreuze mit den Namen der alten Freunde.

»Mit *Er & Sie* kehrt Marc Levy zur romantischen Komödie zurück – mit herzergreifenden Figuren, Humor und Feingefühl.«
TF1

400 Seiten. ISBN 978-3-7645-0594-3

Es war einmal in Paris ...
Sie ist Schauspielerin. Er ist Schriftsteller. Sie heißt Mia. Er heißt Paul. Sie ist eine Engländerin aus London. Er ist ein Amerikaner aus Los Angeles. Sie versteckt sich in Montmartre. Er lebt im Marais. Sie hat sehr viel Erfolg. Er nicht wirklich. Mia ist sogar ein weltweit gefeierter Star, aber Paul hat noch nie von ihr gehört, weil er in seiner ganz eigenen Bücherwelt lebt. Beide fühlen sich einsam, bis sie sich eines Tages in einem kleinen Restaurant begegnen. Obwohl Paul sie zum Lachen bringt und er Mias Ungeschicklichkeit unwiderstehlich findet, wissen beide, dass sie sich nicht verlieben dürfen ...

Lesen Sie mehr unter: **www.blanvalet.de**

WeLove
blanvalet

www.blanvalet.de

facebook.com/blanvalet

twitter.com/BlanvaletVerlag